陈丹燕——著

独一无二

1990年—1997年：
独生子女宣言
2008年—2010年：
赤子来了
2016年—2020年：
独生子女的时代解码者

——诞生在中国独生子女时代

海峡出版发行集团 | 福建少年儿童出版社 | 海峡书局

一个独生子女的成长
——吴志雄的影集

1989年,11岁,上海,福佑路第一小学,依稀记得是学校给少先队员们拍照,我扶着无花果树。

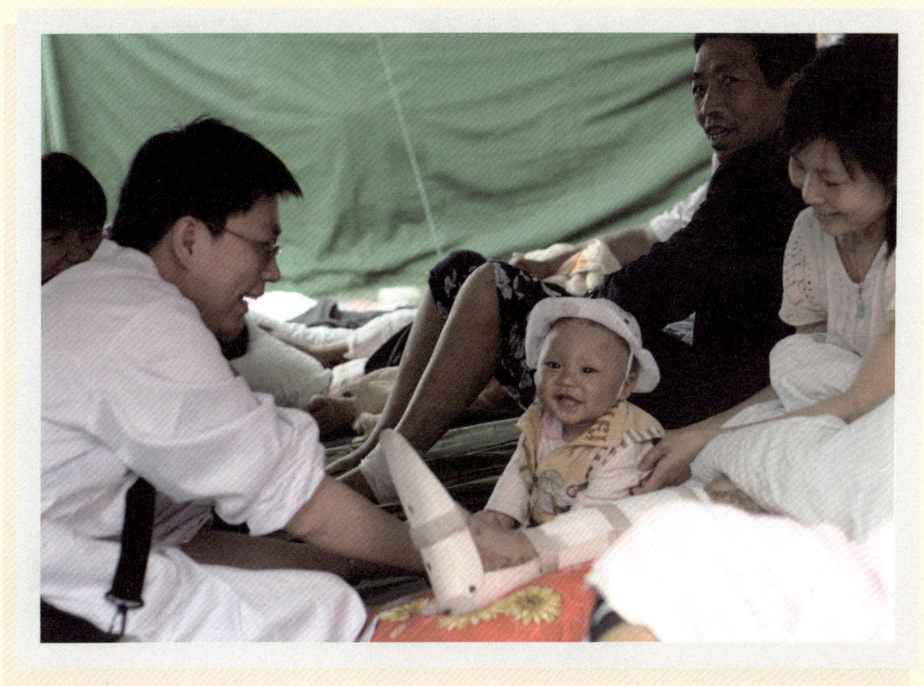

2008 年，30 岁，抗震救灾期间，四川德阳，临时医院，我早上查房。

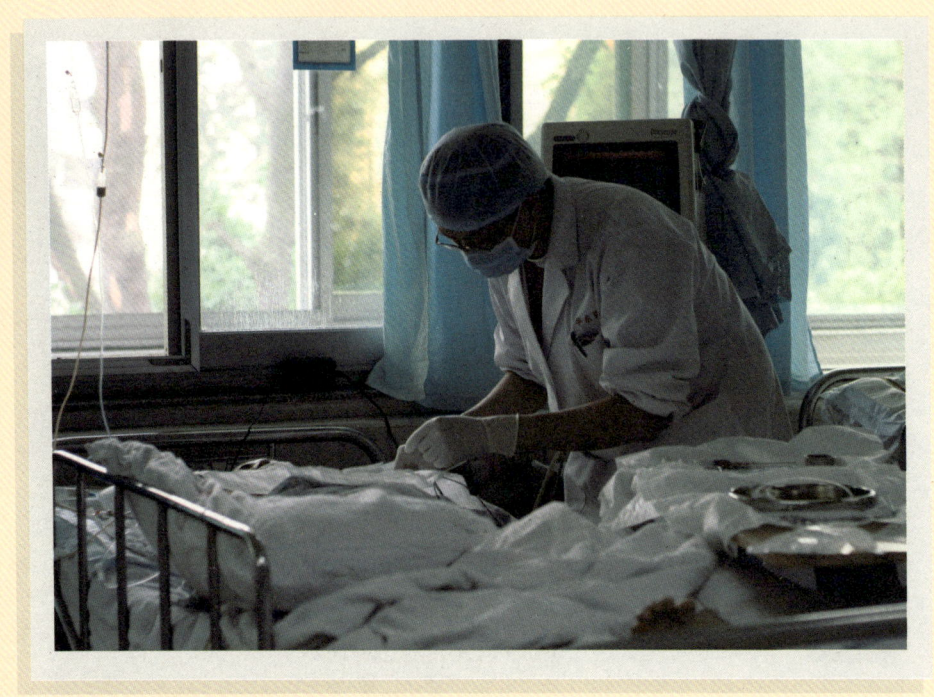

2008年,30岁,抗震救灾期间,四川成都,四川省人民医院ICU病房,我正在给地震中受伤的病人做治疗操作。

2013年，35岁，德国美因茨，美因茨大学毕业典礼，我获得医学博士学位。

2013 年，35 岁，德国美因茨，美因茨大学医学院，导师授予我博士帽。

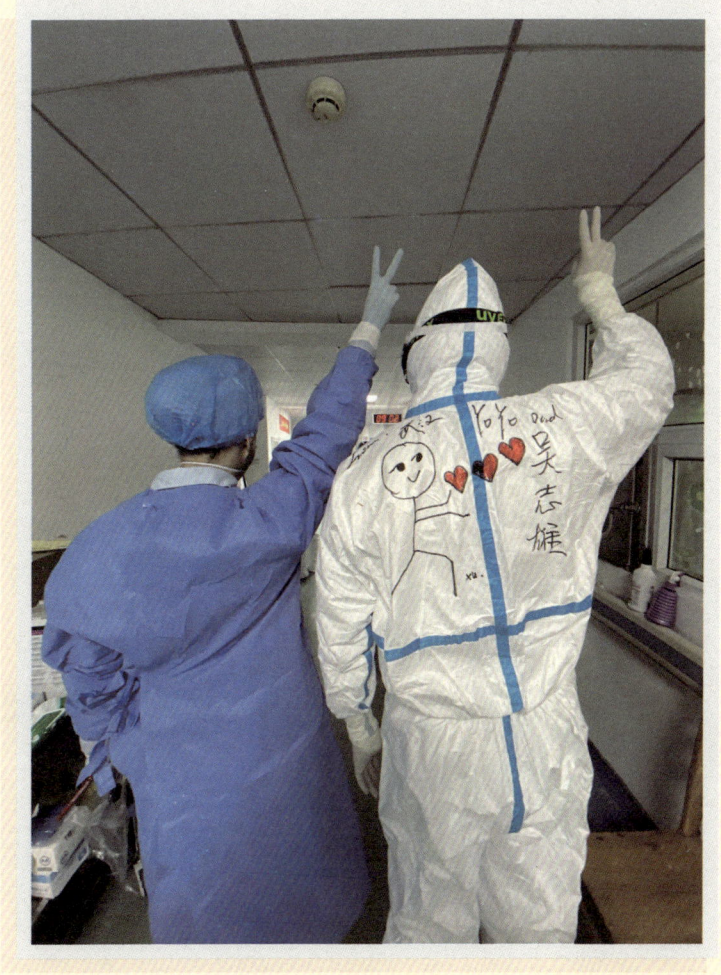

2020年，42岁，援鄂期间，湖北武汉，武汉市金银潭医院ICU病房，徐璟老师在我的"大白"上绘图——发射爱心。女儿小名Yoyo（优优）。

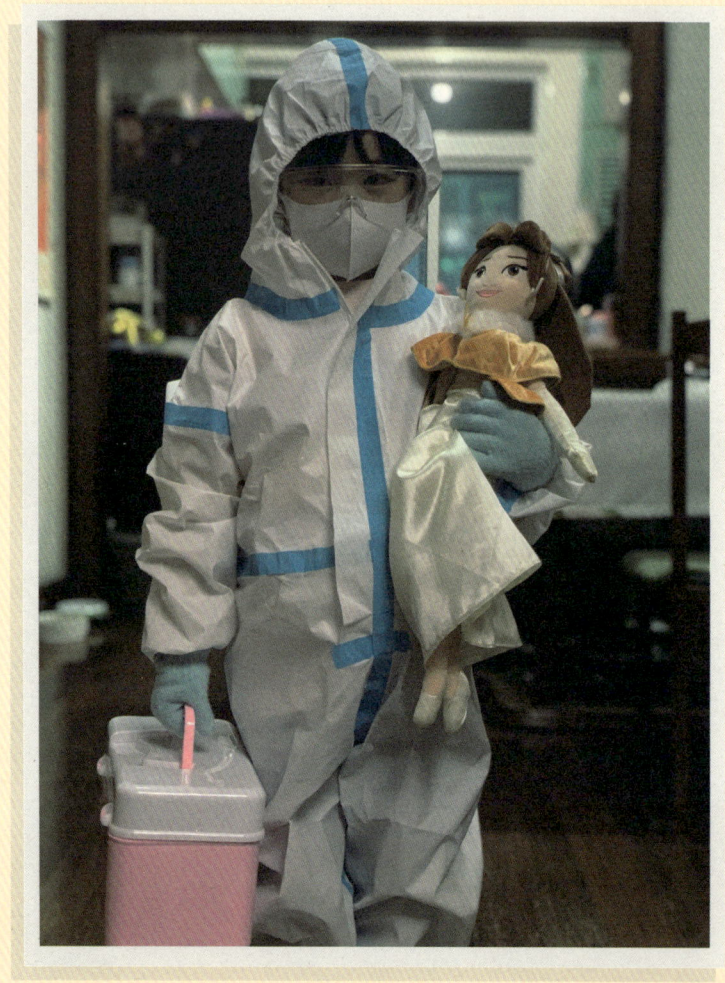

2020年，女儿5岁，上海，家里，吃过晚饭，她穿上防护服，说要去病房值班，抢救病人。

2020 年,42 岁,上海,从武汉回来后,我和家人一起拍了全家福。

序

《独一无二——诞生在中国独生子女时代》：
凿穿文学和现实的秘道

徐锦江

丹燕老师邀请我为她撰写的口述体文学《独一无二——诞生在中国独生子女时代》一书作序，实在是一件犯难的事，因为我对独生子女问题没有一般的关注，更谈不上专业的研究。做一件让自己勉为其难的事情且不说不愉快，也并不十分容易。我是抱着先做一个丹燕老师的粉丝、一部非虚构文学作品读者的心态开始写序之旅的。想不到，看过丹燕老师的书稿之后，我欣喜地发现，不仅很容易就进入了，而且非常愉快。其实真要说不容易，世界上哪有容易的事，丹燕老师连续跟踪记录二十五年，写下三十多万个亲切而意味深长的文字，如果不是出于一种作家的敏感和使命感，又谈何容易。

阅读本书有两个维度，一是把它作为一个记录社会现象的非虚构文学来欣赏，二是把它作为一个社会学的描述样本来研究。

新闻和历史是一对宝贝。新闻就是明天的历史。这一点，至少史量才先生所崇尚的"史家办报"做到了，今天许多人研究上海历史都将当时《申报》的新闻报道作为重要依据。丹燕老师的作品也是从新闻采集开始的，写作源起在电台主持一档名叫"十二种颜色的彩虹"

的青春类节目。她从一千多封珍藏下来的信中再精选了两百封信和上百个有效地址，做了几十个补充采访，完成了第一部分杰作，可视为"独一无二"一代的前史。第二部分则从2008年中国志愿者元年的定义出发，通过对一批成年后，参与汶川地震、秘鲁地震、世博会、新冠肺炎疫情几个重要事件节点的80后志愿者故事的叙述，来完成"独一无二"一代的后史。文本的优势无异在文学性上，丹燕老师用她作为作家的特殊才华，通过活泼的人物描写、感人的故事叙述、细微的心理捕捉和灵动洗练的文字，撰写了《独一无二——诞生在中国独生子女时代》的生动文本。作为一个点睛，丹燕老师又通过每章前言，以及第三部分与学者的讨论兼80后青年学者的访谈，来对"独一无二"现象进行研究性解读，就此完成社会学意义上的诠释，进入到宏观框架的历史视野。

在1996年第一次准备成书时，对当事学者的讨论，丹燕老师就已经在文中明确表示，她最期待的是当20世纪80年代的中国独生子女长大成人之后，在这代人中诞生的社会学家、人口学家、心理学家，如何研究和表述自己这一代人带来的社会意义。为此她经过二十多年的等待，在2021年最终成书时，这个愿望已经得以实现。她陆续采访了20世纪80年代出生的青年学者，获得了他们的成长故事，以及他们对20世纪80年代的中国独生子女的专业研究成果。到这时，独生子女的成长过程才得以完整体现。

《独一无二——诞生在中国独生子女时代》应归入类似于口述实录（本书是信述方式）的"非虚构"文体。因此我们有必要先简单介绍一下口述实录的历史。

1948年，曾经做过新闻记者的艾伦·内文斯在哥伦比亚大学创立了第一个口述历史档案馆，被认为是现代口述新闻与历史研究结合的标志性事件。口述历史"萌生于美国史学界，渐次浸染到全球的史学、新闻和文学领域"。"中国的口述实录产生发展的过程，大致上可以说它肇始于文学领域，普及于新闻领域，发达于历史领域。口述实录写作与常规写作的不同在于作者放弃了叙述的权力。多数口述实录作品都呈现'众声集纳'或'碎片集纳'的状态，在众多声音的协同互补之中多层次、多角度地再现真实世界的广阔与复杂，展现本真的民生。"① 在新闻领域，口述实录往往被归入新闻报道中的人物专访类别，是记者通过对人物的采访，由口述者讲述个人亲身经历的新闻事实、表达个人观点，并最终以第一人称的形式见诸媒体的新闻体裁。有从业者归纳出"四个性"的评判标准：一是选择人物的典型性，二是保证事件的真实性，三是把握好历史的代表性，四是挖掘文章的故事性。从哲学的层面来说："口述历史所彰显出来的力量，是人类得以在精神领域不断发展的力量，体现了人类对于历史本真及自然王国的向往与追求。口述历史既是一个理解—认识路径，同时更是一种叙述—阐释手段。"② 回到现实的层面，优秀的口述作品一定具备强烈的问题与责任意识。但无论虚构还是非虚构，都只是一种观察事物的立场或路径，其更大的使命和态度，在于能不能进入当下时代的现场，能不能和现实密切互动，并关联历史，回应历史的拷问。

在文学评论界，学者很早就尝试用"非虚构文学"概念来涵盖报告文学、纪实小说、口述实录体等文体，其较虚构文学的特殊价值在于作者作为参与者或旁观者的"在场性"、正在进行或者已经发生的"真实性"。③这种对于现实感和真实性的拯救,让它迅速吸引了大量读者。非虚构文学借助社会学方法来反映现实,兼具理性和感性的力量,但也由此引发了争议。有学者认为:"社会学介入非虚构文学,是一个很重要的现象,这是好事,但是好事过了头可能也有问题。非虚构文学写作者不是要通过写人去寻找社会意义,或者是寻找标本的意义、典型的意义和新闻的意义,这是社会学写作的任务,非虚构文学关注人有另外的使命,这种关注可能不是以明显的抒情方式表达出来的,但对人的命运,对人的存在,必须有关注。"非虚构文学应该"在真实的基础上,寻找一种叙事模式,并最终结构出关于事物本身的不同意义和空间。这是一件非常文学的工作,也是非虚构文学的核心"。非虚构书写作品中应该有多个声音、多种观点,它们之间是一种对话的、辩驳的,甚至相互消解的存在,最终,时代的或事件内部的复杂性被呈现出来。④我想,这些要求,在丹燕老师的文本里都基本做到了,因此,我们有理由确认《独一无二——诞生在中国独生子女时代》的优秀性。学术界的独生子女研究主要集中在社会学、教育学、医学、心理学、体育学五个学科,而丹燕老师的书作为一个亲切而感性的文本,无疑又增加了文学方式的关注。硬邦邦的数据在丹燕老师的笔下变成了活生生的形象。它文学性的光芒并没有被社会学的思考所掩蔽,而毋宁说对社会学的文学式访问增加了作品的厚度和张力。与"独一无二"的时代相反,我们今天的时代,单一性正被解构成漫天繁星,文体也必然会不断地飘移和异轨,任何单一的文体都很难完足地表现这个丰润的时代,我们必须用更立体、更融会贯通的方式来表现这个日新月异的时代。这也是当下创意写作和研究兴起的原因。

让我们再从社会学研究的维度来看看《独一无二——诞生在中国独生子女时代》。一个数字和两个时间立马让我精神抖擞起来。这实在是一个影响了中国社会并会持续发生影响的现象，且自己的下一代也位列其中。

从1979年中国诞生第一批佩戴着特定计划生育政策标记的特殊人口——"独生子女"，到2015年"全面二孩"政策实施、独生子女政策结束，全国已有0—44岁的独生子女人口两亿左右。三十六年的时间其实已经超越了中国传统界定的三十年为一世的概念。

一位学者曾经概括道：20世纪70年代末，在中国这个世界人口最多的国家发生了两件具有重大影响的历史事件，一是改革开放，二是人口控制。二十多年过去了，改革开放已使整个中国社会的面貌焕然一新，而人口控制也有效地降低了中国人口的增长率，减缓了人口急剧膨胀的速度。正是在这样两种背景中，产生和成长起来了一代新人——独生子女。这一代特定人口的成长、发展以及一切与他们有关的现象和问题也一直为整个中国社会所关注。当一代独生子女逐渐成长为21世纪中国社会的新公民时，回顾对我国独生子女的研究所走过的道路，分析这一领域中的研究状况，探讨与这一代人的成长有关的新的问题，无疑具有十分重要的意义。⑤

这一代人的影响起码涉及两代人。社会学家已经罗列出了与之相关的一系列问题：对一代独生子女的关注焦点主要是他们的心理特征、教育方式、社会化过程、大学表现、婚恋生育、社会适应等，而对一代独生子女父母的关注焦点则主要是他们的生育意愿、居住方式、养老保障以及"失独"问题等。在这一巨变的时代中同时生活着的两代人的生命历程值得特别关注：一是出生于改革开放之际又与改革开放一起成长的一代独生子女；二是在改革开放时代中生育、养育独生子女的一代父母。如果说，中国社会改革开放的这四十年，是一代独生子女人口从他们的婴儿期、儿童期、青年期，直到走向中年期一步步成长和发展的四十年的话，那么，这四十年同时也是这一代独生子女的父母们从他们人生的青年期开始，经过中年期，直到走向老年期的四十年。⑥

正如专家所分析的，研究"独一无二"的意义在于：首先，第一代独生子女的特殊性不仅因为他们是独生子女政策推行后所出生的第一代人，也是改革开放后成长起来的第一代人，亲历了中国四十年的高速发展和社会巨变，并和国家一起被揉进全球化兴起及至今天又回潮的全过程。泛化来讲，大时代变迁的关注焦点集中在成年独生子女及其相关现象上，比如第一批独生子女的婚姻角色、亲子关系、夫妻权利，等等。尽管目前进入婚姻的仅仅是第一批独生子女，其比重在全部独生子女中只是相对少的一部分，但研究者意识到他们身上所体现的问题，在不久的将来会出现在大量更年轻的独生子女身上。因而，这种提前研究可以较好地指导社会提高认识，做好相应的准备。

其次是将第一代独生子女父母的养老问题放到研究的议事日程中。虽然目前独生子女的父母基本上都还没有进入老年，但他们的养老问题是从三十年前独生子女刚刚产生时就已经存在和决定了。对于有着深厚家庭养老传统的中国社会来说，这一问题的研究无法回避。

第三是突出地探讨与独生子女现象密切相关的生育政策问题。独生子女政策已经实施了三十余年，国家提出这一政策时的"一代人"

方案，目前在时间上已经到期。独生子女政策存在哪些风险？我国的生育政策又该如何调整？对这些问题进行探讨无疑具有很强的前瞻性。

《独一无二——诞生在中国独生子女时代》中有许多新鲜有趣的观点。比如：多子女一代由于特殊的时代背景大多是"志大才疏"，而独生子女一代则多是"才大志疏"；比如：有些独生女孩会说，我追求的是"两情相悦"而不是"精准扶贫"；比如：把独生与非独生子女做比较（基于80后研究），包括事业成就、社会适应、个性特点、智力发展、社交能力、亲子关系六个方面，发现没有大的差别；比如：放开二孩生育以后，我们不仅要关注"多养"的问题，更要关注"善养"的问题；再比如：曾经给80后贴上"小皇帝""自私""冷漠"的标签，但随着80后志愿者登上历史舞台，又反转为自信满满、被赞誉有加的正面形象和光明象征。学者提醒：既要防止"本代自恋症"，又要防止"逐代阿谀症"。我也因此想到前不久出现的"奔腾吧，后浪"的网络澎湃。写序之时，正好看到哔哩哔哩网站举办的2020—2021跨年晚会，UP、跨界、混搭、出圈，高科技、二次元、人工智能、时尚炫酷，完全让我们进入了一个新的世界。有人说：技术有进步，文化是没有进步的，只能说这是一个在文化意义上不同于过去的新时代。也因此，我寄希望于丹燕老师有时间能再续上她关于90后和00后独生子女的口述记录，使这份具有社会学意义的文学记录更具有完整的历史价值。相比较作为传统尾声的80后，他们是真正在改革开放环境中成长起来的一代人：全球化、文明阳光、物质富足、少年留学、国际视野、游戏动漫、创意产业、知识经济、民族主义、中国崛起、互联网信息时代。同样是计划生育的产物，但他们的眼界、知识、财富，独立、自由、"佛丧宅"、开放多元、追求与众不同的价值观，恐怕是他们的80后哥哥姐姐们所无法比拟的。或许，他们身上所表现出来的特质更值得作为"独一无二"一代的标本，担当"独一无二"的大名。再说这一代独生子女和上一代非独生子女没有很大差别，恐怕我不会同意。当然，这也可能不在于独不独生，而在于我们面临了百年未有之大变局，尤其是新冠肺炎疫情的发生，谁都能体会到整个人类对未来的迷惘和不确定感。

任何研究都有一个从混沌无知到静态清晰，再到动态变化、开放多元的过程，正像我写这篇序。

《独一无二——诞生在中国独生子女时代》的价值不仅在于它洞见到了中国社会一个非常重要的历史现象，还用"非虚构"的方式凿穿了文学和现实的秘道，由此通向一个开放的未来。

（作者系上海社会科学院文学研究所所长 研究员）

---

① 孙春旻：《口述实录：话语权的挑战》，《当代文坛》2010年第2期。
② 王宇英：《口述历史的危机与生机》，《中国图书评论》2012年第9期。
③ 王磊光：《非虚构：它拯救了多少现实感和真实性？》，《文学报》2019年4月25日。
④ 转引自傅小平《新世纪文学二十年：观察与思考》，《上海文学发展蓝皮书（2021）》。
⑤ 风笑天：《中国独生子女研究：回顾与前瞻》，《江海学刊》2002年第5期。
⑥ 风笑天：《一个时代与两代人的生命历程：中国独生子女研究40年（1980—2019）》，《人文杂志》2020年第11期。

目 录

第一部　1990年—1997年：
独生子女宣言

前言
1990年—1997年，独生子女宣言 /002

第一章
我是属于爸爸妈妈的孩子 /007

1. 自己的小床　/008
2. 父亲的红色日记本　/013
3. 妈妈的脚　/018
4. 任重而道远　/022
5. 机会在母亲不在的地方　/027
6. 我永远也够不到爸爸的手　/031
7. 梦想是我的　/036
8. 这一代的父母和孩子　/042
9. 责任　/044
10. 世界上最孤独的孩子　/048
11. 我那孤臣孽子般的孤独　/054
12. 我面对着冲突的理想　/056

第二章
我想有一个知心朋友 /060

1. 协议相处　/061
2. 我应该怎样跟别人交流　/066
3. 公平原则　/069
4. 难道我麻木不仁吗　/074
5. 自私从形容词变成了动词　/078
6. 孤独的人是可耻的　/080
7. 独生孩子很难做朋友　/085
8. 孤僻　/089
9. 我爱自己　/094
10. 我要选择信任　/099

第三章

什么是爱情 /103

1. 什么叫男朋友 /104
2. 要不要靠近 /108
3. 爱上了偶像 /113
4. 全家投入的初恋 /119
5. 我爱莫扎特 /125

第四章

我的宣言 /130

1. 我脆弱,我笨拙,可我纯洁 /131
2. 我总是和自己的心思对立着 /136
3. 我是乱麻 /139
4. 我总是猜测生活的目的 /144
5. 我不虚伪 /148
6. 我沉浸在自己的世界里 /152
7. 我丢失了宝贵的东西 /155
8. 我在势利中成熟 /160

第五章

重逢 /164

第二部 | **2008 年—2010 年：**
赤子来了

前言
1996 年—2008 年，漫长的曙光 /186

1. 哀悼日 /192
2. 一个志愿者的成长史 /201
3. 不甘心 /219
4. 冲动 /242
5. 大象 /256
6. 2008：凌薇与降建新 /285
7. 突破 /308
8. 小白菜的笑容 /316
9. 吴志雄的多巴胺 /358

第三部 2016年—2020年：独生子女的时代解码者

前言
中国独生子女生育政策简史 /424

第一章
1995年，推想 /428

1. 关于独生子女：陈丹燕与上海青少年问题研究所所长苏颂兴的讨论 /429
2. 关于时代：陈丹燕与华东理工大学文化研究所副所长曹锦清副教授的讨论 /440
3. 关于女生：陈丹燕与上海社会科学院的妇女问题专家陈惠芬的讨论 /446
4. 关于一代新人：陈丹燕与上海大学文学院史学博士朱学勤的讨论 /450

第二章
2020年：与时代和解 /455

1. 2018年至2020年，与复旦大学人口与发展政策研究中心教授胡湛的讨论：关于独生子女对自己这一代人与自己所处时代的理解 /456
2. 胡湛的故事 /465
3. FYRST调查项目成员陈斌斌的故事 /486
4. FYRST调查项目成员高隽的故事 /498
5. 2020年，关于中国最终改变计划生育政策：胡湛教授的推想 /507

鸣谢 /510

第一部

1990年—1997年：
独生子女宣言

前　言

1990 年—1997 年，独生子女宣言

1992年,我在上海东方广播电台做青春节目主持人。那个时代,青春和与青春相关的事物都有种严肃的纯洁性,完全没有商业化。我的节目有个非常适合时代的名字"十二种颜色的彩虹"。

这个节目在1993年先后获得了上海新闻奖和中国新闻奖。

那时候,我开始收到大量青少年来信,我常常为他们能写出这么细致的来信而感到惊讶。有好几年,我写青少年文学,做儿童杂志的文学编辑,但信里面的许多故事是我闻所未闻的。那真实发生着的故事,远远地超过了文学正在表现的。我的监制有次跟别人笑着说我,捧着一盒子信,就像小孩捧着一盒蛋糕。是的,他比我早意识到,我捧着一个宝藏。

我就觉得自己一个人看这些信,也是一种浪费,所以我在自己的周日节目里开设了一个小专栏,读来信,也回信。有孩子在信里写了一个长故事,我就和信的主人约了时间,做一个深入的采访,然后用在节目的访谈专栏里。是在再次采访中,我发现了原来他们差不多都是独生子女。

是这个工作使我认识到，这一代青少年竟然都是独生子女。一所所小学校里，一所所初中里，每间教室里坐着的，都是独生子女。他们集结在一起，就是一代人。他们是**20**世纪**80**年代培育起来的中国人。他们有自己特有的爱与恐惧，他们身上又折射出那个时代特有的热烈、进取、迷茫、焦虑和乐观，在他们单纯的故事里，闪闪发光的，是整个中国几代人心中的向往。而他们的故事，我这代人并未经历，也未曾注目。时代奔涌向前，每个人都在奔忙，我们竟然未曾坐下来仔细谈谈心。

我的那个青少年节目，一直继续了三年。像所有的广播节目一样，每半年左右要做一次节目的改版，开设新专栏，关闭旧的。可是那个读信的专栏始终跟随着节目，而且一直是最受欢迎的专栏。那些被读了出来的心声，又让节目每周都收到新来信。过一段时间，我存信的大纸箱子就满了，盖不上了，可我不舍得把它们扔掉，就把它们精选一遍，为后来的信腾地方。后来实在放不下了，有一部分就放在我的监制王历来的柜子里。他几次搬家，都小心为我保留着，用一根一个女孩子夹在信里寄来的紫色丝带扎着，同事以为是他的青春美好回忆。就这样，在遗失了许多信的时候，还有一些信被郑重地留下来了。

到 1994 年至 1995 年时，我在节目里连续做了三个月的独生子女生活的讨论，邀请独生子女在节目里跟社会学家们一起讨论这代人的特点、生活方式和代际关系。那时候的来信特别集中，邮局专门给了个白色帆布的大邮袋装。因为有社会学家的梳理分析，引导了许多独生子女参与价值观的讨论。

我常常在心里想，总有一天，我要把它们都整理出来。

让不再像我们小时候那么容易敞开心灵的孩子，可以看到别人的心事原来和自己的一样；

让父母可以看到，自己怎么也不理解的心爱的孩子，到底在想什么；

让社会学家看到，我们四周正发生着社会的巨大变化，只不过这变化被悄悄掩盖在孩子平静的面容后面。

1996 年初，我离开电台，终于有了时间。从上万封的来信里，我用了三年的时间，选择出来一千多封信留下来。然后，从这一千多封来信里再选择两百封信，上百个有效地址，用这些地址，我做了几十个补充采访。

有时候，我能感到历史就在我的身边，像一汪摇摇欲坠的水一样，一点一点地在独生孩子的成长故事里聚集并壮大。马上，它就会决口冲向前方，它将冲出新的河道，奔向未知的远方，那就是中国的将来。

这是第一次，我感到自己也许是在记录一段空前绝后的中国历史。这是一段发生在孩子身上，并将要摇动以往中国的历史。中国只有一代独生子女，当独生子女到了生育年龄，他们按照计划生育政策，可以生两个孩子。他们的孩子，就不会再重复父母的独生孩子的童年了。这些20世纪80年代的中国独生孩子，用他们小小的孤独的双手，摇动了古国。

第一部里的故事，就这样渐渐成了。

第 一 章

我是属于爸爸妈妈的孩子

1. 自己的小床

我是大学一年级的新生，上大学对我来说，不光是爸爸妈妈脸上有光的问题，当然这也是很主要的一点。我是我们家里的第一个大学生，我们家从前的人一直是工人，所以我们全家就指望我上大学，我也算光宗耀祖了。上大学对我来说，还给了我一个从家里搬出来的机会。

并不是因为上了大学，我看不起我的家了，而是我爸爸妈妈对我太好，好到我觉得自己在家里是一只寄生虫。

我爸爸太宠爱我，家里随便什么事，都不要我做。我们家住在老式的上海房子里，房间在楼上，灶间在楼下。有时候我妈妈在下面烧水，水开了，她一时走不开，就叫我下去冲开水。妈妈在下面一叫，在上面的爸爸本来从来不去冲开水的，可是那时候他会从他坐的地方一下子跳起来，说："我来了，我来了。"就马上跑下去冲水，然后拿上来。

有时候我实在想做点什么事——这是很正常的，一个人不可能一直坐在那里看书的，做做家务也是有意思的事——所以有时候我也应得很起劲。不过还没等我站起来，我爸爸就过来把我按回到椅子里，说："你不要去不要去，我会去的。"爸爸怕开水烫到我，他以为我是白痴，十八岁的人连开水都拿不来。

我妈妈要是叫爸爸干点什么小事，一般都比较难。爸爸是家里的大王，他得干大事。冲开水这件事，对他来说太小了，太不刺激了。妈妈要是在下面叫他，叫一百声他也不动。所以妈妈后来也知道了，要是她想让爸爸做什么事，她就叫我，只要叫一声，爸爸就会跳起来去做。

我就是这么长大的，像一只没手没脚的虫子，只要在书里面爬爬就好了。可是我是一个人啊，而且我觉得自己是一个手脚麻利的人，可以做许多事情，就是他们不让我做，把我给浪费了。我可不能被浪费啊！

我学的是商科，这不光是为将来可以从事一份热门职业，也是我的兴趣。我觉得我喜欢做一个商人，很精明强干。我得好好地锻炼自己。

开学不久，就到了圣诞节，学校里的学生活动中心批发来了许多圣诞气球，让大家去勤工俭学。我觉得这也是一次学习做生意的机会，当然也好玩，还可以挣钱。我是第一次自己挣钱，新鲜得要命，所以就用爸爸给的零花钱付了押金，买了一百个。

我知道爸爸妈妈不会同意的，所以好几天以前就先吹风了，说我们同学都去教学实习，商科的人要去卖东西。那时，我爸爸说小姑娘卖东西有什么好，可是也没有太反对，他们不是太懂学校里的事，最怕我比不上别人的学习。后来挨到最后一天，学校把气球发给我们了，我不得不把它们拿回家。好了，他们这才知道我原来是要站在马路上卖气球，爸爸马上就跳起来。

当然是不让去。

我说钱已经付了,不去也要去。

在小事情上,我常常可以对他撒撒娇,可是这种大事情,说什么也没有用的,从小我就知道。但是现在我已经是大学生了,我得做我要做的事。

爸爸一会说小姑娘去卖东西,会碰到流氓的;一会说我这样不会做事的人,一定是一个气球也卖不掉的;一会又说要陪我去。爸爸的钱不多,要是工资高的话,我想他马上会把我的一箱子气球都买下来。

我守着从学校批发来的气球,说:"这是学校老师说好了的,随便你怎样,我一定要去。"

这样争了很久,我马上就要泄气了。我觉得自己的手和脚正在往里面缩,只好又变回虫子去了。

这时候爸爸突然泄了气,同意让我去了。他对我妈妈说,让她去,她吃了亏,就知道了。

我知道他最好我吃点小亏,下次不敢不听他的话。可是我想,我一定要做得特别的好,让他们没有话说。那天我真的对所有的人都笑,让他们来买我箱子里的气球,我卖掉了所有的气球,也没有找错钱。

爸爸说我是瞎猫撞到了死老鼠而已。

这就是我的爸爸,他永远有理。而在他的眼睛里,我永远是无能的,要他在身边照顾着,我自己只有考试考一百分的功能。他一点也不知道,这是我们同学里面最看不起的,将来也一定不会有出息的一种人,是我最不要做的那种人。

而我,就是要证明我不是这种人。

从那以后,我越来越想好好地锻炼自己。我发现自己可以做许多事,我自己做着的事也越来越接近自己的理想。第一个学期,我没有住校,因为爸爸妈妈不放心我。我开始争取住校。

我对他们说,学校里功课忙啊,竞争激烈啊,我要赶不上了啊,同学都修晚上的课。我要先吓吓他们,他们最怕我功课不好。其实也是这样,上了大学以后,是为自己的将来在学了,一般大家都真正开始用功起来,住在学校里,有更多的时间学习。

也许,在家里住了二十年以后,心里厌倦了。

也是天天和爸爸妈妈磨啊磨啊,每天吃完晚饭以后,一家人对着剩菜脏碗,讨论我有什么必要住在学校里。磨到最后,大家都快烦死了,爸爸同意了,妈妈也同意了,附加条件是:有任何事情,马上打电话回家,在外面碰到事情回到家不许隐瞒。这个过程很烦很烦,一直到我马上就要搬到学校住的最后几天,妈妈还问我,是不是可以改主意。

我说,这是不可能的。

我这才有了自己的一张小床,每天自己去打热水,自己洗碗,自己管自己。

有时候在学校里我想到爸爸妈妈,觉得自己是那样的爱他们,真想为他们做些什么,报答他们的养育之恩。

可是从此以后的每个周末,我总是很不高兴。

爸爸妈妈在我住校以后,一个星期只买一次菜,就是我回家的那一天，他们会很早就去买。买的东西全是我喜欢吃的，鱼啊，虾啊的，很贵的菜。然后他们俩下午就开始烧，烧一桌子的菜，等我回家。到吃晚饭的时候，他们一边一个，坐在我两边，看着我吃，把最好的东西，比如鱼肚子上没刺的肉，挑到我碗里来。然后，等我回学校去了，他们就每天吃那一大桌子剩菜，等我下一次回家。

  我很恨这样的晚餐。有时候他们把鱼肚子夹到我碗里来，我就把它夹回去，让他们吃掉。可是他们又会夹回来。有时候我生气了，我摔筷子，说，我不吃了。爸爸妈妈才会把它吃下去。可是我看得出来，他们虽然吃了，心里却不高兴，因为不是我把最好的东西吃到肚子里去。

  我一点也不喜欢家里的好东西都给我一个人吃，好像我是一个完全不顾自己父母的不孝的孩子，我要他们吃下去。和他们一样，我看到他们把好东西吃下去了，心里也会很高兴。可是这好像也变成了家庭中的战争。

2．父亲的红色日记本

我的父亲是上海知青，十八岁时到安徽的乡下去。他在那里认识了我妈妈，她那时是一个不识字的乡下姑娘，他们在安徽结婚，生下了我，我是他们的独生女儿。

我两岁的时候，冬天下很大的雪，雪把路和井台都盖没了，爸爸走路没有看见，落到井里去，淹死了。

是妈妈把我带大的，我们在一起吃了很多苦。妈妈自己开了一个小店，在乡下卖小商品，针线扣子、香烟糖块什么的。她常常要到很远的县城里去进货，那时候，我只能一个人在家里。天黑了，妈妈还不回来的话，我就害怕。有时候不敢在家里，就坐到家门外面去，有时候坐着坐着睡着了，妈妈回来看到了，就心疼得哭。

那时候我们没有钱，妈妈卖的糖，我从来不吃。

我和妈妈，不像母女，像朋友。她有什么事，回来会对我说；我有什么事情，也对她说。有时候我想，这也许就是单亲的独生子女家庭才可以有的情况吧。我们俩是最知心的朋友，她从来不强迫我做什么。我有时候学校里功课多了，没时间看电视，妈妈总对我说，你到别人家去看一会电视吧，休息休息。现在回想起来，妈妈真的是一个单纯的人，像孩子一样的单纯。

我们在一起度过了许多快乐的日子。

妈妈很好看，在我小时候，有人看上了妈妈，不知道我是怎么知道这事的，只知道我在家里大哭大闹，不愿意我们家里再来一个人。想起来，小孩真的也很奇怪，我记得我小时候老觉得家里冷冷清清的，每次有客人来都特别高兴，可是为什么就不要家里再来一个人和我们一起过呢？妈妈后来再也没有提起，那个人再也不见了。妈妈还是很高兴地和我在一起，那时我觉得只要我们在一起，就一切都好。

到十六岁的时候，因为我的爸爸是上海知青，我可以回到上海去，这对我的将来来说，是一个很好的机会，我可以受到好的教育，也会有更好的前途。奶奶为我把回上海的手续都办好了。那一年，我开始和妈妈说我要离开她的事，我是要回到上海爸爸的家乡去了。可是妈妈从此就只有一个人了，我在上海发生了什么事，她都不能知道，因为她不识字。所以，在最后一年，我开始教妈妈汉语拼音和一些简单的字。妈妈很聪明，学得快。等我离开她的时候，她已经可以看懂字了。虽然她不舍得我，可是她还是让我回到爸爸出生的大城市去，那样我可以读更多的书。

离开妈妈的那天，我一个人坐在车上，看着渐渐远去的妈妈越来越小，这才发现在这个世界上，只有我和妈妈是最亲的亲人，我只有她，她也只有我。

我从来不记得爸爸。

可是我回到了爸爸的家。在他小时候，他就在这个我陌生的家里走来走去，在暗暗的木头楼梯上。有时候奶奶全家吃完了饭，轮到我洗碗，我看着吃剩下的米饭在水里摇晃着流下去，我想我的爸爸，他在许多年以前，还没有去安徽的时候，也在我现在站着的地方站过的吧。这种想法，让我感到很亲切。可是爸爸的家乡对我来说，是个陌生的大城市，街上的人说的话，对我来说比英文还要难懂。

奶奶给了我一个纸箱子，里面是爸爸的照片和日记，还有他从安徽寄给奶奶的家信。这是我第一次看到十六岁时候的爸爸，他的眼睛和我的眼睛几乎是一模一样的。

我是通过爸爸的日记认识我的爸爸的，那是一些红色的简陋的日记本，上面还有毛主席的侧面像。

爸爸一定是非常孤独的，他把自己所有的想法都写在日记本上了，而且因为妈妈不识字的关系，他把他对妈妈的所有的想法都写了下来。因为他和妈妈在乡下结婚了，所以他不能回上海，可是他从来都没有停止过想上海。有一段时间，他想和妈妈离婚，他一定觉得这样对不起妈妈，所以他再三在日记上批注说："这当然是假离婚！"他很爱我的妈妈，希望她幸福，所以他后来再也不提假离婚的事了。

刚刚断绝回上海念头的爸爸，一定常常因为心里的失望对妈妈发火。在他的日记里，那一段时间他总是说："下次再也不对她发火了，她没有错，她是这世界上我最亲的人，我再也不能对她发火了。"

后来日记上有了我。从来大家都叫我刘敏，连我妈妈也这样连名带姓地叫我，只有我的爸爸，在日记里一直叫我小敏，那是我从来没有听到过的我的小名。爸爸想要生五个小孩，我是大姐，我的下面，爸爸想要有两个弟弟、两个妹妹。他把他们的名字都起好了，他想让男孩子都上大学，而女孩子，上到中学就可以了。

他希望将来我可以留在家里，在他们的身边，而我的弟弟妹妹们，都到外面去闯天下。

爸爸想要我们这一家过得很幸福，他老是在日记上做各种各样的计划。因为他是在纸上自言自语的，很唠叨，也很可爱。他甚至画了许多幅我们家新房子的草图，他想攒钱盖几间大房子，再修好院子，甚至他把我们家新院子大门上的对联都写好了，我们家堂屋里还有专门给他和妈妈坐的太师椅。

可是这些想法，永远没有实现。

我常常在大家都睡下了以后，自己一个人看爸爸的日记，好像爸爸在和我说话一样。爸爸妈妈现在已经无法存在的爱情，还是温暖了我的心，让我感到自豪。那样的时候，我总是特别想妈妈，想代替爸爸照顾妈妈，想帮爸爸做点什么。因为只有我一个孩子了，我不做，没有人可以帮爸爸做这事。

我给妈妈写了好多信，妈妈也给我写，她的信里有许多错别字，我想除了我没有人可以看懂它们，可是我，从来不会误解她的意思。

我想，要是爸爸活着的话，我们一定会生活得很幸福。不过，爸爸一定也会有他的许多忧伤。他曾经是一个很有理想的青年，可是，他一生都没有实现他理想的可能，在他去世前不久，他才真正死了心。在他的日记里,也越来越多地提到我,小敏小敏的。他是一个好人啊,他是我亲爱的爸爸。

有一天,我收到了妈妈的信,她说有人介绍她认识了一个叔叔,他想和妈妈结婚,妈妈不知道该怎么办。

不知道为什么,我非常惊慌,一手的冷汗,好像是我做了什么见不得人的事一样,好像心里也很难过,觉得非常孤单。然后我找了一个安静的地方,又把信看了一遍。我知道妈妈心里想有一个家。妈妈慢慢地老了,她太孤单了,我也不在。可是在看了爸爸的日记以后,我知道就是我在,妈妈她还是孤单的,因为她没有爸爸了,她没有爱情了。

那天,我哭了。为了我,还是为了爸爸,或者为了妈妈?

然后我决定要帮助妈妈。

我回了一次家,为妈妈看看那个人好不好,对妈妈合不合适。妈妈的脸通红的,她喜欢那个人。

后来,妈妈和他结婚了。

我想,爸爸会高兴的,爸爸在日记上说,妈妈这么纯洁的人是不能被撇下的,现在妈妈有了自己的家了。

妈妈现在的丈夫说,他没有想到我这独生女儿这么能体贴大人。我想,也许就因为是一个孩子,才对自己的爸妈真正负全部的责任。还有谁可以代替我做这些呢?

3. 妈妈的脚

也许因为是独生儿子的关系，妈妈对我的管教非常严格。我的爸爸妈妈来自上海农村，一般乡下的家庭更看重家里的香火怎么传下去，而我，是我爸爸妈妈两个家族里，他们这一辈所生的唯一的男孩，其他的叔叔伯伯，全生了女孩。所以每年过春节的时候，我回乡下的那天，对爷爷奶奶来说，是个大日子。

我想，在妈妈的心里，一定还想要一个女孩的。在我小时候，照相馆里有一种照片，是两张一套的，大家常常喜欢一次拍两张不同装束的，让人觉得照片上的是一对双胞胎。而我妈妈，把我打扮成一个男孩和一个女孩。妈妈一直保留着那些照片，有时候她翻开来看，还会说："多么好玩啊！"

有时候我想，妈妈对我那么严格的教育，也许就是因为我是家里唯一的孩子，而且是男孩子。她希望我做最好的孩子。要是我不好，妈妈会打我。她的眼睛本来就很大，当她生气的时候，就会大得像半张脸一样，那么大的眼睛里，怒火熊熊。

我小时候，胳膊很细，胃也不好，妈妈那时常常要我练习倒立，这样来加强手臂的力量。她说，一个男孩子，手没有力气，太不像话了。

从小我就做家务了，我的第一件家务是帮妈妈摆晚餐的桌子。后来，是倒垃圾，自己洗自己的小衣服，像袜子什么的。她说，一个男孩子，要人家伺候，是最没有出息的。

就是到了爷爷家，妈妈也不让任何人来娇惯我。妈妈是一个很刚烈的人，她从农村来，没有一点点虚荣的心思，她让我从小就明白，她心里的好孩子，要努力向上，像种田人一样能吃苦，而且出人头地。她自己就是这样奋斗的，她要我也这样。在妈妈的观念里，不能吃得苦中苦，一定是做不得人上人的。小时候，当然也看到四周的同学是怎么被妈妈宠爱的，有时候也羡慕他们。放纵的爱，有时候让人觉得很轻松。

我上中学的时候，曾经在一个寒假，到船厂去为旧船铲漆。那是我们几个男孩为了锻炼自己，跑到船厂自己找来的活。

爸爸妈妈很高兴。

那个活太辛苦了，也太脏。我们几个孩子在腰上绑了安全带，像在井里打水的木桶一样被吊在旧船边上。冬天的江边，风很大，铲下来的铁锈在风里漫天飞舞，连耳朵眼里都吹进去了，头一摇，满耳朵"哗哗"地响。船厂在江边，离家很远，每天都是爸爸叫醒我，我早早地离开家，回到家的时候，都已经很晚了。有时候一天吹下来，觉得自己像一根冰棍一样了。晚上回家，头发里、耳朵里、鼻孔里，全是铁锈，可有时候我真的没有力气洗干净自己，吃了东西就睡觉。爸爸妈妈每天都给我烧我喜欢吃的东西，有营养的东西，我知道他们很心疼，可是他们从来不说一句让我不要再去了的话。我知道他们不是要我挣钱，而是要我能吃苦。我知道要是我说我不想去了,他们会松一口气,但心里也会非常失望。

没有一个独生孩子想让自己的父母失望的。当你了解了在这世界上最重要的两个亲人对你的希望以后,要是你不能达到他们的希望,那是你一辈子都不能心安的事。

和我一块去船厂干活的男孩子,其实没有一个人喜欢干,可是也没有一个人中途退出来,大家都坚持到那个寒假结束。有一次,我正好站在船台上往下看,看到别的男孩在大风里挂在船边奋力铲着锈,大船在水里微微摇晃着,我觉得我们有一点点悲壮的意思。

从那时候开始,我常常自己找机会勤工俭学,一直到上大学。

上大学,我离开了家。

每次回家,妈妈都会给我这一个星期她为我做的剪报。她每天看报纸都带着小剪刀,看到她认为我应该读的文章,就为我剪下来,留到周末我从学校回家时看。

妈妈后来生了重病,在医院动大手术。

从学校回来,我去看妈妈。妈妈很虚弱,她说,她想洗洗脚,她想让我帮她洗脚。我有一点吃惊,这是不寻常的要求,可我还是为她倒了热水。我想那时候我并不自在,也许因为我是个男孩?也许因为我从来没有这样和妈妈接近过?

然后,在水里我握到了妈妈的脚,非常瘦的脚,有一点变形,还有一些茧。妈妈多少年的辛苦,多少年因为要强而对生活做的努力,好像都从她的脚上告诉了我。

那是我第一次心疼自己的母亲,那时候我真的很想为母亲做些什么。我觉得在严厉的母亲面前,我一直是努力想要做得更好的孩子。以前我是怕她生气,可是从那时候开始,我懂事了,我开始可以容忍,是从妈妈大病中的脚上,我真正懂得做人的艰难和做人的坚强。

后来,妈妈又提起从前她为我做的剪报,有篇文章说一家日本的大公司,在招聘年轻雇员的时候,最后一道考试题是要求他们回家为自己母亲洗一次脚,这样来让年轻人懂得自己母亲人生的不易。妈妈说当时她也可以坚持到爸爸来,可是她觉得对我来说这是一个机会。

我失望为妈妈洗脚是一种锻炼的安排,虽然我也是真的有所得。我其实常常想达到比爸爸妈妈所期望的更高的目标,我想,那样对他们来说,才是一个惊喜。我满心想要他们有一个对我的惊喜,然后真正的为我骄傲,我以为我做到了,却发现这又是在他们的期待之中,而且是在他们的引导之下。

4．任重而道远

每天我都竭尽全力地学习，我可以这么说，我没有浪费每一天的每一分钟。

我每天早晨六点多出门，骑四十五分钟自行车到学校。我和妈妈回到上海以后，刚开始住在外公家，那是妈妈从小生长的地方。那里很乱，孩子好像老是在街上玩，每家人的电视都整天开着，外公家也是这样。我没一个安静的地方可以看书。那时我要在上海考高中了，妈妈决定和我搬出去住。学校附近的房子都太贵，妈妈在快到郊区的地方找到一间房，一个月一百五十元，那时候我们靠爸爸每月寄来的三百元钱过日子，可是妈妈还是租了下来。租房的地方离学校远，我得骑车去上学。

妈妈说，小时候家里穷，她没能够好好上学，因为要照顾弟弟妹妹，她到十岁才上学。上了不久，又碰上"文化大革命"，妈妈下乡去了，从此她再也没上学。她在农场和当小学老师的爸爸结了婚，我们在北方过得很幸福。妈妈在知青大批回城的时候也回到了上海，那时候她年轻，上海的工作也不是那么难找，她很快有了工作。可是不久，因为我和爸爸没有来上海，她又回来了。她能说一口挺好的北方话，她不那么想住在上海。就是为了我能受到更好的教育，她才辞了工作到上海来陪我读书。

从她辞掉工作的那一天起，她就只为我上学而活着了。

我高二了，今年要会考，功课很紧张。在学校上课一直到下午四点以后，老师常常全班补课。有时候我们要在自己的课桌前坐九个小时，可是大家都没有什么怨言，大家都明白，老师是为了我们好。要是我有哪一门课成绩往下掉了一点点，我的任课老师常常比我还要急，常常我们班还没有下课，他们就在门外等着我，一看到我，就说："来，到我办公室来，我给你再补补。"我已经可以听得懂上海话了，可是他们对我还是特地说普通话。重点中学的老师如果给人家做家教的话，一小时至少有二十五元吧，可他们为我补课，从来都不要钱。

如果有老师等着我的话，我就还要晚一点才能回家。离开老师的时候，他们常常说："路上小心啊，不要让你妈妈担心。"

大多数时间，是跟着班主任老师补英文。她是英文老师，和我妈一样，也是知青，她下乡的地方就是我妈当年去的地方，离我们家不远。上海的学生英文学得比我好，我的各门功课里，英文最不好。老师为我补课的时候，有时候也说到妈妈的心思，老师说，大概世界上最想看到孩子成功的，就是从前的知青了。她自己也是这样。她说，知青那么渴望孩子出人头地，并不是为了自己要享孩子的福，而是自己在年轻时代吃了太多的苦，希望自己的孩子有灿烂的人生。

有时候她看着我，像妈妈那样，屏住呼吸地看着我，说："你懂吗？你妈不是为了她，而是为了你。"

我很懂，真的懂。妈妈的生活很难，我们刚刚搬来的时候，连床都没有，所有的东西都是别人一点一滴送给我们的。妈妈中午从来不吃菜，因为没有钱买。妈妈和爸爸分开，又失去了工作，真的难。可妈妈从来不怨什么。要是说到现在的生活，妈妈就说，全是因为她读书读得太少，要是她有学问，一切都不是这样了。所以她要尽所有的可能让我读书，我有了学问，就一辈子不会怕什么了。她说，只要我能读书，她什么都可以干。爸爸说，他也可以，卖血都行。

我真的愿意好好读书。为什么我要爸爸妈妈为我付出他们的后半生呢？我怎样才能对得起他们呢？我什么也做不了，只能好好读书，用每一分钟来读书。那次妈妈生了重病，回北方动了手术，很快又回来了。在上海她没吃没穿的，就来照顾我，我真的受不了。我对妈妈说我想回农场去，爸爸妈妈太苦了。我说，要是我真的是人才的话，在哪里读都可以上大学，从小地方考上大学的孩子多的是。妈妈一听就火了，动手打了我。

从那次开始，我知道我们全家只有一条路走。

常常都是天黑透了，我才回到家。那间屋原来是房东家吃饭的地方，在灶间里，现在砌了一堵墙，把灶间一分为二，里面的一小间就是我的家。回家的一路上我路过好多房子和窗子，有时候能看到一楼的人家，那家的妈妈坐在桌子前吃饭，她的碗里有一大块肉。要是我这一天在学校把功课都完成了的话，那时候我会想起我的妈妈。

有时候妈妈会到路口来等我，她一个人，站在路灯下面，那时，我的心会"咚"地跳一下。向妈妈走去的时候,要是今天没有什么好事情,我会走不过去。可我得走过去。妈妈的眼睛就那样一眨不眨地看着我,她在盼我的好消息。只要我有一点点的犹豫,妈妈马上就会紧张起来。我得高高兴兴的。在这样的时候有时我忍不住对妈妈大叫,不让她老来等我,这就是妈妈说我有时候乱发脾气的原因。

往往我回家的时候,房东一家都在灶间吃饭。他们一家总是很照顾我们,我们住进来以后,他们给别的房客涨了一次房租,可是瞒着我们家。后来妈妈知道了,也要多加钱给他们,妈妈从来不愿意占便宜。可他们不要妈妈的钱,他们说他们和妈妈的心思一样,只要我能考上大学,就是他们最高兴的。他们家做了好吃的,常常给妈妈。他们看到我回家来,常常对我说:"给你妈妈争气啊,孩子。"

妈妈说我正在长身体,学习忙,要多吃点。晚饭时候,她做一个荤的、一个素的菜。可是她自己从来不会去吃那个荤的菜。有时候她买一个鸡腿,看着我让我把它吃下去。我真的是饿了,我真的想吃。可我看到妈妈,就吃不下去。我让妈妈吃,她说,她吃不下,她把鸡腿夹到我碗里。我把它夹回去,她又把它夹过来。有时候她发火了,有时候我发火了。要是妈妈被迫把好吃的吃下去了,整个晚上,她都不高兴。我能看出来,她像丢了什么好东西一样不高兴。可是要是我吃了,我也会像她一样。

妈妈常说,我上了大学,一切就都会好起来的。

晚上,是我学习的时间,妈妈不看电视,也不说话,她坐在我身后的床上没有一点声音，我觉得她在想着什么。我和妈妈在上海的夜晚，差不多都是这样度过的。我先转学到了一所普通的中学上初三，然后考上了重点高中。我差不多是我们初中考得最好的。在毕业典礼上，校长请妈妈为同学们讲话。那是我们最高兴的一天，真的，最高兴的一天。然后，高中阶段开始了，大家都是从前学校里的好学生，大家都学习得很努力，奇迹不是每天都有的，我常常都觉得，比起妈妈的盼望、父母的付出，我的进步太小了，小得有时让人丧气。

晚上在睡觉以前，妈妈又说，只要我能读书，让她干什么都行，只要她有的，她都可以拿出来。可是她还有什么呢，她有的，都已经拿出来了。我已经不再说让她不要过这么苦的日子这样的话了，我只是想，无论如何，我要让妈妈的理想变成现实。这一生要是我没有学有所成，我怎么对得起父母？可是，学习不是我想要学得好，就能学得好的。有时候我也想，要是我没有考上大学，我怎么办，我的妈妈怎么办，我的爸爸又怎么办？

5．机会在母亲不在的地方

我最不想把自己的名字报出来，要是同学们看到了，不知道又要怎样笑话我。他们习惯了笑我，当然不是恶意的，其实他们也愿意和我在一起，因为我单纯。

这种单纯，也许就是来自他们一进学校就笑我的原因：我是一个在我们这个家族里最受宠爱的唯一的男孩子。像许多被爸爸妈妈悉心照顾的孩子一样，小学时候我是被接送的，家里最好的东西至少是有我一份的，很晚才自己叠被子，几乎不自己洗衣服。到我这一代，爸爸的家族里只有我一个男孩，不光爸妈爱我，还有我的叔叔们。虽然现在不那么讲究传宗接代了，可是我这样的地位，还是有点稀罕。我们中国到底有五千年的文明史了啊。

我那当幼儿园老师的妈妈至今把我当成她的小朋友看。我住校开始，妈妈也开始像走读生一样，一早赶在上班前，先到我们寝室来，帮我整理床，把早饭带来。有时候碰到我做寝室值日，她就帮我做掉。妈妈一直把我当成一个小孩子一样地宠爱。

这也是后来不久，我就从寝室搬回家的重要原因。

我们寝室的同学都是大男孩了，他们不习惯在没有起床的时候有一个女人先在房间里面了，我的妈妈对他们来说，只是一个女人，并不是妈妈。上铺的人常常是拿着裤子跳到中间的桌子上穿的，妈妈一来，他们就只好一个个只把头伸出来，在蚊帐里穿衣服，外面就看到床架子乱动，他们也不好意思让妈妈出去。

妈妈也完全把他们当成像我一样的孩子。妈妈在下面看着他们，还说："你们不也是家里的一个儿子吗，你们从哪里学来的呢？你们自己都会管自己了。"

次数多了，大家都有意见，我妈妈一来，他们大家都在床上跟着妈妈叫我的小名："贝贝，贝贝。"拖长了声音，让你哭笑不得。

过了不久，全班都叫我"贝贝"了。

其实妈妈这样也太累了，我们家和她工作的地方，同我的学校完全不是一个方向，从我上大学开始，妈妈要像上海一日游一样老是横穿上海，她的身体渐渐受不了了。可是不让妈妈这样做，她更受不了。我和妈妈谈过许多次，求她不要来学校了，可妈妈说她就是不放心。她说，我是爸爸家三个兄弟里的唯一的男性后代，我要是有什么问题，爸爸家能把她吃了。可是我知道，妈妈其实有她自己的原因，爸爸家不是这么封建的。

外公家从前穷，孩子多，妈妈小时候从来没有得到她想要的母爱，她是很寂寞地长大起来的人。所以她想让她的孩子一直得到宠爱。妈妈这样的人，天生是应该去做幼儿园老师的，她很温柔地对待每一个孩子，要是小孩尿裤子了，她从来没有骂过他们，还帮他们把换下来的脏裤子洗干净。妈妈一直是她单位的先进，可她不是为荣誉工作，而是为她自己的童年在工作的。

她对我当然也是这样。

妈妈真的是这世界上最爱我的人，我不愿意看到她那么累，所以我自己说，我可以每天回家。

当然我自己也不喜欢住校，生活不方便，有同学在寝室里吸烟，我最不喜欢闻香烟的气味，它对肺很不好，不是吗？住在学校里，我常常不能像在家里那样做事有效率，自己照顾自己要花太多的时间。

我叔叔为我买了一辆意大利进口的助动车，骑着它，我很快就可以从学校回到家。

由于妈妈的缘故，我很少做家务事，可是我觉得那些事情，我迟早有一天可以学会，到必须做的时候，我再去做也来得及。我现在需要做好的，是我的本职工作，我得读好书。要是需要我去吃苦，我想我可以。如果我将来有一份好工作，我也可以找一个人来为我做家务事，一个人不必会做世上所有的事，不是吗？

我学的是旅游专业，实习的时候去了上海的大饭店。我们去的第一天，是大堂经理来训话，他说，到大饭店里来工作的每一个人，都要从最苦的工作开始做起，要是苦的工作不能做，这个人就永远不要想争取到好工作。大堂经理本人就是这样，他刚来这里的时候就是从大门口拉门的开始做起。

我实习的第一个工作，也是在大门口为客人拉门。

规范的服务，是拉开门以后，给客人鞠一个躬。

大饭店里，一天有多少进进出出的客人！对每个客人都得深深地鞠一躬。我知道我必须做，所以我每一个躬，都是九十度的。

妈妈曾到饭店外面来看过我,她知道我干的活很辛苦,她说:"这是没有办法的事,这种苦,是你一定要吃的。"

我也知道是这样。其实从心里说,我并没有觉得它是苦得受不了的事,也许因为它是我工作的第一步吧,老实说我觉得有意思。

到实习结束的时候,因为这,我得了一个奖,那个大堂经理说我做到了最难做到的事:能吃苦耐劳。妈妈高兴极了,她也一直在担心她太宠我,会影响我将来工作时的吃苦精神,现在我们都发现不是这样的。老师也高兴,看着我直说"想不到想不到"。我自己也没想到,我真的可以吃苦,并不是一般人说的那样,我这种受宠爱的人,只是妈妈的面团。

不过,我也知道,要是在妈妈身边,在家里,我永远不会有机会做太苦的事。妈妈不在的时候,我可以做得好。我成长的机会,是在我独自去做什么的时候,我很明白这一点。事实也证明了这一点。

对于妈妈,她继续把我当成一个小孩子,也许这真的有点可笑,可是,要是知道了她的童年生活,知道她的爱有时候让外人觉得可笑之外,并没有什么害处,就让我们这么生活下去,又有什么不好呢?有些事情,可以水到渠成。

6．我永远也够不到爸爸的手

大概所有的小孩都和爸爸玩过这样的游戏：高大的爸爸伸出手来，举着，说："来，来，你碰不到我的手。"矮矮的孩子跳着拼命想碰到爸爸的手，可是，每次跳高了，爸爸本来看上去不那么高的手，会突然抬高起来，那只手永远在马上就要碰到，可是就是碰不到的地方。

那时候的爸爸，不再是可爱的、令人感到安全的，而是对立的、激将的、使你感到压力的。这种大多数孩子都做过的游戏，里面有一种深深的对立情绪，孩子总是觉得自己被父亲戏弄了。有的爸爸最后放低了他的手，在孩子跳起来的时候不再跟着抬高，孩子赢了。而我小时候和爸爸玩这样的游戏，常常都是以我被爸爸像波浪一样起伏的手掌气哭为结束。无论我怎样努力跳高，我从来都够不到他伸出来的手。

童年时代这种令人不快的游戏，对我的一生，好像都有象征意义。

因为爸爸以手拦出的高度，从来是在我努力达到以前的最后一秒钟，又提高了。

我很小的时候，爸爸要我去学画，那时我刚刚上小学，对小学的生活不适应。在幼儿园里的时候我每天都睡午觉,有很多时间玩,就是上课,也常常是做游戏。而小学,上午四节课,下午两节,回到家我觉得很累,可是还要完成作业。我们小学的作业特别多,小朋友常常说,他们太累了的时候,是他们的妈妈或者爸爸帮他们一起做的。可是我,要自己完成作业以后,去上教画画的夜校,完成每星期的画画作业。小时候我常常因为握笔时间太久了,手酸得发抖,那时候写出来的字就比较淡,那样的字,一定是要被爸爸检查的时候用橡皮擦擦掉重写的。

是在那样的情形下,我学会了用一支铅笔画出有阴影的、立体的萝卜、苹果和水罐。

后来,爸爸要我学电子琴。那时候我已经长大一点了,我习惯了安静地对着一个灯下的苹果坐一个小时,也许我也喜欢画画了。爸爸说我应该什么都学一点,开发我身上的各种潜能。

于是我又学了一年的电子琴。

我三年级这一年,上海的一家小孩子自己办的报纸来我们学校招考小编辑、小记者,爸爸让我一定要去考考看。我去考了,我考上了,一个星期有几天,我放学以后就去报社写稿子。

我上中学以后,爸爸又让我在晚上去读英文,读托福预备班,到高二,我得把托福考出来。

就这样,我的每一天都是在急急忙忙中度过的。我得学习好,我得在班上出人头地,我得学比同学多的东西,人家的课余学一样东西,我得学两样。在我的记忆里,好像我从来没有时间交一个真正的好朋友,那种谈天说地的、一起听音乐看画册的朋友。在夜校的英文课上，我看到几个中学生，看上去和我差不多大，他们也是和我走的一样的路。大家也就是在上课之前一起说说话，没有更深的交往。大家都住得远。和我一样的孩子，没有一个不忙的。女孩子在慢慢长大的过程中都会有的黄昏时的淡淡忧伤，我也没有，我没有时间。爸爸的手在我的头上，随着我的长大而越抬越高。

我自己的家在上海附近的一个小城，爸爸妈妈在那里工作。我从小就不能和他们在一起住，爸爸让我自己住在上海的亲戚家，说要锻炼我的独立生活能力，另一方面也是为了我在上海可以学多一点东西。我家的那个小城很悠闲，人们不像上海街上的行人那样，走得像跑一样，而是在古老的小巷子里无所事事地唱着邓丽君的歌。爸爸说一个孩子从小在那样的地方生活，会没有竞争力的。在家里，爸爸妈妈给我留了一间屋，可是只有爸爸同意的时候我才可以回去过一个周末，要不然，我一年只能回去一次。为了方便联系，爸爸给我买了一个有汉字显示的BP机（寻呼机），他随时都可以把他的话留在我的机器上。

从小就一个人离开爸爸妈妈生活，有的时候真的寂寞啊，真的寂寞。爸爸妈妈每隔一天，下班以后自己开车到上海来看我一次，他们来看我的作业，来为我的家长联系册签名。等我的功课全都做完了，琴也弹好了，萝卜也画完了，上床睡了，他们才开夜车回家。小时候，看到别人家的孩子多大了也可以在爸爸妈妈的身上撒娇，要不是自己的爸爸妈妈多少年来这么往返于上海和小城之间，我要怀疑我是不是他们拾来的孩子。

爸爸说将来的竞争社会，许多人之间最后的较量，不是智力上的，也不是能力上的，也许就是小时候是否独立生活过。这是一段现在孩子少有的经历，而别人有的，我要有，别人没有的，我更要有。

现在我住校了，学校允许家长每周三来学校看孩子，我爸爸每周三都会来，和我一起在食堂吃饭，听我说说情况，然后他回家去。他来上海自己开车，可是我回家的时候，从来不可以坐他的车，得自己去坐长途汽车。

爸爸自己并不是那种不成功的人，他生意做得不错，不是把他失去的生活理想寄托在孩子身上的那种人。在旧时代向新时代的转变中，像爸爸这么大年纪的，有许多人被竞争淘汰了，爸爸算是好的。也许正是因为这样，他懂得怎么才能在将来的社会里站住脚，而且成功。

我现在是班上的团支部书记，准备入党。

可是我并不是只会做班干部，我读的这个学校，是上海最好的学校之一，我是班上学习好的同学之一。

可是我也不是只在学校里好，从做小记者开始，我慢慢地有了和社会的接触，有了自己用得着的社会关系，有了社会活动。一个人得从社会活动中锻炼自己。

爸爸对我已经做了的，从来不说一句好，他总是从我的努力成果上轻轻掠过，他会马上指出一个比我做得更好的人来，告诉我。

这时候，我就想起爸爸小时候的那只伸在我头上的手。

我一定会努力的，会眼观六路、耳听八方，抓住一切机会使自己成功。

有时候我真的想对爸爸说，我会奋斗的，会成功的，要是你让我回家和你们在一起住，让我住在自己的房间，一切都不会改变，我会一样地努力，一样地走路如飞。当然我不能说。

7. 梦想是我的

　　在很小的时候，我就有两个梦想，一是做一名演员，二是做一名教师。一般人的梦想是从哪里来的我并不知道，但我的梦想显然是来自我的内心。母亲和父亲都是建筑方面的高级工程师。母亲的工作非常出色，得到过世界青年建筑师设计大奖。他们热爱他们的工作，从来没有想到我小小的心里想着什么。

　　长大以后，由于我的身高和一副眼镜，第一个梦想泡汤了；那第二个梦想就成了我的理想，只是这个理想没有多少人认同。大家都说老师是又苦又累、责任重大可收入不多的差事，一般人都向往当记者、主持人、总经理什么的，或者出国深造，成为名利双收的大科学家。

　　可我还是希望能做一名小学教师。

　　初中时，我的班主任是一个非常不负责任，而且任人唯亲的人。她第一次让我觉得，教师这个职业，在没有师德的人手里，会遭到怎样的侮辱。

　　有一次，班上改选班干部。有一位同学叫王淑丽，她没有选上。班主任说我们的票数没有统计正确，就没有公布改选的名单。后来班主任叫了一位选上的同学去办公室，她叫刘慧，班主任和她说,让她发扬风格,不要做干部了。

第二天,班主任公布了新的班干部名单,让王淑丽当副班长、学习委员加一门课的科代表。

当时我们全班同学都不服气,凭什么要把已经选上的同学刷下来。班主任根本就没有民主意识,而且也没有把全班同学的要求看在眼里。那时候我曾回家说过这事,母亲听说以后,非常轻蔑地说:"教师嘛,就是这种素质,知识分子里最差的一类人才当教师。"

当时我听了很生气,我说要是我将来当老师了,一定会做最好的老师给你看。当了多年的学生,我觉得我心目中的好老师形象已经越来越鲜明了,我相信我能做一个影响学生一辈子的、最动人的老师。

母亲当时瞪着我看了半天,然后说,她从来没想到我要去当老师,我功课很好,家境也好,怎么会有这么"没出息"的想法。

母亲说,要是我当了老师,她会觉得是她一生中最大的失败。

我们那天不欢而散。我很生气母亲这样蔑视我的梦想,母亲的话句句都伤害了我。而我的初中老师的所作所为,又把我的梦想弄脏了。为此,我对她怀着敌视的心情,可还是盼望有一天她能证明,是我们看错了她。

但没多久,又发生了一件更大的事。

学校要成立团总支部,班主任推荐了王淑丽和团支部书记杨体清。当时,我们的班长就哭了,因为按照常规是应该推荐班长和团支部书记的。在选举时,王淑丽因为没通过半数而落选,有很多人都选了班长，所以最后一个名额还是要在班长和王淑丽之间选择。

选举是团委的老师操办的，因为没有顺利通过，所以她去找班主任，最后选举改期。

第二次选举是班主任监督的，她一上来就把全班骂一顿，说我们全班都不友好，拎不清，她让我们把自己的选票按座位一张一张传上去，不能放乱。这不就是想要让无记名投票名存实亡吗？

写好选票以后，班主任也不马上拆票，而一直到过了几个星期，我们才从团委老师那里偶然知道了，王淑丽还是做了团总支书记。是我们班主任填了一个数字给团委，说王淑丽的选票超过了班长。

这真的一下子就让我想起了我所读过的一篇课外阅读课文《竞选州长》。班主任是语文老师，我真不知道她以后怎样面对我们全班同学，来讲解这篇课外阅读课文。

母亲自从知道了我们与班主任之间的矛盾和我的理想，就在她力所能及的时候，用班主任的例子接二连三地打击我。每当她满脸讥讽嘲笑老师的时候，我总在心里想，要是我当老师，我会做得比所有我曾见到过的老师都要出色，我知道该怎么做。

班主任的错误行为，并不像母亲预想的那样打击了我对教师这个职业的热情，反而坚定了我的想法，就像你终于发现你可以比别人做得好，而且真正知道该怎么做的时候，你心里一定会想着要努力做得最漂亮。

初中毕业那年，一位语文老师说我成绩蛮好，性格开朗，口才也不错,力荐我去报考一所挺有名的五年一贯制大专师范学校,初中毕业开始读,连续五年,出来是大专毕业。我一口答应这位老师,当天回家就为这事与妈妈大吵一顿。她以为班主任事件以后,我完全沉默了,是因为我已经放弃理想了,这才知道,她从小与父亲教导我的,自己真正喜爱的事业要坚持到底、不怕困难的训导,此刻是真正地扎在我的心里。妈妈骂我没出息,没本事,一生只能受穷,还说怎么也没想到我连他们的一半都比不上,早知道这样,还不如把精力全部放在自己的事业上,何必为我这样的人多费心思。当时我觉得眼前这个高级建筑师竟是这样的俗气与令人厌恶。

由于我的坚持和父亲的支持,我仍然在优先录取栏中报了师范学校。我本来可以进重点高中,可我进了师范。我四周的同学也有不理解的,他们以为我是怕考高中失利,而不知道我是在实现我的理想。

接下来,我的日子难过极了,常常为了一点小事,妈妈就勃然大怒地痛骂我,骂着骂着就把矛头直指小学教师的工作和素质。我渐渐发现,她实在是非常俗气而且功利的,因为做一个好教师,需要做出牺牲,包括社会地位的牺牲。她生气有一部分是来自于这吃力不讨好的牺牲,希望她唯一的女儿有更体面的将来。不能说她不是为我着想,但她对我的理想的态度,就好像理想是超级市场的一样东西,随手可以换一样,是对我绝对的不尊重。

我想,这就是她小时候没有一个尊重她的老师教导她的缘故。所以我想,我会让我的学生成为尊重他人意愿的明智的人。

为了我的理想，我和妈妈变成了陌生人，而且是满怀敌意的陌生人。三年以后，我初中时的同学很多考上了重点大学，母亲听到以后，对我又是冷嘲热讽、一阵痛骂。望着她变形夸张的脸，我心里想，像她这样的大学生，重点大学毕业的，素质又好到哪里去了呢？

她不时敦促我毕业时跳槽到别的行当里去。一开始我和她争，要是想跳槽的话，我当时就不会考这个学校了，那是我的理想。后来，我就含糊答应，息事宁人。我想，只要我独立了，我可以马上搬出去。

最近，班上同学有的做了化妆品直销员，当作社会实践，学校里不少同学都买了她们销售的产品。我的皮肤很黑，于是也买了一盒试一试。回家随口提起，母亲马上大发雷霆，骂我们是不三不四的学校培养出来的不三不四的学生，又大声赞扬所谓大学生的正派。其实她根本不知道，出门化淡妆是现在许多女大学生的习惯，将来为人师表的我们，就应该是最美丽的人。

我本来没想和她争，可她越说越离谱，最后我也大怒，所有的委屈与憎恨喷涌而出。在那时，我发现原来我的心里所有的伤痕全都是不能说不爱我的母亲带来的。

我知道这样怨恨母亲是不孝的，也知道她用心良苦，可梦想是我的，路在我脚下。她是本科大学生，和我有什么关系？她能挣大钱，可我并不想要，也不眼红。要是我再深造，就算是拿了博士后回来，一样要做教师，做小学教师。

我实在是太希望有一天我能成为塑造美好的人的小学教师

了，我生活中的诗意就是从这里来的，这是我不能放弃的。在与母亲的无数次争吵中，我总是想，将来，我教导的人，一定不要反对他孩子的正当的理想，不要为世俗的希望压迫他的孩子。

8. 这一代的父母和孩子

我们那辛苦的爸爸妈妈，他们到底要把我们培养成什么样的人呢？他们自己也不一定明白。

他们自己的经历是从理想主义时代，到"动乱"的时代，再到现实主义的市场经济时代。他们面对的变化是很极端的。我觉得大多数父母面对这个世界自己都很迷惑，找不到自己该处的位置。他们自己想象的、准备好的生活和社会离得太远了。

他们的这种感受连同对社会的理解就反映在他们对下一代的教育上。他们知道自己是缺了些什么，所以生活得很累。因此他们觉得，对他们的孩子来说，学习分数是基础，也最重要。另外，琴棋书画、十八般武艺要样样精通，以备不时之需，这样的孩子才可以以不变应万变。父母也可以在孩子的身上好好地打一个翻身仗，从孩子身上找回自己在社会上的位置。这就是我们从小听惯了的："你要好好给我们争气啊！"而父母对自身的迷失导致了对孩子教育的盲目。

父母为了孩子，忙工作，忙家务，忙着挣为孩子付家教的钱，他们真的没有了自己的生活。可有一首歌唱过，"你说你每天为家庭奔波，我从来没有快乐过"，父母的给予是否是孩子的需要，父母的追求是否是孩子的出路，父母的迷茫是否是孩子的迷茫，大人关心什么、孩子关心什么是不是一样？这才是一个大问号呢。

而我们是伴随经济快速发展成长起来的，社会面貌一天一个样，我们经历的、看到的、听到的，和父母这一辈太不一样，对生活和幸福的理解也不同。我们比上一代人更会思考，可不懂得深入。我们看到的多，看得深的少，就容易被迷惑。我们自己的路怎么走下去呢？父母其实给不出答案来的，未来是谜。我们不清楚自己将来的位置、为什么而奋斗。

我们知道父母以一生的血泪换来的经验教训决不会害我们，可大多数人不愿意执行，要自己去实践。也许我们在怀疑，他们的经验更多的是从他们那个时代来的，时代不同了，是不是经验也可能过时？我们想要用自己的经历反驳父母的经验。可是我们是一代孝而不顺的人，或者说我们是阳奉阴违的一代。在他们教育我们的时候我们点头，然后做自己要做的，想自己要想的，再编个故事去"骗"他们，他们会信的。

这就是我们这一代人和我们的父母。

9. 责任

我是在上海开始实行独生子女政策前一两年出生的独生子,那个时候,独生子女很少见。小时候到同学家去,总能看到他们的兄弟姐妹,心里总有怪怪的感觉,好像我和他们不是一类人。虽然后来我身边的独生子女多起来了,可是心里怪怪的感觉还是存在。

有的人知道我没有兄弟姐妹,就用一种特别的口气说:"原来是独苗啊。"仿佛我不仅仅是没有兄弟姐妹,在他们的心里,或者说在整个社会的固有思维模式里,独苗就是千顷田里一棵苗,言下之意就是我们这种人是暖房里的花朵,是弱不禁风、娇气、无能、坏脾气的公子哥儿、大小姐。这种想法如果不是歧视的话也是偏见了吧。

从我这二十几年的经历,我可以体会到一个独生子身上的压力、肩上的担子比非独生子女要大得多、重得多,整个家庭的希望会寄托在一个孩子身上,这种压力是没有兄弟姐妹来帮你分担的。

还有亲情的压力,那种独生孩子和父母之间相依为命的、没有缓冲的亲情压力,有时候会化为紧张和恐惧。

记得小时候有一段时间，我非常非常害怕，害怕有一天会失去自己的爸爸妈妈，真的很害怕！一旦父母有事晚点回家，我便魂不守舍，一个个怪念头会从脑子里冒出来，会把屋子里的灯都打开来等他们回家。有时我也会一个人跑到车站去等，心里直念：下一辆车来，爸爸妈妈一定要有一个人从这辆车上下来。我也特别害怕下雨，因为新闻里的车祸很多是在雨天。

想起来，第一次出现这个想法的那一天，是很奇怪的。那时候我还很小，爸爸妈妈为来做客的爷爷奶奶买了好吃的东西，爷爷拿了一点给我吃，爸爸制止他，说："你们吃，他以后还有很长的时间，可以吃到更好的东西。"

那时候，我突然知道一个人年纪大了，就会死的。爸爸的爸爸已经老了，快要死了。而我的爸爸，也会留下我，自己先死。我记得那一天，我在床上睡不着，我不知道要是他们死了，我在这个世界上该怎么办。

小时候，我是个多病的孩子。我父亲每天先送我去上学，自己再去上班；每当我发烧，他们不论当时多晚，天气怎样，都轮流背着我去医院。有一段时间我生病，得每天去医院，爸爸妈妈每天都背着我去，从来没有落过一次。那时候，我常常睡在床上想，要是没有他们，我大概早就不能活了，等我长大了，我一定要好好报答他们。可到那时他们都老了。每次想到这里，就会想到他们会死。为了逃避这种恐惧，我有时想，要是我死在父母前面，便可以免受这份本应该是我一个人承受的痛苦了。

每天上学出门，爸爸妈妈总是对我叮嘱一句老话："走路当心,好好读书。"他们总是不厌其烦地说这句话,大概他们也害怕有一天不说这话,我就不会好好读书,走路不当心,在街上出事。

其实他们也怕我在某一天突然消失,爸爸或妈妈对我来说是唯一的,我对他们来说也是唯一的。只是他们从来不说出来。妈妈不是一个迷信的人,可是她从来不让爸爸说我的身体怎样。有时候爸爸说,孩子这段时间不错,好久没生病了,这时妈妈会马上制止他,她说要是这样说,孩子马上要生病的。

随着我长大,我和爸爸妈妈彼此间的紧张感渐渐消失了。今天的我有了一份特别的责任感,对家庭、对父母的责任感。我想这种沉重的感情,也不是非独生子女可以体会得到的吧,那种整个天一样大的责任落下来,落到你的头上。整个天都落下来了,你没地方去。

有人说独生子女不会关心别人,我举双手反对。为什么要将整个社会在经济大潮中道德失落的原因强加到独生子女的身上?只因为这些孩子也是伴随着经济大潮来到世界上的吗?

我不会为自己是独生子女而自卑或者自豪,我只知道自己是家里唯一的孩子,唯一的。

现在我能看到父母的头发渐渐斑白,他们的每一根白发,对我都是一次重压,一次提醒。

我有一个朋友,和我一样是独生子,那天他告诉我他爱上了一个女孩,比他要大四岁。我的这个朋友一直很讨女孩子的喜欢,可是他最后找到的人,是一个不好看的,而且比他要大四岁的人。

我刚刚知道这消息时，笑问他是不是有恋母情结。可是那时我心里一动，我想其实我非常理解他。

他一定是小时候，在最寂寞的时候，压力最大的时候，想过最好自己有一个姐姐。姐姐温柔、懂事，不像哥哥那样要和弟弟为什么事打架，要是有一个暴躁的哥哥，自己会受哥哥的压迫；姐姐也不像妹妹弟弟，像跟屁虫一样要你陪着玩那种幼稚的游戏，还是个爱哭鬼；姐姐可以为你分担家里的责任，也许分担得更多，她还可以照顾别人，比如弟弟。

也许我们不可能在这一世有姐姐，所以在小时候，我们幻想过姐姐，长大了，便把对姐姐的美好心愿寄托在自己喜爱的女孩身上。

我也到了想爱上什么人的年龄，我也好像爱上过什么人，一个看上去娇小可爱的姑娘。可是她有很坏的脾气、很小的心理年龄、很浪漫的头脑和很容易受伤的心，我知道她是一个很够味道的情人，可不是一个可以一起走长路的伙伴，我很快就无法再爱她。

我不知道下一个我真的爱上的人，是不是也是一个比我大的、像姐姐似的温柔而坚强的女孩，她像我的妈妈一样，帮助爸爸照顾好爷爷和奶奶，在爷爷去世的时候，为爷爷换最后的衣服，在爸爸从医院回来，累得倒下就睡的时候一个人准备了葬礼，出门以前，还为爸爸煲了粥汤。

10. 世界上最孤独的孩子

我从小就被教育"家丑不可外扬",我认为一个人要是不到万不得已的时候,不会把自己家里的丑事说出来。如果这样做,大家都认为是很失面子的。特别是小孩子,家丑好像不关小孩什么事,那是大人的秘密,你只要装作不知道就可以了。可是我还是没有忍住,我想说一下,这是我的人生。

在我很小的时候,记得爸爸和妈妈那时很高大,他们很有力量,而且没有什么事是做不到似的。他们也很恩爱。我一直都记得晚上我家三个人坐在一张长沙发上看电视的情景,我坐在他们中间,前面桌子上放着一包瓜子,妈妈一边看,一边剥瓜子给我吃。因为她眼睛一直盯着电视看,有时候她递给我瓜子肉的手,一直伸到了我嘴里,她就"啊哟"叫一声,说我舔了她,像小狗一样。爸爸那时就说:"不可以说她是小狗的,她是小姑娘,是我女儿。"

这就是我能够回忆起来的最幸福的日子了。

我小学五年级,准备考中学的时候,我记得的平静的、一家人晚上一起看电视的家庭生活被打破了。那时候我每天都忙着做功课,那一年全上海的小学毕业生只有一半不到的人可以上重点中学,而只有考上重点中学,才有可能上大学。我家是太普通的人家，要是我上不了大学，这一辈子也不会找到一个好工作。所以我一直非常用功，每天都到筋疲力尽了才上床睡觉，一躺下就睡着了。第二天醒来的时候，总是像昨晚睡下去的时候一样的姿势，好像一夜都不曾翻过身。

可是那一天我突然惊醒过来，我听到爸爸妈妈房间里有人在哭着说什么，那是妈妈。妈妈的声音本来就响，现在在深夜里，就更大了。那是爸爸妈妈第一次争吵。

后来他们几个星期小吵一次，是因为爸爸下班回家越来越晚，也不是加班，也不是第二职业，是因为他上班的地方来了一个"小女人"，那个"小女人"刚刚技校毕业，到他们厂里做实习技术员，是个外地人，住在厂里。

开始我觉得每个小家庭都会有小争小吵，妈妈总是比较小心眼，比较爱吃醋，所以不理会。而且我自己的事也太多，每天作业都像山一样高，永远没有做光的时候。

可是他们越吵越厉害，吵完就会有好几天不说话。晚上如果一家人坐在一起吃饭，要是我不说话，桌上就一点声音也没有。我坐在那里会很不自在，然后就找出话来说。有时候觉得自己是个说单口相声的，可是说得不好，满场的观众没有一个笑的。说着说着，一口饭横在喉咙里，咽也咽不下去。

我觉得事情严重了，于是开始留心他们。他们吵到真正凶的时候，就说"离婚"。第一次听到这个词的时候我的心一抖，我知道不会有好事等着我。那天晚上我们全班补习数学，一晚上老师在黑板前说了什么，我一点没有听进去，老师请我起来回答问题，我也说不出来，站在那里，看到前面的同学回过头来看我的吃惊的脸。本来我的数学成绩是全班数得着的，我想那一定是很简单的问题，老师也奇怪地看着我，我连忙回答了一些什么，然后全班都笑起来。那天，我一路哭着回家。

我开始想办法，想通过我让他们和好，把家恢复到原来的样子。第二天父亲又没回来吃饭，母亲也不吃，搬了把椅子坐在大门边等他。父亲一开门，看见母亲堵在门廊里，脸就沉下来。这次他们吵得很厉害。我鼓足了勇气去同他们对话，想帮他们调解一下。可爸爸说我很傻，说我做的根本没用。可是我这样做还不是想把这个家从即将破裂的边缘拉回来。全家好像就我一个人爱这个家，我从前没意识到，我的内心深处竟是如此爱它。

爸爸一点也没有悔改的意思，他被妈妈的唠叨惹毛了，索性大发脾气，一下子抹去了往日的笑脸孔。他要改变他的生活，他说他在这样的生活里已经发霉发臭了，他向往安静的、新鲜的生活，身边有年轻小女人陪着。可是他没有顾及他是这个家的成员，他要对家负责的。我渐渐地恨起他来，只是为他不肯负责而恨他。妈妈也太唠叨，她总是反复地说着那些事，反复地说，这种行为被父亲称为"无知"。

事情到这一步，我已经不知道怎么办好了。有时候徒劳地在爸爸面前说妈妈如何如何对他好，在妈妈面前又说爸爸如何如何对她好，可是他们的脸上一点表情也没有，像面具一样，让我觉得自己大败而归！他们的大人的没有表情的脸啊，又大又结实的身体啊，还有越来越深的对彼此的仇恨啊，对我来说，像是一只小蚂蚁前的大石头一样。

那一年,我没考上重点中学,爸爸妈妈离了婚。他们离婚的第二天,妈妈吃安眠药自杀了。在我十二岁的那一年,我没有了家,也没有了妈妈。妈妈火化的那天,我捧着她的遗像在街口等车子和亲戚们一起去火葬场,周围的人都看着我说:"这孩子可怜啊,孤零零的了啊!"爸爸根本就没有来,我想他没脸见死去的妈妈和领着我的外婆,是我一个人捧着妈妈的遗像去、捧着妈妈的遗像回来的。

初一的时候,在一个夏天的阴沉下雨的早上,父亲来了,他续了弦,后母也来了,我不知道她是不是就是那个最后要了我妈妈命的小女人,也许她不是,要不然,她怎么敢到我外婆家来呢?她就坐在外婆的旁边,可是,她的眼里闪着狼一样的光。

初二的时候,也是一个夏天的阴沉下雨的早上,父亲来了,他说有一对夫妇可以收我做养女。我同意了。虽然外婆很爱我,但我的性格太孤僻了,没有一个朋友,没有一个能说话的伙伴,很早就上床睡觉,就像老人一样。我的精神非常空虚,我想换一个环境。那对夫妇也说环境会改变人的性格。但是最终,还是江山易改,本性难移。在那里我不光没有朋友,连和养育我的人的交流也停止了,我不能和那对夫妇说话,不知道要对他们说什么。于是,我又回到外婆身边。

不久,外婆心脏病突发,在我和她吃晚饭的时候突然从桌前直起身体,然后向后倒下去,死了。

外婆死了以后,父亲曾要我回他家住。我想落叶总是要归根的，所以决定回到家里去。然而后母的刁钻古怪和我的孤僻性格是水火不相容的，我只有再一次回到外婆家。

这时候放假了。放假的时候，老师说了两点：第一，要我们假期不要放松，初三是最紧张的时候，又要像小学五年级那样决定一个孩子进一步的命运了；第二，不要到处乱玩，要注意安全。

外婆留下来的家，只有我一个人，如果我早晨不醒，就没有人能把我推醒；如果我彻夜不睡，可以省去早晨叠被子的麻烦；如果我不做饭吃，厨房里当年被外婆养得又黑又大的蟑螂只好饿死在角落里。

有时候我对自己说话，我说："喂，亲爱的，你吃点什么？"然后我用另外一种声音说："吃点饭吧。"

"啊呀对不起，没有饭啊，有康师傅方便面，也很好吃的。"

"我听到就头皮麻啦，不要吃。"

"那我没别的了。"

小时候我因为没人一起玩，也曾一个人学各种各样的人说话，自己陪自己玩。没有想到的是，直到我长大了，还要这样自己跟自己说话，自己陪自己再接着长大。

就是这样孤独的日子也没有能过下去。后母跑到外婆家来，对邻居们说我不住家里是败坏了她的名声，又无中生有地说了很多不堪入耳的话，逢人便指责我的不是。我的名誉被她玷污得就是跳进黄河也洗不清了。

我对生活是忍受到了头。

9月开学的时候，我带着钱没去上学，而在一家小旅店租了一间房，又想办法买了三十粒安眠药，到外婆家床底下找出一瓶敌敌畏，打算去毒死同父异母的小妹妹，然后自杀。我知道后母视这个小女儿为心头肉、掌上珠，我想让她难过一辈子，让她懂得什么叫失去了再也不能回来。至于父亲，我只能说对不起了。

我的阴谋被父亲破坏了。原因很简单，我没去上学，老师以为我一个人睡过了头，就打电话给父亲。

在那间旅店的小房间里，我把一切都告诉了他。这是他第一次认真听我说话。他一句话也没有说，我只看见他眼中蕴满了泪水。

他拿走了我的安眠药，然后，把我送到学校门口。我一步一步往里走，我知道，等我走进教室以后，他会回他自己的家。

11. 我那孤臣孽子般的孤独

我是一个活得很辛苦的人。自小我就有一种很奇怪的心态，我不知道它是从哪里来的。只记得在妈妈打过我以后，我会毫不留情地拿起剪刀，在她的衣服上剪个洞；只记得因为不爱吃药，就不顾一切地把刚塞进嘴里的药片全吐出来……我就是怀着这样一种奇怪的心态长大的。

孩提时，就很寂寞，孤臣孽子般的寂寞。终于有一天，我开始觉得疲倦，觉得苦闷，觉得自己不是自己了。于是我不停地寻找，寻找一个众人之外的我。为了解脱，我开始读诗、散文和小说。

朋友们让我听了很多歌，我心中却没有偶像。不是我不崇拜谁，而是我不知道面对这个缤纷的舞台，我该去接纳谁。我从不爱青春偶像，只在听"唐朝"重金属摇滚那声嘶力竭的呐喊时，心里才会有感触，只在听到罗大佑唱"台北不是我的家"时，才会想到我的城市。

我明白，上海不是我的，它是别人的城市。每当无所事事或空虚无聊时，我就会拿起钥匙，在大街上漫无目的地走上几小时，直到店都打烊、灯都熄灭、人都归家。路上，我看到了许多人，但我不看他们的脸，我只是看着来来往往的车辆从我身边驶过。

有时，我寂寞得想哭，可我不敢出声、不敢流泪，只能做一些莫名其妙的事来发泄。

我仿佛一直都是在梦中，有时也会清醒一下。可你知道我醒了做些什么？赤着脚，穿着拖鞋，到处乱跑，手心里却在出汗。或者就是按手指头，直到听到骨头的响声，才会快乐。我还会突然地流一下鼻血，胸口不时地透不过气来。

我并不想搞清楚我自己，我曾想过是否应该找个心理医生或打个咨询电话，但我想一旦搞清什么，人们会用异样的眼光看我。我的朋友千方百计地想偷看我的日记，窥探我的心灵。今天，我把一切都告诉你，有时我觉得我被这个世界强奸了。一次上课时，我对朋友大喊："我是一个被强奸过的女人。"于是所有的人都来看我。他们的眼光说明了什么？同学们说我有病。也许吧。可难道要我在床上睡好几年，不上街、不见人吗？不，我要上学，尽管我并不喜欢上学。

不想做的事，我做了许多，想做的事，我却不能做。辛辛苦苦地读书，换来的只是很不光彩的分数。我不知道自己为了什么而活着。我想到过死，但我没有自杀的勇气。

曾经想借助许多方式走出雨季，可是都失败了，所以，我才说我做人做得好辛苦。越是不让我说的，我越要说；越是不让我想的，我越要想。

12. 我面对着冲突的理想

这个下午真的无聊极了,我们正在上一节枯燥至极的文言文课。我不知道这些已经在人们的日常语言中死去多少年了的东西,为什么我们还要学习呢?而在生活中那么多让我们不懂的问题,从来在课堂上找不到答案。初冬的太阳从窗口暖暖地照了进来,令人昏昏欲睡。旁边的同学不是在大看小说,就是已经睡到苏州去了,而我以世人皆醉我独醒的心情,开始了我的思想。

昨天我听电台节目,有热线电话,大家都顺着自己喜爱的主持人,说自己也喜欢莫扎特,因为主持人喜欢。于是主客双方在空中热火朝天地谈论那个音乐天才。这时突然有一个男孩子,电话一接通,他就说他不喜欢莫扎特。他的话语非常唐突,可是我一下子觉得自己很欣赏他。不喜欢就是不喜欢,没必要迎合别人的意见。要是一直要迎合别人的话,一定会生活得很累。

可是有一次我看到一个著名作家的访谈,我很崇拜这个作家,我看到他说:"世界上最累的事就是人曰你曰,你和整个社会作对。"到底是哪个更累一点呢?我相信他说出了自己的人生经验。可是要是你不能说出自己的想法,事事先看人家说什么,你才来说什么,看人眼色过日子,等于是庸人。

我就是不想当庸人，什么事都直来直去，为此得罪许多人，连我的父母都被我得罪了。他们说没见过我这样任性的人，可我不后悔。

但我为此而吃苦，这是真的。在班级里，我不是干部，虽然我是主意最多的，干得最好的，可一到民主选举了，我就没有高得票率。我坐在后排，望着那些对我沉默的后脑勺，他们一定想起来我是怎样用自己的想法冲击他们的自得的吧。但他们从来不考虑我的说法是不是对的，这样对我是不公平的。

班主任老师对我的评价是：自说自话。

有人好心地劝我要改一下自己的性格，我不明白为什么。为什么要让自己充当一个应声虫的角色？为什么不用自己的方式去好好生活呢？

父亲说，要是一个人不随和，他将不能好好地生活。就像一根铁棍子，它是很坚硬，可要是它的身体不光滑，头不尖，并不能轻而易举地穿透什么。只有在它比别的铁棍都光滑，都尖的时候，它才成了针。所以父亲说，一个人要内硬外滑，只有一点是尖的，这个人将来才有可能好好地生活。

而我，就像是一棵到处是锯齿的小草，不论干什么都会磕磕绊绊的。

这是不是意味着我将来想要好好地生活，就得带上假面具呢？我不知道我是不是能够永远保持自己的本色，我真想就这样生活下去。可好像从我上学的第一天开始，这就是我的难题。

不光是在人际关系上是否应该要真实，要想什么说什么，还有,当你要做的,在社会里做不到的时候怎么办?

从前我是由父亲接送上学的,到了四年级,开始由我自己上学去了。我要乘公交车坐四站路上学。

第一次自己回家,我就晚了几个小时到家,把妈妈的脸都急黄了。

我到车站的时候,正是下班高峰,车站上挤了好多人。从小,我们就知道要先人后己,礼让别人,所以我总上不去,因为我有让不完的人。那些大人,在我身边挤上车,可从来没想到要让让我。那天,妈妈对我说,你也要挤上去啊,要不然你什么时候才能回家来!那天,我推迟了几个小时做作业,只好开夜车了。

以后,爸爸陪我乘了一段时间公共汽车,他教我怎样从人群里挤进去。我问,这样,还要不要礼让别人呢?

爸爸说:"礼让别人是一种理想,是好的,可要是你的实际问题都不能解决,自己的基本生活都无法保障,还提什么理想呢?"

而这样,是不是意味着一事当前,先要为自己着想,这样是不是自私的人呢?我们英文课上学习过泰坦尼克号沉没的时候,许多先生把救生船的位置让给妇女和小孩,自己随船沉没了。老师说这是人类最优秀的美德,我们都要向他们学习。可是有一次在车站上我看到我们的英文老师,他也是奋勇地挤在另一个人前面,先上了车。车门关上的时候,还夹住了他的衣服。

车站对我来说,是人生的第一个战场,在那里,小小年纪的我就看到了理想和现实的冲突。

在车上也是一样的。从小爸爸就教导我要把车上的位置让给你认为最需要坐的人，比如孩子和老人。我是这样做的，一直这样做，有时带了许多东西，好重的书包，也让人的。可是我不大看到别人让，只是发现许多大人，年轻力大的、跑得快的、挤得过别人的，占住了座位，他们从来不让人，他们的脸一直向外面扭着，对自己身边站着的老人和孩子，从来视而不见。而且，为一个座位吵架，骂不堪入耳的话，倒是很常见。

有时我觉得自己这么做，像个傻瓜。可要我像他们一样，我的心里是痛苦的，我心里会充满了自己做错事的那种不安和肮脏的感觉。

一个人要坚持做自己，真的是太难了。

爸爸说这个世界就是很无奈的，但我不想让自己对自己也无奈。

可我能怎么做？我要考虑爸爸所说的铁棍变光滑、变尖的事，但在这个过程中，我要改变自己多少呢？

第 二 章

我想有一个知心朋友

1．协议相处

和大多数孩子一样，在没有住进大学寝室以前，我都是一个人在家里，和爸爸妈妈一起。在我小时候，他们还没有建好自己的家，我们就和爷爷奶奶一起住，住在爷爷家二楼的北房间里。大家叫这样的房间"亭子间"。

我小时候是老人带大的，我也总是想要和小朋友一起玩，也曾在家里跟在大人的后面唱着这样的歌："没人跟我玩啊，谁来跟我玩啊。"

那时候爷爷还不像现在这么老，他就自告奋勇说："我来跟你玩。"

我们在沙发上玩打仗、鬼、古代人的游戏。我发给他一把宝剑，然后我们装好人坏人。爷爷舞得累了，就倒在沙发上装死，可是他大大的肚子起起伏伏地喘着。

那时奶奶就在一边说："作孽啊，要是你把爷爷累死了，我要找你算账啊。"

我想这样的经历，不少和我一样的孩子都会有的。

有时我也能带外面的孩子回家来玩，可是机会很少。小孩一般不愿意到我家来玩，我们在玩的时候是很高兴，可是不一会，他家的人就来叫他回去吃饭。他回家的时候我的心里真是难过极了，眼看着小朋友走了，家里剩下我一个人，那时候的感觉，像是自己被抛弃了一样。记得有一次，我大哭着送小朋友下楼去，看着他走，我不愿意回家。我小姑姑回家来看到了，说："你怎么这么可怜啊！"那天，她和男朋友出去看电影，就带我一起去了。

我想这样的经历也是不少人都有的。

我一直都向往有一天，能和同龄人生活在一起。所以当我可以住校的时候，我真的太高兴了。

我们寝室里有七个男生。我喜欢他们每一个人。

可是有一天，晚自修回来，还有二十分钟就要熄灯了，我正打算洗脚睡觉，这时，室长说："等等，我们有话要说。"

他的声音很奇怪，好像新闻播音员播重大国际事件一样。我随口说："这么严肃干什么，难道有什么重大事件要宣布？"他没有出声。我这才看到我们寝室里所有的人，都沉着脸和他站在一起，看着我不说话。

室长说："我们要严肃地和你谈谈。"

然后他说了许多，我听明白的是，他们不喜欢我，他们认为我的所作所为他们大家都不能容忍了，要么是我改正，要么我就要从这里搬出去，和他们一刀两断。除了我，他们都准备好了，等室长说完以后，我的下铺从手心里抽出一张纸来，开始读我的"罪状"。他说，我一直把换下来的袜子塞在垫被底下，臭得他不能仰头睡觉；早上蚊帐不挂好，每天他都在我掉下来的蚊帐里钻出钻进，是我们一间屋里唯一抬不起头来的人；在他睡着的时候我总是摇床，把他摇醒。

可是我从来没有想要让它臭，我只是忘记了自己的袜子，我在家的时候从来不用自己管袜子，我是到大学里才开始自己洗袜子的。我从来以为上下铺是最好的朋友，我摇床，是为了让他感到我们俩睡在一张上下床上，我以为他喜欢这样的提醒，因为我自己喜欢这样的提醒。

下铺说完，我对面床的同学也拿出一张纸来。他也是独生子，刚来的时候，他早上喝阿华田，喝完了也不洗杯子，到下个星期来，一打开盖，里面长了大白毛，他"啊"地叫了一声就把杯子丢了。当时大家都笑了，正好他额头上有一撮头发长成白色的，我就叫他白毛。可现在他也成了他们中的一员，他控诉的就是我给他起的那个绰号。他说我对人乱开玩笑，伤害了别人的自尊心。

可我对他真的没有坏心。刚刚住到学校来的时候，因为什么事情都要自己做，经常忘东忘西，有时候忘记打水了，晚上就没有热水洗，也没热水喝。考大学温功课的晚上，我只要说一声，桌子上就什么吃的都有。我有点想家，我看出来，他也有点。他和我一样，都是爷爷奶奶带大的，小时候也和老人住在一起。其实在心里，我对他是最亲近的。只是他并不好接近，我不知道怎样才能和他好好地相处，所以，我通过给他起一个绰号来接近他。可是，这又成了我做的坏事。

这时候，熄灯了，屋子里一团黑暗。大家一时没说什么。后来，他们告诉我，他们存心要找这时间，灯亮着的时候，让我看到他们严肃的脸，让我认识到这次谈话的重要性。然后，让房间里黑着，给我一个台阶下，他们意识到也许我会哭，让我不要太尴尬。

我是常常笑话宿舍里的人，要是他们做了什么出格的事，一般都逃不过我的眼睛和嘴。我是想用这样的办法和他们成为亲密的朋友。和大家一起住虽然是我喜欢和向往的，可是我常常感到我们相处得不像我想象的那么好，不那么亲密，所以，我想做些什么。他们没有看到我的好心，以为我是个坏蛋，我非常震惊。

下一个发言的人，说我晚上出去上厕所时，从不把门带上，他睡在靠门的地方，每次因为门开着都被冻醒，所以他认为我没有关心别人的心。

还有一个发言的人，说我常常把衣服泡在桶里好几天不洗，害得我们寝室卫生检查时被扣分，所以他认为我没有集体主义精神。

还有人说，该我值日的时候我不是忘记做就是做得不干净。

我从家里拿来一个电水壶，是妈妈给我买的，说要是我又忘记打水，可以在寝室里自己烧水喝。有时我们在寝室里烧水，水开了，我说："你们谁来冲水？"这是我很自然说出来的，因为我不会冲水，可是他们说这是我自私的地方，为什么我自己不去冲水，要是不会的话，为什么不学？

我只是没有想到，没有想到我们得这样相处。

然后他们说，要是我不能改，我就得自己找地方住，他们不再欢迎我。

然后，他们读了他们已经起草好了的寝室公约：每个人都不得放脏衣服超过两天以上不洗；每个人都不得不照顾别人的心情；每个人都必须认真值日，管好自己的内务；所有的寝室事务都必须平等分工，不得转嫁他人。

他们说完，就一个个地上床了。

我一个人，站了一会，把床下泡了几天的衣服拿出来，到盥洗室去洗干净。出去的时候，我关上了门。从前我不关门，是因为我没有习惯随身带钥匙，我怕风把门关上了我进不去。

回到房间里的时候，他们好像都睡着了。我听着湿衣服滴水的声音，哭了。

这件事，我没有对自己的父母讲，我想他们会笑话我的，因为当时我急于住校的时候，爸爸就警告过我不要把寄宿生活想得太好，我这样被照顾大的孩子，有得苦了。可是当时我不服气。

周末回家的时候，我对奶奶说了，她说："你忍着一点吧，下学期回来住。"

可我不愿回家住。

我开始学着想想别人是怎么想的，开始学着懂得别人的心思，而不是只想自己的要求。我小心翼翼地学习设身处地地为别人想，不要只是自己的一片好心做让人讨厌的事。我不想和他们分开，我仍然喜欢着他们。

他们觉得我进步了，会关心别人了。我想我只是学会和人相处的规则了。我的心，从来就是这样，在我的心里，我一直是爱同龄人、关心他们的。只是我不再横冲直撞，懂得红灯的时候要停下来。我想，和我一样经历的独生子女，大概也要和我一样地经历这样的过程，然后懂得公约。

2. 我应该怎样跟别人交流

我大概是这一代独生子女中的"老前辈"了，我是一个1974年出生的独生女。

在我的童年记忆之中，小伙伴、父母、爷爷奶奶差不多都时有出现。那时也许独生子女还没那么多，所以孩子们之间的竞争不那么厉害，下午的时候，弄堂里也充满了孩子玩耍时的喧嚣。而我印象深的，却也是我自己跟自己玩的事。我也有一两个要好的朋友，一块儿上学放学的，互相之间也经常闹别扭，但是现在想起来，这样的友情是最珍贵的了，因为那个时候我们还不懂掩饰，有什么就说什么。闹完别扭，我就会一个人回家自己跟自己玩。我会整理自己的一些小东西，也会自言自语，或者在镜子前面花去大量的时间。因为小时候爸爸不在上海工作的关系，妈妈一个人既要工作又要照顾家庭，通常没有时间来陪我玩，所以父母这个概念从来没有以玩伴的形象出现，大多是作为家长站在高处教导我。

一直这样长到十七岁，我考到了一所寄宿的高中。在那里我同一样年龄的男生女生一起生活了三年。这三年中，虽然没有因为我是独生女而发生什么特别的事，但我感到我和他们相比更敏感和脆弱，一点别人也许根本就不太注重的小事，我会对它体会很深，而且一直留在脑子里。

我一直不能忍受别人对我不经意的态度，我希望成为别人关心的焦点。大概是这样一种思想的支配下，我很想博得每个人对我的好感，因为同一个厌恶我的人生活在一起仿佛是不能想象的事情。所以我几乎不同同学发生矛盾，其中也有一个重要的原因，我不懂如何同别人吵。换句话说，我也很害怕与他们发生争吵，因为我一向不能承受别人除好感和喜爱以外的任何感情。

进了大学，我还是过着一周回一次家的生活，新同学竟然一致认为我非常幼稚。他们说这一点并不是从我的外表上感觉到的，而是由我的言行举止表现出来的。他们说我经常把自己当小孩子看，对自己各方面的要求也是这样。我起初对这一番印象很吃惊，后来，我慢慢发觉确实是这样，在家里爸爸妈妈当然是以对孩子的方式对我，在高中时候也许是年龄还小，大家不觉得我太幼稚。我一向以为自己对周围的事物有着很敏锐的体验，只会比别人老成，可怎么反而幼稚起来了呢？一个同学说我有一颗比别人都老的心，却有一个比别人都小的脑子。我想也许她说得对，我成熟的只是内心，却很少把内心想的付之于行动或者表现出来，只要自己明白就可以了。

至今还记得高中时，老师布置过一篇往届的高考作文题——习惯。我写的是父母和子女之间的亲情。我写，已经习惯从父母那里得到爱，得到关怀，却很少以同样的方式孝敬他们，几乎没有。在文章中，我还写到要建立一个新习惯——一个让父母习惯我们的爱、我们的关怀的习惯。当时老师还在班上朗读了它,并且称赞我是一个很懂事的孩子。然而现实中,我根本不是这个样子,我依然是原来的我,习惯于从父母那里得到关怀,却不太懂如何去关心别人。

经常有这样的经历,爸爸妈妈或者爷爷奶奶不舒服的时候,我知道我该表示自己的关心,这也是我心里真实的想法,可我找不到合适的词和句子。我不知道自己该说什么,确切的是,我不知道该怎么说怎么做。从前我对自己说,这就是东方人的含蓄,其实我想,我是一个心口不能同步的人,我的表达非常有问题。

有时候我觉得自己活得很累、很孤独、很无助,我不知道如何去做一个大人,如何去同我的世界以外的人接触和交流。仔细地想起来,我没有能和我自己的父母真正地交流,也没有能和我的同龄人真正地交流。也许等我学习了这一切,才能和我以外的世界真正交流,然后才真正成人。

我其实也很盼望这一天,可不知道怎样努力才可以接近它。

3. 公平原则

我们二年级以后,有一天,老师说要重新选班里的干部。刚上学的时候,我们班的干部是老师指定的,老师说现在我们都已经长大了,可以懂得谁是我们自己喜欢的人了,所以由我们自己来选同学做班上的干部,为我们大家服务,也是管我们大家。从前大家从幼儿园升到小学里来,都不认识,现在也认识了,知道谁是最好的了,就自己可以选同学们信得过的人。

大家都很高兴。

老师告诉我们这是一次民主选举,就是每个人都可以参加的选举,只要你想要为大家在班上做点什么。

这样很公平。有的小朋友,老师不知道他有什么本事,可是同学们都知道。

老师告诉我们,在她小时候,选班干部是老师说了算的,她小时候也很想为班上的同学做点什么,可是从来都没有机会。现在我们有机会了,一定要好好把握。

然后她告诉我们选举的注意事项:

不可以自己选自己,要是这样的话,大家都会自己选自己,永远选不出班干部了。

不可以大家私下商量说选谁不选谁,大家都要自己想好,心里想选谁就选谁。

不可以因为老师刚刚表扬了谁,就选谁。老师有的时候表扬的人,也不一定就是真正可以为班上的同学服务得很好的人。而且,老师说,在我们竞选前的一个星期里面,她不再表扬谁、批评谁了,怕影响了我们。等我们选好了以后,再一起"算账"。

最开始,是每个人在自己的小组里读自己的竞选报告。要说出来自己想做什么,为什么自己有信心做这个职务,为什么别人不选其他的人,来选你。

我本来想要竞选两个委员的,一个是劳动委员,因为我小时候是在全托幼儿园里长大的,我很小的时候就自己吃饭、自己系鞋带了。我喜欢干活。在班上,我做值日总是被老师表扬的。另一个是体育委员,我是我们班女生里跑得最快的人,男生里只有一个人比我跑得快,可他比我差不多早生了一年。我还是我们班长跑最好的那一个,我可以带着同学跑到最后,不会像有的女生那样,跑一半就停下来,脸都白了。我最后竞选了体育委员。

因为我妈妈不愿意我做劳动委员。她说:"你已经多做值日了,回到家里像是从灰堆里爬出来的一样。要是你做了劳动委员,你就要累死了,我要心疼的。"

爸爸说:"你劳动是很好的,不要做劳动委员了,让别的小朋友锻炼锻炼。"我知道他们都不喜欢我做劳动委员。

一天下午，放学以后，我们每个小组就开始第一次竞选：想要竞选的人自己读写好的报告。

也有同学不参加竞选。有的人是因为家里住得太远了，没有太多时间为大家做什么；有的人是爸爸妈妈不同意他们当班干部，让他们把书读好就行了。他们就坐在下面听我们说，然后当裁判。有时候他们说，嗯，好像做得不像说得那么好嘛。

然后，在每个小组里选出两个人来，到班上竞选。我真高兴，我被选上了。

选举的那天，老师说，对我们来说，这是意义很重大的一天。这是我们第一次当家做主，所以我们全班都特地穿了校服。

老师又说了注意事项：

在小组选上来的十个同学里，只能选六个人，所以她发给我们每个人六粒小黄豆，每粒豆，代表自己神圣的一票，不可以在一个人身上用两粒以上。

十个同学总有人被选上，也有人落选。所以，心里要有失败的准备。我们将来长大了，会遇到许多这样的事，但是你想要什么东西，你得去争取。所以失败的同学不能泄气，要继续努力。

这十个同学不可以在别人投票的时候偷看，不能去问谁投了自己的票，谁没有投。

老师说完以后，我们十个人就上去说自己能为大家做什么了。我还是希望自己不要失败，所以心乱跳一气，说话的声音都抖起来了。可是我不想让大家发现，就假装咳嗽，让大家以为我只是生病了。

我真的想做干部，我喜欢为大家做事，当然也喜欢管别人。有权力管人也是很好玩的事。我不能把这也说出来，这样，大家肯定不会选我了，大家都最不喜欢管人的同学。我想我们从前的班长要惨了，她一直要向老师报告谁不好谁不好，大家都不喜欢她，都怕她。

我们十个人说完以后，老师让我们坐在长条椅子上，然后在我们身后放了一张长条桌，在我们每个人背后的桌面上放一个玻璃瓶。然后，同学们一个个走上来，走到我们身后，把他们的黄豆投到我们身后的瓶子里。小小的黄豆落到玻璃瓶子里，"叮叮咚咚"地响着，我的手心里全是汗。我心里想，求求你，求求你，把你的黄豆放到我的瓶子里去吧。我尖了耳朵，数着自己瓶子里的响声。

我看到他们也都紧张极了，班长撇着嘴，都快哭出来了。

投票终于结束了，老师让我们回到自己的座位上去。

她请了十个同学去数黄豆，他们是"唱票"的。

又请了十个同学去看他们数，他们是"监票"的。

我的心脏肯定要跳出来了。

我从前是小队长，从来没做过更大的官。可是我真想做啊。

老师宣布结果，我当选了。我觉得自己好像不应该笑，可是我还是笑了出来。真的好高兴啊。

我们的班长也选上了，只是票数不高，她也一定吓死了。老师让我们新当选的人每个人都说几句,班长马上说:"我将来一定好好帮助同学。"

老师问全班的同学喜欢这样的结果吗?大家说喜欢,这样很公平的。

4．难道我麻木不仁吗

我在一所寄宿制的重点中学读书，已高三了。一个人在外面，烦恼的事不愿意向别人说，只能一个人把它们放在心里，直到它们化了。

上星期学校出了一件事，对我触动太大，我一直在想它。我想我必须说出来了，在我的心里已经不能把它默默地化成水了。我不是一个多愁善感的人，严重点说，应该说我已经有些麻木了。

学校的一位女同学死了，她是在晨跑的时候突然死的。

星期一的清晨，我们照常排队跑步。她是高一的，排在最前面。跑到半圈时，前面一阵乱，等我们跑过的时候，看到那个女同学昏倒在地上，从前她也昏倒过一次。几个女生正拉着她的手，急着喊老师。我们这一个个人，都默然地从她身边跑过去了。

等我们跑完，她已经被抬到校门口，躺在一块石板上。体育老师来了，又跑到办公室去打电话，后来，又跑到校门口去拦车子，可这么早，马路上没有看到车。我越过那个躺着的同学，到食堂去买我的早饭。等我买了早饭回来，她还躺在那里。到中午下课，我们听说她死了。

室友们都很难过。她是一个很好看的女孩，我们寝室里的人有一次立她为"校花"之一。可她就这样死了,大好的青春年华!她再也不会像一道阳光一样在我们刻板的校园里出现了!要是抢救及时的话,可能就不是这样了。有一个同学在说她去世的消息的时候说,要是那时候马上挂一瓶盐水就好了。可她其实是被耽误了整整半个小时。

后来她们班的女同学说,她们那么急地喊,可没有一个男同学站出来帮一把,都自顾自跑过去了。我心里一震,口里却说:"我本来是想停下来的,又想到老师会来解决的。"其实真的是这样吗?我当时没有停下来的想法,我只是想怎么这时候老师还不来。我是男同学,从来没有想到可以帮女同学什么,因为我是男的,她是女的。

还有,我想我们是被管惯了。那时候,后面哨子吹来,夹着体育老师的吆喝声,他从来以为我们跑得慢一点点,就是又在偷懒。所以我们只犹豫了一下,就跑开了。所有这些,使一个本来很光华的生命走了。她真的死得冤。虽说大家都以为她会像上次那样,很快就好起来,那么长时间的昏迷却没有人觉得异样。

为什么没有一个同学能自作主张,组织同学在老师到办公室去打电话的时候把她送到医院去,甚至她自己班上的同学也没有想到,就知道在那里哭。按理说,我们都已经很大了。

记得我小时候,有一次家里的电线烧起来了,那时房间里只有我一个人,我想起自然常识课老师说过,电要靠木头来隔,我就搬了木头凳子来把着火的电线压住,然后出去叫人。可为什么现在成了这样,像一个木头算盘珠子,别人拨了,我才会动。

我们听到的忠告只有一句话："你们的父母含辛茹苦，就是要你们上大学，所以你们管管好自己，只要读好书就行了。"

我们有多少同学，到很大了，还是父母给系鞋带的，还是到了星期五把衣服拿回去洗的，还是从来没有想过自己以后要做什么的。好像我们只是一架读书机器，而不是一个人，不要有自己的思想。所以当同学倒下去的时候，我们就一个一个可耻地从同学的身边跑过去了！

学校老师不让我们大家都去她的追悼会，说怕我们影响学习，特别是高三同学，一个班只可以去一个班长。现在学校里又一切平静如常了，没有人再多说一句话，大家背英文的背英文，补课的补课，每天还是在清晨里跑过她去世的地方，体育老师大声地吆喝着，还是像赶鸭子的人一样。

今天早上的语文课，我们学《纪念刘和珍君》，我们已经开始高考复习了。那件事又突然使我的心一缩。读着鲁迅先生的这篇文章，好像我的心在刀上走路：我们不是也开始淡忘了！

有时我后悔读这所中学，这是一所军事化的学校，我们能做的只有两件事，一是说"是"，二是考上大学。我们像一群猪猡，早上在尖厉的哨声中起床，被赶着去操场，赶着去读书，又跑着去食堂，又赶着去睡觉。时间一到，整个宿舍一片黑暗，大家一句话也不许说，因为舍监的脚步声就在外面的走廊里响着。三点一线，被子要折出角来，鞋子要放整齐，床上不能放任何东西。我们都麻木了。

读书的时候，我很拼命，一天中二分之一的时间是在板凳上度过的，这是为了十二年自己付出的非人的努力能得到一个社会公认的正果：考上大学，而且要考一个大家都说好的、体面的专业，将来可以挣大钱，有大前途。如果说初中时候我还敢寄出一封给教育局局长的信，去告老师罚全班写英文单词，那么现在我是绝不敢的了。我变了！

可是我不想变成这样子。我想知道将来我在社会上怎么做人。我很怕走错路，渐渐就变成一个自私自利的、冷酷的家伙，只想着我自己的将来。要是将来社会上都是这样的人，也许有一天，我倒下来，也不会有人拉我一把。可是现实又常常使我不得不改变。

写下来同学的事，其实心里也并不是很悲伤，到底不是熟的同学，但心里总有一层阴影，觉得郁闷。

我其实不高尚，不想做个坚定的卫道者。有的人在文章里赞叹他人为真理而奋斗，赞美他们的"出头鸟"精神，但写文章的人自己是不会去做的，做一个与社会不合拍的人是痛苦的。可我也不愿意做一个没有心肝和血气的人，我还年轻，我的心里就是在这样的时刻，这样的学校里，还有一点点英雄的梦想。

5. 自私从形容词变成了动词

我感到自己被孤立了，完完全全被孤立了。

尽管教室里的嘈杂声给了我一个很好的机会，我只要也和什么人大声说说话，就可以把自己沉闷的心情好好地藏起来，可是……可恶极了，然而……我轻轻地摇了摇头，索性趴在桌子上，不理班上的一切。

期中考试终于结束了，班主任终于下了决心，让同学们根据自己的不足，自己来选择一个可以携手并进的同桌。这是美事一桩，不是吗？看着同学们个个喜笑颜开，忙着找自己最心仪的同桌伙伴，我陷入了极度的悲哀和恐慌中：谁要和我同桌？没人愿意和我同桌的。早在老师宣布这个决定的时候，我就意识到这一点了。我就开始自己给自己做思想工作了，我说我不在乎，我可以坚强起来。可事到临头，我发现我实在是很在乎的，我的手心里、脚心里全是汗了。

我该怎么办？我害怕。可谁让我成绩不好呢？在这个学校，这个班里，我不算是成绩好的人，谁都不愿意跟一个成绩差的人同桌。因为人人都想进步，人人都在想方设法使自己的成绩超过别人。这是多好的机会，等于在学校里有一个家庭老师，至少也是一起检查作业的辅导老师。要是我可以选择的话,我也会选成绩好的同桌的。

现在,我趴在桌子上,时间有点长了,我的手发了麻。但我不想抬起头来,也不愿意抬起来。我害怕看到,更确切一点说,是我讨厌看到那一张张欢笑的脸。他们在高兴什么?高兴自己终于找到一个志同道合的同桌?高兴终于摆脱了原来一起坐的那个成绩太烂的、没有利用价值的笨蛋?还是高兴有一个笨蛋自己送上门来了,让自己考试时候有参考的机会?天!人真自私。

在这个社会里,人人都只关心自己,人人都只在乎他们自己。"自私"这个词,就这样,从形容词变成了动词。谁都正大光明地表现出他们最完美的自私。希望别人来分担自己的心事和压力,已经是世界上最蠢的事情之一了。要是我说了什么,大家会保持着最有风度的一面来敷衍你,会皮笑肉不笑,装作投机的样子,其实他们心里在想自己的事,只是不想得罪你才不得不听下去的。

是的,我被孤立了。外界的一切都远离我而去。我被孤立在一个小小的、黑暗的角落里,大家看不起我,用好像是怜悯、其实是幸灾乐祸的样子看着我。老师以为这样可以让我发奋学习了,其实这使我看到一切都是没有意义的。

6. 孤独的人是可耻的

我的上铺是一个很可爱、很讨人喜欢、也有点小孩子脾气的女孩，做她的下铺和同桌，我们成为好友是很正常的。我们一起学习、吃饭，很是快乐。我们对面的床，两个人不是很合得来，于是，我对面的那个女孩子把我的上铺拉了过去，她们俩成了同进同出的好友。我知道我对面的女孩占有欲很强，我不想和她争，事实上，我也不一定能争得过她。于是，在大家都成了双的情况下，我就成了孤零零的一个人。

现在班级里的女同学，要么是两个人要好，要么是四个人要好，不可能有单数的好朋友出现，要是一伙人是三个、五个的，马上就会有一个被排除出来。

也许因为我初中的三年就是这么过来的，已经学会去迎接孤独了，所以也不感到怎样的突然或者难以接受。从此就一个人去吃饭，一个人上图书馆，一个人洗澡。因为我也知道我是个很自私的人，也有很强的占有欲，要是有个朋友总是处不长就要吵，一吵，自己就很伤心，几次下来，也不那么想处朋友。所以我可以说自己是个不合群的人。

有一天，我们寝室的一个女孩和她本来相处不错的上铺为一点小事吵架了。不知是出于任性还是别的什么原因，她们不再来往，她提出来要与我在一起。也许是同情，也许是有点怕孤独，或者还有什么别的，总之，我情不自禁答应了她。我和她在一起，事情的结果则与第一次雷同，我真的有那么多那么多的小理由要和我的朋友过不去，一切又重新恢复了原样，孤独的我依旧独往独来。

在一段孤独的日子之后，敏感的我发现我们寝室的同学对我似乎有一种排斥的感觉，尤其是我们屋的"老大"。我们寝室按年龄大小排了行，因此年纪最大的人，就被叫作老大。她对我的排斥似乎特别强。在观察了几日之后，我肯定了这一点。终于在一个晚自修散了的晚上，我鼓足勇气想与她谈一谈。

"老大，"我开了口，"我想和你谈谈。"

不知是我说得太轻，还是她故意不理我，她看也没有向我看一眼。

"老大，我要和你谈谈。"我又大声说了一遍。

"想说什么就说好了。"她一边写着什么，一边冷冷地说。

"我觉得这几天你对我不理不睬的，如果我有什么地方得罪了你，或者做得不好，希望你直说。"

"有什么好说的。我觉得我们这个寝室不团结，没什么可说的了。"她说。就在几天以前，她还提议因为大家都说我们寝室不团结，要开一次以团结为主题的会议。会议当晚就召开了，大家自我反省，然后互提意见。开完会议以后，大家都说这样的会议对我们很有必要，要常常开。

她这样说，我就没有什么好说的了，只好闷头倒在床上。

我不太清楚是自己感情太丰富，还是特别多愁善感。回忆起这几天来的点点滴滴，又回忆起从小到大，我的朋友一次次离开我，我哭了起来。我的上铺发现了，从床上探出头来："你怎么了？"

我摇摇头。我不喜欢把自己的内心世界袒露给别人，所以什么也没有说。其实也不知道该怎么说，从何说起。

"有什么好哭的。"老大说出了这种话。

我听她这样说，更伤心了，索性放声大哭。

"到底怎么了？"

"我真的是好心好意跟她谈谈，没想到她这样冷淡，不可理喻。"

"我讨厌独来独往的人。"老大突然冒出来这句话。我觉得很奇怪，我独来独往关她什么事呢？她们那种朋友，说起来是好朋友，可其实只是饭搭子而已。两个人一起吃饭，一起上教室，看上去天天在一起，可是从来不说自己心里的话。她们那样的关系根本不是朋友，只是同路人。她们看上去更虚伪，好像很正常很合群，可是她们把心藏在很深的地方。她们这种天天在一起的"朋友"并不是朋友，而是为了使她们各自看上去不那么孤独。

"我更讨厌虚伪的人。"我说。

大家都没有说话，也许她们想到了自己，也许我犯了众怒。

我不想再在没人说话的房间里待下去，就到教室里去了。那里有两个女孩子正在和另外两个男生说话。我一个人找了个地方坐下来，看着窗外面的黑夜，脑子里什么也没有了。

我真的那么让人讨厌吗？

我该怎么处理这种局面呢？

我怎么和她们相处，才可以相处好呢？

我是不是要改一改自己的性格？

我是不是该换一种态度对别人？要是我不喜欢她们，我也得装作喜欢？这个人生，人与人之间的关系真的是这样的吗？

生活中是不是处处充满了虚伪？

事后，我与我们寝室里的另一个女孩说起这事，她其实也有像我一样的经历。因为她刚刚来我们寝室的时候，我们已经先来了，她感到我们也对她有点排斥，包括我在内，都觉得她有点"那个"。

"你说，我是不是应该用一种虚伪的方式去面对这个虚伪的人生？"我问。

"大概是的吧。"她说。

"面对这种情况，你说我怎么办？"

"我也难说。"

"为什么这种事总发生在我身上？我该怎么办？"

"随大流，不要把人和人的关系弄得这么僵。"

"可是我不甘心，我不愿意做我不想做的事。"我说。

后来，我们又说到那晚的事，我那晚真的有些失态了，可脱口说出的话，都是我心里想的。

我因为连续几天心情不好，对和我谈了心的女孩也冷淡下来。有时候因为她知情，所以来劝劝我，我也不对她有好脸色。后来，她大概失望了,见了我不再说什么,而是冷冰冰地毫无表情,尽量躲开我。我真的是又无奈,又疑惑,于是也想找她再谈。没有想到的是,她说:"老大说得对,是没什么好谈的。"

我迷惑,我失望,我凄凉,我还是不知道自己为什么成了这样。

7. 独生孩子很难做朋友

我是中国第一批独生子女,听妈妈说我出生的那年,1977年底,正在试行独生子女的政策,但也不是不可以生第二胎。妈妈爸爸工作太忙,所以他们只要了我一个。就为这,妈妈单位还奖励了她一条毛毯。后来,我记事了,妈妈爸爸常开玩笑似的问我:"再给你生一个小弟弟好不好?"

我那时不太懂事,开始很高兴,还喊:"我要当姐姐了!"

在我们这个三口之家里,我从小一直都是自己陪自己玩,每当独自在家的时候,总是开着收音机或电视机,并不是对里面的内容有多大的兴趣,只是希望家里有人的声音,然后搬张大椅子扒着窗子看楼下来往的人。有时,我希望有人和我一起玩。爸爸妈妈不在家的时候,他们不让我带小朋友回家,怕我们弄坏家里的东西,也怕引来坏人。那时我想,要是家里还有另外一个孩子,就可以一直在一起玩了。

有一次爸爸妈妈同时要出差,把我放到大伯家去住。大伯家有两个孩子,一个姐姐、一个弟弟。我感觉到,大伯母对姐姐不好,她喜欢弟弟,不管是什么事,大伯母都骂姐姐。从那时起,我就开始担心,自己要是当了姐姐以后,会不会妈妈也不喜欢自己了?姐姐还会对我说:"要是我也是独生的就好了,他们不喜欢我,就没有人可以喜欢。"

好不容易等到我爸爸妈妈回来,我记得很清楚,当时我第一句话就对妈妈说:"妈妈,我不要小弟弟,你可不能给我生小弟弟,要是你真生了小弟弟,我以后就不叫你们爸爸妈妈了。"

当时,他们都愣了。从这以后,他们只要一提小弟弟的事,我就哭,就说:"要是我有小弟弟,我就天天打他、骂他,直到你们把他送了人。"当时我不能接受有人对我说一句有关"小弟弟"的话。那时我开始学习自己玩,对此再也不抱怨。

渐渐地我长大了,突然有一天,我发现自己需要有一个朋友,能够谈谈心事和理想,是有共同爱好的好朋友,不是我们班上曾经有过的搭子,那是在一起谈天说地、就是不说自己的两个人。

我要个真正意义上的朋友,可是,十八年来,我仍然没有一个能让我交心的朋友。现在和我比较要好的,也是一个独生女,由于她父母的宠爱,使得她的"自我中心"意识十分强,可想而知,与她在一起的时候,所讨论的、谈论的,都是她的事,她的快乐、她的烦恼,要是我从她的事迹中转移出去一点点,她马上注意力分散。在这种情况下,我终于把我的心门向她关上。在别人看来,我与她仍是好朋友,每天在一起做一样的事,中午在一张桌子上吃同样的东西,但事实上,两个人心里的距离大得量都量不出。

因为没有一个人说话,太孤独,所以我们还是在一起。但我不知道她现在在想什么。要是我们中有谁听到了有趣的新闻,或是看了一部精彩的电影,就会迫不及待地、津津有味地、绘声绘色地讲给对方听。这是我们通常的话题。有时候我们一天都不说话,好像一对不共戴天的仇人。

坐在我后面的,也是一对女孩,她们也是一对朋友,有时候一节自修课她们都不停地说话,说服装、发型、股票、交通、影视、书报、食堂菜谱,就说这些。她们也是同进同出的人。

但我不认为她们就是我想要的那种好朋友。

我在想,独生子女之间很难做好朋友,原因有三点:

第一,独生子女一般都比较内向,由于从小养成自己与自己交谈的习惯,任何事都自己思考,独生子女成为在思想上比较独立的一代人,所以一般不会,也不习惯将自己的许多心事说给别人听,这样难免让人觉得不真诚。

第二,独生子女的"中心意识"很强。家中父母的重心在他们身上,一切以孩子为中心。这样孩子从小学习的是接受而不是付出,一旦别人不以他为中心了,就要生气、不开心。如果大家都是独生子女,那么必须有一方做出让步,朋友间这种关系才可能得到维持。而要一个独生子女很快地改掉中心意识,是不可能的。所以独生子女之间的朋友关系维持不久。

第三,由于独生子女从小是和自己说话长大的,自己思考的习惯已经养成,感情比较细腻,观察能力也强,往往别人一句话、一个表情、一个动作都有可能被他们捕到,然后就开始想,他为什么这么说、为什么这么做,于是烦恼多多,就和人有隔膜了。

这都是我从自己的切身体会里总结出来的。我周围的同学,有相当一部分独生子女,也有不少是那时爸爸妈妈愿意要两个孩子的时候的多子女家庭出来的孩子（他们一般比较好相处）。所以一般的好朋友，是一个独生子女和一个非独生子女在一起。

不过我在想，也许等我们长大一些，时间和年龄可以教会我们一些与人相处的方法。也有的时候我想，是不是也因为独生子女在小时候，在阳台上远远地看着别人的时候，把人和人将来的关系想得太完美了呢？

我妈妈有一些好朋友，有的是她小时候一起玩的人。他们一直到现在，还是很亲密。每次春节我们回妈妈的娘家，妈妈那些小时候一起玩的人也都回父母家了，他们就会到一家人家里去聚会。我跟妈妈一起去过，他们在一起，像家人一样的亲切神情，是我不能忘记的。

我也问过妈妈，他们现在还能这么好，小时候在一起都干了些什么呢？妈妈想了想说："没什么特别的。就是在一起打打闹闹地长大了。"

他们好像也没有共享什么重大的人生秘密，但也有这么长的情谊。是不是我们将来也会有的呢？

8. 孤僻

高三的时候,我们年段分了文科班和理科班,我的新同桌是个女孩子,她很沉默,平时不说什么话,前面的男孩子问她问题,她也不回答,总像满腹心事的样子。她最大的爱好是画画,所以一有空就会埋头画画。

可我天生直爽,性格外向,也很好动。在我的影响下,她也变得愿意说话了。也许她说话不太多的关系,所以她一旦说起来,也说得慢,像个老太太。她说,也许是因为小时候和老人在一起的关系。她小时候和外公外婆一起住,一家人只有她一个孩子,却有四个大人。老人说话都慢,所以她也慢了。

她主动把她的画给我看。

慢慢地,她也开朗起来,说话也多了。当她知道我有一个哥哥的时候,十分羡慕我,不停地问:"你和你哥哥好吗?你们常吵架吗?"有时,我不自觉地流露出有哥哥的种种好处来,她的眼睛会变得亮起来。

她也说起她小时候的事。

她小时候倒不是那种在家里自己陪自己玩的人,她和外公外婆一起玩,一起去公园晒太阳什么的。她说小时候她常常去公园的儿童乐园玩,大人会远远地看着她。有一次她一个人从很高的滑梯上滑下来,就听到外公在为她鼓掌。当时一起玩的小孩都十分羡慕,争着从外公的面前滑下来,以求得外公的那声响亮的喝彩。那时她很自豪。

后来上学了,她再也没有能在许多孩子面前得到对自己的喝彩声。她说她从来没有喜欢过上学,不喜欢坐在许多陌生人中间。她也知道不少独生子女最喜欢的就是上学,他们可以生活在同龄孩子的中间。可是她不是这样的。她觉得,只有外公是最知道她的知己。

在她小学快毕业的时候,有一天她回家,看到家里乱乱的,邻居帮他们家看着门。邻居对她说,外公发病了,很严重,全家都到医院去了。

她一个人很害怕,跟邻居回了家。就在那天,外公死在医院里。

本来,她一个人睡一张小床,因为外公死了,妈妈就把她的小床拆了,让她陪外婆睡。她睡在本来外公睡的地方,心里非常奇怪和悲伤,她不知道为什么就再也看不到外公了,他几乎就是她整个童年时代最好的朋友,也是唯一的朋友。从这时候开始,她觉得这世界是不能把握的,而且是她不喜欢的。

过了许多年,她说起她外公的事,还是流着泪。

我的外公也去世了,可我没有她这样伤心,我想一定是他们从小天天在一起度过了她很怀念的日子。也许我的哥哥是我最亲的家人,而她的外公是她最亲的家人。

有一次,我们学校开运动会,我们班有十二个女生和八个男生参加入场仪式排练。可是每次排练时，总有一个女生出于不同的原因不能练，于是我们找到她，让她代替那个缺席的女生，我们才能走成方队。第一次排练就弄到傍晚，天快黑了，初冬的寒风刺骨。可为了班级的荣誉，大家都坚持着。

她对我说："回家画画的时间也没有了，真没劲。"

第二次，排练到一半，却找不到她人了。我找遍校园，最后才发现她在一个角落里落泪。问她话，她先是不说，问了好久，她才说自己只是临时代替别人的，还要和我们一样训练到那么晚，没有意思。

她就是这样的人，有时莫名其妙就哭了；有时什么事也没有，就一个人坐在那里闷着，什么话也不说；她家里养的一只小乌龟生病了，她那天上课，在一张没用过的白纸上写满了"死"字。我想她这种样子，就是"孤僻"吧。

我不那么能理解她，而且慢慢的，我也不能一直陪她了，因为这样的交往常常让我不开心，总是很紧张。她心里有什么想法，常常自己不说，要我猜出来。可我不愿意猜。我们是朋友，友谊要靠大家一起来维持。而且，我们是平等的，不能一个人一直要跟着另一个人的心思转。有一段时间，我顺着她，想要明白到底我做什么她可以满意，可她一会这样，一会那样，变化太大，或者她自己也不知道要什么才是好的。过了一段时间以后，我不想再继续下去了。

她是个很敏感的人，她好像在我有这个想法的时候就看清我了，她常常上课时把我的书或者本子拿过去，在上面写："我爱你,请你不要离开我。"

她让我害怕,而且感到恶心。女孩不可以和女孩说这样的话。于是我更不自觉地避开她,下课的时候就坐到别人的椅子上去。

我们开始疏远了。

后来,我发现她的手上或者脸上总是有伤痕,这里一道疤那里一道痕的,我问她怎么了,她说她家给她买了一只小狗,是小狗抓的。然后她看着我说:"被小狗弄伤,比被人弄伤要好。它和我做伴,只会伤在我的皮肤上,可人会伤到我的心里。"

我知道她是在说我,可我不觉得我伤到了她什么,我也有我的自由,可以选择人做朋友。所以我假装没有听懂。

有一天,手工课下课,我又到别人的桌子那里说话。这时候,我看到她从我们的桌前站起来,然后走到我们面前。这是不寻常的事,她以前从来不会到同学堆里来,所以说话的人都停下来看着她。她很紧张,脸上有一种要哭的样子,涨得通红。她走过来,突然伸手到正和我说话的同学的脸上,只听那个同学大叫一声。

原来她用手工课上用的圆头剪刀,在那同学的脖子上划了一道。剪刀并不快,只是在那同学的脖子上划出一条血印子。

然后她说:"要是有谁和我抢她,"她指指我——"我就和他拼命。"

开始班里静得一点声音都没有,过了一会,一个男生"嘿嘿"地笑了起来,说:"怎么像琼瑶电影一样?"

说得班上的同学都笑了。

而她大哭起来。

这天以后,她再也没来上课,不久她就转学了。高三时候转学会对高考很不利,但她还是走了。

9. 我爱自己

我在上海出生，今年高中毕业。我在全市最好的中学读了六年，然后考上了一所很好的大学。听起来我是一个学业顺利也很优秀的人，可是在我周围的许许多多问题和一些该死的心情简直就要把我逼疯了，我有时会有那种受不了了的感觉。

其实痛苦是没有客观标准可以比较的，心里觉得苦，那就是苦。要是有人觉得我前途坦荡没什么可难过的，而我自有我的理由觉得自己有比他（她）们更可痛苦的地方。有人经过大苦大难还活着，可也有人因为"小"事情就选择了死亡。我在书上读过一句话："一个人选择了生，还是选择了死，有时很偶然。"

我妈妈算得上一生操劳，没有好好享受过快乐。因为各种各样的家庭原因，小时候我被寄养在外婆家。在我十八个月大的时候，由于一次意外，我被大面积烫伤。从那以后我就活在医院里、妈妈的眼泪里和无穷无尽成人世界的怨恨不幸里。

不幸中的万幸，开水没有伤到小腿、手臂和我的脸。我不能够仔细地描绘我的身体现状是怎样的，这十几年来，我从来就没有真正认真地抬起头来看过我自己，也从没跟人说过我的伤势。夏天我只能穿长裙子、高领子且有袖的衣服。我的头皮有一部分不能长出头发来，耳朵也有一只伤了，所以我一直留齐肩的头发，永远不能梳辫子……巧的是我每次都把所有可怕的缺陷掩饰得很好。我非常害怕别人知道什么，总是小心翼翼。

在这个几乎是全市最好的学校里，我抬头一望周围，就有优秀、美丽到几乎可以说是完美的女孩子。我生活在这样的集体里，那种因为身体缺陷而莫名输掉的自卑无时无刻不固执地吞噬着我的快乐。

我因为自己无法像其他女孩一样正常地生活（不能去游泳，也不去公共浴室，不能留各种各样的长发，不能戴耳环或者穿开口低的衣服让项链在颈里若隐若现），我从来没有坦然过。

对于一个非常爱惜或者说爱自己的女孩子来说，我从被烫伤以后，就生活在残忍的心痛、愤怒和自卑里。

在学校我处处小心，每次体检都像末日临头。老师体谅我，几次都找了借口安排我单独查外科。体检时医生有时忍不住说一些惋惜的话，每次听到这些话，我都会几天无法入睡。我最好的朋友，朝夕相处的，都不知道我的秘密。她和我从来都不像其他女孩那样亲密地接触身体，她以为我是那种清高的女孩子。

我整形过许多次，很大的代价，很少的成果。那些医院里我受过的苦，今天想起来还是心痛如刀绞。我受到的伤害像是一个噩梦般不真实，然而它是真的。所有我吃过的苦、受过的伤、忍下的委屈，十多年以来的，全都像昨天才发生的一样，持久地刺痛我不坚强的心。

我一天天地长大了，开始感受到自然的优美，开始喜欢看月亮,开始有人喜欢在下课以后和我说话……我经历了一些新的让自己大喜大悲的事情,而我永远也交不出自己的心,反而更加恐惧。

有时候洗澡时会想,我有这样的缺陷,可以和别人一样去享受爱吗?

我认为美国医学发达,一定可以治好我,为此我一心想出国去做整形手术。高中时我一边念难极了的课本,一边考托福办经济担保。我没有亲戚在美国,要到美国去,父母不能帮我什么忙。我自己一个人,一路上曾经克服了多少困难,付出了多大的代价,又独自度过了多少个不眠之夜啊!我找不到人问,找不到人帮助咨询选择,更重要的是,我从来没有好运气。可那个信念从始至终支撑着我的意志,给予我希望。我自己知道只有这条路才能解救我,成功后我就能开始新生活,结束痛苦难堪的日子了。我非常迫切想摆脱过去的阴影,对于去美国的计划我寄予过很大的精力和信心,尽管一关比一关难过。好不容易一点点办妥,高考以后我去美国领事馆签证,却被拒绝。

那天我哭了整整一晚上,是我长大以来最难过的一天。我很绝望。那不是一次普通的、一个年轻人为美国梦想做出的努力,而是关联到我生命中最大的痛苦。每次一想起,我都会难受得不行。可我还是要面对它。

不能去美国,我就要去上大学了。那是个好大学,可上大学我就得住校,要在女生公共浴室里洗澡,我该怎么办?

我受够了那种遮遮掩掩、偷偷摸摸、鬼鬼祟祟的日子。许多晚上我曾诚心要求让自己早晨永远不要醒来，可上天没答应我。有时我也担心死去后的情形，怎样才可以让我认识的人们，那些优秀的、美好的男生女生看不到我的尸体？我躺着时，头发掉到后面去，遮不住那些疤痕会多么丑！这也是我迟迟不能下决心离开这个世界的原因。

我去了大学一次，看到了一些人，让我很感慨。那些女孩子，我将来的同学们，她们真的非常优秀，而且美丽，可以形容成"文武双全，多才多艺"，很善良，也不自私。但我想到的只是"天之骄子"四个字。因为她们受到的爱护和赞扬太多的缘故，她们像极了温室里的花朵。虽然正派善良，但自我意识太强。她们不懂得如何去爱和体恤别人，也不会懂得关心周围的人，哪怕说关注。

我觉得非常自卑，也非常绝望。从来都是这样的感觉，从小到大自惭形秽地生活在最优秀的同学们中间。

我想，世界上的确有两种女孩子，一种要走许多弯路，吃许多苦头，一生都在探索疑惑中任凭一颗心被剧烈的悲苦蹂躏。另一种则注定一生都会顺当、幸运，有人指导少走弯路，也不会吃很多苦。一样付出相当努力，后一种女孩的人生是一出喜剧。

我不知道作为前一种女孩的自己，如果无法平息心中的焦虑、绝望和紧张，这样活着还有什么意义。生活对我来说，为什么就从来没有过轻快的时刻呢！一直都是在难堪中坚持着，或许是我太过苛刻地向生活寻求着对我的补偿。

在一部美国电影里，一个人说眼泪是上帝的补偿，补偿他向你所要去的东西。那么我的泪是我应得的一份吗？我再也没有能力坚持下去了，警惕而痛楚的日子，没有头。

我不是个笨孩子，妈妈说，医生曾告诉她十八个月的我全身麻醉做手术，将来会影响智力。那么，本来我会是个比现在更聪明的姑娘。就算小时候几年几年地浪费在医院里，我念书也一直念得不错。

至今我恨我妈妈为什么没让我在一次感染中死去。我本来也可以是全世界最正常、最快乐的女孩子，就像我四周的女孩一样，最最优秀的天之骄子。而她们从小到大曾多少次地让我绝望。那些本来应该是我的，而我又深深爱着的生活方式和将来，现在深深地刺痛了我。我追求生活的喜悦和意义的脚步，永远被什么东西绊住。

我爱我父母，他们因为我，十几年来没有一天安宁过，可是我还是无法原谅。我从来不能和他们平心静气地谈一谈自己如焚的内心。而他们则是不敢与不忍。我真的想不通啊，我是个心很好，很能体谅别人的姑娘，为什么要受这么大的罪！有时候我渴望离开上海。我恨极了这个城市，这里有我太沉重的回忆，我渴望离开一段时间，等我终于能拥有自信和骄傲以后，再回来。

这就是我卑微得连自己都觉得可笑的梦想——离开这里，把在这里发生的一切一齐扔下来。它是我最大的心愿，可是追随梦想有时是非常艰难的。有一次我看电视，看到镜头上一个男人说："生活有时候就是和人作对的。"听完这句话，我的心又是百转千回。

10. 我要选择信任

5月初,我一个人在南京路上闲逛,这时,有一个酷似大学生的大男孩走过来,对我迅速地说了一些话,由于他太紧张的关系吧,我什么也没听清,只觉得他有浓重的北京口音,好像是首都来的人。我以为他是个精神有问题的人,就想躲开他。正当我要走开的时候,一个女孩走过来了,她是他的同学,也戴着白色的校徽,她来对我重新说了他们遇到的事。

原来他们是北京大学的学生,到上海来做南方经济比北方经济发展得快的原因的实地考察,在虹桥机场老师点过名以后,他们觉得时间还早,便私下决定来到外滩观光,谁知一塞车……他们向我求援,说他们需要再买飞机票,因为老师和同学已经走了,东西都在别人的身上。

我见他们一副学生的样子,又是北京人,就毫不犹豫地带他们去打了长途电话,并为他们付了六块一角钱。然后听他们说他们已经身无分文,一天没吃东西,我就把自己身上的钱取出来,留下回家的车费,把剩下来的九十元钱都留给了他们。他们说一回北京就把钱还给我,还愿意和我做好朋友,我兴奋地留下了我学校的地址。

谁知过了一个多月，什么音信都没有。

我告诉了班上的同学，同学说我太傻了，那两个人一定是骗子。

同学还说在马路上躺着的那些穿得很脏的小孩子，都是骗子。他们装着不幸的样子讨饭骗钱，其实他们每天挣的钱比我们父母上班一天的钱还要多许多。马路上那些看上去穷苦的、在地铁出口处坐着要钱的老人，也是骗子。他们要钱，不是要活他们的命，而是要回老家盖新的大房子。

这都是我从来没想到的。

要是说他们是骗子的话，那两个年轻人戴着北京大学的白色校徽，他们看上去让我觉得那么真诚和倒霉，令人不由得想去帮助他们。

那天，回家的路上，晚上的冷风吹着我。我觉得自己做了一件那么善良的事，心里有一种十分美好的东西。那个月，我什么也不能买，因为我已经把所有的零花钱都给他们了。我对自己做的事是那么肯定，像得到了最好的成绩一样。

我回想他们的脸，想，原来这就是骗子，从《皇帝的新衣》里走出来，变成了两个迷路的学生。

我本来不想把这事告诉父母的，我觉得非常对不起他们，那是他们辛苦工作得来的钱。我们家也是住着租的房子，很小，也不豪华，可是我用他们的钱去给了人家回家"造房子"去。可有一天，不知怎么没注意，就说漏了出去。妈妈长叹了一口气，说："从小我就告诉你，不要和不认识的人说话，不要相信别人嘴里说的，可还是白说了。"

真的，从小我就是被这样教导长大的，可是心里并不以为然，我觉得那是爸爸妈妈吃苦太多，把人心看得恶了。现在时代不同了，人心也是可以改的。我喜欢善良的感觉。要是一个人生活在一个充满骗子的世界里，会非常无趣，所以我想象社会中有许多美丽的奇遇。可是我错了。

从这件事以后，走在路上，我看到什么人，就想，也许这个人也是骗子。

后来我又遇到了一件事。

我的一个笔友，我们没见过面，可是已经通了一年的信了，突然信断了。他从来都没有过这种情况的。我再三去信，问发生了什么事，他来了信。原来他的爸爸突然生了急病，住在医院里，他要去照顾爸爸，还要读书，忙不过来。

我又写信去问，我想要帮助他，可我不知道做什么才好。

他回信了，他说要是我真的想帮助他的话，他现在需要钱。

我看着这封信，心里"咯噔"了一下子，两个"北京大学的学生"的脸又出现在我的面前，而且我的笔友那从来没有见过的脸，马上就被南京路上那些讨钱的男孩子黑黑的脸所代替。他们总是问我要钱，他们为什么从来没有想到，他们从我这里得到了最重要的东西，那就是我的信任和关心。

我把这事告诉我的同学们，大多数同学都说不能寄钱给他，他也是为了骗我的钱。只有一个同学说："也许他是真的呢，要是不帮他，你们这一年的友谊都没有了。"

这句话打动了我。真的，要是猜错了他的话，对他是多么大的打击啊！他也会像我一样，怀疑这世界上好人是不是还能做下去。

我真的有所怀疑，可是我还是想做好人。于是，我把自己另一个月的全部零用钱都寄给了他。我想最后试验一次，可我不知道要是这次失败了，我还可以相信谁。要是我认定了好人不能做，我是不是就真的能做坏人呢？

第 三 章

什么是爱情

1. 什么叫男朋友

很小的时候，我就从电视上知道有一种人叫"男朋友"。随着一点点地长大，我就越来越想体会一下有男朋友的感觉。总是想，这是除了爸妈以外世界上最亲的人了，是要和我一起度过一生的那个人。虽然耳边时常会有爸妈、老师的话——"早恋是不好的"，但我一直在想，我并不是想早恋，只是想知道有一个男朋友的感觉是什么样的，也就越来越羡慕别人出双入对。

但是我一直没有机会。这不是件容易的事。直到在一个朋友的生日晚会上，我遇到了他。我们整个晚上都在一起。那个晚会是自助的，我所有吃的东西都是他为我去取来的。有一段时间，我们两个人只有一张椅子，他就一直站在我的身边。我想我们是从那时开始就有感情了。

第二天，我们放学以后一起回家。本来走二十分钟的路，那天我们走了两个小时，我们吃了六根"天使冰王"、十多串烤肉。

那时候，我觉得有男朋友的感觉真棒。我发脾气有人哄我，出去玩有人送我回家，要想说话的时候随时可以打电话，寂寞的时候把手放在他的手里要他为我做些什么。开始我觉得这就是"谈恋爱"。

他是一个好男孩，认真、努力，所以我就越来越投入，越来越认真。

然而，这个我曾经幻想会很美丽浪漫的故事在还没有真正开始时就被"宣告"结束，是一种无声的宣告：他再也不理我了。我始终不知道发生了什么事，我怎么得罪了他。他说我只说自己的事，从不听他说他的事；他说我每天都把我的心情说了又说，让他和我在一起不得不为与他不相干的事情生气，我把他当成了精神垃圾筒；他说我没有良心，他对我的好，好像全是应该的，而我对他好一点点，就要他跪下来磕头一样。

这都是我不能理解的。他从来没有觉得我对他多好，他把我对他的好、我对和他在一起的将来的向往视而不见，这是我不能忍受的。所以我和他大吵了一场。

当时我以为他晚上会打电话来的，可是他没有，我们就这样不好了。

从那晚上我再也没有等到他的电话开始，我整个人就陷入迷迷糊糊的状态，对于说过的话、做过的事转身就忘了，背过的课文一会就忘得一点印象也没有了，还做了许多很傻很傻的事。有人来问我怎么会这样子，我的回答总是："我也不知道。"这句话在这一年以来说得多极了。

在学校里我总会很疯地大笑，而当我一个人的时候，我就想哭。

我不能摆脱他的影子。就这样过了一天，一个星期，一个月。又到了认识他的日子，我一个人跑到认识他的地方，又到了和他闹翻的那个地方……我一个人大哭了一场……一直到这个学期开学的前一天,我站在阳台上看着学校的操场,希望他在那里踢球,但是他不在。

有时候我想,这到底是不是爱?要是这就是爱的话,太可怕了,你不知道什么时候就突然失去它了。它不像一件东西,你要是有了,一定是你的。它会变。

在我失去他的时候,我觉得世界上只有我的爸爸妈妈是对我最好的人,要是说脾气不好伤了人的话,我对我爸爸妈妈要吓人多了,我不想说什么的时候,他们要是再说,我就不客气了。他们从来不会不要我,或者记恨我,而是等我平静下来,仔细问我有什么地方有了问题。要是我想说什么的时候,他们就是正在说话,也会停下来,听我说。

现在我相信,只有我的爸爸妈妈对我的爱,是永远不会变的。

那天,我想要对爸爸妈妈说些什么,可是我不好意思,所以趁他们没有回家以前,为他们做一个炒鸡蛋。这是我有生以来第一次下厨。

在油锅沸了的时候,我突然热泪盈眶。我做好了鸡蛋,可是油烫了我的手。

爸爸妈妈回家来了,看到桌子上的鸡蛋,高兴的样子就像从前他们碰到过的最好的事一样,脸上亮极了。

妈妈对我说:"贝贝,你对爸爸妈妈好,放在心里就可以了,不要做危险的事啊。"

你看,这就是爸爸妈妈的爱,伟大而无私。我要寻找的爱情,是这样的感情。

可是他为什么一点也不能理解我的心呢？他是一个那么小气的人啊！我不爱那个小气记仇的人。每天当我要想起他时，我就这么对自己说。

要是我经历的不是爱，那么他也不能算是我的男朋友了。我并没有真正尝到有男朋友的味道，不过我相信有一天我会感受到的。我也不会像以前那样很迫切地去找，我会慢慢地等，等一个像爸爸妈妈一样爱我和包容我的人的到来。

2. 要不要靠近

我在一所重点中学里读书,下学期就该是高二了。刚进高一的那个学期,因为是直升的,没有经过考试,比别人多了一点优越感,但也觉得少了一点努力拼搏之后的充实感,对初三的那些各奔东西的学友的依依不舍,对一去不再返的那段时光的失落,一同充斥在我的心里。就是在这样的心情下,我遇到了他——坐在我后排的一个长得挺帅的男生。

我们开始一起聊天,一起侃足球——他是一向酷爱足球的"铁杆球迷",而我,也喜欢看球,看也许平时平淡无奇的人刹那之间成了英雄。那时候,他真的只是我的一般朋友,我看不出他身上有什么与我相同的,或者是能吸引我的地方。我说过他长得挺帅,而我相貌平平,在那时我从没想过我们之间会有什么。

我一直对和我同龄孩子之间的关系没有什么感觉。我们并不争吵,只是不能深入到对方的心里去。也许是因为我从小由家中的老人们带大的吧。小时候,外婆和姨婆特别宝贝我,不舍得我去托儿所。一个星期去两次,还是早早地就被接走,被推着在日光里慢慢地走。每次和她们打牌,我总是最大的赢家(今天我才领悟到,原来那都是她们让着我的)。而后来进了小学,第一次春游，我居然提出不去，宁可和老人们去公园。从小的玩伴，就是两个老人，对同龄的小孩，居然有点陌生。

有很长时间，我和他就是谈谈球的朋友。

有一次学校搞艺术节，其中有一个辩论赛，作为班队的主辩手，我参加了比赛，那种把自己的全部精力投入到一场唇枪舌剑中去的感觉是美妙的，是我所从未经历过的。带着兴奋与激动走下台来，我意外地发现，刚才还坐在台下观战的他，已不见踪影。后来他笑笑地对我说，他出去踢球了，还说那天他踢得如何"英勇"。我摇头，也笑笑，只是觉得，他的眼神好像有一点怪怪的。

紧接着，圣诞晚会。我们班的女主持临时变卦，要我代替。上次的辩论赛给我的感觉好极了，我二话不说就应下来。另一位主持是他。那次，我们做得太好，全班都没有玩得这么痛快过。他以课桌代替球门，距之三四米的地方放一足球，然后请同学依次"射门"，名曰：罚点球。

就在那天晚上，我开始对他有了一个新的了解：富于幻想和热情，认真而投入，同时也自负。

我们开始走得近了。

可是相处时间多了，与他的相处并不融洽，甚至还不如从前。到底是什么地方不融洽，我并不记得，可见那些事情并不大，也许是一句话，也许是一个不重要的观点，甚至也许是谁说得太多了一点，反正我们开始有争吵了。我不知道什么原因，表面上是为了很小的事，小到我们都忘记了。只是因为那事，就一路吵下去。我隐约觉得，也许是我们两个人都有些自负的原因吧。我们都希望别人听自己的，同意自己的。要是那个人自己不大看重，可以让让他，甚至是恭谦有礼的，而要是那个人像我对他、他对我一样的重要，就坦露出所有的自我，就像对家里人一样，傲慢而居高临下。不能服从就带来了极大的不快，还有失望。

所以有时面对他却觉得还不如与别人在一起自然，而中午午休时看不到他在后座，心里又有些空荡荡的。而他则不时显出烦躁来，说出来的话时不时地刺我一下。有一次，因为他的一句话刺痛了我，我一气之下不愿再理他。

我度过了一段非常失望的时光，这也几乎是我有生以来第一次感到强烈地被伤害。有一个星期，我的情绪波动得非常厉害，爸爸妈妈都看出来了，小心翼翼地观察我，以为我早恋什么的。可我想我不是。我还没有走到那一步，就已经被伤。我断然不会到那一步的。为了不让他们太担心，我只说了我和要好的同学有冲突，感到人和人之间的不可理解、彼此伤害。爸爸照例说了一些要学会和人相处之类的话，妈妈看上去大松一口气。从我自己的失败，大家明白了只有自己家的人，才是最可信赖的。在那段时间里我也想过，从此不再和他说话，不要再有伤心的感觉，也不是什么坏事。

抱着这样的想法，我在他安排的几次搭话的机会里，都避开了。我固执地以为互不搭言就可以互不伤害。也许我真的是对的，要是当初我们不认识，又怎么会有这许多事呢！

那段日子里，我想了许多关于我和他的问题。我想，我们都太以自我为中心。我们不常同情别人，即使有，也是出于礼貌。

可在自己落难时，就需要别人很大的关怀，要不然，就觉得世界对自己不公平。有时候他不高兴了，我还莫名其妙；而他高高兴兴做的事，好像是我们可以共享的，在我看来，是纯粹的自私自利。有时我也怀疑自己是女孩子的小肚鸡肠，可他也是这样。我想更可能的是因为自己在伤害别人的时候，自己不会感到什么，而自己受伤的时候，只要一点点就感到了。我对自己和他都是这样的人感到遗憾，而对我们的关系，也觉得绝望了。

后来，我的固执终于在他的感化下被消融了，但从我们和好的那一刻开始，我们都发现我们之间真的有了一种感情，我想这就是家长们最怕的爱情。它本来藏在哪里，我们谁也没有发现，可经过争吵、逃避、刺痛对方，它长出来了。在我们中间长着，越来越大。它使得我们越来越近，也使我越来越怕。我并不那么怕我的家长，我相信他们不会把我真正心爱的东西铲除，要是我真的爱上什么。他们从来对我是宽容的，只是我从小在这样的宽容里长大，对别人失去了宽容的心。我是怕再一次被伤。在我们只是好朋友的时候尚且可以彼此伤害，在我们成为情人以后，那种伤害不是可以置我于死地了吗？！

记得我从前看过一本书，书上说，有两只过冬的刺猬，因为太冷了，就说："我们靠近点吧。"于是它们就靠近了。可是它们身上的刺扎痛了对方，它们赶快走开一点。可是天太冷了，它们不得不再靠近彼此，可是刺又扎痛了它们。有时候，我在想我和他的关系的时候，会想到这个故事。

我并不想发展我们的感情。可是听着他在身后唱："想说爱你并不是很容易的事……"我觉得很难自控。原以为两个月的暑假可以使我们都清醒一下,但这个月学校开始上课,一切自以为的心理防备全在他依旧的歌声中不攻自破。我像那只感到冷的刺猬一样向他靠过去,心里怀着恐惧。

  我该怎么办?

3．爱上了偶像

我的偶像是一个日本的当红歌星，酒井法子，她非常纯真可爱。在海报上看到她的时候，我就觉得这是个好女孩子，她的眼睛真是天真。

今年7月，她到上海来参加亚洲歌手演唱会，在看完了演唱会以后，我便一直骑着车跟着她的车，到她下榻的酒店。然后，我跑到了她的面前，对她说："酒井法子，你好，我是你忠实的歌迷，见到你真的太高兴了。"然后向她伸出手。她显然没有听懂我的话，可她还是微笑着和我握了握手，并用普通话说了句"谢谢"。然后，她才上了电梯。

而就是那一声发音含糊的"谢谢"、那次握手、那一个对我一个人而来的微笑，居然让我手里至今仍留存着她手里的那一股暖流，脑海里还总是浮现着那灿烂迷人的笑脸。我常想起她对我说的那声"谢谢"，我发现自己爱上她了。

我开始到处找她的磁带。从前，我听她的歌，并不懂她在唱什么，我只是觉得音乐好听就可以了，并不一定要了解歌词，可现在我得了解她在唱什么。她的歌，真的很美。我觉得她唱的那些爱情歌曲，那些高兴的事、忧伤的事、盼望的事，就像是对我唱的一样。有时我把随身听插在耳朵上，一路听着，一路看她的歌词，好像心里有一种东西，我从来没有感受到的东西，从心里升起来，与她的歌声融汇在一起。就像咖啡和奶一样，很快地就融合在一起。

她的歌的歌词可不是那么好找，不像欧美的流行歌曲那么好找。我常常为了找歌词，在下课以后去各种各样的小店大店，包括在店外面卖盗版的人那里问。每一次，我把"酒井法子"的名字说出口来的时候，心里就温柔地一动。所以，那对我来说是辛苦的经历，也是幸福的经历。那时候，我知道自己是多么的爱这个女孩子。为了她，为了了解她，我可以做一切事情，也能够做一切事情。

有一次，我买到了一张全新的酒井法子的照片，高兴极了。可就在我放好照片的下一分钟，天开始下雨。我骑在车上，全力骑着，像飞一样，只为了早一点回家，可以听她的歌。大大的雨点打下来，可我觉得很开心，好像我回家去，是她在家里等着我。我一个人独自住了十几年的小房间，现在也不那么寂寞了。本来在爸爸妈妈不让我听音乐的时候，我会寂寞得打开自己的房间门，为了让他们在大房间里的声音传过来。现在不再需要他们的声音了。就是在我做作业，不能听音乐的时候，我也喜欢静静的一个人。在我的心里，有一个最好的姑娘在陪着我，在墙上看着我。

有时候，我一个人先回家，打开大门的那时，我心里会想，我这样心诚，要是在童话故事里，墙上的那个人早就会下来了，就像田螺姑娘那样。所以我常常尽量轻地打开门，希望看到奇迹。

我想，爱情真的是一种神奇的力量，像奇迹一样。我一向最不好、老师从来不表扬我的那个写作水平，开始好起来了。我一写作文，还有练笔，就有歌词从我的心里像水一样流出来。老师说我对许多事物有了自己的感情，我这晚开窍的人，到底开窍了。我笑了，可是没说话。

此后我学习得非常努力，因为我知道像她那样的大明星，要配上她，我自己非得事业有成。我会遇到数不清的追求她的人，和他们竞争她，我得有非常突出的一面才行。我是一个有头脑的人，懂得怎样达到我的目标，虽然这目标如今看上去有点可笑。我开始学习到深夜，因为我得在把自己学校的功课做完以后，加做自己找来的学习资料。常常在深夜里，我做完了所有今天能做的事，伸开酸痛的手臂，都觉得她在看着我，看着我怎样成长着。

我真的想再和她握一次手，真的。有时候想得心都疼了。

爸爸妈妈也觉得我变了，变得他们要常常叮嘱我早点上床休息。他们说："我们那傻儿子终于知道为自己的学业操心了。"他们不知道这一切，都是因为爱情。

我还想学日语，这样，我可以写信给她，可以追求她，让她知道我是世界上最爱她的那个人。

我还想学滑雪，因为她的歌里唱到过这一点，唱得非常美丽，所以我对那白色的雪坡也十分向往。

我也看日本的电视剧，因为我想也许她也在看，那么，不管我们现在隔得多么远，我们是在同样的时间做着同样的事情，这也是一种陪伴。

看到任何来自日本的东西,我的心都会"怦"地跳一下,因为那是她的国家的东西。为了爱她,我爱上了与她有关的一切。有时我想,还好现在中国和日本友好了,要是战争年代,我该如何面对这份感情?太可怕了。

我不知道这种爱,也是可以随着时间而越来越深,虽然不管说给谁听,谁都不把它当一回事。不知为什么,我对此越来越不耐烦,我想马上和酒井法子联系。我一直想着这件事,好像这个念头随时都会突然从心里跳出来,然后像水一样,把我脑子里原来正在想着的东西一冲而光,可我不能克制这种念头。

我开始疯狂地打听她在日本的地址,然后老师和父母都知道了,他们觉得我真的是走火入魔了,全是用不屑的眼光看我。虽然他们并没有这么说,他们的脸上笑嘻嘻的,但他们并没能阻止我。然后我的爸爸开始着急,他说我为了虚无缥缈的事耽误自己的前途,是世界上最傻的人,又说歌星的一切全是生意人包装出来的,只有我这样的傻瓜才会上当。

他侮辱了我,所以我开始不理他了。

我想到了晚报。上次酒井法子来的时候,有一个娱乐版的记者去采访过她,也写了文章,我想他一定要把报纸寄给她看的,那么,那个记者一定有她的地址。

于是一天下课以后,我按照地址找到了晚报社,可那个记者出去采访了,于是我在外面的马路上等着。晚报社离我家很远,我不可能回去了再来,而且我也不愿意这样,我不愿意等到明天。

我的心一直拼命地跳着，我希望能找到她的地址以后，给她好好写信，然后可以安静下来，像从前一样，心里有一个女孩子，可以好好做自己该做的事。我也不希望把自己的心情和生活弄得一团糟，我知道这样会离我的偶像越来越远，可这不是我可以控制得了的，这就是爱情啊！可没人明白。

一个女生，从前也很迷张学友，迷得要死，张学友来演出的时候，她花了所有的积蓄买了一大束红色的玫瑰花，可她没能送到张学友的手里，挤在她前面的人太多了。那天，她伤心地在教室里哭。她说，人都有这样一个阶段，会过去的。她说，她现在就已经过去了，可是一点也没有为过去而后悔。

在一个歌星的身上，寄托着我们对自己将来美好生活和整个美好社会多少理想啊，可是大家不明白这一点。他们代表了生活中最美丽的那个部分，有感情，美好，十全十美，比所有成人对我们描述的生活都要好许多倍，像是为我们而写的童话。

我坐在我的自行车上想着，天一点点黑下来了，可是那个记者还没回来。可我一定要等到他。

快到九点的时候，我又进去问，看门的人都换了，新的看门人又问了一遍我找记者干什么，这次我学乖了，不再把事情真相说出来，让大人耻笑，我撒了一个谎。他看了看我，打电话上去了。

那个记者已经回来了，他下来了。我开始对他说我的来意，他看着我，我在他的眼睛里看到了我熟悉的那种笑意，可我为了那个地址而忍着，当作没看见。我尽量诚恳地说着。他就那么看着我，然后他说，他也不知道。

就这样，我失败了。

我说："再见。"

他说："歌星的形象，也是流行歌曲工业中的一个项目。"然后拍了我一下，好像要安慰我似的。

我看看他。他不知道，我就是要娶酒井法子的那个人啊，我总有一天会找到她的地址的。

那天晚上，我决定将来高中毕业以后，要到日本去读语言学校，那时候我就可以真正地追寻酒井法子。

4．全家投入的初恋

我 1975 年出生，可以算是上海的第一代独生子女了吧，那时候上海刚刚开始试点。说良心话，我的爸爸妈妈对我不错，他们一直努力像朋友一样对待我。在我很小的时候，他们在公园里陪着我玩，好像是我的哥哥和姐姐，教会我他们是小孩子的时候玩的游戏。我相信那对我们都是快乐的时刻。他们重返童年，我得到了哥哥和姐姐。

所以我们之间一直很少有秘密，我在学校里发生了什么事，都可以从他们那里得到明智的分析和建议，要是我想要知道他们年轻时代的事，他们也并不向我夸大或者隐瞒什么。在我们家的晚饭桌上，他们也说他们大人要遇到的事，比如单位里的人和事。要是父亲遇到什么事，母亲常常为他出主意。在爸爸妈妈的时代，常常是妈妈比爸爸更灵活能干。妈妈一边巧妙地从嘴里用舌头把鱼刺吐出来，一边说出她对时事的见解。那个情形一直被我记着，我想那是我对将来自己的模式的认识和认同。也许这是父母这一代的普遍现象，所以跟着这样的爸妈长大的孩子，女孩子往往比男孩子要厉害。在我上小学的时候，我们班上的七个班委，有一年全是女孩子。那一年，我们七个女孩管住了全班的男孩子。

很小的时候我就开始做班长，老师说我这人老练。我想这也和我与父母的这种相处关系有关。以爸爸妈妈的经验来处理孩子之间的关系，战无不胜。我一直在他们的关心下成长，我想我可以说是早熟吧。我一直都做得不错，考重点初中的时候，我连着好几年的上海市"三好学生"荣誉帮了我的忙。考重点高中的时候，我在初中时代参加的社会活动、参加教育局学生竞赛的得奖记录又帮了我的忙。考大学的时候，我是品学兼优的保送生。我真的一帆风顺，这和爸爸妈妈几乎是陪我一起长大的有密切关系。

所以我有很长时间是很肯定我们家的这种亲密的。我也庆幸自己是一个独生女，要是我像爸爸那样，有七个兄弟姐妹的话，父母是不可能这样全心全意陪着某一个孩子长大的。

我十八岁的时候考大学。当时有几个同学是一起为电台的学生节目做记者的，大家曾说过要到北京去上大学，北京大学、清华大学，一个人背着行囊，拿着一朵玫瑰，去远方求学，那里有全中国最好的大学，这是我们心里浪漫的梦想。大家在窗前热烈地说到天黑，可是最后只有一个同学考到了北京。

我的爸爸妈妈不同意我去北京上大学。他们不是怕我一个人照顾不好自己，也不是要娇惯我。当然这些因素都有一点。可最主要的，是他们不想让我独自经历大学的人生。大学生涯是一个人生命中最美的一段时间，也是最关键的一段时间。这点我们也知道，也许那天我们几个同学在窗前的长谈，也是想独自去走那一段美丽的人生路。而我的爸爸妈妈怕我独自经历了大学以后，有了一大段自己独享的生活，就会和他们生分。他们不是不想让孩子成长，而是不想让孩子独自成长，他们真的是想和孩子心连心。在我没有恋爱以前，我真的不知道除了自己的爸爸妈妈以外，还有谁，在这世界上是真的想和我心连心的。

关于恋爱，我的爸爸妈妈对我提出过要求：第一，我最好在大学二年级以后开始恋爱。中学时代为了自己的大学得拼命努力，不合适恋爱。大学一年级要熟悉同学，还要在大学里站稳脚跟，也不合适。可是他们也怕我将来嫁不出去，或者开始得太晚，真正优秀的男孩子已经被人抢去了，所以他们觉得二年级差不多。第二，他们希望我的男朋友不是独生子。因为我们家只有我一个女孩子，他们不要我嫁到别人家去做媳妇。要是对方也是独生孩子，他们的爸爸妈妈也需要孩子，我家把人家养大的孩子要回家，不好，也不可能。要是他有哥哥或弟弟，他就可以到我们家来住，当我们家的人，这样，我也不会太累。要不然将来我要照顾四个老人，就太累了。

这就是我家里对我恋爱的要求。那时候，我还没有爱上什么男孩子。要爱上个人，不是容易的事，对不对？那时候我只想让自己有一次爱的经历，在情人节的时候，有一个人送我玫瑰花，还没有想到要和我爱上的那个人一辈子在一起、要让他到我家来做我家的上门女婿。

我已经长大了，我常常在和爸爸妈妈在一起的时候觉得孤独。情人节的时候我们学校的学生勤工俭学，到饭店和咖啡店门口去卖玫瑰花，我也去了。把花放在特地去买的花篮里，看到两个男女走在一起，就去问："先生，给你的女孩子买一朵花吧，情人节到了。"那时候，在我心里有种淡淡的忧伤，我想，我也该有一个男孩了。

度过了许多在天真里寂寞的日子，我爱上了一个人。上天有眼，他不是独生子，他是在我大二的时候走进我的心里，他就像是为我的爸爸妈妈而来的。但我隐瞒了一点：他并不因为有一个哥哥而比我懂得容忍，他也是动不动就要生气，一点不肯让人的那种人。

我的人生走到了一个新阶段。

在没有遇到他的时候，我妈妈就告诉我，一个女孩爱上什么人，永远要做到离开他不会倒下去，这是第一点。第二点，一个星期不能见面超过两次。第三点，在结婚前，保持自己的处女身，而且不要和男孩子太亲热。

请他到我家来了以后，要是我们要在我的房间里，房间门不可以关，我不可以摸他的头。有一次，我们在房间里接吻，因为不可以关房间门，让我外婆看到了，我家的大人就把他叫出去，重申了他们对我们恋爱关系的原则性要求后，让他写了一张保证书，保证在我们结婚以前，他不碰我。然后，我妈把保证书锁起来，锁在我们家放最重要的东西的抽屉里。

在家里是这样的局面，我们只好想办法出去。从这时候开始，我大量地说谎，脸不红心不跳地说谎。我妈妈问我到什么地方去，有时候我说到外面去采访，有时候说同学过生日；问有谁和我一道去，我就说有什么什么人，一群人一起去，有时候说去上夜校，还要记着下一次不能说错。

有时候也说去看电影。我觉得爸爸比妈妈在这件事上的反应还要大，也许爸爸有点吃醋。一说去看电影，爸爸总是在一边说："我也没看过这个电影，我也准备去看的。"那样的话，我们就只能多买一张票，带爸爸一起去。和爸爸一路去的话，我们连手都不可以拉在一起，因为他看了会不高兴的。

有一次，我男朋友新理了发，然后到我家来看我，我觉得他发脚新新的，像个小男孩子，真的可爱，就摸了摸他的头。等他走以后，妈妈说了半天，说女孩子不可以这样轻浮。外婆则说我对他这样随便，一定是他对我动手动脚的关系，所以，外婆说应该让他再写一份保证书。

全家参与的恋爱，太困难了。

所以我们越来越多地到外面去。常常到他家去，他的妈妈爸爸从来不管我们在做什么，我们到家以后，说几句话，就可以回到他的房间里，可以坚决地关上我们的房门。我不知道这是因为他是男孩子，不会吃什么亏的关系，还是因为他不是独生子，他只要对自己好好负责，就可以长大了的关系。

每一次我从对家里人说我要出去，到走出家门，都是心慌意乱的漫长过程。我要把家里的每一个人都哄高兴了，帮他们做好多事。我从前从来不要做的事，在那时我都会去做，而且做得很好。为了让自己不那么内疚，我总说一两个小时就回来，可是这是不可能的，所以，每次回家，用钥匙打开门的那一刻，一颗心总是在舌尖上跳着，最好自己从今天开始在家做乖女儿，再也不要出去和男孩子约会。

我累死了。

也许他也太累了。他比我累多了,他得讨我们全家的欢心。我们之间常常吵,一句话不好听,我们就可以在马路上吵起来,然后,两个人各自转身就走,谁也不追谁。有时候,在家里打电话,在电话里就吵起来,我挂了电话就哭。

这样的时候,常常是我妈妈来为我们解决问题。妈妈打电话去,然后他到我家来。

有时候我不想说,可是一回到家,妈妈只要看我一眼,就说:"又吵架啦?"我仍然没有什么事可以瞒过家里。

在这件事里,我发现我和我的家人出现了新的关系:对大人传授的经验我开始阳奉阴违了。从我对我爸爸妈妈说第一句谎话开始,我就对他们关上了自己心房的门。

5. 我爱莫扎特

记得在初三时,有一天,我和同学从厕所里出来,我把刚洗完的手放在自己脸上暖着。那是个冬天,冷极了,厕所里还是大敞着窗子,虽然每个人到这地方都要脱下衣服,这里却是最冷的地方。就在那个寒冷的厕所里,我对身边冻得直哆嗦的女孩说:"如果莫扎特晚生两百年,我就嫁给他。"我想当时我脸上那种坚毅的神情肯定吓着了她。她愣了好长时间,然后睁大了本来就很大的眼睛盯住我说:"那也要人家要你啊。"我说:"不管的,他要也要,不要,也得要。"我说完,自己也愣了。然后我们都笑了起来。

那时我看了莫扎特的传记,然后就爱上了他。在那个黑黑的电影院里,我第一次听到他的乐曲,它们深深地打动了我。我的爸爸妈妈也喜欢莫扎特,他们有时也在家里放他的曲子。之前我以为这个戴着假发套的外国人,一定锦衣玉食、养尊处优,所以他的曲子都那么美好,那么优雅。那天,我才看到了他痛苦的生活,也听到了他在那样的生活里发出的大笑。那时候,他的曲子才真正打动我。那些充满阳光、不可摧毁又带一点神经兮兮的味道,对我来说,好像是最好的鼓励。

我十分庆幸自己是在初中的时候爱上的莫扎特。那时我的压力远不如今天的大。我有时可以一边做事一边听莫扎特，要是现在，这是不可能的事。

我的初中是在一所重点学校里度过的。我们的初中部并不十分好，可是在那里面，我的成绩也不算是最好的，是中等。由于种种原因，我高中时被保送进了最好的高中。当我真的收到录取通知书的时候，心里真不知是喜是悲。因为在我心目中，这所学校是可望而不可及的，但我真的成为它的学生了。

刚开始的时候，我发现自己在初中里的数学基础打得不错，别人学得吃力的时候，我可以很轻松，考试的成绩也不错。可是英语惨透了，第一次考试我就挂"红灯"。开始我还能应付各科考试，可后来我因为一次次的失败，越来越怕考试，怕看到老师。有时在走廊里看到老师要走过来了，马上从楼梯上落荒而逃。

然后，我发现自己自卑起来，这种世界上最可怕的感觉在我的心里一天天地严重起来。现在，我是班上的差生，常被老师叫到办公室去。

于是我常觉得在人前抬不起头来，甚至没有勇气上街。我常常对自己说，你长得又难看，成绩又这么差，也没有特长，你简直什么也没有，你又拿什么来和别人比，又有什么资格看不起别人呢？我常常在心里暗暗地挑别人的刺，可这时我的心里为我这样的行为感到非常难过，我不喜欢这样。我还不如那个出于妒忌不断问莫扎特索要作品的老头子，他的妒忌使得莫扎特在短短的一生中写出了奇多的作品，也是对人类的一种贡献。他的心智还是重视天才的,而我连这一点都做不到。我的妒忌伤了我自己,也伤了别人。

有时我想听莫扎特,却觉得自己已经没有资格花大量时间再听他了,我只是在爸爸妈妈听的时候,把自己的房门开一点,让音乐自己走进来。就像别人喝咖啡,路过的人也可以闻到一点点香一样。那时候我听到莫扎特,会流泪,看着面前书上的字一点点地模糊了,一点点地变大了。他怎么总是能够战胜那么多生活中的困难呢?他创造的世界,也是我喜欢的那个世界,有时候我的心里也会冒出一连串的音符,一连串狂奔而至的东西。

莫扎特虽然也生活得痛苦,可他的音乐里从来没有这种东西,只有美丽的、高贵的感情,所以说,他有一颗坚强而美丽的心。而我没有,我没有信心活到二十岁。我真怕这周围的一切。有时我一阵难过的时候,连心都紧紧地抽在了一起,要一会儿不呼吸才能缓过来。

我现在非常痛恨考试,因为它使我憎恨学习。我本质上是喜欢读书的,可当我的手一接触到课本,就立即想到考试,想到"红灯",想到自己在学校的全部失败。我的心就像贴了一块脏脏的口香糖,难受极了。前天晚上做梦,我从一根好高的摇摇晃晃的柱子上掉下来,摔死了。那根柱子是我爸爸让我爬上去的。早上起来,我坐在床上愣了好半天,不知道我是死了,还是活着。

在家里,我和我父母的关系越来越糟。其实我很爱他们,可是常常和他们顶嘴,惹他们伤心。我现在一听他们说我的不是,就忍不住要顶嘴。

我很爱幻想,常常"白日做梦",表现出来的就是爱睡觉,上课也打瞌睡。只因为我的理想和愿望只有在梦里才能得到满足。我总是想回到从前去,再做一个用功学习、成绩优良的好学生,可我做不到。我不想自己是坏孩子,可所有的事实证明,我是坏的。

有时我听莫扎特,都奇怪自己怎么会喜欢他的音乐。他是那样的一个热爱生命而且拥有美好世界的人,他飞翔在所有的平庸之上,像鸽子一样。而我,是这样一个对一切毫无信心的女孩,我对生命的热爱就像一根快要燃尽的火柴一样,随时都会熄灭。就算我真的长大了,成了一个女人,这世界上也不会有一个男人来爱我的。现在我不相信有什么人能爱上我,因为我自己都讨厌我自己。我又知道自己真的是平庸的,所以我想我会活下去,因为平庸的人通常都会活下去。

现在我又想起了莫扎特,要是他还在的话,多好。我一定要认识他,并告诉他:"我爱你。"我还是希望我能爱上什么不平庸、真正美好的事物,使我自己也可以因为这样而好一点。我希望自己能好一点,非常希望!

小时候,我希望自己长大后能做一个电台的主持人。可长大了以后,我才明白我的快乐就是帮助别人,看到别人快乐了,我自己也会快乐。所以我想做一个心理医生,因为我深知心里有病的人是很痛苦的。可现实让我不得不重新再考虑。我的父母年纪已经大了,家里只有我一个孩子,我想能多挣些钱,让他们生活得幸福安逸。所以,我想要考一个挣钱多的专业,在业余时间再去做我喜欢做的事。可现实是,像我这样的差生,能不能考上大学都不知道，又怎么能承担更多的责任？

也许，像我这样没出息的人，将来可以到山里去隐居，去过与世无争的生活，每天只种菜和听莫扎特。种菜，可以让我平庸地活下去；而莫扎特，可以让我去眺望一个美好的音乐中的世界。

第四章
我 的 宣 言

1．我脆弱，我笨拙，可我纯洁

  我现在已经是一个十六岁的女孩子了，正在一所普通中学读高一。从小我就是一个脆弱而笨拙的孩子。脆弱一方面是生理上的，小的时候在医院里儿科大夫都认识我；另一方面是情感上的，我常会因为小孩子间的争吵而一个人哭好几个小时。这种脆弱随着年龄的增长，在生理上已经渐渐好转，在情感上渐渐学会了掩盖，但还是常常控制不住自己的泪水，仍要一个人无声地流泪。而笨拙一直延续到了现在。小时候许多女孩子的游戏，如跳橡皮筋、扔沙包、叠纸等，我都只会一点或者一点不会。和大家在一起玩的时候我常常是其他孩子的累赘，常一个人哭着跑开。于是，从小我就有一个真诚的朋友——书。

  在许多孩子还沉醉动画片的时候，我却能一个人静静地坐在那里，几个小时看一本全是字的"大书"了。这种阅读使我丰富的想象力得到了充分的发挥，每当那个时候，我的人还在原来的地方，可是我的思想已经飞到了天花板的附近，浮在屋子的顶部，自由自在地飘着。

  从小学五六年级直到初三，我的一个最大的心愿，就是初中毕业考一个远在异乡的学校，离开家，离开这个城市，独自去他乡漂泊。起初那是因为我这样一个笨拙而不求上进的孩子，却有一个灵巧的、好强的、脾气暴躁的母亲。

因为"文化大革命"，母亲读到小学毕业就下乡去了，在乡下做了许多年的体力活。返城后，她十分努力，在工作上超过了许多人。好强给她带来了荣誉，但她不会好好地处理人际关系，工作上的荣誉反而因为别人的妒忌给她增加了许多麻烦，于是我就成了她的出气筒。

从小，我就为了这样或者那样的事挨打。会因为下雨天跑出去玩，踩了一脚的烂泥到她单位去了，就当众被她狠狠打一巴掌；会因为一次考试没考好，在快放暑假时的几天没有饭吃，而且要穿上厚厚的、五六岁的时候穿的灯芯绒衣服（那时我已经十岁了，这衣服对我来说太小了），"享受"着六月的烈日去上学。也许妈妈这样对我，是想要我吃一堑长一智，但我又是一个不争气的，不能好好把握自己、控制自己的人。仿佛我从来都被一只看不见的大手摆布着，我总也不能做得比别人好，甚至莫名的更差，把本来挺好的事办得一团糟。

在我六年级时，一个晚上，因为我没有把白天吃的糖的糖纸及时扔掉，又没写完她为我布置的两篇作文，就被她拉着我的手，往楼下拖。在黑黑的楼梯上，我摔倒了，她也不管，把我一直拖到楼下，然后扔下一双破拖鞋，说："你滚吧。"但是我是无能而软弱的，我只能回到家里去。

过了不久，因为我学会了打响指，妈妈认为这是流氓习气，我开始不学好了，她就用扫帚柄把我打得过了两个星期坐椅子还疼。

我的身上总是青一块紫一块的，偶然被同学或其他什么人看到问起，我总是装得若无其事的样子，说："没什么，是自己摔的。"我从不肯承认自己常常挨打，想让别人觉得我在家是一个让爸爸妈妈疼爱的孩子。

因为一切的不顺，使我很自卑。做每一件事的时候，当成功的希望还没有来得及在脑子里闪出来，就拼命强迫自己往相反的一面想，往最糟的一面想。这个办法似乎很有效，总能使那么几件事做成。有时不禁也对成功抱着希望，但那种情况下，我一定是失败的。那时，我总是想有一天我要离开家，离开这个倒霉的城市。

初三的时候，我很茫然，对自己的将来似乎没有一点打算，木木地听天由命。我怕我对自己的希望越大，失望也就越大。我想现在不比从前，我会精神崩溃的。我自卑地认为我什么也考不上。工厂、技校母亲是绝对不让我去上的，她要我做白领，她把我当成满足她好强心的希望。我甚至想到过逃避，希望再来一次"文化大革命"，大家都不要考试，那样我就可以正大光明地逃过去了；希望无意间过马路的时候我被车子撞死。我一点也不怕死，我只是怕那临死前的痛苦。

我这样麻木而悲观地度过了初三。但这一年是我有生以来最幸福美满的一年。在这一年里，我真正感受到了父母的亲情。那一年里他们都对我很好，安慰我，要我不要害怕考不好，说他们不会骂我的。

中考时一向作文很好的我,出乎意料地写出了完全离题的作文,分数全被扣光。失败的结果是我意料到的。所以在填写志愿那天,爸爸帮我填写了两所都必须住读的中专,那是我的理想,而且都填了愿意自费,并慎重地在一旁填上了"服从调配",怕我一旦志愿分数不够,会落榜。在最后一栏,为了我从小的"青青校园"的梦,我让他填上了一所普通高中。在我命运的关键时刻,我又一次被命运捉弄了,周围许多比我分数低的同学都进了中专,我却莫名其妙地成了全市那么多人里六十三个分数较高,可是没考上中专的学生中的一个,而其他人大都是因为对自己估计太高,没有填愿意自费和服从调配。

于是,我进了现在的高中。我"落难"到这里,一开始就遭到了"当头棒喝"。初中时我的作文被当成"范文"来读,可是现在只有三十、四十、五十分。于是我模仿其他同学的"佳作"(我并不以为是好的)重写。然后我得了八十分。但这作文内容不是我真实的想法,已经不是我想写的了。前四次语文考试,全班只有五个人三次考试都不及格,我就是里面的一个。我不知道为什么会这样。后来,好一点了,可还是班上差的,作文还是原来的三十、四十、五十分。一直写作文喜欢标新立异的我,再也不敢了。

渐渐,我形成了这样一种世界观,并不求出人头地,只是要让自己的灵魂得到自由。我认为一个没有虚荣心的人才是真正伟大的人。现在社会上许多杰出和成功的人,只是为了追求名利而奋斗,为了满足自己的虚荣而努力。我不知道自己是不是能考上大学,如果考不上,我将会去边远山区做一个小学老师。我已经讨厌这个社会了,要到一个平静的地方去,不要看到这里丑恶的人。我要到一个落后的地方去,社会还是不要发达的好。

如果我能侥幸考上大学,不管我写作多臭,我一定要读中文系,然后选修哲学和心理学。因为它们能使一个人的灵魂完美一点,能满足我干渴的心灵的需要。书将是我一生里最好的朋友。我向往有一天我可以读自己爱读的书,写自己想写的文字,做自己爱做的事。

2．我总是和自己的心思对立着

到校已近两个星期，只觉得很累。在大学里，军训的日子竟也会变得如此无味。天天出操，时间比高中时还嫌不够，真够我吃苦的。

写完这些话真吓了一跳，我怎会如此不济？！可是真实的我确实如此。

想起开学第一天，爸爸妈妈一起送我上的学。由于展现在我们眼前的是陌生的上海，只能傻傻地去找、去问。看着爸爸帮我扛着一个包，妈妈替我拎着一个包，虽然我并没有空着手，但是我想哭。朱自清的《背影》清晰地出现在脑海里，直到我进入寝室。

军训这几天来我一直感觉不对，因为我老有一种被遗忘的感觉。

（上面这段话写于两天前，由于心情不好中断了。）

我觉得我不能骗自己也骗不了别人，我真的有些不堪重负了。我老是在与我的心思对立，生活对我来说只求平和不需灿烂。我好累，累得一直想处于某种静止状态直到永远。激情呢，激情在哪里？也许我也曾有过，但是短暂的一瞬后我又开始紧张、开始不安。

初中开始我便没有真的开心过,朋友也有,只是她只看到我文静的一面便也只接受这一面。我从没有过在热闹的氛围中疯狂一次的感觉,可实际上我真的很想。高中的日子也过得很累,而繁重的学业充其量不过是心情的调味品而已。考得不好时我也难过,可一向父母报完我的分数我就没有那么在意了。只是生活、人际关系却如巨石般压在我的心里,有时候真有一种要崩溃的感觉。很早就想找一位老师或同学谈一谈我的状况,可是没有这样的人;也想找一位朋友聊聊,只是我不敢,怕别人不能明白我,会因此潜意识地放一份芥蒂在心里。

我并不认为我是个文静的女孩子,可是在我的毕业留言本上同学们对我的印象写的全是"文静"。我和朋友之间,只能维持淡如水的情谊,这种君子之交也许很好,但我并非君子,我是一个凡人;跟同学一起走,极想跟他们高谈阔论,但我找不到话题,一贯很爱讲话的同学跟我在一起时也没了谈意。在我的新寝室里,我一个人睡的上铺,这种自然位置竟也成了我的心理位置的代名词。她们的玩笑我经常觉得太过分或者没有意思,所以只能用很勉强的笑容(笑声装得很轻松)去表示一下我的存在;有几个性格很爽朗的同学我也很想跟她们交往,只是我不知道方法。我们**210**室的其他室员都加入了许多社团,诸如乒协、健美队之类,但我一个社团都不想加入。在《大学生思想行为指导》一书上,我看到了"睡觉只是消极休息",真的是吗?

我真的很不想动,只想拥有一份闲适。在现在这个社会中,我这种执着是否大错特错?我能不能算一个正常的人?

这几天身体又不适，可我真正不适的是心情。心理健康为什么离我越来越远？何时我才能投入地笑一次，让一次次的朋友聚会等各类活动成为我生活和记忆的主流？

眼泪怎么也流不完，生活对我成了一个难题，中考、高考我都绝对顺利，可是我担心，踏上社会后的事业是否也一如既往。寻觅了好久后的精神支柱仍然与我无缘。我爱写作，可能是因为没有人督促我写作，所以我没有机会让写作成为我的支柱，于是单纯的写日记只能供我发泄却无法给我动力，所以我仍无支柱。我报名加入学校的广播电台，但愿能面试通过，但愿能给我一份好机缘。

现在是晚上八点，同寝室的同学有的去逛校园了，有的在看书，外省来的几位同学都跑过上海很多地方了，而我哪儿也没去过，居然认识的商店也没有几家，这一点我一直耿耿于怀。四年大学生活我是不是也只能认识一个校园？军训累极了，还好就要结束了。欢送会需要表演合唱，可我不会，简单的《明天会更好》，我因害怕唱错而发不出声。

3. 我是乱麻

我读初二,热爱生活可是害怕面对生活。因为我觉得自己的运气一直很差,这是老天的不公,它创造了我又遗忘了我,让我从来没有喜从天降的那种兴奋,也没有尝到过作为中心人物的那种昂扬。从来没有。

有时我上课的时候开小差,看着坐在一起的那些同学,一张张熟悉得不要再熟悉的脸,突然感到他们都带着假面具,都很伪善。我恨他们每个人。

我热爱朋友,可是在心里,我认为他们对我来说并不重要,除了他以外。或许他也不重要,他是可以带给我一些快乐,可是除了这点快乐以外,就没有了。他不能让我考上重点高中,只有考上重点高中我才能幸福。这个世界上其实少了谁,也还是要一样地活下去。

我真的不幸运,相貌不出色,有时早上起床,一边刷牙一边对着镜子看自己,连自己都讨厌看到自己的样子。我真不知道自己怎么就不漂亮,也不聪明。

有那么几个朋友,可没有真心的。我平时人缘不错,有些朋友就利用我,与我在一起,是为了认识我的朋友,得到什么好处。

我虽然不作声，可是心里很是明白。我也做了防备，所以她们最终并没有得到什么，只能算她们倒霉。

我爱这爱那，可又看不惯这，看不惯那。有一个最好的朋友知道我的心里是这样的，问我，这样过得累不累，天天活在担忧和怀疑里。我笑笑，那笑意味着什么，我也不知道。

我问妈妈："你了解我吗？"

她说："不。"

妈妈是我看到过最实事求是的人。可我听到她这样的回答，又痛恨她是这样的没心没肺。她是我的妈妈，我世界上最亲的那个人，她怎么可以这样对我说？可要是她说"是"，我肯定会痛恨她的谎言。她不会了解我，这是显而易见的事。有时我发现妈妈用忧郁的眼光看着我，好像说，你将来可怎么办啊？！可我心里说，我并没有要求到这世界上来，是你们为了自己把我弄到你们家里来的，所以你们必须对我发生的一切负责。

我相信这世界上没有一个人了解我，包括我自己。我表面总是活泼可爱的，留着短得不可再短的头发，一副男孩子相，看着是很纯洁开朗、无忧无虑的样子。可我心里很空虚，有时还是恶毒的。

有一个人使我不空虚，对我来说是很重要的，可为什么有时我那么讨厌他。不想看到他的样子，也不想听到他的声音，讨厌他的存在。他总说我善变，我也不知道这是不是善变。

有人说你这人很坏，我总是朝他笑着说："是吗？"我是真的不知道。

我就是矛盾，有时很叛逆，有时很传统，有时很刁蛮，有时很乖巧，是一个捉摸不定的人。我最好的朋友是书，闲书，它们告诉我一些生活中的真理和悲剧。书里的世界比现实的世界更好理解，而且也看得到公理。可书和书之间，它们的理论也在打架。从前，我听说老师会给学生开一个书单，让学生去看重要的书。我羡慕这样的学生，我们现在没有了，老师只有一句话，先把你们的功课学好了，再说别的。可是学海无涯也是老师说的，所以我们永远没有已经学好了的那一天。

老师和家长都盼望我能好好读书，让我考高中，但我心里不知道怎么做才对得起他们的苦心。有时我考得不好，回家去，不敢把分数告诉妈妈。妈妈年龄不大，可是非常显老，脸上的皮都松弛了。有次在外面，一个卖桃子的人以为她是我外婆。妈妈一问我分数，我就用自己装出来的高兴和轻松的声音骗她。看她高兴地到厨房里去为我做爱吃的东西，我只好自己偷偷地打自己。我真希望妈妈生什么重病，我可以把自己的鲜血输给她，这是我可以报答她的唯一的东西了。

他真的可以让我快乐，有时候这也重要。但那也是一时的，总有一天，我们也要分离，各奔东西。现在我真的是什么东西都抓不住，只好看着它们像风里的落叶一样在我身边飞啊飞啊。我现在不再去找他了，他来找我，我也只是把他看作一般朋友，但我相信，我永远不会忘记他的。

我很累，可是在晚上我躺上床，常常觉得自己又虚度了一天。我感觉像是走在旷野里，找不到一个人，也没有事可以让我做，连我的爱心也没有地方可以表达。我身在校园，双眼盯着社会，茫然不知所措。

有时爸爸有空，问我在想什么，我对他说我在想将来的社会。他说，我现在最好不要去想社会的事，先把自己的本领练好，无论将来进了什么样的社会，就都不怕了。可是我不知道将来要进的是一个什么样的社会，怎么练呢？我不是超人，不可能十项全能。爸爸说，他会告诉我社会是什么样子的。可是我们将来的社会和他现在的社会是一样的吗？有一次我们出去时，看到一个工人在马路上扫垃圾，爸爸突然说："现在不得了啦，垃圾车也用不锈钢的做了。"可见他也对发展中的社会有许多的不明白。

有一天老师对我们说自己的事情要学习自己做，他指的是家务事。这是我最不喜欢做的，我不喜欢做服务性的事，为我自己服务也不喜欢。老师说让我们都说实话，所以我就说了。

老师问："你不喜欢，那你准备怎么办？"我说，我将来做大事，要挣许多钱，然后让工人来为我做。老师说，你怎么可以有这种思想？

我想这样的思想，是老师们、爸爸妈妈、我的所有亲戚从小教给我的。没有人真的希望我们做普通的劳动者，所有的人都说，要好好读书啊，要好好读书啊，这样才有前途。这种前途不过就是有地位，过好日子吧。只有读不好书的人，将来才做苦力。从那时候，我们大家都知道，做一个普通的劳动者，是不光彩的事。

我读过一本名人传记，那本书里说过，这个人本来要学英文，请了最好的老师，花了许多时间。可是他后来一想，不学了。他说一个人的生命太短，要做自己最得心应手的大事，他不懂英文，可他挣的钱，可以请到最好的英文翻译。这有什么不对吗？也许一个人出名了，他不好的地方也就变成特点了。

4．我总是猜测生活的目的

心里不快活，尤其是在冬天看到树上的叶子都掉光了的时候。这样的一个季节里，感觉冬天已经来临很久了，可是它还没有结束的意思，让人觉得熬不过它了。我讨厌这样一个季节。

放寒假了，可以待在家里，这是盼望了一个学期的事。那些又累又乏味的日子里，我多少次安慰自己说，到了放假就好了，有时间做自己喜欢的事了。可是真的放假了，能做的，也就是打打游戏机，与自己作对。

出奇地烦，出奇地想发泄一通，比如大哭，把眼泪流个满脸。可想想，为什么要流泪呢？没有意义。所以我的眼泪在眼眶里打了几个转，又收了回去。我告诉自己，我不做没有意义的事。

我是告诉自己了，心里却彷徨得很。

我是不做没有意义的事的，可是世界上有多少事是有意义的呢？我生活在这样一个从小就要竞争的社会里，时时充满了挑战。从小就整日为了赢别人而和时间赛跑。玩电子游戏，每一个回合结束，总有"GAME OVER"的字样出现。每次看到这时，心里就不禁感到苍凉。我的生活不也是这样，无论这一回合打得如何漂亮，或者多么窝囊，总不免是一个"OVER"。随着时间过去，一切看起来了不得的事和人，也还不是被人忘记了，那还要这么努力做什么？人生的每个关口都如同一次GAME，尽力去奋斗，尽力要完美，可OVER时候回头看一看那时的忙碌，心里又能体会得到多少意义呢？

初中时想，只要考上一所重点高中就万事大吉了，我考进去了，而且是第一名。可这仅仅是过了一关，接着又要过新的一关。现在又想，要考上一所好大学。在学校里我有一个高年级的好友，她今年考上了大学，正是我向往的那所大学。她对我说，她的感觉和我的完全一样。她在大学里，还是非常忙碌，为了将来要谋一个好工作，还要多做社会工作，锻炼自己的实践能力，忙得像陀螺。我不知道以后的社会又是什么样子的。大学生们说："从毕业到结婚之前这段时间是最自由的。"

听了这些，想到这些，我反复地问自己：人为什么要活在世界上？人为什么要在诞生后经过许多年才死去？人为什么要有感情？人为什么……难道仅仅是因为人就该这样活着？

我们从小到大，无时不在忙碌，是为了谁？

想到过死，但那是不理智的，我不会那样做。因为这也是一种痛苦，我知道我害怕。

我的妈妈在医院工作，从小我就在家里听到这样那样的人，在生命快结束的时候还在努力过一种完全没有质量的生活，只是想活着。我不想这样，可妈妈说，那是因为我还小，要是我老了，也是和他们一样的。可他们又为什么要活着呢？

我开始怀疑，这个世界上本来是没有什么意义的。

有人说，过去是杂念，将来是幻想，所以要抓住现在。我怎样抓住现在？一直这样问自己。可是没有信心去面对。

有一天，我为了一件小事，去了一次学校。放假的学校里，没有人，校园显得大多了，而且凄凉。我轻轻地站在冻硬了的跑道上，心里在翻腾。

想着自己刚刚来到这所学校的时候，是一个充满了自信和希望的孩子。也是在这个地方，我们上在这学校的第一次体育课，我们跑五十米，一声枪响，我冲了出去，脑子里只有一个念头：我要尽所有的力量。

为什么一个人在比较小的时候对一切反而是有信心的呢？那时我对父母说，我一定要独立生活，真的，一定要自己住，自己管自己。现在知道，那实在是不切实际的事。

在这学校里，我长大了，穿三十七码的鞋子了，比我妈妈高了，可是我不知道为什么我没有了以往的发自内心的信心和勇气去面对现在的生活。我怕正视现实，正视别人和自己。

在假期里，常常家里只有我一个人，我翻了爸爸妈妈的东西，那是他们从来没有想到我会去动的东西，我想他们自己也不一定会去动。那是他们床底下的一个木箱子，我是偶尔翻开它的。那是他们从前在黑龙江兵团时候的东西，红卫兵标志、信、日记、证明什么的。刚开始翻动它们的时候，我出于一个可笑的想法，我想知道他们是不是也像电视剧里的人一样，在什么地方有着初恋的情人，还有一个孩子。那时我想，要是什么地方真的有一个我们家的骨肉，也不错。

我看到了爸爸妈妈的年轻时代。他们看上去是很神采飞扬的样子，而他们自称是很傻的样子。那时的生活里，他们从来没有怀疑过生活的意义。他们比我苦得多了，可是他们的心是安静和充实的。

也许他们现在已经不再相信他们年轻的时候相信过的东西了，可是他们曾经是相信过的，他们真心地为了什么而充满激情地奋斗过。至少他们年轻时的这一次 GAME 不错，而我没有。

真心相信了错误的东西，这是不幸的，可从来不知道要相信什么，是不是更不幸呢？

爸妈总是衷心地祝福我，好好地生活，一辈子不走弯路。可我想到的是，我和我的爸爸妈妈，我们两代人，都没有找到生活的意义。

5．我不虚伪

回首过往，我从小就有一个解不开的情结：我怕只剩下我一个人。小时候，我一个人在家，只有玩具陪我，爸爸妈妈都在很远的地方上班。我一边玩，就一边小心地听楼梯上的动静，听是不是爸爸妈妈上楼来了。可是记忆里总是有许多次的失望和担心，反而他们回来以后我的高兴全忘记了。

后来，我去幼儿园了，大家在一起玩，我很高兴。大家本来玩得很好，可是下午到了，小朋友的爸爸妈妈来接他们回家。只要他们的爸爸妈妈在门口一站，他们就把一起玩的小朋友一推，跑到爸爸妈妈身边去了。我就是那个被许多小朋友推开过的人。记得那时候，小小的我心里有一点难过，可是已经懂了掩饰，自己接着玩，直到最后一个。

我的爸爸妈妈在最远的地方上班，所以我永远是最后一个回家的孩子。在幼儿园的小门房间里，跟着看门的老伯伯，等爸爸妈妈来接我，而我的老师也先下班回家去了。

也许是从那时开始，我最害怕的，就是所有的人都和自己亲爱的人走了，只剩下我。可是这样的事，像是我的魔咒一样，一直跟着我。所以，我很怕得罪我周围的人。我的嘴一直很甜，小时候爸爸妈妈总是问我他们两个人里面,我更喜欢哪一个,可我永远是说,一样喜欢。长大了,我从来不和人吵,当我想到我的意见也许会伤到什么人,让什么人不高兴的时候,我永远是把自己的想法隐藏起来,跟着别人的想法说。所以,我一直是人缘最好的同学。老师说我真的不像是独生子女,可我自己觉得我是一个真正的独生子女。

在小学和初中,我都过得不错,就因为我不和人争吵而做了班长。可是初中毕业了,我和我的朋友四散开来。我进了一所高中,准备考大学。而刚接到学校通知书的时候我的心中没有喜悦也没有悲哀,我并不觉得自己可以考上大学,也一直不知道自己的理想到底是什么。爸爸妈妈永远是在他们上班下班的路上奔忙,只是对我说:"你要努力啊,你要努力啊。"可是我连自己将来想做什么也不知道。也许我想把自己的理想定得十全十美。我觉得如果选择了什么,就等于选择了自己的一生命运。我不想这么快就选择,这么快就断送了未来。我不知道自己为什么会这样想,也从来没有和人交谈过自己的这些想法。从小到大,小心翼翼地生活,我完全不习惯把自己真正的想法说出来了。

进了高中,就是为了考大学的,可是我没想过要上什么样的大学。也许是学习没有目的吧,我的成绩大步后退。然后,我不是不想考,而是想我这么糟的成绩,怎么考?从我小时候等爸爸妈妈的时候开始,我就是一个自卑的人,现在自卑的情绪总算爆发了。

有一天,我把放在抽屉里的东西都拿了出来。我在初中时代参加过许多比赛，也得了不少奖。我看着那些奖状，才想起我还有那么一大段光荣历史。我并不想把它们挂起来，可我还是这么做了，我是想恢复自己的信心。

我也分析过自己，我总觉得心里有一种东西阻碍着自己，让我好像得了失忆症。一点点东西，那么简单的，都会想不起来。但是在初中时代，我不是这样的，那时我还以为自己有过目不忘的本领，事实上也是这样。平时我不背书，考试前也不怎么复习，可是考起来比很早起床、很晚睡觉，很用功的人考得还要好。人家还怀疑我是否真的没复习过。现在，在我心里却有一种东西在阻碍我自己，让我觉得自己什么也背不出来。我是不是出现心理障碍了？

这样的情况，我从来没有人可以诉说。

在高中，我一个朋友也没有了，而且初中的那些看上去不错的朋友，在分开以后，就突然淡下去，好像再也不愿意联系了。我很伤心。

我在学校里独来独往，日子久了，就希望不要有下课休息的时候，因为一下课，就显出我的孤单来了。有时，我也想交新朋友，可我明显感到他们不喜欢我，还排斥我，这样我更不愿意挤在他们中做一个多余的人了。

小时候的那种孤单，又重新回到我的心里。

因为我不再是班上的干部，所以我没有了非要和同学打交道的理由，我这才发现我不知道怎么和人交流了。也许这种令我害怕的局面，也是我学习一下子退步的原因。

半年以后，我们班的大多数同学都有了自己的朋友，只有我还是独行侠。

有人说我孤僻，也有人说我虚伪，说我没有一句话是真的。

我成了同学们开玩笑的对象。有时他们玩笑开得很过分，很伤我的自尊心。如果这时我表达不满，他们就说我连玩笑也开不起。于是我就更加远离他们了。我是一个很木讷的女孩子，在言语上从来不能伶牙俐齿的。

过得很寂寞，很寂寞。

可是我的心里，从来不想伤害别人，也不想欺骗别人，我想的，只是和别人亲热地、友好地交往啊。这样下去，我怕自己变成一个冷漠、无情的人。我试着和他们谈天，可他们都用戒备的眼神看着我，好像要看出来我什么地方又是为了迎合他们，令我非常的灰心。

6．我沉浸在自己的世界里

我从来不否定自己的自言自语。从小就这样。小时候的自言自语是因为没人玩，一个人玩许多玩具，总是要自己当不少的角色，一会高声，一会低声，耳朵里听起来，好像千军万马的，煞是热闹。

后来长大了，也是一个人在家里的时间多。我的学校离家很远，同学没有住在我家附近的，所以哪一天，想要找人玩了，一时也是没有的。

那时候，常常在家里自己对自己说话，说："好吧，现在你可以喝点什么了，兄弟。"然后，到冰箱里去找一罐可乐喝。

有时想到白天在学校里和同学说了什么，可是没有说到点子上，然后，想一想要是现在让我来说的话，会如何如何地说，也就随口说出来。这样的时候也是有趣的，我可以随时把握谈话的内容和节奏，还可以在我觉得对话不那么精彩的时候重来一遍。这听上去好像是有点什么心理问题似的，可我不这么想。这也是一个不错的世界，自己可以把握的、有声有色的世界，很安全，也有趣。有时我想这也是一种能力，独处的能力，这是我的爸爸妈妈这一代人所没有的能力，他们什么心理活动都会忍不住跟别人说出来。要是爸爸出差了，晚上妈妈经常会找她的姐妹来陪她，这也是某种生存能力不强的表现，只是没有人指出而已。

我自己的世界是一个可以自给自足的世界。在那里，我感受着世界和我自己的生活。说起来，并不是有什么见不得人的，只是没有想出有什么必要说出来。自己应该有自己的空间，许多事，自己知道就可以了。我相信许多孩子都是这样的，我可以看出来，也可以感觉到。

上语文课时我们学了首古诗，有一句说"春江水暖鸭先知"，我想我们这一代人就是那只浮在自己内心的江水里的鸭子，什么都知道，可是不一定要表达出来。为什么自己的世界，和别人没什么关系的事情，一定要表达给大家知道呢？

刚上小学的时候，我上课老是不专心，老师特地把我的座位安排到她的眼皮底下，只要我的头一扭开，老师就在上面用教鞭敲我的桌子，说："自己的事情自己做，别人的事情别人做，所以你不要去管别人的事。"就这样，老师把我上课不专心的毛病慢慢改好了，我从此也学会了老师说的这一点。我觉得这是做人很好的一点。

再后来，我开始有自己的想法了，我发现我和爸爸妈妈之间有代沟。我们喜欢的东西不一样，我真心喜欢的，在他们的嘴里都成了不值一提的东西。这不是代沟又是什么呢？可大人不这样看，他们把我们不同于他们的一切都看得太严重了，好像我们这就是走到了偏路上去，于是他们开始天天对你洗脑，一直到你表示和他们完全一致为止。

我不愿意这样,所以我把想法自己讲给自己听,自得其乐。

妈妈就说我孤僻。

爸爸则说我自闭。

他们把我看成了问题少年,觉得我因为从小一个人成长,所以有心理障碍。可我不这么认为,这只是我这样长大的孩子的特点而已。每一代人都有自己的特点,没什么可大惊小怪的。他们那一代人雄心勃勃的,可我们从来没有说他们都是自大狂,该看心理医生吃镇静药什么的。

有时我真的只是沉浸在自己的世界里,骑车回家的路上,突然想到了一句歌词,想到它居然写得那么好,就忍不住唱起来,唱出声来。

7. 我丢失了宝贵的东西

今天，自从在家复习备考后，我第一次走出去，为了去学校拿准考证。明天，我就要参加高中会考。这天，我收到五六封来信，都是朋友们得知我要会考，来祝福我的。我没有时间多看，其实也是心里面有种紧张，生怕看多了祝福，事情会向相反的方向发展。这时候，人已经没有理智，变得神经质了。于是我粗粗看了看。有一封信挺有意思，信封里只有一张照片，照片的背面写着"以此证明，我还活着"。当时我哑然失笑，因为要考试，就把信锁进抽屉，预备考好以后再回信。

我心里有点惶惑：我就这样到了一生的决定时刻了？

今天，我结束了高中会考，开始回信了。我拿出它们，仔细地看了一遍，特别是那张照片。照片里，我的那位朋友坐在类似于傣家竹楼的小餐馆里，里面布置着竹椅竹墙，窗上挂了幅棉布做的帘子，很厚重。她坐在窗下的一个角落里，手边是一个水烟筒。整张照片是黄色的，一种很明亮的颜色，可是给我的感觉是忧郁的——照片上的她显得很无力，很苍白。照片的右下角印着日子。记得从前我们在一起的时候，她真的是个出色的、超脱的女孩子，后来她去了她父母的故乡，去了南方。到了一个新的地方，在残酷的竞争下，身边的朋友一个个为生活而奔波，她已失去了豪气与才情。她没能考上大学，已经工作了。

过年时我给她打了个长途电话，她问我打算报考什么大学专业，我说要报"心理学系"。她说："你好歹有个目标，而我呢，不知所从。"她的忧郁一直在影响我，我不想那样。于是我给她回信，我写："有的人死了，可是他还活着；有的人活着，可他真的是死了。所以一张照片不能证明什么，我希望能看见你存活着的真正证明。"然后封好了它。我不知道自己写在里面的那些话到底有什么意义，可是我还是写了，也许只是混乱的思想表达。

还有几封信，是我从小的朋友写来的。都有点点滴滴的不如意。一位做特警的朋友今年要复员了，可他除了打架以外一无所长，不知如何面对将来的生活。还有一个人，觉得这样下去，我们大家就算是将来顺利地在社会上站住了脚，也失去了许多真正的青春岁月的体验。总之，大多是对自己将来的不佳猜测。

考试是完了，然而悲剧并没有结束，这次考试题很难，特别是一道数学题，对女孩子来说真的太难了。考完出来，我身边的一个女孩子一看到在外面等她的妈妈，就大哭起来。她的妈妈什么也没说，也哭了。更多的人，是一脸的失望，也可以说是悲哀地走出了考场。大家必须忍受十五天的煎熬，直到成绩公布。然后，成绩好的必须苦战两个月，迎接新的战役；而成绩不好的失去信心，失去斗志，他们的未来会更渺茫，尽管他们不一定比别人差。

今天，成绩来了，我刚刚好到线。父亲让我看了一天电视，然后说，从明天开始，要加紧复习，迎接高考。我觉得悲哀，高三这一年的时光沉浸在考试里，我们真正得到的太少了。到了真的考上大学，我想，这些幸运儿们会发现自己有如此憔悴的脸，那时青春已经远远地漂走了。

我就坐在那里看着电视。音乐电视频道里，我突然听到了非常动人的音乐，悲伤、空灵，那音乐缓缓地前行。我突然很想哭，眼泪却被什么东西堵住了，出不来。眼泪堆积在那里，慢慢地成了一种深深的、浓重的痛，占据了整个心灵。于是，整个晚上，我最后的一个晚上，心都平静不下来。我想，那是我放纵自己的最后的时刻了，这是真正属于我自己的晚上，可我的世界里全是悲哀。我坐在那里，父亲以为我是在如饥似渴地看电视，其实我在看我自己。我在一种冲不破、剪不断的压抑之中生活。

原来我想高三的一年应该是累而充实的，可我为什么是累而漫无目的？我每天都希望能在痛痛快快大干一场以后，头一碰上枕头就大睡。但这一年希望还是这样希望着，只是我奇怪我在前面会考时候那早六晚十二的干劲到哪里去了？每个晚上我总是为了安慰自己和父母把台灯亮过十一点，埋头或疾书，或默念。但我知道这一晚上的效率到底有多少。直到天够晚了，我才会爬到床上去，然而常常是无眠的。坏心情一直是心头不散的云，崩溃仿佛是一触即发的事。我觉得自己的学业像一个筛子，千疮百孔，信心被打得粉碎。我真的害怕了。更让我害怕的是，好像我的同学们个个磨刀霍霍，而我真的想放弃了。

我要死了。没有斗志的战士，一定要失败的。

父母一直偷眼看着我，这半年来，他们开始对我小心翼翼，说什么都小心翼翼，我觉得自己像是癌症晚期的病人。他们开始吸取从前考生父母的经验教训，不再对孩子施加压力，可是，压力并没有因此而减轻。我真的不想让父母成了小媳妇，他们还不如每天大骂我一顿，让我有一个对立面，好平衡自己。

今天，经历了报童小学门口的人山人海以后，我拿到了一个写着我名字的信封，里面是我的高考分数。许多孩子都是大人陪着来的，拿着信封的那一张张脸，成也泪光涟涟，败也泪光涟涟。我把里面的小纸抽出来，把它捂在我的手心里，一下子翻过来。我看完了分数，然后去肯德基大吃了一顿。

以后的日子，关于分数线的消息时不时地传来，希望对我若即若离。最终我还是没有实现我的理想，我永远与我的"心理学系"擦肩而过了。我被一所高考前从来没听说过的大学录取了。很快的，无法逃脱的大一学生的迷茫袭向了我，我惊异于自己真的是这样的平凡，我这样容易地就向命运低头了。这一年的痛苦和压抑，这十二年一年比一年多一点的理想，就这样在沉默里没有了？至少我觉得我不值得啊！于是我想起，我是一个独立的人，我至少对我不喜欢的将来有说不的权利，没有人会因为我这样做而指责我。可是我为什么不这么做？

我能够有勇气把高三这一年重新来过一遍吗？！

我对我将来的生活想象过许多，并不是美好的想象，可是我从来没有想到的是,我是以这样沉默的方式失落的,在没有人感到、没有人看到、没有人惊叫的地方,不知不觉的,就有什么宝贵的东西,没有了。

8. 我在势利中成熟

我曾辉煌过五年（可以算得上辉煌吧），在小学里，我是公认的优等生，是大家的宠儿。上天对我很仁慈，让我考上了一所最好的初中。我成了令人羡慕的"一百二十分之一"。以前我是个很活泼开朗的女孩子，而且很坚强，记得我在小学里只流过三次泪。本来嘛，优等生就没什么必要流泪的。可现在，我似乎与泪水成了好朋友，虽然表面上还是那么爱笑爱闹的，可在夜深人静的时候，在寝室床上一个人默默地哭，很怨很哀地咽下这苦涩的眼泪。成绩的改变已经改变了我，只是我没有让任何人知道这一点。我的悲哀没有必要让别人知道，让人家和我一样难过和无奈。我把它们埋在心里，我现在真的知道了差生让人看不起的那种悲哀。

这样的事情在我的生活中出现了。

那是一次学校组织的秋游，我们去爬山。在爬山的时候，我、另一个女孩和两个男生一起下山。山有一点陡，我们没有习惯下坡，所以他们拉着我们的手一起下来，这只是因为他们怕我们会摔跤。可是这情形被班主任老师看到了，她是一个上了年纪的老师，她认定我们的关系不正常，而且只认定我和一个男生不正常，所以回到学校以后，她大会小会地说："女孩子要自爱，把心思放在学习上，这样学习才会好起来。"她把我初中以后的成绩下降说成了因为我把心思太多地放在了男生的身上。而另一个女孩子，因为她的学习成绩好，所以老师对她和我一样的行为不置一词。完全不置一词。

我知道了势利这个词的意义。只是我从来没有想到过，我是从老师身上懂得它的意义的。

老师喜欢功课好的同学，对他们和气礼貌。可我们是一样的孩子啊。

我开始非常努力地学习，可是，我真不知道为什么上天如此的不公平，付出去的代价得不到回报。我的一个同学考试以前根本不看什么书，每天都看电视，而我每天都累死累活地看书，结果却是她比我考得好太多。我真觉得不公平。后来，即使是小测验，我都如临大敌，复习到深夜。我一做功课，就想起老师的脸，老师那势利的脸，我希望远离这样的脸。可是，考下来，我又是错，错在最简单的地方，错在无法辩驳的地方。于是我总是提心吊胆的。

有时候，我想也许是因为我长大了，越大越笨了？可是我是好胜的人，我不愿意见到别人比我好那么多，何况我又不是没有努力，也不是没有尽力。也许我的能力就这么点了，已经到极限了。可我真的不甘心，我不想就这么输了。

想想父母，每天都那么辛苦地工作，为我操劳，而我不能为他们分担，也不能让他们高兴、脸上有光。看着他们疲惫的脸、粗糙的手，我心里真的难过极了。我越来越让他们失望了。想到别人都比我好，而我一无是处，家务不会做，功课也不好，什么能耐也没有，也不漂亮，只会做一些人人都不用学就会的事，我觉得自己就要疯了。人比人，真的要气死人了。

可父母对我太好了，我受不了他们对我这么好。

我生日的那天，他们骑了很长时间的车到我学校来为我庆祝生日，还为我带来了一个蛋糕。在他们回家的路上，爸爸被一个愣小子撞倒了，头着地，流了许多血，医生说不上麻药好得快，于是他不上麻药缝了四针。没有小号的针，就用了大号的，第二针没有缝对地方，扎进去了又拔出来，可怜的爸爸痛得直发抖。这都是我回家以后才知道的。爸爸头上包着纱布，吓我一大跳，然后我大哭起来。他们都以为我是心疼爸爸，其实更多的，是我不忍心听到这些，无法承受他们对我这不中用的孩子这么好。我没有资格啊。

我也曾用心爱过这世界，爱学校、老师、同学、朋友，还有我自己。我也爱过我自己。我也曾恨过，最恨的就是我自己，恨我为什么这么没有用。现在有时我想，我将来要当尼姑或者修女，我不知这算不算堕落了。有时我也想到死，死了就没有痛苦了，就一天天地睡下去了，可我知道我不可以这么做的。我只能艰难地、不停息地往前走，我真的活得好累。

有一次，很偶尔的，我和班长做了朋友，后来还是好朋友。我开始和她一起做作业，发现自己有时不那么笨了。我们时常在一起。老师很喜欢她，她是我们班上最聪明的同学，老师说她是敲敲头顶，脚底会响出声来的那种人。我和她好，老师对我也好一点了。她总是这样，对成绩好的，关怀备至，对于差生却冷嘲热讽。她对我和气一点了，可我还是恨她，真的，我想要是我真的可以长大的话，我一定做一个与她完全相反的人。

慢慢地，我的考试成绩好起来了，老师对我开始笑了，对我说好话了，关心我了，我说话时她不再视而不见了。那时，我心里想，我又知道"势利"到底是什么意思了，这也是势利的一种。我永远不能原谅她，也不会忘记她。

在两年以后的今天，我真的从可怕的日子里走出来了。我想不光是我的功课好起来了，还有，我的整个人都成熟起来了。

第五章
重 逢

1996年，我采访上海的独生子女。

那时，他们中年纪最大的，就是1974年，全国试点独生子女政策时出生的那一批独生子女。他们中年纪最小的，应该就是1988年出生的独生子女了，他们还在上小学，问卷时还要用拼音代替一些复杂的词。

后来的几年，我逐渐整理了采访记录，出版了我的第一本非虚构的口述记录——《独生子女宣言》。本文中的X和Y，就是这批被采访的、1974年出生的独生子女中的两位，当时他们是一对大学生恋人。

以下，是1996年时的采访记录，他们谈了独生子女一代人如何相爱的问题。当时整个社会都觉得，这代以自我为中心的人，到了恋爱结婚的人生阶段，本来是个人私事，怕是会上升成重大的社会问题。这种担忧，基于独生子女生存环境的自我化带来的人际关系的紧张。

当时，我就是带着这样的担忧采访了他们。

也许放弃自己从小习惯的立场是重要的

我和我的男朋友都是独生子女，是1974年的上海的第一批独生子女。我们和现在的独生孩子，好像又是两代人了，有时候我们看看他们，觉得陌生。

那时候我们班上有独生孩子，也有许多不是独生孩子，他们大多数是有哥哥或姐姐的，而且和他们家里的大的孩子要差好几岁。也许他们的父母知道要实行独生子女政策了，赶紧再生一个。所以，我们这一代独生孩子，不是像现在的孩子一样，全班都是独生子女，我们是和非独生子女一起长大的。像我们这些独生子女，开始谈恋爱，好多是和非独生子女一起。

我和我的男朋友有一个长故事。我们是初中时候的同学，他坐在我后面，当时，他是我们班上最高的，初一的时候已经快一米七了。我以为他是留级生。刚刚开学的时候老师发新书，让我们一排一排往下传，我在传给他的时候，问："你是留级生吗？"他很生气。就这么，我们说了第一句话。

那时，也许是因为独生孩子回家没人说话的关系，所以我们很快就成朋友了。我们班上有十多个同学常常在一起玩，下课也常常在一起说话，我和他就是在这十多个同学里的。因为我们大家的功课都还不错，所以老师对我们在一起玩很放心，好像还希望我们在一起玩，也促进彼此的学业。我们的爸爸妈妈也觉得很好。所以，有时候我们大堆人一起在谁家聚餐，或者到森林公园去玩什么的，他们也都觉得不错。

我们是在十多个好朋友中一起长大的。

在初中的时候，我们曾是很好的朋友，那时候我们坐前后排，遇到什么事，都会说的。可是没有想到要恋爱什么的，觉得这是很远的事，远得和我们没什么关系。可是，每天我们都在一起愉快地度过，要是他这天没来上学，我心里会有点怪。现在长大了，想起来，也许那种奇怪的感觉，就叫"忧伤"吧，会很想念他。所以我不知道，要是算初恋的话，是不是初中时代的那种感情，就是初恋了。

后来，老师把我们的座位换开了，让他去帮助一个功课不好的男生，让我去帮助一个功课不好的女生，这种情况在我们学校很多。那时候我们真的还小，分开以后，在心理上也就疏远开来了，那种感觉再也没有出现过。

当然我们还在一起玩，说说笑笑。

我们上的不是一个高中，所以那时，我们只是彼此的老同学，放假时在一起，很谈得来，别的就没什么了。那时，上一个好大学是大家的首要任务，在一起谈怎么上大学，倒是经常的。

然后，我们上了同一个大学，同一个系，同一个班。我们在新的学校里交了不同的朋友，各自有一个自己的小圈子，平时上课也不一定可以碰到一起。有时候碰到一起了，也不一定可以有什么多说的。事情有一点奇怪，我们好像在学校里交流有点障碍，没什么好说的。可是和老同学在一起时，有许多话可以说。那时候，我们初中时代的老朋友，渐渐的有人疏远了，只有剩六个人还常常碰头。但我和他也只是很谈得来的老同学，我没有想到会爱上这个人。

我也喜欢看小说，看到里面那么惊心动魄的爱情故事，我总是想，老天，要是我在这一生里都碰不到这样美丽的爱情，那可怎么办？我就把这一生浪费了。可是，好像也没有特别着急要爱上什么人，只是对大学生活有一点失望。

在高中的时候，也想象大学生活，风花雪月的，在路上走，掉了一本书，遇到了一个高大的男生。在图书馆看书，座位都是满的，我一个人为难的时候，一个声音问："你要坐在这里吗？"然后，一段爱情开始了。事实不是这样，要平淡许多，现在好像没有男生要来做骑士了。在那时候的想象里，不知为什么，从来没有他的脸。

到了大三，班上的男生女生接触得多了，我们也常常在学校里说话。那时候，我们已经认识八年了。

很偶然的一次，我和一个同学不好了，我觉得很伤心，就对他哭，他安慰我，我们说了不少话，然后发现，原来自己身边的，就是对自己来说最好的那个人。从那天开始，我们就是情人了。

这时才发现，原来爱情是那么好，爱上一个人是那么好。天地在我眼睛里都变了。

我们开始天天厮守在一起，只有不得不分开的时候，才分开。

然后我们就开始吵架了，为的都是说不出口也记不住的小事，可还是要吵。开始我们都有点害怕，有点沮丧，觉得我们是不是该冷静想想，我们是不是很爱对方，一颗心里全是爱情的吗？为什么像仇人一样动不动就大吵呢？我们听到爸爸妈妈他们以几十年在同一个屋顶下生活都不红一次脸为他们检验爱情的标准，要是这样的话，我们这算什么呢？

我想那开始的一段艰难的日子，要不是我们有那么多年的友谊，也许是过不来的呢。

可慢慢地我们发现，我们的关系好起来了。在要做一件事以前，不再像从前那样，心里只有自己的计划、自己的要求和感受，会不由自主地先想到对方，想想他是不是也高兴这样。然后我们开始感到甜蜜了，因为感到对方的心里在为你着想，自己也不会因为对方的误会而伤心了。

那时候，我们才真正走进了对方的生活和心灵。

那种感觉，真的很好，你明白无误地知道，你的生活道路上，有一个人一起走。这对我来说，真是极大的安慰。这时候我才认识到，原来从前自己一个人是那样孤独。

也许对我们来说，从小都是自己想怎么做就怎么做，个性也强，两个这样长大的人密切地在一起，只有靠争吵来让彼此明白，应该用什么样的方式相处。然后我们的感情就真正升华了。想想对我们来说，也是不容易的事。在此之前，我们对自己的事都不要负责的，现在要对另一个人负责，几乎所有的事都要学起来。说最小的事情吧，就是平时中午时候，要学会买两个人的饭，对方想吃什么，两个人四个碗，应该怎么拿，这就是从前没做过的。

我们是那么要好，不能想象分开对我们来说会怎样，也想不出来有什么东西可以使我们分开。现在我们要毕业了，我们开始把两个人的将来放在一起考虑。有人说，大学毕业以后，我们将要分开来面对整个生活，接触完全不同的人，也许那时候我会遇到更合适的人。那时候怎么办？可是我现在一颗心里全是我们两个人，我想不可能会有什么别的人了。也有人说不要这么早把自己的将来放在一个同学身上，世界是很大的。可我不能想象没有他，我怎样生活。我们一定要两个人一起走的。

在我的感觉里，我们在恋爱的时候，从来没想到我们是独生子女在恋爱什么的，我们只想到，我是女孩子，他是男孩子，所以我们就爱上了，没有想那么多。倒是我们的爸爸妈妈想得多也反应大。反应最大的是我爸爸，他吃醋。老是说他没什么好，不能负担起我的将来。我们晚上一起去读外语，有一次我得阑尾炎了，我爸爸还要怪他，好像是他害的我。所以我们爱的过程，也是我们从家庭之爱中挣脱出来、独立出来，与爸爸妈妈斗争的过程。

现在，我渐渐学会了放弃一点自己的立场，不要只站在自己的立场上，为自己着想。我想就是情人，彼此也是有利害关系的，要是自己什么都只为自己着想的话，两个人就不能再爱下去了。要是你真的爱上了谁，就要站在两个人的立场上。独生子女从小一个人习惯了独往独来，所以我想爱上什么人的过程，也许也是一个独往独来的人怎样淡化自我的立场、学习设身处地的过程。说起来这有点复杂，要是没有爱情，很难忍受这个过程，可是过了这个过程，你才真的可以感受到爱情。我庆幸自己过来了。

经过一年的时间。

我们也为两个人的将来想过。我们想自己住。住在我家里，或者住在他家里，都不合适，总有一个人的爸爸妈妈照顾不到。所以我们自己住。好在现在的爸爸妈妈好像也早有思想准备，我们这些孩子管不了他们了，至少不能像他们管自己的爸爸妈妈那样管他们了。他们对我们这方面的期望并不高。

我们知道我们将要负担四个老人,都是我们至亲至爱的人,我们不能想象自己能做得多好。所以我们想多多挣钱,至少可以在物质上报答他们。

然后,我们想要两个孩子。自己是独生子女,不忍心让自己的孩子过像我们小时候一样的日子,承受那种孤独,和从孤独而来的恐惧伤心。我们希望他们一个是男孩,一个是女孩,他们相伴着一起长大。

爱当然也是一种负担,对别人的一生要负责了,我们都感到压力。可是,到现在为止,我们乐于承担这样的压力。

我们获得了我们一直幻想的爱情,它使我们在这世界上没有什么可怕的。从前,我曾经害怕过走上社会,现在我想,我们两个人,应该是可以对付过来的。

我们在小小的不快和争吵以后,都会两个人在一起长长地温柔地谈心,这也许是我并不真的怕吵架的一个原因。我知道在这之后,是一段长长的美好时光。

就这样,我在人民公园附近的咖啡馆里采访了他们,在门口说了再见。慢慢地过了二十五年,**2021**年,我才偶然有一个机会,又找到了他们。

记得我第一次采访他们的时候,曾向他们转述了另一个被采访的独生子女对自己的期待,她说:"没人知道我们会变得多么好。"二十五年后,我偶然遇到一个人,这个人跟我讲起了他们,说，他们就是当年我书里期待的——更好的一代。她对我说："你来见见他们，就知道他们变得多么好了！"

就这样，我在襄阳公园附近的一个咖啡馆里再次见到他们。他们已经是一对行为自然又自信，亲切又体面的中年人了。多年前的恋人，跟我见面后，毕业，结婚，生子，成为多年的夫妇。

对我们大家来说，这都是非常奇妙的重逢。这个平凡的上海夏天的下午，我和他们都有了一个机会——回首自己经历过的二十五年。有时候，当你在倾听别人为你梳理他的人生时，你自己也因此进入了时间的河流，确定自己在平凡的人生中，竟然也见证了一段别人的成长历史。

历史的确是宏大的，宏大得好像可以抹去所有个体，但历史也的确是由所有个体的经历会集而成的，所谓一滴水，就能反射出太阳的光芒。

我们此后共度的生活

陈丹燕：

请你们告诉我，1996年以后，你们的生活。

X、Y：

我们此后共度的生活简历——

1997年

毕业。

X进入银行。

Y进入咨询公司。

工作后,两个人的工作地点相距很远,经常坐着公车在中间地带相聚吃火锅。当时火锅店好像是三十八元畅吃。

1998年

平均每月可以储蓄五百元人民币。

1999年

"519行情"一个月赚百分之五十。当时两人月收入合计只能剩千余元,这笔投资收益令我们感叹终于有钱结婚了。

9月登记结婚,选择了1999年9月9日上午9点钟。

2000年

5月举办婚礼。当时没有婚庆公司,我们自己制作婚宴上的PPT,自己买来气球扎婚礼拱门,所有仪式和准备工作都是从前的班级同学分工完成。

2001年

2月女儿出生。

2002 年

5 月搬新家,跟公公婆婆住在一起。

2003 年

9 月,女儿读托儿所。

X:为南方某财经报纸已写稿三年。

2004 年

9 月,女儿读幼儿园。

2005 年

X:股市从两千多点跌到一千点左右,怀疑职业选择。

2006 年

Y:部分同事出走。

国庆期间去法国旅行。首次正儿八经去国外旅行,大长见识。

2007 年

9 月,女儿读小学。

2008 年

5 月,汶川地震后捐赠图书馆。我们夫妇开始接触不同的公益组织,在儿童教育方面的公益组织令我们看到不同境遇的儿童成长，虽然路径不同，但孩子的潜能是无限的。我们受益在不再拘泥学校教育，更加注重孩子的见识、看世界的角度，保护孩子的潜能。

8月，去新加坡。

9月

X：股市两年大涨，一年跌回。收益还算不错，但仍在思考人生如何选择。

Y：希望X能更开心。做公益的过程中，更容易看到社会没被关注和照顾的角落，是好事，也更容易忧国忧民。

2009年

Y：工作一直稳定，一级级升任，我也有了对这个职业的献身精神。这一年升任合伙人。

国庆期间，全家去德国旅行。女儿第一次出国，同样大开眼界。

2010年

X：参加某财经杂志论坛的网友聚会。不久后了解到两个公益组织A和B。

2011年

6月，X向网友们发起定向募捐，所得款项用于与公益组织B合作建设一座图书馆。

10月，X组织捐赠网友赴安徽参加开馆仪式。

2012 年

9 月，X 与几位朋友在公益组织 A 的浦东活动中心正式开设电影课。

国庆期间，全家去意大利旅行。

全家参加公益组织 B 的年会。

2013 年

3 月，电影课拓展志愿者，实现一学期十二课时。

X：参与公益组织 B 的启梦营活动，为广西贫困地区的三所小学带去法律课、科学课、美术课、专业体育课等。

参与公益组织 B 的年会筹备。

2014 年

国庆期间去北欧旅行。

X：试推行"爱阅读"项目，旨在帮助有想法的乡村教师提高少儿阅读的广度与深度，并与公益组织 B 的图书馆项目有机结合；参与组织启梦营活动；参与公益组织 B 的日常管理。

从公益活动中，看到不一样的教育，以及不同的人生。

2015 年

7 月，西安游。

9 月，X：正式推广"爱阅读"项目。

国庆期间去重庆玩。

一年全家进影院超过十次，娱乐学习两不误。自从电影课开设之后，看电影便成为全家人的共同爱好。

2016 年

3 月，X：推出电影课中级班（针对预备班及以上的学生）。

暑假全家去英国旅行。

2017 年

开始每周三为女儿送餐，一次来回三四个小时，一学期十次左右。

暑假去美国旅行，波士顿和纽约。

20 周年同学聚会。

国庆期间去成都。

2018 年

暑假陪女儿去北京参加夏令营。

公益组织 A 的浦东中心搬迁，电影课暂停。

Y：这些年，我们一起去了很多地方旅行，一起看书，一起看电影、讨论。一起旅行对共同成长很重要。

2019 年

9 月，Y 带父母去日本。

国庆期间，全家去武汉玩。

女儿成为公益组织 A 的志愿者。

陈丹燕：

你们现在是跟其中一方的父母住在一起的，选择的是传统大家庭生活的形式，这种形式在现在的上海大概不多。我听到更多的都是与父母分开住了，每周回去看望，顺带一起吃个饭。如果有了孩子，双方父母轮流来帮手，或者把孩子送到双方父母家。你们不同。这是你们自愿的选择吗？在这样的家庭生活中，你们体会到了什么呢？

Y：

当初是我先生比较希望我们可以跟他的父母住在一起，所以我们就住在一起了。

决定住在一起的时候，我已经生完孩子了，所以也觉得，住在一起是挺好的一种安排，老人既得到了陪伴，也可以帮我们搭一把手。住了这么多年，偶尔的磕磕绊绊是有的，但总体来说，关系非常亲密，能很好地分工协作，把家管好。

这些年里，我公公有一次在家里中风，很快就被送去了医院。我婆婆也动了一次大手术，那时候需要照顾，住在一起就非常方便。我们家里有请阿姨帮忙做家务、去学校接送小朋友，所以老人的负担相对比较轻。三年级以后小朋友就自己往返学校，所以住在一起也没有多影响小朋友的独立性。

还有一个好处是，我们夫妻两个可以一起外出旅行。夫妻一起旅行也是挺重要的啊。在这么多年里，能有若干次两个人一起出去旅行，也是托了跟老人住在一起的福。

家里一直有请阿姨，所以大家都不用做太多家务。我婆婆是一个思想观念比较新潮的人，不管是做菜，还是家里用的电器，她能接受和尝试新事物。所以两代人之间，或者三代人之间，也没什么冲突和矛盾，倒是有了更多的幸福感。

陈丹燕：

关于个人的职业选择，比如 X，很早退休，是实现了财务自由以后退休，这种选择，在我这代人是几乎不能想象的。我这代人中间，幸运的人，即便实现了财务自由，也还是更想留在集体中，并不是为钱而工作，而是不愿意离开工作中的集体感。或许，也是不知道自己独立完成事务的"喜欢"，到底是哪种喜欢吧。所以在我看来 X 非常勇敢。我特别想知道，在你退休以后，你选择了去做自己喜欢的事情，那是不是也就是选择了做志愿者呢？

X：

有一段时间我的收入主要来自给财经类媒体写文章，常常被催稿催得头痛，收入也不怎么高，所以想转行。当时转行找工作并不是很顺利，所以，自然觉得以自由之身做投资也挺好。

所幸自己还是比较适合做这行的。困扰我的不是投资能不能挣钱，而是当时证券市场还不是很规范，作为价值型投资理念的拥趸，时常为市场的前途担忧，进而想做些不同的事情。

十年后有机会了解到 A 和 B 两个公益组织，一个是为上海外来务工人员的子女提供课外活动中心，另一个是为乡村小学援建图书馆。当时还研究了不少其他公益组织，选择了在这两个公益组织做志愿者，是因为这两个公益组织的理念与我的想法比较契合。

原来计划做个两三年的志愿者，实际上在 B 组织做到了 2017 年年初，在 A 组织做到了 2019 年初，做了十年左右。在这过程中，自己收获也不小：

一是见识到了不一样的教育方式，一样可以教出很棒的孩子。与应试教育教出的孩子相比，他们可能在学科教育上有所欠缺，但阅读的时间更多，接触形形色色有趣且有益的课程的机会也更多，也更有机会训练到待人接物的能力。

二是见识到了不一样的人生。譬如，公益组织的创始人及员工，大多数都是在回报微薄的状况下服务社会。又如一些有理想且身体力行的乡村教师们，他们实在令人钦佩，令人以与他们同行为荣。

有趣的是，女儿现在也成了公益组织 A 的志愿者。

陈丹燕：

想听听你们对自己孩子的设想，她也是一个独生子女。你们并没有像不少父母都是独生子女的家庭，非常希望自己的孩子能够有兄弟姐妹陪伴，所以生二孩。你们对自己的下一代人还是独生子女，有什么样的想法？

X：

如果有条件，我们希望她今后有更多的孩子。独生子女有独生子女的问题，由于获得父母甚至再上一辈的过度关注，独生子女的独立生活能力往往不好，也往往比较自我。这需要在独立生活的过程中成长完善，当然往往会付出不小的代价。

Y：

原本有点想要再生一个的，但是我丈夫说跟孩子相处真的不容易，说如果要再生，就我自己带。可我一个人带不了啊，就搁置了。现在想想，我丈夫说他学会跟孩子相处了，所以我觉得一个孩子其实也真的不错。

陈丹燕：

你们两个人对自己这一代怎么评价？对你们所处的时代怎么评价？

X：

作为20世纪70年代出生的人，我们走上社会时正好是改革开放比较黄金的年代。2000年前后中国人均GDP是一千美元左右，今天已经超过一万美元。这肯定比我们的父母辈，在相同年龄段财富创造的速度快得多。而且改革开放以来，很有可能是鸦片战争之后一百多年来,经济发展最好的四十多年。从物质生活来讲,我们比上一代甚至过去几代,要富足得多。

但物质的富足是不是一定意味着更幸福?

我们曾被描写抗战时期的书籍及影视作品(包括但不限于图书《南渡北归》《巨流河》及电影《无问西东》,电视剧《战长沙》,纪录片《生死地——1937淞沪抗战实录》《腾冲腾冲》)深深打动:国破家亡,物质生活极为匮乏,他们的精神力量却极其强大。这些精神力量深刻地影响了之后的中国人,包括今天的我们。

说到底,物质的丰富,只是给人们提供了更多的时间以及资源,去选择适合自己的人生道路。选择得好不好,才真正决定了能不能更幸福。

Y:

关于我们两个人的生活,得益于我们都非常喜欢看书,对哲学有共同的兴趣爱好,所以在一起思辨,是我们比较重要的精神生活。我们两个有一起散步的习惯,一起散步时就讨论家庭问题、生活问题、工作问题还有社会问题,的确很好地保持了精神沟通。基本上一天一次,有时候甚至可以做到早晚各一次。周末也总是出去走走啊,所以我们沟通得很多,这也是我们比较协调的原因之一吧。人生,不管工作还是生活,起起伏伏不可避免,但夫妻间能够彼此交流,就会是非常亲密的伙伴,所以总能够越想越清楚,越辩越明。这种精神生活对家庭的支撑作用也非常明显,所以我们才会觉得很幸福。

采访结束后,已是黄昏。夏天的上海黄昏,天空常常异乎寻常的美丽,大朵沉重的淡积云被夕阳染上了金黄和绯红的颜色,天空变成了巴洛克风格的舞台。

我们开始闲聊。往往,人在不经意时说出的话,是发自内心的、回顾人生后的回响。

这时,他们两个人突然说:"独生子女也许并不是一代人,而是好几代人。我们与 90 后的人也许很不同,我们成长的时代并没有如今天这样富裕、充满机会,所以我们知道一个道理——别人有的,也许你没有。这是生活。我们还知道,别人没有的,也许你经过奋斗是可以获得的。我们自己就是这样的。但是,更重要的是,当你有了别人可能没有的生活以后,未来的路你该如何选择。"

这是令我感动的话。

我知道了,中国的独生子女一代人(抱歉,在我看来,独生子女和非独生子女,确实还是两代人)的确比他们的上一代人——出生于多子女家庭中的一代人,更有机会成为好的一代。独生子女一代人跟中国社会一起经历了高速发展和富裕强盛的时期,的确比他们的上一代人——出生于计划经济的物资相对匮乏年代的一代人,更有机会为自己建立幸福的生活。

第二部
2008 年—2010 年：赤子来了

前　言

1996 年—2008 年，漫长的曙光

这些年中，我时时遇到一些年轻的经理、记者、出版社的总编辑、科学家、医生、社会学家。他们会微笑地对我说：少年时代看过你写的书，写我们这一代人的故事。

大家提到的书，大都是那本《独生子女宣言》。

因为他们，我意识到，他们已经长大，已成为这个社会的支柱。

我在 1997 年出版《独生子女宣言》一书时，最后一章，希望能够展望中国的独生子女社会进入到独生子女主体时，社会也许会发生的变化。那时，1976 年出生的第一代独生子女，才即将大学毕业，还未踏上社会。那时中国经济已经起飞，人人能感受它腾空而起的失重感和它扶摇直上带来的强烈动荡，中国社会正在巨变中，到处交织着兴奋与不安。我所认识的青年志愿者们，那时最大的在读大学三年级，最小的才进初中预备班，他们都参加学校的活动：用我勤劳双手，捧出爱心一片。这是他们最早的志愿服务教育。

到 2008 年，中国经济已高速增长几十年，正在勇追世界第二大经济体日本，奥运火炬正在世界各地传递着，就要来到北京。

人民富裕，中产阶级迅速壮大，稳定了高速发展的社会。那一年，中国输出的海外游客数量已接近第一大输出国美国，中国游客的海外消费指数也已经超过了亚洲第一位的日本，就要成为世界第一位。

要是没有 2008 年的汶川大地震，我想，自己都还没有机会回头去观察，独生子女长大后，他们到底会为中国带来什么。汶川大地震时，有一个久经沧桑的文化老人，在电视记者的镜头前流泪微笑。他说，看到我们中国的大孩子们奋力救小孩子们，心里很是安慰。另一个在清华大学教书的美国教授撰文说，看到那么多中国青年热忱为社会奉献，许多人都想为曾经误解过他们而道歉。

有人说，2008 年是中国的志愿者元年。这一年，志愿者是中国最响亮的称呼，他们中最闪亮的就是独生子女，就是那时常被人称为"中国的小皇帝"的孩子。

他们这一代人，曾经因为个人主义倾向而被全世界质疑，曾经被称为缺少社会和道德价值观的一代人。但从未让人想到过，正是这样的成长经历，造就了中国的这一代自愿奉献社会、以利他为荣的志愿者。

他们不光是第一代独生子女，也是第一代志愿者。那些曾经孤独的小手，用志愿者的方式，推动中国不光在经济上进入小康社会，成为世界经济体中重要的一部分，而且推动中国社会的现代化，建立起世界大同的、放之四海皆准的价值观：在他人需要之时，志愿服务于社会。

当年孤独的小手并未颠覆古国，2008年，那些年轻的双手原来是这样护佑着中国。

两年后的2010年，上海作为一个信奉四海一家的城市，举办了一届世界博览会。2010年5月1日举办，10月31日闭幕，共一百八十四天，七千三百多万人入园参观。

世界博览会全球联欢的理念与上海的城市精神是如此契合，因此整座城市都沉浸在自豪中，成为一座友好多礼、井然有序的特大城市。出租车司机努力学英语，地铁车站的地面被反复擦拭，漫长的等待入馆时间里，人们在蛇形队伍里忍耐着，入园人群的数量创造了世界博览会之最。

那一年，年轻的志愿者们由于在志愿服务时穿着统一的白绿色制服而被人称为"小白菜"。与汶川地震的《星球大战》嘹亮小号引导的雄壮主题音乐不同，小白菜们热情的笑脸成为年轻志愿者的标志，还有世博歌曲里那句"热烈地爱世界"的歌词，成为小白菜们散发出来的明亮的光。

那一年我访问的是管理中国馆日常运营的三个独生子女志愿者。她们和汶川地震时的志愿者相比，那种志愿服务于社会的英雄主义体现在对世界大同的热爱和依恋上，体现在用微笑和理想创造美好社会的享受上。她们享受自己理想带来的巨大快乐，当她们能够给予，她们的快乐就感染了整个社会。

2010年，那些年轻的笑脸给志愿服务最好的注释。

10月31日晚上，我站在门口，看着正欢送最后一批观众离开的小白菜们。他们唱着歌、跳着舞，跟每个离开的观众挥手告别，他们标志性的笑脸渐渐被惜别的泪水打湿了。

人们曾担忧这一代人既不能同富贵，更不能共患难。

我这次访问的独生子女志愿者们,出生于 **1974** 年至 **1988** 年之间。此时,他们的世界观已形成,他们已有自己对事物的独立判断。此刻他们都已成人,他们的行为,就是现代中国的形象。他们的思想,就是现代中国的心灵。他们在为社会出力时获得的复杂感受,就是现代中国的动力。这些年轻的志愿者,我想,他们代表了这一代人中最温柔明亮的情感。当什么事也没有时,他们就是下班时在地铁上沉默而迅速移动的年轻人。当大事发生时,他们就是旌旗指引的志愿先锋。

1. 哀悼日

2008 年 5 月 19 日：哀悼日

下午 2 点开始，淮海中路上，百盛和巴黎春天的百货大楼里，就渐渐有人出来，聚集在地铁站外面的小广场上。人越来越多，街道上的车越行越慢。

在梧桐树叶间，能看到低垂在旗杆中间的国旗。

到 2 点 25 分，马路上立满了人，车也都停下来了。车水马龙，物欲蒸腾，终日喧闹不止的淮海路，竟然就这样静了下来。我竟然听到了人行道上拍照的记者的照相机，发出的快门启动的轻微声音。

这是有史以来中国第一个为大地震死难者设立的国殇日。

大静突然降临淮海中路。

所有人的眼睛都望向百盛门口的大广告牌，那里的计时表，正一分一秒地接近四川大地震发生的时间。

七日前的此刻，四川山河仍旧完好。

聚源中学的初中生们正准备打开电脑上课。

东汽幼儿园里的孩子们还在午睡。

旅游者在卧龙大熊猫基地的本地风情小摊前讨价还价，要买些羌族的传统刺绣品回家。

都江堰中医院的住院部大门里慢慢走出一个医生,他昨天值班,此刻才交班回家。

矿工下了井。

平武县那延绵的大山深处,两个村子隔河相望。

七日前的此刻,还有两分钟,就山崩地裂,生命在瞬间消失。地震刚发生时,正是暮春的午后,天空不是很清澈,阳光如纱般稠重发黄。我丈夫打电话来,说地震了,让我先离开家避一避。过了十几分钟,他又打电话来,吩咐我可以回家了,震中远在四川的汶川——一个我从未听说过的地名。那时我丝毫未意识到它将成为中国人心中最重要的名字,甚至未感觉到晃动。

而不远处我丈夫工作的报社,派往地震灾区的记者,已出发去了成都。

淮海中路上,我看见女人们捂着嘴流泪,大大小小的购物袋靠在腿边。巴黎春天百货一楼的化妆品售货小姐在店门口站成一排,当她们埋下眼睛时,能看到那些年轻紧致的眼皮上,涂了各种颜色的新款眼影。当她们满含眼泪时,她们非常小心地眨着眼睛,非常职业地保护着脸上的妆。

警察脱帽致哀,露出一小撮翘起的头发。出租车司机打开车门,穿着一条皱巴巴的长裤站了出来,手里没夹着纸烟。他们这一对,从来就是淮海路上满面劳碌,面色最差的男人,大家最习惯看到的,是这两张劳碌烦恼的脸怒目相向,不过,此刻,出租汽车司机将车子停在街道中央,脱下帽子的警察,垂头站在红绿灯下。

星巴克咖啡馆里的旅游者放下孤星出版社的导游书起立。即使是平时总在淮海路陕西路口向路人兜售"A货"的人，也终于不再满街追逐外地人和外国人，不再喋喋不休地报出手表和包包的品牌，同样垂下了头。

淮海中路本是上海最个人主义的马路，人们怀着各自不同的目的聚集在这里，熙熙攘攘。此刻，能看到微风拂动细微的丝带，红色的、黄色的或者绿色的，丝带系在各色汽车的右面后视镜上，系在各种人的手腕上，甚至妇女手提袋的拉链扣上。红色的是志愿者的标志，黄色的表示为灾区的平安祈祷，绿色的表示你会去帮助别人。

中国人世世代代，总是通过为死者做七，来安息死者、安慰生者。

此刻，四川地震后的头一个七天，世上所有的五星红旗都为哀悼死难者而降下了。

志愿者队伍突然浮现，中国式的，但面目清晰。没人想到，在共和以后的近百年，几代人的期待，它最终是在全国哀悼地震死难者、安慰国民的国殇日出现的。

我望着满街默立的人与车，相信大家都在想着四川。过去的一个星期，让我相信中国人亦可以万众同心、守望四川。即使是在淮海中路上，人们不能有福共享，但也能有难同当。想起来，这是 20 世纪 90 年代以来第一次，敢肯定看上去彼此如此不同的人，此刻想的与自己一样。

三分钟。

汽笛声响起。

无数的喇叭声汇聚过来。午后 2 点 28 分到来，这是汶川大地震发生的时刻。七天以后，整个中国为此发出震耳欲聋的哀鸣。

那时，我将要写到的故事里的人物都不在我身边，甚至我不认识他们中的绝大多数。

魏菁在她的办公室桌前，对忽视默哀的同事怒目相向；陈丽媛的眼泪打湿了整张脸庞，她一边在心中诧异：自己还从未这样哭过；吴志雄正在赶往德阳医院的路上，只想能马上救人。陈太阳正在美国她学校的教室里，期末考试期间，学生们大都带着睡袋到工作间通宵准备考试。她收了同学们为四川的一百块钱捐款，承诺自己不光会回国过暑假时马上捐给红十字会，而且一定在暑假去灾区志愿服务。而我访问的那个年轻的商人，则将手按在汽车喇叭上，将自己的喇叭声混入徐家汇直冲云霄的哀鸣声中，他觉察到自己已坐立不安——如果自己不去四川做些什么，他知道自己必须去做。

他们都是"独一代"，一代令人困惑并不知所措的中国新人，时髦、富裕、自我，经历独特，眼界开阔，因为四川，因为他们去做了，他们才终于令人刮目相看。

2008 年 5 月 20 日：知晓的力量

傍晚时，下楼去放垃圾袋，正好 7 点整。从四楼到底楼，家家邻居的门里，都传来中央电视台《新闻联播》开始曲那熟悉的音乐声。

这一次不同，新闻是开放的。5月12日下午2点40分，中央电视台已经打断日常节目，播出第一条突发新闻，播报了汶川的地震。四川卫视更是整日播报着灾区的各种地方消息。

我家楼下，即使是南昌路上那些时髦小店里，也都终日轻轻响着电台里从灾区传回的记者现场目击的新闻。电视里惨烈的画面和流泪的记者们充斥着屏幕，与安逸的个性小店气氛对比鲜明，却异常和谐。

第一眼看到电视里出现被瓦砾埋住的孩子，整体垮塌下来的中小学校、中医院和幼儿园，伫立在瓦砾中孤雁似的人们，还以为那是灾难片。

慢慢地，才意识到大地震的惨重。

中央电视台似乎比较准确，四川卫视最即时。网络上的消息既多又快，只是不少都不靠谱，但并没人对它们动怒。各路报纸和画报的记者都千方百计进入现场。震区很危险，但他们还是一拨拨地进去，发回各种目击记和记者观察。

将各种消息和画面拼在一起，这就是一个相对完整的四川。

汶川大地震于2008年5月12日下午2点28分发生，震动半个中国，造成遇难69225人，失踪17923人，受伤374640人，受灾46240000人。

回到那个年轻商人的生活中去。

5月12日地震发生以后，他公司会议室的电视就终日开着，电视里的声音日日在告诉大家，同胞如何挣扎在水火之中，士兵们和消防队员们如何日夜不停地救人，直到5月20日。

这一天，他和他的合伙人收拾好桌子，关上自己办公室的门，告诉同事们，他们俩这就出发到四川去当志愿者。

要不是电视这样天天播，我怎么也不会去四川的。——他说，因为你知道了。当你知道了，就不得不做些什么。

5月22日，美国《时代》周刊的封面故事是四川地震与中国，题为"中国雄起"。陈太阳打电话回家，说，这些天来，她的同学们都特意过来对她说，你们中国人真团结，真有同胞情谊，中国人真好。

当年"9·11"，我特意打电话给还在读七年级的太阳，说，你看纽约人，平时那么冷漠精明，但这时都去排队献血，这就是人性的美好，你要记住。现在，我多么高兴自己能告诉她，此刻在中国，处处都有人排队献血。全国各地的血库，陆续在报纸上发布鸣谢声明，感谢献血者，可血库已经满了，请大家择日再来。

这样的消息，令太阳为自己是中国人感到非常自豪。

就是在这天，5月20日，哀悼日的第二天，新华社记者王建华在网上发布了一张照片。照片里有一块牌子，牌子上写着几个毛笔字：感谢志愿者。这是王建华在绵阳的公路上拍到的。志愿者就这样来到我面前。志愿者是这样一些人，他们出钱出力，听从自己内心助人的需要，自主地选择助人的方式和时间，没有功利目的，也不需被人动员。

年轻的独生子女一代，是中国志愿者的重要组成部分。

因为他们感动了人们，所以，在绵阳的公路上，才会有这样一块感谢牌。

灵感如闪亮的尘埃弥漫在我眼前——如果能为那些年轻的志愿者们写本书，也许是一个作家能为经受地震的同胞们做的事：为渐显雏形的志愿者队伍留下个体的记录。

因为我知道了，就会去做些什么，选择自己能做好的。

第三天：不舍

这三天，我光忙着看电视和报纸，常常流了满面的眼泪。总是凌晨就醒来，等待黎明，等待6点钟的电台新闻。这是我一辈子都没有过的失眠。走在街上，我总能看到低垂的国旗。淮海路上人群依旧熙熙攘攘，但我不能忘记第一天的下午，阳光灿烂，满街都是默立的行人，同心同德。

中国人的命运真是不平凡。我们精神上的获得，常常先得付出惨痛的代价。这不平静的春天，是付出了四川，我们才知道，和唐山大地震的时代相比，今日中国是诚然进步了。今天，中国政府自信了，中国百姓的尊严受到了尊重，中国人有能力帮助同胞于水火之中了。这个灾难，才让我们确认了一个在精神上和物质上都终于进步了的中国。

多难兴邦。

令人宽慰而感伤。

我还感到骄傲。

骄傲是因为年轻的志愿者们。许多年前，我采访过一个20世纪70年代末出生的独生子女，她是最早的一代独生子女，与吴志雄医生同年。那时，"中国的小皇帝"是这一代人的集体形象。所谓中国的小皇帝，意味着贵重、骄奢、脆弱、自私，被过度保护，脱离日常生活，精神压力巨大。但这个女孩对我宣布：没有人知道我们将变得多么好。

十一年前，当我出版《独生子女宣言》时，我将她的话写在书里，期待时间能证明这一点。

当我在照片上看到成都机场的停机坪上，年轻人一群群地站在烈日下，等待救灾飞机降落。他们都是来机场做搬运工的志愿者。只要飞机舱门打开，他们就会排成一条输送带。甚至，他们连一副手套都没准备。

在他们身后的临时仓库墙上，挂着一条横幅：我们全都是好样的。

中国的独生子女，在动荡的社会变革中成长。他们一直都是令人错愕的一代人。但令人错愕的事再次发生在他们身上：等他们长大，他们以自己的行动，为中国社会增加了一种新身份：志愿者。

十一年后，一条悬挂在双流机场里的红色横幅，证明了这一点。

黄昏时，大地充满暖意。是的，这的确是个做什么都好的傍晚，是哀悼日的最后一天。这天，陈丽媛得到了她梦寐以求的招募通知，两天以后，心理咨询志愿服务队就出发去绵阳九州体育馆。这个县城的体育馆，在 2008 年 5 月，因成为灾区最大的难民庇护所而闻名。她心中跃跃欲试，为自己终于能承担一些责任而激动。那时，她还不知道自己将会经历怎样的危机——一个心理咨询师的危机。而我，我还不认识她。

黄昏时分，不安突然从我心中升起。

明天哀悼日就结束了，生活将回到轨道上，继续向前。这些天来中国人的哀恸，悲壮的仁义，奋勇救人的士兵和将军们，真情流露的总理，忠厚坚忍的四川人，感动天地的志愿者，每个人渴望助人的真诚心愿，在被打乱了秩序的生活中突然浮现出的人民社会，这样庄严而温暖的好中国……我不知道，心中的不安，是否还有种对哀悼日的不舍。

中国的志愿者队伍，刚刚在雏形中，还没来得及发育成熟。

我知道，中国一定会向好的方向去！

2. 一个志愿者的成长史

这是魏菁，一个瘦长活泼的年轻女子，生了一双极为纤细的手，那双薄薄的手掌正捧着一只星巴克咖啡馆的大号咖啡杯。从她喝咖啡的样子，真看不出她是个野外旅行爱好者。2008年6月在四川江油境内的公路上遭遇了车祸，她摔碎了膝盖里的胫骨平台。此刻她的腿已经痊愈了。她喜盈盈地笑着，与在星巴克咖啡馆里遇到的任何一个愉快的年轻人无异。

"惭愧啊，惭愧，最后一刻还是给灾区添了些麻烦。"她说。

1979年出生在吉林通化，她是两个上海知青的独生女。不过，她不记得通化了，因为离开得太早。

她的父母被送去东北乡下做知识青年时，还是初中生。互不相识。那个年代，无数未能从中学顺利毕业的少年都是这样奔赴天涯。

"父亲和母亲，分别在自己插队落户的小乡村里生活了许多年。然后，母亲作为工农兵学员，被推荐去了师范学校上学，毕业后，分配在通化的一所初中教物理。父亲上了电视大学，毕业后进了通化药厂的实验室工作。这两个上海人，在通化认识了，然后，恋爱了，结婚了。"

魏菁说到这些父母早先的事，高兴地笑着，似乎无论怎样，都不得不赞叹命运的神奇。这是标准知青二代的神情，没有父母早年飘零的命运，父母在少年时代不吃那些苦，他们也就没机会来到这个世界。

出生在通化，不过，对它一点也不记得。她有点遗憾。

魏菁六岁时跟母亲调动到浙江海盐，离上海近了些。母亲这时不做老师了，她去了一家印染厂坐办公室，后来又做了车间主任，再后来，经济时代到来，父母干脆承包了这个车间。在魏菁的描述中，他们虽说不是命运的幸运儿，却是不屈者。他们对生活总是积极主动，他们总是很忙。

我还记得和妈妈刚到海盐时的情形。

我们坐在一辆人力车上，迎面有种非常清新潮湿的微风拂来。

街边长着与上海一样的梧桐树，高高的。我们就在海边，能闻到大海咸咸的味道。

我们沿着街道回家。我们还没有自己的房子，我们的家就在印染厂的办公楼里，我家对面就是厂医务室，有股消毒水气味。我小时候很顽皮，常常弄伤自己，我就自己去医务室上药。爸爸过了一年才调到海盐，因为他得先完成药厂的工作。

魏菁很庆幸自己能在海盐度过童年。

"我小时候好皮啊，每天在外面玩，游泳哪，爬山哪，上树哪，养小动物哪,每个夏天都要晒脱好几层皮。"

魏菁很骄傲。这是后来她喜欢去野外远足的一种原因吧。

一个安宁的、朴素的、因为小而偏远而能自由自在接近自然的小城,奠定了她生命中最初的基础。

学业并不重,即使是当大队长,也没多大压力。她兴致勃勃地参加了大多数学校组织的活动,乒乓球、游泳、远足、校园广播、作文比赛,或者就是四处闲逛,到海边去走走,甚至帮班主任家盖房子,所有小城的孩子能做的,她都玩过了。

她从小就负担家里的一部分家务:收拾房间,在父母下班前,到工厂食堂里把饭菜打回来,在桌上摆放好。如果父母吩咐要大扫除,拖地板、擦窗户,她就招一群小朋友回家来玩,玩够了,让大家帮着一块把活干了。

"父母好像不怎么管我的事,我有很多自由。"魏菁庆幸地说,"不像现在小孩子这样苦。"

魏菁常请班上的一个男生回家来吃晚饭。那个男孩的经历,就像童话故事里写的一样,有个恶后娘,受宠的小弟弟衬托着他在家里恶劣的处境,他的父亲如瞎子一样什么也看不见。他常常带着伤痕来上学,常吃不饱饭,当然也交不出学费。他的功课也不怎么好,人也不活泼。好像大多数人都在自己的小学班级里遇见过这样的倒霉蛋。魏菁班上的同学很友好,每到学期开始时,大家都凑钱帮他交学杂费，同学们有时从家里带衣服来接济他，有人也将他带回家吃饭，魏菁就是这样。

"我小时候受的教育虽然封闭，但非常纯正。比如，要向雷锋学习，尽自己所能帮助别人。"

魏菁这样提起了雷锋，新中国时代乐于助人的偶像。她能理解他作为偶像的被神化，也并不当真想要雷锋走下神坛。

有时，吃完饭后，我妈会挑几件衣服给他。我小时候并没多余的衣服，那时小孩子好像都穿别人家大孩子穿剩下的衣服。我的衣服大多数也是别人穿剩下的。小时候，男孩和女孩能穿一样的外套和牛仔裤，所以他穿得下，我也会将自己的衣服给他穿。他吃饱了，穿暖了，高高兴兴回家去。我从不觉得是在施舍他，只是觉得，有人来我们家一起吃晚饭很高兴。

我家总是有很多人来吃饭。

我的两个叔叔都在国外，有时他们带回来一些稀罕东西，比如小饼干、巧克力，甚至还有一次，他们带回来一包通心粉还有番茄酱。20世纪80年代末的时候，意大利通心粉在海盐，简直就像另一个世界里来的。

我家要是有了这种稀罕东西，我爸妈就把车间里的人带回家里来一起吃。

我爸摩拳擦掌宣布，今天开洋荤！他就下厨做通心粉。

说实在，那些东西不够那么多人吃，每人只能分到一点，但大家都好高兴哦。

我爸爸还做一大锅罗宋汤,自己调蛋黄酱,再做一大盆色拉。

我父母非常慷慨、好客,我童年的印象里,我家总是挤满了高高兴兴分享一点点稀罕东西的人。

那是个很有意思的时代。魏菁指的是 20 世纪 80 年代末期和 90 年代初期,这是她渐渐面向生活的时代,中国社会正在从农业社会向工业社会转型,最初一代中国独生子女正在度过青少年时代。大家都称他们为"中国的小皇帝"。魏菁在小学时听到过这个称呼,但她知道自己不是小皇帝。

"你是否觉得,长大以后,你成为志愿者,与你有个幸福的童年、你在温暖的家庭中长大、你生活在一个安定的时代有关系?"我问魏菁。是的,她还沉浸在童年淳朴的幸福里,双眼闪闪发光。

"有关系。"魏菁肯定地点点头,"幸福让你很想帮助别人。吃得饱饱的,穿得暖暖的,你就有余力提供帮助。"

"5 月 19 日哀悼日那天下午,你在哪里?"我问。

"我在办公室。"

时间到了,办公室外面的街道上,传来长长的喇叭声和凄厉的警报声。

"我从办公桌前站了起来。一周前汶川地震发生的时间马上就到了，同事们也纷纷站起来。

有刺耳的声音——坐在我后面的同事还在电话里嘻嘻哈哈，一点也听不出他难过。我能接受人是不同的这个事实。有人心中由于地震造成的痛苦大些，有人则小些。我只是不能接受某人心中一点点难过也没有，某人连在这三分钟里还要打电话，某人此刻还能"咻咻"窃笑。其实我对同事总是客气的，不过这次他的声音触怒了我。我回过头去，恶狠狠地瞪着他，从牙缝里挤出一句话，我说："这几分钟你都等不及吗？"

从那时起，我算是与这个同事结仇了。不管他说什么，我都第一时间将他封死，不许说。

魏菁将她细长的食指与中指并拢，笔直向前伸去，好像阿童木。"克！"她从喉咙深处发出封杀的声音，又将她的手重重向下按去。"噗！"又噘起嘴唇，发出按灭的声音，接着将她两条细长的手臂在面前翻动挥舞，这次她发出的是金属轨道相接时的撞击声。我想这次是变形金刚发威了。

"那天下午，我结了个仇家。

"有时候，愤怒会推动一个人去做什么。也许是他让你决定一定要去灾区做些什么。"

我猜测她后来才去灾区的原因。许多志愿者都在第一个星期里就去了灾区，她则等到5月底才动身。

我和我的男朋友早就想去，但我们知道，做一个去灾区的志愿者，先得能保证有能力照顾好自己，不要给灾区添任何麻烦。就像我男朋友说的那样，我们悄悄地去，提供自己力所能及的帮助，再悄悄回来。在最初半个月，重要的是能救人，这是我们不能做的。后来，余震渐渐平复，救人的工作基本结束。这时候，我们可以去做些什么了。我想，我们一定会去灾区帮忙的，不管有没有哀悼日那天的狂怒。

我要去到不被人注意的乡村，去帮助那里的村民。

魏菁和她的男朋友徐忠先后去了四川，他们在绵阳汇合。

在一个素昧平生的四川野外背包客的帮助下，他们下到平武县一个几乎就在震中的小镇。

他们找到一块相对平坦的河滩，扎营住下。

他们背着平时野外旅行用的大背囊，带去了野外旅行使用的全套装备，帐篷、睡袋、防潮垫、头盔、小刀具、多用螺丝刀、指南针、温度计、手电和头灯，工兵锹用来掩埋自己排泄物、挖帐篷外面的导水渠、开路，必要的时候也是自救的得力工具。他们准备好了野外生活需要的大部分东西，但他们都没带照相机。他们俩都是有多年野外旅行经验的自助旅行者，是野外旅行的经验给了他们自信：他们相信自己能照顾好自己，也能照顾别人。

他们很自律。这是他们对志愿者的基本概念：先管好自己，然后提供无偿的帮助，不索取。在灾区时不与当地人抢帐篷住，不占用当地人的任何资源，包括不拍照。魏菁说这不是旅游，拍照近于一种掠夺。她甚至没带照相机去。

他们带了朋友们捐的现款，他们自己也拿了些现款。徐忠很反对给人钱。他说，钱不能真正帮助到什么人，倒很容易毒化志愿者与被帮助者之间本来纯洁的关系，毒化当地的气氛。徐忠和魏菁说，要是老乡家要修房子，他们可以帮他们买来水泥和黄沙，要是幸存的小孩要上学，他们可以去为孩子们付学费、买书。这些实物能明确无误地帮助到当地人，不会引发任何其他的企图。他们觉得，维护人与人之间互助但独立的单纯关系，维护志愿者与被救助者之间健康的精神联系，这是志愿者提供帮助时的哲学基础。

滥情与夸张也是种灾难的衍生物，如地震后形成的堰塞湖一样。

他们时刻检点自己的行为。

在他们的帐篷旁边，就是救灾部队的帐篷。每天早晨，部队出去掩埋尸体、加固房屋，他们俩也开始工作了：一个去喷洒消毒剂，另一个去帮助村民清垃圾，焚烧、深埋。

从上海带去了一些奶粉，他们将它们送给镇上的两个婴儿。

小镇曾有个学校。地震来了，学校塌了，上学的孩子们都被压在里面。镇上的人将孩子们挖出来，但那里偏远，救护队到来得太晚，医生还没来，受伤的孩子们就先后死去了。那些死去的孩子被集体埋在一个大坟墓里，就在不远处。

他们交了个朋友，一个与他们年龄差不多的当地女干部，她的大儿子就死在她怀里。那天，她说起大儿子，才九岁，去上学了，学校两点半上课，地震提前两分钟到来，学校塌了。她说着，流下眼泪。她说，自己孩子入葬时，都不能在场。她去救别人家被埋住的孩子了。说完这些事，她擦了擦眼泪，就站起来干活去了。魏菁和她的男朋友不能忘记这个人、她的遭遇。他们知道，这些为人真诚的乡下人并不需要很多物质上的帮助，他们只需要有人听他们说话。

四川人的习俗，埋葬孩子时，要放一挂长鞭炮。他们在小镇上的时候，一天不知道听到多少挂鞭炮此起彼伏地响起。每次响起，他们都知道，那意味着又找到了一个死去的孩子。

世上没人爱听悲惨的故事，但他们觉得，和本地人并肩坐着，倾听，这是他们能提供的帮助。

魏菁还参加了一次当地青年自发组织的劳军晚会。她自告奋勇，邀请团长一起唱了一支情歌《月亮代表我的心》。当时，地震造成的堰塞湖已经高悬于小镇上方，人们也许明天就要撤离这里。年轻士兵们在夜色里欢快的笑脸，让魏菁觉得很是安慰。

"很惭愧，我们做得不够多。"魏菁说。

她脸上出现了一种复杂的神情，既为自己终于是去灾区出过力而感到安慰，又为自己未能提供更多的帮助而悻然不悦。

上高中时我第一次做志愿者。那时我一个人离开海盐，作为回沪知青子女，回到上海上高中。上海的家，只有我和爷爷两个人住。那是 1995 年。

老师在班上说，我们要帮助慈善基金会为希望工程募款，请大家报名。我就报了名。报名的同学还得选拔一下,要比较活泼的,容易与人沟通的。我正好就是这样的人,所以就选上了。

好激动啊。这可是我生活中的新鲜事物,第一次知道,能用这种方式帮助别的小孩上学。

我的高中就在淮海中路附近,我和另一个同学分到的地块,是当时的连卡佛百货店和伊势丹百货大楼的那一块,是淮海路最热闹的地段。很幸运,在那里来往的人,大多数都是肯买很贵的外国货的人。哈根达斯冰激凌的旗舰店也在那里。

我好想让大家多捐点。所以,我就先拿出一张五十块钱,叠成长长的一条,嵌在慈善基金会发给我们的红色捐款箱的口上。我想让捐款者一上来就能看到,上一个人塞进去的,可是一张五十块钱啊。心理暗示很重要,他接受了暗示,就会想,好吧,五十块钱。

那时我已经知道,不论捐多少都是行善,只是还是想别人多捐点。

魏菁为此仰面而笑——那就是十六岁时候机灵好胜的小九九啊。

这时,一个穿着很好看的年轻母亲,带着一个小孩走过来。
妈妈对小孩说:"我们来捐点钱,帮哥哥姐姐读书,好吗?"
小孩说:"好呀。"
妈妈说:"那么,你就要少吃几根冰激凌了,好吗?"

小孩说:"好呀。"

妈妈打开钱包,从里面抽出钱来。

魏菁讲到这里,再次睁大眼睛,表现她的期待和吃惊,以及十六岁后一直不能忘记的成就感。

唰,唰,唰,唰,唰。她从钱包里抽出五张蓝纸头!五百块钱呀。

"唰"的一声,它们实实在在地落到我捧着的箱子里。某个地方,两个高中生能靠它们读一学年的书!

魏菁瞪大眼睛,摇头赞叹。

那时候,五百块钱是很大的数字了。

那天,我和我的同学捧着捐款箱,回慈善基金会。工作人员打开箱子,当着我们,清点善款。我们募得了两三千块钱啊。

好开心哪。

说起做志愿者,在确定自己帮助到别人后,心中由衷的快乐,真是太吸引人、太好玩了。

魏菁将左手轻轻覆盖在胸口,又将右手轻柔地覆盖在腹部,美滋滋地看着我。纤细灵活的十指,如八爪鱼柔软的触手一样紧紧贴在身体上。它们亲昵地轻轻揉了揉自己的身体,好像夸奖它做得不错。或者,是表示深为赞同那个身体内部流转着的愉快。

"好好玩哪。"魏菁赞叹。

是的，能肯定自己的价值，还能帮助某个不知名的人，以慈善的名义，光明正大地请求大家积德行善，在1995年十六岁的孩子看来，没有什么事比它更好玩。

从十六岁在淮海路上募捐到几千块钱给希望工程，到去四川地震灾区做志愿者，十多年过去了。

魏菁高中毕业，考上了大学。毕业后，她成为一名办公室职员。

从大学时代开始，她学会了当个野外旅行的背包客。她和徐忠都加入了一个网络上的户外俱乐部，有时大家一起去远离城市的省份旅行。在这样的自助旅行中，魏菁得到过不少偏远地方的人的帮助。那些经历让她非常信赖偏远地方的乡下人，那些微小但实在的帮助传达出来的善意和温暖，是她心中重要的收藏。

当他们从电视新闻里看到地震过后的山河与灾民，魏菁与徐忠就明白自己将要寻找机会去提供帮助。魏菁想，那时那么肯定，后来从未后悔，来自多年旅行中受人太多滴水之恩的经历。旅行的一个重要收获，是他们常回想起遥远地方的陌生人——淳朴简单，曾有求必应。这些人在他们的旅途中掠过。

"他们当时怎样对待过我们，我们也想在他们需要的时候怎样对待他们。"魏菁说，"也可以说，我们这时是去回报他们的。"

魏菁与徐忠，在平武县的一个小镇生活了七天。从前那里有山有水，植被丰富，现在创伤累累，整个地貌都变了。山平移过，河道截流，傍山的村子，已经被埋掉了。

清晨，部队很早就起床了，他们也跟着起床。

吃过早饭，部队出发去救灾，他们也开始干活。魏菁去处理镇上的垃圾，收集、焚烧、深埋。徐忠和小镇上的防疫部门的人员一起做消杀工作。他们穿上防化制服，背上消毒药水的箱子，去各处喷洒消毒药水：帐篷区、临时医院、灾民临时安置点、厕所是重点防护区。

地震以后，环卫系统塌的塌，埋的埋，已完全瘫痪，小镇上到处都是垃圾与粪便。

四川的大山里昼夜温差很大，中午有四十摄氏度，早晚却只有几摄氏度。所以，四川人中午都要睡一个长长的午觉，避开酷热。

魏菁和徐忠也一样。

有时他们睡不着，就去找老乡聊天，看到谁家老人洗衣服却没有洗衣粉，就去救灾办公室为他们领一包洗衣粉，送过去。看到谁家孩子闲得发慌，就讲个故事给他们听。

镇上一共剩下十几个孩子，大大小小的，被组织起来一起去做志愿者，跟着魏菁到处拾垃圾，保证环境清洁。比板车高不了多少的孩子推着板车。可贵的是这些孩子自从领了这项任务，就从未忘记过。每天规定的时间一到，一定能看到孩子们跟着板车出现了。

有时，他们看到失去大儿子的女干部匆匆跑下土坡。

魏菁和徐忠最喜欢去老乡那里。

他们最惊叹的是，四川人对灾难的承受力。

似乎他们很快就与自然和解了。甚至他们没想到别人会因此来帮助他们,所以他们领受了一点点帮助和关心,就非常感激。魏菁说,要是你与他们面对面,你就能感受到他们的感谢来自真心。不论大人孩子,只要你做了一点点事,他们都能看见,都会上来对你说谢谢。他们远未被地震摧垮。

在闷热的下午和凉爽的傍晚,魏菁与徐忠在小镇上学到很多东西。

我们付出的,相比我们得到的,真的太少。魏菁说。

徐忠还有一些愤怒。他的一对大眼睛怒睁起来,闪闪发光,好像一头牛。

他看不惯那些打着某地志愿者大红旗的队伍,他们空着手跑来小镇,说:"我们是来帮助你们的,现在你们先帮我们找个帐篷住下。"

徐忠说,世界上难道有这种官僚的志愿者吗?

他也看不惯到处拍照片的个别媒体。小镇就在堰塞湖的下游,当时电视里天天都在报水位。他亲眼看到一家电视台的新闻记者垒出一堵土墙,一个人爬到土墙上去,用脚往下一踩,土墙崩溃,摄影机启动,新闻记者在旁边即时报道:"看,山体又塌方了。"

徐忠说:"这就是我们在电视里看到的灾区新闻吗?"

他还看不惯个别救灾干部。因为他每天都能在从他们办公室清出来的垃圾里发现空酒瓶和腐烂的水果。镇上的孩子们没有水果吃,老人们也没水果吃,但集中到救灾办公室仓库里的水果天天在腐烂。某些人将杂牌瓶装水分给灾民,将农夫山泉瓶装水分给川流不息而过的领导和干部。

徐忠和魏菁，天天都去领水，指定要农夫山泉牌的，拿着去送给孩子和老人。

徐忠紧握白色的咖啡杯，怒目烨烨。

正因为我们走到了最下面，才看到比较少浪漫色彩的真相，也做得踏实。

这些真相会打碎志愿者对灾区的浪漫想象，但不会影响自己想要提供帮助的愿望，反而会增强这种愿望。

每当我和徐忠从仓库里领出来东西，送到老乡手里的时候，我们都很高兴。救灾物资终于通过我们，实至名归。这时候，听到老乡一迭声说谢谢，就会觉得惭愧。

为自己，也替那些做错事的人感到惭愧。

有人脑子一热，就冲向灾区；还有的人算计过个人得失后，来到灾区。现在我们应该知道，这样的人都没准备好成为一名志愿者。中国的志愿者终于成为民间一种善意的力量，但要做到名副其实，大家都还需好好准备。

这是魏菁和徐忠关于志愿者的语录。

我和魏菁去淮海中路上的冰激凌店见面。魏菁告诉我，十六岁时一次募捐到五百块钱的那个地方，就离这里不远。现在，魏菁已体会到志愿者这个称号，还有更为深广的含意。

假期要结束了,魏菁与徐忠将自己的地址留下,允诺要是村民需要帮助,他们会在上海的朋友里募捐,然后买好他们需要的东西,送过来。

魏菁与徐忠搭车回绵阳,准备转飞机回上海,在江油附近的公路上发生车祸。这天因为车里人太多,魏菁和徐忠唯一一次没在车上戴头盔。车子撞向路边的大石,侧翻,徐忠头部受伤,魏菁右胫骨平台骨折。

他们被送到医院,魏菁上了石膏,徐忠缝合了伤口。

徐忠去盥洗室洗净他随身带的大背包时,才发现上面沾了四川籍司机的血迹和脑浆。

魏菁住进江油医院时,医院正在转移,所有病人都在户外的帐篷里,当时正在下大雨,帐篷里到处漏雨。入院当天,魏菁就转到绵阳中心医院。

第二天,唐家山堰塞湖危在旦夕,绵阳中心医院随时准备转移。魏菁病服上贴了一块病情说明,以防紧急转移时病历遗失。

他们决定尽快回上海。

"我们已经做不了,应该尽快离开。照顾好自己,也不给别人添麻烦。"魏菁说。

正是堰塞湖溃坝在即,魏菁离开医院,搭上回上海的飞机,费了九牛二虎之力。

魏菁必须在床上静卧三个月,使骨折处自然愈合。

紧接着,金融危机冲击美国企业。魏菁所在的美国公司收缩业务,裁减员工,年底,魏菁失业。

拿到六个月工资的退职金,难得有悠闲的星期五下午,我和她才能坐在店里吃冰激凌。

魏菁没告诉父母自己去了四川,只说自己出差了。她怕父母为她的安全寝食不安。

她从机场直接被接到医院。在医院里见到父母。

父母并不责怪,亲戚们因为她是家里唯一一个真去了灾区的人,感到非常骄傲。连家中的长辈都一一到医院来慰问她。

她见到父母,却哭了。

看到了那么动荡的灾区,再看到父母生活在一个安全的地方,百感交集——魏菁就哭了。前往病房采访的记者在采访记里写到这个细节。

"我哭了吗?"魏菁从她的冰激凌玻璃杯处抬起头来,惊异地问。

我们见面的那天下午,是上海二十多天阴雨后第一天放晴。太阳照耀大地,周围都是喜洋洋的人,在专心吃冰激凌。魏菁穿了一件天青色的汗衫,与周围的人没什么两样。

"不是一见到他们就哭了的。"魏菁想了起来,"他们走了以后,我才哭了。"

从绵阳回到上海,就已经凌晨 2 点多。到病房里安顿好,已经 5 点。那是个周六,我等到 8 点多,父母应该起床了,才打电话告诉他们。

他们马上就来了。

他们没有责备我,反而我看出,他们心里是高兴我这么做的。等他们走了,我的眼泪也出来了。我觉得安心了。

不让父母担心非常重要。而得到父母精神上的支持,则是更重要的安慰。

这大概是独生子女独特的负担吧。他们与父母的感情联系很稠密,他们不得不分享许多东西。其中更为积极负责的,并不是父母,而是子女们。

魏菁吃冰激凌的时候,嘴唇灵活,今年已经三十岁的她,好像动画片里的小兔子。

她说:"不要说还有第二次大灾这种不吉利的话。但要是有第二次,我还会去的,我也相信大家都会做得比这次好。我们获得了经验。"

3. 不甘心

2008.6.3 晴 茫然

结束了在四川十天的志愿者行动，回到上海，天气晴朗。坐车回家的路上，没有看到受损的房屋，也没各式的帐篷，看不见灵秀的山和树，也不见了干枯的河床，不用再担心余震会把体育馆震散，也不用担心堰塞湖崩塌而需要紧急撤离，甚至不用操心见到了人是不是需要自己主动上前安慰。这突然的改变竟让我有种不知道接下来该做什么的疑惑。

恍惚的感觉，就像是一场梦。那感觉是从未有过的踏实、安全、轻松和茫然。

"为什么茫然呢？"
我问陈丽媛。

她是个很有趣的圆脸女孩，也许她并不喜欢自己的圆脸，可能有点为它害羞，但在我看来，那圆而结实的脸，正好放得下她快活诚实，并有点自嘲的笑容。

我们又约在一家星巴克咖啡馆里。与这些年轻人见面,约在星巴克最省力,只要说是哪条马路上的星巴克,他们大都就知道了。那是个星期天,我们约在上午,陈丽媛咬咬牙,早上起了床。要不,她就会晚上与朋友聊天到半夜,早上睡个大懒觉。

一个星期也不叠被。

"现在的小孩都这样。"——她还很有理由,"我妈也看不惯我不叠被。为了安慰她,我开始叠被了。可感觉上,并没因此就更勤快,或者更卫生。"

从地震开始的那一天起,上海心理咨询行业协会的办公室主任陈丽媛就一直在找去四川服务的机会。5月16日,心理咨询行业协会与市文明办开始招募执证心理咨询师,准备组成一支一百人的志愿服务队,接力去灾民点服务六十天。她符合条件,所以早早地报了名。但报名的人很多,一千六百个报名者里,第一批只能去二十二个人,她不知道是否轮得上。

她是家里的独女,怕父母不同意她去四川,还在晚上吃饭的时候试探了一下。

那是全国哀悼日的第一天,晚上,一家三口人吃饭时,电视里正在播放新闻联播。

全国各地,不同的街道上,到处都挤满默哀的人群。

有人在天安门广场上高喊:"中国加油,四川挺住。"

她的父母都是工人。

四川地震发生后,父母看电视的时间明显增多了。

听到电视里传来这样的喊声,陈丽嫒的眼睛热了一下。

她对父母说:

"我想去四川做志愿者。"

这次与唐山大地震时已大不同。这次,人们很快就意识到,地震的惨状会给人们的心理造成剧烈伤害,救灾不光要救人的性命,还要救人的精神。不光是经历生离死别的灾民,还有参加救援的士兵和消防队员,甚至夜以继日工作的医疗队员们。这次,人们关注到了心灵。

全国上下,众口一声,希望心理医生和心理咨询师尽快前去灾区参加救助。而陈丽嫒,正是一名注册心理咨询师。

她准备好说服父母:自己是冲动的,但自己更是四川此刻需要的人。

她心里有强烈的念头,她想去。

父母淡淡地回答:

"噢,你去吧。"

陈丽嫒知道父母从不以自己的意志干涉她的选择。但她还是没想到,父母将自己要去灾区服务看得如此正当和平常。

她看了看平静地继续吃晚饭的父亲和母亲,他们好像答应她去杭州春游一样,轻描淡写地答应她去灾区。她有点不能相信,但他们很沉稳地答应了她。

她心里一松。

这时,陈丽嫒心里就想,一定要设法去四川。

这天下午，在办公室。2点28分还未到，楼下街道上的汽车喇叭声已响成一片。同事们纷纷站起来，默哀。

陈丽媛突然哭出声来。这冲口而出的声音，将她自己也吓了一跳。

她一直是个快活的人，长大以后很少哭，因为她觉得生活中没什么事会让自己哭，更没什么事让自己当着别人的面哭出来，没这么夸张。呜咽声从自己的喉咙里传出来，那么响亮，那么紧张，陌生而又熟悉。

这些天来在心中层层堆积起来的焦灼、悲伤、感动，都在此刻爆发出来。

她1983年出生，这是她生命中第一次经历国难。

对她来说，四川地震好像是个分界线，在此之前的生活是平淡而现实的，而在此之后的生活，则变得沉甸甸的。她意识到，自己一直空着的肩膀，其实很渴望承担一部分公民的责任，那本来就是自己应该承担的。医生们去了四川，军人们去了四川，消防队员们去了四川，志愿者们去了四川，教师们去了四川，总理和将军们去了四川，电信公司的架线工也去了四川。她作为一个心理咨询师，当然也要去四川。要不然，她觉得自己的肩膀太空。

她需要重量。

袖手旁观的轻松一直折磨她。

她的眼泪里还有内疚——与那些舍生忘死的娃娃脸小兵们相比，自己承担得太少。他们看上去显然比自己还小，陈丽媛觉得自己已长大了,却无法担当些什么,是羞耻的事。

与什么也不会做,哪怕去机场当搬运工,也要去为四川人出一份力的志愿者们相比,自己更应该去。陈丽媛想,自己能去安抚那些受伤和受惊的幸存者,能修复他们受到的精神创伤。

晚上,陈丽媛上网。

她发现MSN(一款即时通信软件)上好多人将自己的名字前都加上了彩虹图案。在网上说,只要你在名字上面加一道彩虹,就会有人为此向四川捐一分钱。那天的网页全是黑白两色,比平日肃穆了许多,那道彩虹显得格外醒目。

陈丽媛赶忙将自己名字前也加上这个彩虹。

她在电脑前端详着自己的名字,怎么看,都觉得比以前好看。

爱国主义教育曾贯穿在陈丽媛的整个青少年时代,但她从没觉得它是感性的。此刻,这种对家园与同胞热爱和痛惜的感受却从心中深处冉冉升起,她想起小时候语文课上学到过的一个词:

油然而生。

她体会到油然而生的那种爱,不是为某个男孩,也不是为某件衣服,倒有点像是对母亲的爱惜,一样的纯净。

她一直爱妈妈。妈妈是个普通不过的工人,已经退休了。但妈妈大方、本分、坚忍、明理,妈妈一直是陈丽媛敬爱的人。她想起一句被用滥的话:一个人爱自己的母亲,才懂得爱祖国。此刻,她明白那句话意味着什么。

将自己融入热爱中国的行列中,她第一次确定,这不是一直以来的口号，而是从心中流出来的感情。能这么做，她觉得很高兴。

这是 5 月 19 日。全国哀悼日的第一天。

三天哀悼日还未过完，好消息来了，陈丽媛被选上，参加第一批心理咨询志愿服务队，去绵阳九州体育馆，那是地震以来四川最大的避难所，容纳过四万来自北川以及附近的灾民。

5 月 24 日，志愿服务队出发。

陈丽媛早早离开了家。她告诉父母，大家在市立图书馆集合了，一起去机场，所以父母不用去送。她不喜欢父母送自己，她更喜欢独自背起行囊，奔赴国难的悲壮感觉。她害怕父母在，一切转化为婆婆妈妈的琐碎。

父母没多说什么，将她送到自家楼下。

陈丽媛的背囊里，装着准备露营用的睡袋和毯子，紧急情况下使用的装备，比如手摇充电的手电筒，各种绘本，比如《一片叶子落下来》，是讲关于生命的故事，还有彩笔和橡皮泥。背囊很重，紧紧压在肩膀上，让她觉得舒服。重量让陈丽媛终于舒了一口气。

到了图书馆，她才知道，市里的领导要来为他们服务队壮行，这就是大家不是直接去机场集合，要先到图书馆集中的原因。

队员们都在图书馆底层的大厅里等待出发。图书馆面向淮海中路的墙,是一面大玻璃。

陈丽媛望了望外面。

春末的淮海中路,与她印象里任何一个春日黄昏时一样,年轻的女士穿着新款的春装,下班的男人解开了衬衣领口,拉松了领带。小孩子捧着冰激凌。这是一天中上海最放松的一刻。人们脸上的气色都不错,温暖的空气使大家比在阴冷的冬天时更红润了。这里生活一切如常,这就是她从小到大一直习惯的平静生活。今天能够有一个响亮的理由离开它,奔赴危险的地方,奔赴她的使命。陈丽媛有点如释重负,她终于找到了一个承担的机会。

"我们这代人其实很想承担点什么的。承担的重量,对从小在父母与整个社会呵护下长大的我们来说,是很奢侈的梦想。"——陈丽媛说。

"我们小时候嘛,整个社会都骂我们个人主义、自我中心。但我们从小被教导的,不就是你好好管好自己的功课,好好去奔自己的前程吗?大多数家庭不是从不让小孩做家务的吗?你以为我们不想做这些事吗,我们是被功课压得没有时间。"——陈丽媛说到她的小时候。她很庆幸在独一代的成长故事里,父母尽量给她一个宽松的环境,甚至连考大学这样的大事,都没有给她压力。他们让她自己对自己的前途负责。与大多数患得患失、为孩子奔走呼号的父母相比,她的父母是出奇的沉着。

"但是,他们还是去了每一个高考咨询大会,拿回来一大堆各个大学和专业的材料。"——陈丽媛说。

她突然发现马路对面，有两个熟悉的身影。

她有点恍惚，不知道为什么他们这么熟悉。

然后，她发现，遥遥守在马路对面的那两个人，是她的爸爸和妈妈。

原来他们还是尾随着她来了，只是怕影响她的情绪，没过来。

陈丽媛叹了口气。

她走出图书馆，过马路，找到父母：

"唉，爸爸妈妈，"她说，"既然都跟来了，那就进去吧。"她将父母拉进图书馆。

"反正还得等领导来壮行。"她说。她心里知道父母还是为她担心，只是没有因为自己担心而阻止她。他们从未阻止她去追求梦想，这次也一样。

她知道这是父母爱她的方式，他们从未像别人口中将孩子当成自己附属品的独生子女父母那样专制和自私，只是因为她是独生女，父母能爱得更细心周到。

即使到了图书馆里面，父母也不过是挑了个不起眼的地方远远等着，不打扰陈丽媛。倒是她自己有些不自然，在出征的心理咨询师和出行的独生女这两个角色中摇摆不定。

出发时这样肯定，回家后却带着一大团不能不正视的疑惑和茫然，这是陈丽媛遇到的危机。

我问陈丽媛——"为什么?"

我不知道,期待已久的四川志愿服务,能不能就这样结束。似乎我们并没做什么。每天倒是都匆匆忙忙的,很累。可以说我们是尽力的。

时间真的是飞一般的过去。

但,不惜力并不是我们这支服务队的目标,我们既然是专业人员,以自己的专业为灾区服务,才是考察我们是否有成绩的目标。

是的,我在灾民点找到过一些需要安慰的人,我们先后试图去安慰他们,我们在灾民点举办过不少讲座,指导他们分辨自己的不良情绪,但这是否真实地帮助了他们,我却并不能肯定。

陈丽媛这样解释。

她大学时代学的是社会学,用词很准确,也很能抓住自己复杂感情的主要因素,这大概是一个心理咨询师的职业素养。她说,自己从四川回来,最初的强烈感受,就是茫然。

她困惑地笑着,用男孩子般大大咧咧的轻松随便,来掩盖内心强烈的敏感与自省:她不光对担当有渴望,还有要求。她要评判自己,是否真的做到了担当。

从四川回来,志愿服务队在机场受到了英雄凯旋般的欢迎。回到家,她看到自己在四川期间,领导来家里慰问时送来的花朵,父母还为她养在清水里。父母告诉她，慰问金已被父母做主，坚决地退回了。

回到上海后的第一天，父母都上班去了，陈丽嫒在家里走来走去，整理行李，但心中不能释然。

我搬运过一箱援助灾区的药品吗？

我救过一个受伤的人吗？

我为一个走失的家庭找到过亲人吗？

我为灾民点设计过一个简易但符合防疫要求的公共厕所吗？

这些都是实实在在的事，不像心理咨询的效果那样复杂难辨，需要时日。但我没有做到过其中任何一件。那么，我是不是应该去做更实在的事呢？

陈丽嫒在安全的家里，想到这些。

这种感情，其实是许多认真的志愿者们在完成服务后都会有的。当他们反省自己，会为自己并未如期望的那样帮上大忙而内疚。他们抱着一腔热情前往，将救援的责任放在自己肩上，但是发现，即使自己再尽力，也无法让这已被颠覆的世界复原。士兵们为自己未能及时救出所有的人而内疚，医生们为自己不能治愈所有送到医院的伤员而内疚，志愿者们为自己没有急需的十八般武艺而内疚，人们能做的，就是更拼命地工作。有士兵因此而劳累至死。

用心理学的观点来分析，这种感情本身就是一种心灵的压力，也需要释放。但陈丽媛自己，这时也陷入其中。

但认真的她，不愿放它过去。她认为，如果对此不再追究，去四川服务，只是满足了自己参与的愿望，与志愿服务的初衷走得太远。

"走得远咧。"陈丽媛说。

2008.6.4 晴 汗颜

销假上班，同事们都想知道四川的情况，领导索性安排了个小会，满足大家的要求。

我也不知道该说些什么，因为所有我经历的东西，跟我原先想的都不太一样。而我不知道，这种不一样是不是他们期待听到的。所以，我把在体育馆、绵阳市里看到的场景，还有遇到的人和我们的工作情况做了个流水账汇报。

还是有人问了个很尖锐的问题，你觉得你们去有用吗？唉！又是Z提出了令人无语的问题，只能给了个官方式的敷衍回答，心里还偷偷骂了一句，不识趣。

说实在的，心里却总也有种挥之不去的汗颜感。在那个时间、那个场合，也许搬一箱泡面会比给一个人咨询更觉得自己有用吧。出力不就是要出力气嘛，呵呵。

——选自陈丽媛日记

一杯子的咖啡渐渐放凉了,牛奶在咖啡表面结了一层"薄翳"。星期天早上,淮海中路上的星巴克很安静,平日这里常常找不到位置,人声鼎沸。此时,大多数会来这里会朋友的人,都还在床上享受一个舒服的懒觉吧。

陈丽媛转着手里的白色杯子,渐渐说出感到汗颜的原因。

九州体育馆的灾民安置点里,能看到来自各地的心理咨询服务队。志愿者们都穿梭在灾民中,寻找自己的服务对象。

有的人分发心理咨询评估表。

有的人组织孩子们用彩色笔画画。

有的人拥抱着正在哭泣的人,"你哭吧,你都哭出来吧。"他继续鼓励。陈丽媛知道,他在使用心理咨询中的一个程序:帮助需要的人宣泄不良情绪。

在体育馆里,到处都能看到心理咨询培训课程上教过的程序被实践着,这里,或者那里。

陈丽媛他们的队伍也加入这支庞杂的队伍。

陈丽媛的工作,是为服务队寻找需要安慰的人——那些沉默不语的人,那些一直躺在铺上不起来的人,那些一直流泪的人。他们都可能是有心理创伤,并不能自拔的人。

她发现小孩子们画出来的图画,好像命题作文一样:都是彩色的,都是帐篷、牛奶和泡面。

原来,小孩子们已经被不同的心理咨询师组织过多次,画同样题材的画。他们已经知道，如果自己用黑笔画了个小人，自己解释说，这是自己在地震中去世或者失踪的亲人，接下来，他一定会被咨询师找去单独谈话，要他说出亲人遇难时自己的观感，自己的体会，自己心里还留着什么。然后，一定会让他将那张纸折成一架纸飞机，扔出去。或者干脆让他将纸一条条撕碎了。这些代表着，他心里的痛苦也随着这张纸被处理掉，而一起消失。

小孩子们玩累了这个游戏。或许，他们不想再触及心中巨大的隐痛，或许，他们撕碎若干张纸以后，发现心中的痛苦并未像志愿者们许诺的那样消失，它还在原来的地方，甚至，因为痛苦的一再被挖掘，更令人感到刺痛和疲惫。

小孩子们慢慢发现，如果画出另一种画，就会被心理咨询师拿出来表扬，自己就能很快被判断为心理正常，不再需要安慰。那种画是彩色的，上面有饼干、牛奶、泡面和帐篷，都是积极的、开放的、有希望的。

画那样的画皆大欢喜：大人们高高兴兴走了，他们都是好人，急着看到小孩子都心理健康。小孩子也高兴，自己可以放松了。

所以，九州体育馆里的孩子们个个都会画这样的画。

"小孩真聪明。"陈丽媛说着，笑了出来。

让小孩子作画来抒发自己内心淤积的不良感情，这本是心理咨询时有效的方式，但陈丽媛发现，这种方法，在九州体育馆并不合适。住在体育馆里的人，正过着应急期的集体生活，只有一张铺位是属于自己的，吃饭时，到开饭点去领饭。这样的地方没有隐私，也没有一个可以安静说话的角落，应该说，那里不具备一对一做心理咨询的条件。所以才会出现小孩子们集体作画。这样，咨询师对不同孩子的反应，直接影响到其他孩子对自己感情的抒发。

各路做心理咨询的人马，都在体育馆里寻找自己可以做危机干预的对象。很可能，一个人被几个心理咨询师服务过，心理咨询师之间并不沟通，所以，各人给出的建议都不相同，各人提供的帮助也各异。这给对象带来更多的困扰。

陈丽媛又说：

对一个人心理创伤的安抚，是个细致长期的过程，需要一对一的安静环境，需要陪伴，更需要时间。首先需要的，不是让他发泄，而是让他能平静下来，感到安全，渐渐肯开放自己。为病人做心理咨询，应该有一两个月时间才能完成这个过程，看到效果。但在四川，没有这样的基本工作条件。但是，如果没有足够的时间，对病人不是抚慰，而是伤害。

就像你为他手术，把他的伤口切开了，却没给他包扎。你明白这种感觉吧？

每天晚上，志愿服务队的例会都开到很晚。队员们集合在一起总结白天的工作。更多的是，针对实际工作中出现的问题，调整在上海制订的工作方案。

这是一支充满热情的队伍，但同时也是一支没有任何经验、没有任何适用预案的灾后心理支持服务队，即使他们在出发前又经过一些理论上的紧急培训，即使他们都是注册咨询师，但他们还是遇到了无数新问题。

现实与他们的想象很不一样。

到达的第一天，他们就决定弃用从上海带去的评估表，因为它对九州体育馆并不适用。接着，他们决定改变工作方法，更多地做团体的心理学知识普及宣传，更多地去发现灾民中适合做志愿者的人，发动他们来帮助服务队开展宣传工作，并了解需要做紧急干预的人。后来，这成为他们这支队伍摸索出来的经验。

在那里能看到一些灾民，特别活跃，不停地说，不停地四处转悠，连吃顿饭都不能集中注意力。其实，这也是一种病态。

陈丽媛说。

我们找的就是这样处在异常兴奋状态的人。这也可以是一种积极的治疗，让他们能从帮助别人过程中发泄掉，然后，平静下来。

如果说多少得到一点点经验的话，这大概是一种群体性灾害后，在灾民安置点的心理支持服务队可以做的事。

我后来的工作，就是从人群里找到这样的人，告诉他们怎样做，将自己熟悉的人群组织起来，互相关心，来听我们的讲座。

我们的讲座，主要是一些心理健康的基本常识，比如，这时候出现失眠和焦虑都是正常的反应。这时候不需要害怕，自己能为自己缓解，比如可以做深呼吸，还可以白天多运动。

我们不再去打扰那些沮丧和疲惫的人，他们要是不愿意起来听讲座，我们可以将讲座的地方挪到他附近，他不需要和我们在一起，但也可以听到一些。要是他想多听些，很方便就过来了。

"十天里，你做了这些。"我问。

"是的。"陈丽媛回答。

"但这就是心理咨询中的危机干预吗？"我问。

"应该说，这不是。"陈丽媛回答，"而且很有距离。"

她抬起手，笑嘻嘻地用手掌在脸上抹了一把，甩了甩。

这是日本卡通片《樱桃小丸子》里小丸子家表示汗颜的动作。在卡通片里，要是小丸子这样做了，一定还会画一串被手指甩下来的汗珠——这是对汗颜的解释。

那么，正是这距离，让这圆脸女孩汗颜。

她想过安慰自己。比如说，他们都是勇敢的、有献身精神的志愿者。5月25日青川余震，6.4级。当时，他们正在体育馆开心理健康讲座，突然那建筑像风中的衣物一样柔软地飘摇起来，发出沉重的"嘎吱"声。她还没反应过来，她眼前的灾民已飞快地散开，眨眼间就跑到了室外。偌大的体育场，一时，只有他们这些未经历过地震的人面面相觑。这让她深深体会到地震给他们留下的可怕记忆。

比如说，5月26日，唐家山堰塞湖出现溃坝险情，绵阳市内十几万市民大转移。九州体育馆里的灾民也陆续撤退了，但志愿者们仍留在体育馆内，与剩下的灾民守在一起，与小孩一起玩游戏，那天他们玩的是一个心理学方面的游戏，一组心理放松操。体育馆内，心理咨询师的队伍一支都没走。他们真做到了在那一刻摒除杂念。

但她始终不能释然，因为她一直记得，自己是以心理咨询师的名义去救灾的，却没尽到本分。

中国自古以来就是个多自然灾害的国家，她不能明白，为什么这个国家一直没有各种面对自然灾害的完整预案。心理咨询中的危机干预，也是一个成熟的行业分支，为什么全国这么多心理援助队，就这么赤手空拳、毫无章法地去了。

那么，因为这是一个非常尊重真相的年轻人，所以她汗颜。

2008.6.24 再战

我终于把头发剪短了！很久以前就想这样的，不过一直没有去做，终于把这件事完成了，那感觉真是……不真实。看来还是需要几天来适应自己的新造型啊。

怎么每个人都喜欢问我剪头发的原因咧？还每个人都附带一句："是受什么刺激了吗？"哇咧，我看起来是那种容易受刺激的人吗，所以，一概回答，天气热了，我想剪就剪了。

其实仔细想想，一直以来我都是想剪短发的，不过好像所有发型师都会用一种无奈的态度告诉我，你还是留长发算了，弄得我也很无奈，那就算了吧。大概是四川的经历促使我做下了这最后的决定吧。遇到余震的时候，当时还真是没什么想法，不过现在回过头想想，又真是有些后怕的，要是那时候整个体育馆就那么塌了……于是就会浮想联翩，要是某天走在路上就……要是某天吃个饭就……

咦——越想越可怕。人生真的是充满变数的，与其期待未来不如把握今天。现在我有点能够明白这句话的意思了。这可能是四川之行最大的感想。

"哇咧。"

我很喜欢陈丽媛用的这个象声词，很符合她说话的风格。

哇咧，看上去很消极。——我对陈丽媛说："把握今天的意思，不就是及时行乐嘛。"

陈丽媛"嘿嘿"地笑，不解释。

陈丽媛回到了她的生活中。

经过一个不平凡的夏天，地震的阴影渐渐淡去了。

又经过了一个冬天。

陈丽媛拿了一份会议记录给我看。

上海在四川地震以后，成立了心理援助志愿者总队。

从四川回来后，6月，去四川的心理咨询师们就开始筹划和准备建立一支更能应对的志愿者队伍。他们常在一起聚会，继续着在四川时每天的例会，继续讨论遇到群体性灾害时，怎样工作最有效果。

10月，志愿者总队正式开始组建。

第二年**2月**，心理援助志愿者上海总队正式成立。

陈丽媛给我看的，是总队成立后第一次会议的记录。

上海心理援助志愿者总队队委会一次会议纪要

时间：2009年2月26日

地点：东方路8号13A

出席人员：

总队长：刘永信

支队长：赵红娣（外来务工人员热线）

　　　　陈小亚（讲师团）

　　　　俞海涛（公安服务）

办公室：陈丽媛

会议纪要：

志愿者筛选：

首批志愿者肩负"心理援助志愿者"品牌的创建和维护工作，因此志愿者筛选要同时注重报名者的能力和品质两方面因素，通过资格审核，笔试、面试考核的报名者方能入选；

由各支队长担任志愿者的面试工作；

经考核通过者成为预备志愿者，参加志愿者服务满六个月或服务时间满三十小时，且无不良记录者，可转为正式志愿者。

总队框架搭建：

总队采取条块结合的方式运作；

社区服务支队以区县为单位布点，依靠目前已有的社区心理服务点，并开拓还未能设立心理服务点的部分区县，建立并维护全市的心理援助服务网；

公安服务、讲师团、外来务工人员热线、迎世博服务四支支队以各自职能为本开展服务；

各支队间密切合作，特别是社区服务支队所建立的服务网，可作为其他支队开展服务的基本平台。

各支队职能：

社区支队

深入社区，不定期地为社区居民提供心理咨询等服务。

公安支队

针对社区突发事件提供心理疏导服务。

鉴于目前上海公安系统已有谈判专家，公安支队将与现有110、谈判专家及社区民警网络保持密切联系，进行自杀、自伤、伤害等突发事件的后续处理工作。

讲师团
深入社区、学校、企事业单位等开展有关身心健康教育讲座。

外来务工人员热线
为外来务工人员提供心理疏导和心理援助服务。

迎世博支队
围绕迎世博，组织心理援助志愿者上马路、下社区开展多形式的心理援助志愿服务，宣传健康的心理，调整市民生活及工作上的压力，以健康开朗的心态迎接世博会的到来。

陈丽媛这样解释给我听：

如果整个上海有了心理方面的志愿者总队，以后要是再有什么大规模的志愿活动，总队就可以统一行动、统一组织。这是第一点。

有了各种有侧重的支队，心理咨询师们就能按照自己的专业侧重进入各个支队。如果要临时组成志愿服务的小队，就能很快从各个支队配备到各有专长的人员，不会再出现大家一窝蜂都去做能做的事，但现场真正需要做的事，大家事先一点积累也没有。这是第二点。

各个支队能在平时就对合格的心理咨询师有所了解，建立档案。能保证一旦出现需要紧急集结的事件，马上组成质量过硬的队伍，保证队伍的专业性，保证队员有志愿者的服务精神。这是第三点。

听来听去，陈丽媛在九州体育馆的经历从这些解释中又清晰地浮现。

6月1日，服务队为体育馆里的孩子办了庆祝会。陈丽媛一直都记得，一个来自北川的羌族小姑娘，为大家唱了《砸酒歌》。
羌族人唱歌一向很好听，因为他们的声音既古老又单纯。

远方来的朋友哎，
咿呀嘞索嘞哦咿呀嘞索嘞呀，
请喂请喂，
砸酒哟，尔玛人的喜事说不完，再也说不完的喜事耶。

因为陈丽媛他们远道来帮助他们，羌族孩子为他们唱了这支歌。即使已家破人亡，那个小姑娘还能唱出这样快乐的调子。
陈丽媛当时一个字也没听懂，但她一直记得那支非常好听的歌。
"很难忘记四川吧？"我问。
陈丽媛点点头："大概是吧。"

陈丽媛有一种天真的狡猾。她善于将自己全心全意珍视的东西藏起来，将事物显而易见的崇高性装扮得平常，甚至轻松愉快。

大概这样，更方便她保全那些东西的纯洁性和独立性。她小心翼翼藏着它们，不肯让这些东西被别人解释得离了谱，更不肯轻易放弃它们。

我看着她笑："其实，你真应该好好回答，将头发剪短，到底受了什么刺激呀。要不就是削发明志什么的。"

她一双手在面前乱挥："哪有！我看上去是那种能演一号英雄人物的人吗？"

"哇咧。你这个人，其实就是那种很容易受刺激的，也是那种能演一号英雄人物的。"

4．冲动

5月19日下午两点,他从办公桌前站了起来。他是一家广告公司的合伙人,担任客户总监,有间独立的办公室。

办公室窗边的地上,放着一尊关公的木头雕像。

书架的正中央,却放着已装好的各种变形金刚,大黄蜂放在中央的位置。这能让人想到20世纪80年代。在那个年代成长的男孩子,个个都多少有几个变形金刚。听说,当时小男孩最先有的,大多是大黄蜂,还是从美国进口的"孩之宝"牌的,因为大黄蜂是那些变形金刚里体积最小的,因此也便宜些。

当时的电视里,动画片英雄正从《铁臂阿童木》过渡到《变形金刚》。大黄蜂在本质上,是个劳苦功高的汽车人,个头小,但机灵能干,伶牙俐齿,还很招女孩子喜欢。

20世纪80年代的大黄蜂,大多是塑料的。现在,他办公室里的,已是金属的收藏版,这似乎标志着他如今已长大,能为自己买个经典版本的大黄蜂,安慰自己的童年。

他是个人时的年轻男子,穿裁剪紧身的花衬衣,有股广告业者的时尚气息。但他的表情通常是冷静而精明的,是年轻商人的表情，比设计师要硬朗些。他大学毕业即入广告行，那时，广告是个新兴的产业，广告公司的创意部门里，大都是在西方学设计和市场的香港人。他如今三十三岁，已有了自己的公司。公司走的是广告与公共关系结合的路线，比一般业务单纯的广告公司更前卫些。这个行业仍旧是新兴产业，他的事业成长得很顺利。

他的办公室新搬不久。依照一位高人的指点，他和他的合伙人将办公室从上海市中心的番禺路，搬到上海市西南边的吴中路，搬到一栋高层建筑的二楼。

搬家后，生意果然顺遂起来，营业额是未搬家前的两倍。

他粲然一笑："那位高人看得很准。"

他的笑容有种特别的甜蜜。但他的笑容短，很快就从脸上退下去。

这是一张经过都市历练的年轻商人的脸。如果说有什么特别的，也许就是他的笑容。他笑得甜蜜，但并不一定能在那里找到真实的欢乐。它有时更像脸上精良的包装——经营公共关系历练后的一种富有表达性的仪态。

他让我想起我这一代人。我这一代人中的男子，在他的年龄，看上去要粗鲁得多，或者收敛得多；专权得多，或者懦弱得多；遗世独立得多，或者狭窄乡陋得多——像维维安·韦斯特伍德设计的被火车轮子压过的牛仔裤一样，每一代人身上都留着时代碾压的鲜明痕迹，那便是当代性。

5月19日下午,他离开办公室,开车去了徐家汇。他觉得自己无法继续工作下去,只想看看哀悼日的情况。

从他的办公室出来一路向东,就是徐家汇。

他看见马路上阳光灿烂,沿街的住家在阳台上晒着洗干净的衣物,衣物在风中翻飞,正如任何一个平常的下午都会看到的情形。

路过学校时,他看到国旗已降到旗杆的中间。这是他有生以来第一次看到的不寻常的情形。

车上的收音机仍在播报四川地震的新闻。

临近徐家汇,路上的车渐渐慢了下来。

走到虹桥路上,干脆都停了。

他看见马路两旁的人行道上站满了人,即使是年关大减价时,徐家汇也没挤成这样。到处都是沉默的人。港汇广场的露天台阶上站满了人,美罗城前的人行道上站满了人,徐家汇的过街天桥上也站满了人。

他想,人们一定是特意聚集到这里来的,和自己一样。

离一周前地震的时间还有十分钟时,满街的汽车已经开始鸣笛。

汽车的鸣笛声与防空警报声响彻云霄。

他将手放在左面胸前:

"人们站在一起。有生以来,还是第一次见到中国人这样的情形。我受不了。"

"从徐家汇回来,他就受不了了。"他的妻子说,"他很冲动。"

他感到自己必须做些什么,实实在在地做些什么,来缓解心中对四川灾区的焦灼——也就是他妻子说的冲动。

他要去做一个志愿者,去救人,去开车,去搬东西……不管做什么,只是要去。

这个全国哀悼日,激发了他心中为陌生人去做点什么的强烈愿望。

他是个实现能力很强的人,当他决定要做什么事,总能做成。

"他回家,告诉我,要去四川当志愿者,我都不相信。"他的妻子说。

他已结婚生子,事业有成。他很忙,从来不做家务,也没习惯和耐心。要是有点闲暇时间,他就邀朋友一起去打网球、游泳,或者与妻子去国外度假,还有,找家新开的漂亮餐馆,吃饭聊天。

他是独生子,他的妻子是独生女,他们的孩子放在外婆家带,他们夫妻周末时回去看孩子,跟孩子玩。

他们是新兴的独一代的家庭,自己不做饭,不带孩子,忙工作,忙享受生活。

美国奶粉公司做中国市场调查,在上海,有百分之四十有幼儿的年轻家庭是这样生活的,孩子由隔代长辈喂养,这样的家庭,对美国奶粉的需求量巨大。

他野心勃勃,从大学毕业起,就在商场上征战。

由于工作,他对公益活动有很清晰的了解和认识。在商业社会,许多公益活动都是商业活动的一种更体面的方式。公关公司的主要业务,就是为客户建立或者加强有社会责任感的商业形象。他懂得如何操作,能淡化公益活动中的商业气息,又达到客户追求的在公益活动中实现的商业效果。他的一些大客户,都会通过公益活动来美化自己的商业形象。他通常是将自己受客户委托策划的公益活动看成一单体面的生意。他能完美地完成它,感动别人,但他自己并不会被感动。感动,是他工作谋求的效果。

但这次不同。

他告诉他的妻子,他、他公司的合伙人,还有两个平时一起打网球的朋友,要一起去四川。

这四个人,都已有不错的事业,都能对自己的时间和工作做主。

这四个人,都出生在1974年到1976年之间的上海,都是家中独生子。

他们要开两辆车去,先买些灾区需要的药带过去,然后,就留在那里找活干。

他告诉妻子时,药品已经差不多采买齐了,甚至买到了一些处方药。

从上海开车到成都的路线也已经查好了。

还有一个人，平时也是与他们一起玩的朋友。这个人平时自私、傲慢，这次也提出来要跟他们一起去。他们不相信他会去，也不相信他能吃得了这份苦，没把他的话当真。

他们对这个人说，车上已装满了药品，没他的位置。真要去，自己坐飞机去，到成都会合。

他的妻子更不相信这个人也真会去。

他们说走就走，当天晚上就出发。

他们周围的人都说，要是真想帮助灾民，他们定能找到更稳妥的方式。比如，可以捐钱，用自己的财力，还可以用自己的智力。自己跑去，既不懂怎么救人，也不可能真的去扛大包，真冲动。

有人说到性价比——商业社会的思维方式：即使是去帮助人，也应该考虑如何做到价值最大化。这不是去玩野外生存，是工作。

但他们都已做好了野外生存的准备，带了睡袋，防潮垫和露营的帐篷。

他的妻子心里，可以理解他的感情。即使他平时并不经常帮助别人，更不热心承担公众价值观倡导的社会责任，他对宣传置之不理,但他心中仍有怜惜生命的冲动。

这是个双鱼座的人,感性起来,非常冲动;理性起来,因为极端,也会冷酷。

她知道他一直很爱弱小的动物,受不了弱小而无助的眼神。

所以,当他告诉她,他受不了了,她能理解。

但她也知道,他们去了,也干不成什么大事,却要担些额外的风险。她想,这些人是任性的。

她也理解他们的任性,他们这些家中独子,从小就是任性的。顺利地长大成人,在社会上立足,他们更加觉得,已为自己争得了继续任性的自由。

想做什么,就去做。

他的妻子看着他们银灰色吉普车的车头向前一跃,驶上黄昏时的马路,很快消失了。

她的眼泪落下来,有点委屈,有点担心,还有些生气——他这样任性,难道对家庭和孩子,算是负责任的吗?等到她在办公室偶尔提起自己的丈夫也去四川当志愿者了,年轻的同事们先是吃惊,接着都夸她的丈夫,她才感到,为他的善心也值得骄傲。

她很诚实,说:"对他的盲目忽略不计的话,他的行为值得我感到骄傲。"

他对自己的盲目早已忽略不计。因为他在自己心中发现了一块新大陆。

他第一次知道,自己的内心深处,还有这样一种助人的真挚冲动。

他出生后十个月,被在外地工作的父母送到上海外婆家,由外公外婆抚养。

他初中一年级时,外公外婆移民去了澳大利亚。他开始独自生活,继续他的学业,照料自己的起居,管理自己的财务。直到结婚,他才获得家庭生活。

这样长大,他并未觉得自己孤独艰苦,反而深感自己因此获得了比同龄人更多的自由和独立。他很享受这种独立:父母给了他足够的钱生活,也给了他极大的信任和自由。

他很小就知道,若要保护自由的生活,就应该检点,能为自己的行为负责。他很早就学会了沉着和观察。

应该说,他比同龄人更了解自己和社会。所以,他知道,自己心中有某些坚硬的东西,被地震突然打破了。

一些罕见的陌生温情正在涌出。正是这种东西,让他感到焦灼。

"做什么并不重要,对我来说,重要的是一定要去四川,一定要亲手做些什么。"他说。

他不否认这更多出于自己内心的需要。

还有惊喜与困惑交织在一起:当发现自己如此渴望为在困顿中的陌生人出力。自己似乎正在融入一个无私而陌生的集体,与那些自称为志愿者的人一起,手腕上绑了一条红色丝带,从全国各地集合到四川去。里面有北京去的学生,有唐山去的农民,有浙江去的私营企业主,有退伍军人,有四川地震的幸存者。他是在电视和网络上知道这些人的,他们似乎感动了他,所以他也要成为他们中的一个。他的心愿如赤子之心一般不可阻挡。

他并不以为妻子是误解他的,她很了解他。即使是自己,也为此感到困惑。

"你可记得《星球大战》里的主题曲?"他问。

在 5 月的温暖傍晚,他们的车离开上海市区,上了高速公路,一路向西而去。他耳畔就响彻着好莱坞大片《星球大战》里激昂的主题乐。

那是美国迪斯尼乐园中明日世界部分里,一个过山车游戏的配乐。每辆过山车离开月台,滑入轨道时,月台上都高声播放这支曲子。豪迈勇往的主题奔腾而来,势不可挡。然后,副主题出现,温柔安详。这两个主题交织在一起,就像他心中交织的两种感情。

无论如何,他要去。

一路飞奔,这两辆装满了药品的车。

他还有一包钱。这包钱,是他公司的员工,知道老板自己要去四川干活后,即刻在办公室募集的。

早上来上班,员工们知道他们整理行装,是要去四川,就凑了一信封的现钞,请他们带去给四川需要钱的人。他们将这些钱买了药。

他们的车相跟着出江苏,入湖北,经过宜昌和重庆,直奔成都。

两天两夜,日夜兼程,他们四个人轮流开车。

有时，停下来，泼些凉水到轮胎上。轮胎太热了，冷水下去，白雾升起。可是，到了四川境内，还是爆胎了。

他们这四个离家时干净洒脱的、保养良好的年轻男人，一路上变得满面倦容。在公路旁边的乡间小食铺里等面条吃的一小会，大家都伏在没铺桌布的折叠桌子上睡得东倒西歪。

他们穿着运动装和球鞋，好像来春游的。

到了成都。

两天前被他们拦下的朋友，真的自己带了一大包药，独自坐飞机赶来。他们在双流机场会合时，请人为他们五个人合了一张影。这个人第一次触动他们大家的心。

和他的妻子不能相信他们四个人真会动身去四川一样，他们四个人，不能相信这个人真自己来成都与他们会合。他们五个人，面色严肃，还有些恍惚，仿佛不相信这是真的。不过，他们也有些骄傲的神色——不要试图定义我，我偏偏不是你们想象的那样！

到急救中心去捐了药，然后，到志愿者接待中心去报到，留下自己的电话，随时准备应招。

接着，他们在成都找了家仍在营业的五星级宾馆，安顿下来。

他们累死了。

他们想找到去救灾第一线的机会，最好能去救人，去挖废墟。

两小时后，电话响了，他们接到的第一个任务，是送一个记者去绵竹。这个记者是去换班的。

他工作中接触过不少媒体，但初次给一个陌生的小报记者当车夫。

他脸上浮现出一个诧异的笑，当他讲这些的时候，这个笑容，一直停留在脸上。

这是 5 月 21 日，哀悼日的最后一天。

虽然刚洗干净，睡下，就被叫醒了。但是有活干，还是很兴奋。开着车，马上就去加油，然后去接人。

那个记者随身带了些牙膏什么的，说，他的同事在绵竹，已经三天没洗脸、刷牙了。

车上贴了一张红纸，是在上海出发前做的志愿者车辆标志。开始想，有了这个标志能方便些。后来发现，因为这张纸，他们得到很多爱护：当地人总会走上来说一声"谢谢"，需要排队的地方，大家都自愿让开路，让他们排到头里去，还有也有志愿者标志的陌生人，见到后都会点头招呼，好像自己人。

人们真的在互助，非常乐于帮助别人。

那一声"谢谢"，非常诚恳。

最令他诧异的，是自己的变化。

他看到有志愿者标志的车停在路边，便会停下车来，问，是不是有什么事可以让他帮忙。这样的事，从未发生过。

从未发生过，他感到自己如此乐于提供帮助。能帮到别人，那种成就感真是由衷的。

每天他都期待志愿者中心能给他一项更艰难的工作。

每天他们都出车。将成都的药送到绵竹和都江堰，或者送医生去换班。

但灾区已经封锁。

他们的车每天出来时，都要在公路关卡处等待几个小时，每辆车都必须经过消毒。

上来消毒的防化兵穿着白色的防化服，让他想起另一部好莱坞灾难片。

当知道自己肯定无法去第一线，和消防员们一同去救人的时候，这五个人都后悔自己来得太迟。

当时，中国还会经历海啸的流言四处流传着。他们相约，要是中国真的还有一次大灾，他们五个人，一定第一时间就出发，去灾区做志愿者。

他的妻子要去新西兰出差，为赶回来送她，他们又开了一整夜的车。那第五个人，自告奋勇说，他可以开通宵车，因为他是坐飞机来的，没耗什么体力。

清晨，车进了上海地界。在公路口，他们停下车，五个人拿着那张在四川贴在车窗上的志愿者标志，请人为他们合了另一张影。

这次，他们都笑了。

他坐在他的办公室里，点燃一根纸烟。

他很忙，马上要出差去日本。等从日本回来，他就该到安徽去落实一座希望小学，是他说服他的客户出资建造的。这是一家公司正在运作的案子。

这是初春，四川地震就快要一周年了。四川的消息渐渐减少，人们有时说起，更多的是希望他们已建立了自己的生活，回到了正常生活的轨道。

生活又回到了原来的轨道。它不需要那么多感情，但这就是生活。

他抱歉不能给我看到灾区的照片，因为他们只拍了一些路上的，进了灾区，他们就不想拿照相机出来拍照片了——我们不是来旅游的，是来干活的。

他说：

从四川回来以后，我知道自己心里有什么了。虽然它现在又被日常生活埋了起来，表面上一点也看不见。

虽然我现在还像以前一样工作和生活，一样做体面的商务策划，还是将孩子放在老人家带。从四川回来，我们去了日本度假，还和以前一样喜欢住五星级酒店，一样在日常生活中难以动手帮助陌生的求助者，比如路边的乞丐。甚至，身边的朋友也都——

恢复原状，自私的人恢复了自私，忙碌的人恢复了忙碌，但我仍能确定，世界已经有所不同。

我知道再遇到这样的事，我会马上就去做志愿者。

这样做，也许仍旧不是最佳性价比，但最能安抚心中的焦灼。

我也知道，在日常生活中呈现的世界，在某些特定的时刻，会呈现出另外的面貌。

5. 大象

今天我们很高兴

汶川地震发生时，二十岁的陈太阳正在美国波士顿旁边的一个小城里，准备她大学一年级的结业考试。这个学校的作业量，在 2008 年超过麻省理工学院，站上全美大学学生作业量之首。期末，考试接踵而至，有件广告衫在学校小卖部里热卖，学校里到处能看到汗衫上的绿色句子在同学胸前晃动：没时间睡觉！

是的，她连正常的睡觉时间都没有。

她买了一个一米左右的漂亮狗垫子，卷了一张线毯，带到通宵开放的教室里。不少人在那里用功，甚至教室里还配了冰箱和微波炉。要是实在困了，她就在狗垫子上睡一下。

为什么要睡在狗垫子上呢？她说狗垫子睡得不舒服，所以睡上一两个小时，就会醒来。要是睡得稍微舒服一点，就会一觉睡到大天亮，完成期末作业的时间就不够了。她学的是设计，完成作业需要很多时间。完成一个可以拿到 A 的作业，则需要更多时间。

小时候她并不是个用功的孩子，非常憎恨升学压力，一个学期中总有几次，她来向我要求逃学一天。为证明她逃学并不是偷懒，只是厌烦了乏味的课堂生活，她总是拿着一张逃学一天计划书，来申请"自己的时间"。这一天，她会读一本书，画一些画，只看一小会电视广告，整理书包和自己的房间。

享受了一天自主的时光，她就可以神清气爽地去学校。

她从小喜欢看电视广告——这一直是个令人费解的爱好。要等到少年时代的末期，她才发现自己喜欢平面设计。直到这时，她小时候奇怪的爱好，与她的天赋使命才显现出彼此的关联。在大学，她变成一个刻苦用功、力争上游的学生。她是个典型的狮子座女生，说到自己的使命，她就说，等到她毕业后，回国来工作，中国设计业那一穷二白的面貌，就会因此改变了。

大家看着她笑，说："好吧，狮子座的女生嘛，又属龙，甚至叫太阳。还能期待她怎样。"

小时候她是个孤独的孩子。四五岁的时候，她总是一个人坐在大镜子前玩过家家。她把镜子里的她当成自己的玩伴。一个人扮两种声音。

"你吃点面条吧？"她用左手拿起了一只小塑料碗，一边用比较尖细的声音问。

"我不要吃这个，饱了饱了。我们来玩吧。"她用右手推开左手的碗，一边压低嗓子回答。

"笃笃笃。"

"啪嗒，啪嗒。"

她在镜子前模仿着两个人走出去玩时的脚步声——一个穿皮鞋，另一个穿拖鞋。

有一天，我和一个研究青少年心理学的朋友站在我家走廊里，偶尔看到这情形。

那个朋友说："你这个孩子自我意识觉醒得太早了。通常，孩子要到上学后，才慢慢能将外在的世界与内部世界区分开来。"

那时我们猜想，也许，因为她是个独生女，她独自建立起来的儿童世界很脆弱，不像我们小时候有众多的兄弟姐妹，我们的儿童世界很完整，与父母们的成人世界界限分明。而太阳的世界很早就被成人世界挤压了，是这种挤压让幼小的她也能辨别两个世界的不同。

我们都不知道，这样的孩子长大以后，会怎样处理个人与群体的关系。按照20世纪90年代初不少青少年工作者的猜测，这样的孩子，大概会非常捍卫自我。如果这一代人，个个捍卫自我，那他们只能以契约的方式相处。

那会不会将是个冰凉的世界呢？

长大以后，她已变得很快乐，非常喜欢与人相处，并且珍惜友谊。她到哪里，都能很快交到好朋友。一旦离开，她真的会长途旅行回去探望他们。她把朋友们当成自己的兄弟姐妹。

"我是太阳，照耀大地。"陈太阳自豪地说。

她迟了几天，才知道汶川地震的事。

知道许多人死了，许多士兵被空投到山区救人，许多人，从杭州的乞丐，到唐山的商人，都捐款赈灾；还有许多人，去灾区做志愿者了。

又知道青年们正在各自居住的城市排队献血，这是他们第一时间想到的，可以帮助灾区的事。全国的血库第一次存满了新鲜血浆，以至于不得不告示大家暂停采血。而且真的有些幸存者，因为有充足的血浆而活了下来。

她最喜欢的人，是那些住在街上避震的成都人。他们的故事在互联网上传播，就像"9·11"时纽约人的故事一样特立独行。他们住在街上，在路灯下打通宵麻将，等献血的队伍快要轮到自己了，就先去献两百毫升血，回来再接着打麻将。

"四川人有趣撒！"她说，"等我放假回家，一定去灾区做事，去帮那里的小孩。"

我第一次发现，80后的小屁孩，居然也蛮有责任心。我告诉她。

她美滋滋地叹了口气，问："你换新眼镜啦？眼神好起来了嘛。"

车子驶进了都江堰，一路都是蓝色的或自家搭建的帐篷，所有两层以上的房屋都不再住人。布满裂纹的居民楼黑洞洞的，没有了玻璃的窗，带来凄凉和可怕的感觉。唯一有生命气息的是，阳台上主人没有带走的几盆花草，还有桥下高涨湍急的河流。

可是街上的人们似乎没有受到这样环境的影响，满街都是临时商店、饭馆、小铺、菜场。大家也没有苦着脸、丧着气，一切都热闹得很。

天气真好，除了大太阳，还有上海见不到的蓝天和美丽山脉。我们这支志愿服务队，都是十几岁的学生，以及年轻的外籍老师。大家都很有干劲地满身汗津津地搬运着捐赠物资。我们带来了十多箱的英文书籍，漂亮的文具，还有几百把扇子。我们志愿来给都江堰的中小学生上英文课，其实，我们只是想和他们一起玩，让他们能露出牙齿，大声地笑。

陈太阳放暑假回家，已是6月。不久，她就找到一个机会，和一个高中国际部的学生志愿团一起去都江堰教英文。她比同去的中学生要年长几岁，所以，她兼了辅导员。

驻扎在都江堰的铁军部队不久前出了一个英雄，那就是拼命工作，劳累过度而猝死的军人武文斌。武文斌的故事是个悲壮的故事，在都江堰的百姓中到处传扬。

陈太阳很敬佩武文斌。但她以为，自己这个志愿者的使命，是陪那里的小孩一起玩，使他们快乐。

她自己是个快乐的孩子，所以她觉得，快乐是天下所有小孩不可被剥夺的天赋权利。

到达后的第二天，他们就到板房学校上英语课。

那是地震后都江堰的一个临时校区。板房学校建在一个平缓的坡上，很大一个坡，从幼儿园到高中都有。幸存下来的孩子，大都集中在那里。最高峰时，大概有六千个学生。

陈太阳和小组里的同学去了一间教室。

她看见陈旧的木头课桌上堆满了书、本子和各种习题纸，这让她想起自己的初三，也是一样的课桌，一样的书和卷子。她想，这些小孩，应该就是初三的学生。她猜想，他们中，也许有人是从聚源中学初中部那整体垮塌下来的五层楼房里逃生的。聚源中学的故事，她最不能接受。

她知道自己很金贵，所以，她觉得小孩子都是金贵的。可那楼里的孩子死得太惨。

雪白的教室里，穿红白相间新校服的孩子默默看着他们，有点腼腆，也有点不知所措——他们大概不知道这些小志愿者来干什么。

陈太阳介绍自己——尽量搞笑，尽管她觉得自己有些厚脸皮。她不敢提地震的事，也不敢问他们话。问什么呢——你们今天高兴吗？像平时问同学那样。但是，这样的问话真是太蠢了。

陈太阳拿自己打趣。她想，就是为此做小丑，也没关系。

慢慢地，气氛有些活跃起来。到他们开始拿同去的美国老师下一次爱情当素材，用简单的英文编故事，她看到笑意在与自己合用一张桌子的小姑娘脸上一闪而过，好像穿透乌云的阳光一样，短暂而耀眼。

同去的美国老师是个子高大的大男孩，大学刚毕业，来中国实习。他们编的接龙故事，是关于他如何在中国寻找女朋友的。老师找啊找啊，可女孩子们都太矮小。最后，历尽九九八十一难，他终于找到了一个世界上最高的中国绝世大美女，从此，他们幸福地在一起。

开始时，老师笑个不停，他还没有女朋友。到后来，他红着脸说，请大家都为他祈祷，千万要让这个故事成真。

笑声终于出现在教室中。这是一阵轻轻的笑声，像夏日的微风那样稍纵即逝，却非常真切清爽。陈太阳说，如若将它形容成一阵夏日的微风，那就是清晨的微风，让她很舒服地长吸一口气，心中有了希望。

都江堰的孩子都有黝黑的皮肤，笑起来，牙齿看起来真白，特别阳光！

教室里仍旧是静静的，但气氛松弛了。

接下来，是有奖征答的英语游戏，孩子们抢答。不久，就有人抢答正确，得到了他们从上海凑钱买的奖品——扇子和棒棒糖。因为太热，带去的棒棒糖已有些熔化，粘在玻璃纸上。小孩们剥下糖纸，用门牙夹住粘在糖块上的玻璃纸，头一偏，拉下来。随后，那孩子的腮帮子里有个又大又圆的东西鼓出来，欢快地在嘴巴里滚来滚去。

陈太阳觉得自己嘴里也很甜——有一股草莓味道。她自己也是这样吃棒棒糖的，白色的棒棒拖在嘴唇上，好像糖球的尾巴。

放学时间到了。

陈太阳觉得自己的下巴酸死了——笑得太久，又笑得太用力。

她站起来，她的同桌突然轻轻拉了她一下，细声细语地，用带着四川口音的普通话说："姐姐，今天我们好高兴。"

然后，旁边有一些孩子对她说："我们也是。"

她惊喜地看着他们。

他们向她微笑。

陈太阳咧开大嘴，冲大家笑。

她觉得自己快要哭了。可是，她发现自己心里并不难过。她想，这一定是感动。

孩子们冲出教室。他们急不可待离开教室的样子，和她小时候一样。

他们经过一条干枯的河滩，有意将鹅卵石踩得哗啦哗啦响，就像陈太阳小时候，雷雨过后，放学的孩子最喜欢穿长筒套鞋，将水洼里的积水踩得啪啪响。

清脆的石块撞击声响成一片，这声音使被山体滑坡阻断了流水的河滩变得活泼。即使这里只是一些干枯的圆石子，被孩子们踢动时，也发出了愉快的声音。

那一刹那，陈太阳感到自己很佩服这些只相处了一天的四川孩子。

——刚刚经历过同龄人难以想象的灾难，周围的世界面目全非，每个人都突然经历了生死，不是失去老师和同学，就是失去亲人。自己侥幸生存下来，心中忐忑不宁，大多数人连书包都不见了。虽然平时没人喜欢书包，但它是一样从小开始，不可能轻易丢失的东西。

即使这样，陈太阳发现他们却仍能努力寻找快乐，仍能敏锐地感受到快乐，并毫不犹豫地告诉别人。

她一点不怀疑她的同桌最后说的话。她知道这世上所有的小孩，其实都对快乐最敏感，而且都将快乐当成自己生活中最宝贵的东西。

她一直坚信，小孩子并不能改变自己的命运，就像自己小时候不能改变被考试的指挥棒驱赶的命运，但小孩子如果能从生活中找到快乐，就能在心里与命运抗争。

快乐是孩子保卫自己最有力的武器。

"不能说话了，妈妈。"晚上我给她打电话，陈太阳的声音哑得厉害，她只说了一句，"我是宇宙超级无敌伟大天才，才能遇到这么灵的小孩。"

新 的 早 晨

十三个学不同设计专业的同学,来自美国本土,或者海外,利用他们的春假,去秘鲁2007年发生大地震的古老城市皮斯科志愿服务。

2009年3月,他们学校下午5点放春假,6点,他们就登上新英格兰的长途汽车。为了节约好不容易才筹集齐的旅费,他们先乘长途汽车,再转纽约地铁,再搭国内航班到迈阿密,转换国际航班到秘鲁。到达秘鲁后,搭国内航班到利马,再转长途汽车,最后再转一程本地交通。这一路,花了两夜一天。清晨6点,他们爬上当地的志愿者组织"等待天使"派来的旧面包车,大家都松了口气,马上东倒西歪地睡着了。

破旧的汽车在颠簸的土路上飞奔。陈太阳抹开玻璃上那层细细的黄土,看到一轮艳红的太阳冉冉升起,灰蓝色的天空瞬间变得彩霞满天。

那是她在南美这个太阳崇拜的古老国家里看到的第一轮朝日。这初升的太阳光芒万丈,荒芜的红色大地,金黄色的沙漠,还有宁静的蓝色大海,都被阳光照耀,既荒芜,又生机勃勃,充满了自然本身的强劲与安详。

这里与都江堰总是被白色薄雾笼罩的青山绿水很不相同,但它们都充满了自然本身的生命力。陈太阳昏昏欲睡地想起夏天时的青城山,当太阳升起,白色的雾气笼罩在古树森森的山脉上,呈现出洁净的蓝色。

当她经过刚刚爆发过大灾难的土地,她总是更容易被自然感动,更能感受到人与自然之间的血肉亲情。

2007年皮斯科地震,现在到处都能看到没有屋顶的房子,还有堆在路边成堆的建筑垃圾——它们是被地震震塌的房子,至今还未彻底清理。

这里有一些像积木一样细长的房子,没有屋顶。它们是地震后建造的简易厕所——下水系统还未修复,大家只能在地上挖个一人深的大坑如厕,这是真正的粪坑。

还有荒野里,暴露在大太阳下的新坟场。这里的坟墓虽然简陋,却色彩鲜艳,因为人们将死者生前最喜爱的颜色涂在他的坟墓上。许多人喜欢蓝色。十字架上,出生的年月各自不同,但去世的时间都是8月15日——地震发生的那一天。

陈太阳他们住在当地一家小旅馆里,她和六个同学住在一起。他们的房间就没屋顶,竹板盖在四堵墙的上方,白天阳光一缕缕透进来,晚上关上灯,满地都是雪亮的白色月光。

当地人感激他们不远万里,利用假期,来帮忙灾民修房子,将小旅馆里唯一厕所完备的房间租给他们——房间里有一只能正常使用的抽水马桶。

当地几乎所有的抽水马桶上都没马桶圈,而他们使用的马桶,上面配有一个马桶圈。

当地人说，我们的政府都不管，外国人来，只当观光客。可你们，专门来帮忙。

他们去干活时，当地人大为吃惊。当地的女人不干这些力气活，也不干技术活——她们在家带孩子、烹调，或者编织。而陈太阳她们这些女生，在四十摄氏度高温的野外干活，和男人一起搬石头、挖地基，毫不怠慢。女生竟能靠一把铁锹，就在地上挖出比例完美的大洞，比男人还能干。这让陈太阳自豪极了——课堂上被残酷训练的动手能力，本来只以为是为将来的专业用，让自己的综合竞争力更强，但现在，在此完美表现出来。这是一个最难得的 A-plus。

陈太阳是个有些人来疯的孩子，越有人夸奖，越干得拼命。

他们不是那种很会说话的人，他们不说很多话，但他们很真诚。你看着他们的眼睛，就能理解他们对我们好，真心实意。

陈太阳不懂西班牙语，但她能理解他们的谢意与夸奖。那是种真挚的鼓励与信赖，让她知道为社会服务的价值，也更了解自我的价值。

她有时会因此想起在都江堰板房学校的事。
6月，板房里好闷热。
每天上四个班级的英语游戏课。

大家都在坚持,将笑容用强力胶贴在脸上。

汗流浃背,腿脚发软了,继续努力地扮演青蛙在地上跳,扮演张牙舞爪的恐龙、甩着长鼻子的大象等各种动物,惹得全班学生哈哈大笑。

不过,我也希望在他们高兴地看完热闹之后,能够不要忘记"frog""dinosaur""elephant"等那二十几个单词。

还有一个游戏是和初中生一起玩的。一组七人,每人用英语写一句话,然后连成一篇小故事。

最后成稿的故事,总充满了只有无忧无虑的小屁孩儿才创造得出的想象。有小组编了个故事,说自己班的女生如果有机会与刘翔赛跑,刘翔一定会在美女的"诱惑"下再取佳绩。

这童言无忌瞎三话四不着边际的小故事,让我感觉到他们的天真快乐没有被地震掩埋。

下课后,孩子们都会把我们围起来,索要签名。

很多软软汗汗的小手一下子贴满了我的手臂。

他们个头都小小的,好多都还刚刚换门牙。争先恐后地拿小本子让我们签名,踮起脚尖奋力地把本子举过头顶也只到我的肩膀。

我尝到了明星"哗啦啦"签名的滋味。

都江堰的小孩子曾用这种方式回报他们的小老师们,令陈太阳难以忘记。

那也是一种谢意与夸奖,让她确定自己的价值——能将自己的专长奉献给需要快乐的人,让他们又惊又喜,就是给她最大的鼓舞。

"20世纪80年代小屁孩们的社会责任感是从哪里来的呢?"我问陈太阳。

"从小就有的。小时候,学校里做过许多助人为乐的活动,你忘记了?"陈太阳说。

是的。

小学时她回家来要求洗袜子有偿服务,因为这样她可以挣到钱,捐给希望小学。后来老师给他们看了一张照片,安徽的山坡上,站立着一间雪白崭新的小学——他们学校全体师生捐建的希望小学。

小学时安徽发大水,她和同学去红十字会捐了所有的零花钱,还有自己衣柜里整理出来的一大包衣物。我曾建议她们两个小姑娘叫辆出租车去。她与我讲条件:她们自己搬得动,但出租车费是她们靠自己的劳动省下来的,我还是应该给她。

初中时她是小队长,领着十多个孩子社会实践,到居委会去要求拔草挣钱,包干学校食堂的清洁工作,学校将清洁费给他们,他们为穷困地区的学生付下学期的书本费。

常常,在志愿劳动后,她将小队的同学都带回家来,由我来犒劳他们大家蛋糕和冰激凌。

我还能记得那些布满我家门庭地上的臭球鞋,还有我家原本干干净净的大餐桌上,无所不在的汗手印。

我只记得自己是那么喜欢家里充满了孩子们的气息和喧哗声，喜欢为他们连烤好几个蛋糕，为我的孩子能回家款待同学而自豪，却从未真正意识到，这些令孩子们快乐的活动，在他们心里建立了怎样的价值标准。那些放学后的快乐下午，如何鼓励陈太阳热衷志愿服务——她从未怀疑过利他主义的价值和快乐。

这就是小时候孤独地在镜子前玩娃娃的小孩成长的一种路径。

但是，也不止是中国孩子有社会责任感，美国孩子也是很有社会责任感的。陈太阳说。

她到美国上高中，很快就接上美国高中里的志愿服务：为非洲儿童义卖；到老人院去为他们端饭；为艺术俱乐部的同学建立一小笔基金——在集体去外地活动时，这笔基金可以为零用钱不够的同学支付旅费。她要好的同学，有去新奥尔良帮飓风灾民盖房子的，也有去墨西哥帮助孤儿院画墙画的。在那里，她学习到了一种博爱的国际主义立场，志愿者为所有需要帮助的人自愿奉献时间和精力，不分国界。

我以为，全世界20世纪80年代后的小孩，都一样有社会责任感，这一定是人性里面的一种。只不过，我们不像你们那代人表现得那么强烈。

我们比较酷。

陈太阳在秘鲁学会的第一个西班牙语词组，就是"新的早晨"——他们为当地公园的围墙画了一幅墙画，画的是公园里盛开的各种肥大艳丽的花朵，还有一个词组：新的早晨。

志愿队的学生们一致同意将这个词组放上去，因为它比结实神秘的南美花朵更充满期待。新的早晨，太阳升起，一切都比昨夜更好。

同去的同学里面，学建筑设计的，去帮人挖地基；学工业设计的，去帮人挖一个新厕所；学服装设计的和动画设计的，组成了一个传送带，负责往搅拌好的水泥里加入小石子。陈太阳是学平面设计的，她和另一个女生去给墙画打底稿。

她很喜欢这个词组：新的早晨。它让她感觉到很有力量。

她在秘鲁时，与在四川时的情形差不多，我们几乎联系不上，她一直在忙。

除了在皮斯科造房子和画墙画，她还被派到桑德拉曼托待了一天。

那是个比皮斯科更偏远的荒地，地震后，一些无法在原地生活的人家渐渐积聚在荒地上，形成了一个小村子。那里的情况更糟糕，而且不为人知。

志愿者协会的人希望学生们去看一看，用英文写一份报告给加拿大的志愿者组织。他们表示，愿意在这份报告的基础上，对桑德拉曼托提供帮助。

陈太阳是小组里最能说服人捐助的人，这在他们为秘鲁之行筹集飞机票钱时，就得到印证了。她不光能说服人，还能制造出一种喜剧气氛。所以,大家都一致同意派她去。

"你怎么做的?"我问陈太阳。

首先,你得看准人。家长接待日的时候,要找那些妈妈,心疼小孩的妈妈最好说话。

家长接待日时,我们去学生中心卖热巧克力。你要热心吆喝,说你做的巧克力世界上最好吃。等她来买了,再说我们为什么放着作业不做,晚上睡不成觉,现在来卖巧克力。妈妈最好对付,马上就会拿出一张大钱来买一杯,还不用找了。

还有,你先得对别人笑,使劲笑,让他觉得你很好玩。这就有了好感,容易沟通。

再有,别人要拒绝你的意思已表现出来了,就是还没来得及讲出来,这时候,你得劝他再想想。你得问他,是不是真拿准了自己心里的意思,你得给他机会再想想。

"妈妈,这是技巧。别忘了,市场营销课我最喜欢。"陈太阳说。

甚至去秘鲁领事馆拿签证,她都能说服本来不对罗德岛地区的居民发放签证的波士顿秘鲁领事,给她发了签证——因为她学校的功课量实在很大,而波士顿有离她最近的秘鲁领事馆。

秘鲁领事是个中年妇女,她不光给陈太阳发了签证,甚至免除了陈太阳等待的时间。她直接将陈太阳领到窗口,对等待叫号的人说，这是个学生，天黑前一定得回学校去。

当等待签证的人得知她是去皮斯科做志愿者时，没人抱怨她得到优先，反而都帮她做旅行攻略。比如，城里哪条街上的中国餐馆值得一试。还比如，她这样的年轻女士，最好不要乘坐晚班飞机到皮斯科，那里到底不太安全。宁可在利马机场过一夜——这点建议当时被学生们采纳了，但后来，让他们后悔。他们看到了当地淳朴亲切的百姓。

"秘鲁与四川有什么不同吗？"我问陈太阳。

"除了秘鲁更穷之外，人都很好，很真诚，也很知道感恩。"陈太阳说。

在皮斯科的最后一天，他们结束工作，去沙漠里玩了滑沙——她第一次玩滑沙。在黄昏，沙丘上能看到不远处宁静的加勒比海。温暖的黄沙储留着太阳的温度和芳香。陈太阳觉得，这是她有生以来印象最深刻的游戏，她不能忘记那长长的温暖沙坡，身体平伏在木板上，滑下去，好像在飞。

但大家心里都觉得，既然是来帮助人的，好像不应该玩。

为了能看看南美洲的海滩和大海，他们前一天集体决定加班四个小时，把玩的时间补回来。

"其实皮斯科更需要帮助，他们的政府不管事，当地的平均收入一个月只有五十美金。人们只能靠志愿者组织，一次来帮一点点。"陈太阳说。这也是他们觉得自己应该多干一点的原因。

告别皮斯科时,学生们都哭了。

陈太阳很少哭。从少年时代起,更少在家里人面前哭,她觉得自己应该很超人。

她少年时代睡前的幻想,总是一个同样的英雄梦。

同学在校门口被恶少年团伙欺负,她穿一件黑色斗篷,开一辆红色哈雷摩托,风驰电掣赶到。

刹车。

走下车来。

不用出手打人,恶少年团伙就已经落荒而逃。

早晨升旗仪式。

校长站在体操台上,高声说:"请陈太阳同学上台,接受大家欢呼。"

她这样的英雄,可不能婆婆妈妈。超人即使受了感动,也从来不哭。

"你也哭了?"我问陈太阳。

"我正好去桑德拉曼托写考察报告了,没参加告别。"陈太阳找到一个理由。

陈太阳给我发回在皮斯科拍的照片。

其中有张合影,十三个学生,端坐在完成的那幅墙画下欢笑。他们都晒黑了,阳光在他们雪白的、结实的牙齿上闪烁。

"新的早晨"几个大字，在他们笑脸的上方，有力，鲜艳，散发着不容置疑的强大期望。

我觉得，灾区的人们需要的不是同情，因为他们不是弱者，他们坚强乐观。我们不应该像探望病人一样探望他们，我们应该平等地进入他们的生活，与他们一同前进。他们需要的是最平等的问候、关爱和鼓舞。

"elephant"

陈太阳刚从皮斯科回到学校，我就出发去了都江堰。

离开家，在街口等出租车。

我想起去年 6 月的一个清晨，陈太阳出发去都江堰的情形。清晨的十字路口没什么行人，陈太阳的行李箱滑轮在寂静的街道上发出沉重的滑动声。她穿了一双结实的球鞋，为一次艰苦的旅行做好了准备。我也是送她到这个街口。

这个清晨，她即使已经长大，背影仍旧没有太大变化。是这个充满期待和热情地走向志愿服务的背影，让我想起她小时候走进学校大门的情形。她离开家，走进学校，对母亲来说，就已经不能完全保护自己的孩子了。记得我那时在心中祈祷，祈祷这个社会能善待我的女儿，让她健康长大。

孩子的成长是漫长的过程，母亲常常忽略了孩子已经长大，因为她总是担心自己家小孩的幼稚、弱小，对这样一个孩子如何在社会上生存抱有无尽的担心。陈太阳的背影第一次让我完全证实，她已长大，这位年轻女士可以去做更多、更大的事，可以善待这个社会。对一直担惊受怕的母亲来说，没有什么，比看到自己长大的孩子有能力善待社会更安慰的。这是一个最重要的成长指标，标志着这个孩子健康、温暖、有力量。

那是个令人安慰的闹市清晨。绿灯一动不动地亮着，载着陈太阳的车很快就开远了。

当我将自己沉重的箱子搬进后备厢，心中涌出一阵高兴。我知道为什么，因为我终于也找到为四川做自己力所能及的事的机会，和我的孩子一样。

都江堰湿润的春阳下，到处能看到残垣断壁，建筑垃圾，裂纹交错、还来不及清理的危楼，以及橘黄色的塔吊，穿橘色或者蓝色工作服的建筑工人，还有正在建造当中的新楼房。

我看到了陈太阳描绘过的蓝天、灿烂阳光和美丽山脉。

我去了聚源镇。

聚源中学旧址，人去楼空。

透过教学楼一楼满是雨痕的玻璃窗，我看到在黑板左下角，语文科代表抄写的好词好句仍然清晰可辨。

神采奕奕：形容一个人很有精神，面容有光彩。例句：周总理神采奕奕地来到我们中间。

那是去年 5 月 12 日聚源中学的教室。

渐渐地，我认出来一个操场。虽然那个操场上，现在已长满了深绿色的青苔、春草，还有鲜艳的野花，白色的、黄色的，水洼上漂浮着鲜绿色的细小浮萍，但我还是认出，这里就是十六岁的初三学生周仁贵苏醒过来的地方，当时这里停满了同学们的尸体，以至于水洼里的水都被染成了红色。

然后，我认出了吴志雄医生在日记里提到过的篮球架。操场上有两组篮球架，现在仍竖立在高高的野草丛中。篮板上的白漆已经剥落，露出的木头，经风吹雨淋，已经变得黯淡。"当年在篮下挥汗的少年如今在何方？"吴医生曾这样想。有一个少年，当时正是他的床位病人，挣扎在死亡线上。

然后，我认出初二学生李露提到的操场边美丽的大树。这个女生喜欢在树下玩。春天到了，大树上一派郁郁葱葱。树下有一个双杠架子，长满了黑色的锈。今年李露已十五岁，发育成了一个大姑娘。

这是个满目茂盛绿色的、荒芜的操场。我总是想，它的植物这样茂盛，是因为土地里吸收了太多的营养，它们才真的是靠孩子们的鲜血成长的。

清明刚过，不知是谁越过了绿色围栏，扔入操场去的一束白菊花，在塑料纸的保护下仍旧盛开着。这么细心的哀悼者，我想是个母亲吧。

越过这个操场，能看到一片平整过的废墟。那里曾是一栋五层高的教学楼，5月12日，垮塌，只剩下一段楼梯间。

星期六的下午，这里一片寂静。能听到李露喜欢的大树深处，有小鸟的叫声。当年从废墟到操场有一条生死线，挖出来的学生们，有救的，马上向左抬，救护车就在校门口等着。没救的，向右抬，停在操场上。现在，这条一年前的生死线上，长满了高高的野草和野花。白色的野花是单瓣的，六瓣，像碎裂的水珠，无声无息摇曳着。

这是都江堰的春天漫山遍野盛开的野花，只是在这条废弃的生死线上，它使我突然想起去年聚集在这里、满含眼泪的家长们。母亲们抖个不停的身体，就像这些微风中的野花一样摇曳着。去年我曾很多次问自己，如果我的孩子被埋在里面，我怎么办？

没有结论。

只有一点点侥幸。

这是今年4月11日的聚源中学旧址。

在旧日生死线的土路上，我遇见一个带着小姑娘的中年男子。

他很坦然地面对我脸上挂着的泪水，想来，他已经见多了。

他指点我说，聚源中学活下来的孩子们，现在都在板房学校里上学。沿着河走，过桥，穿小路，就能找到他们。

沿着清澈湍急的河水，经过一座石桥，乡村的土路弯弯曲曲。路两边开着零零星星的油菜花，聚源镇的油菜，长得比江南的高多了。

我看见三五成群的少年，背着书包，就从这样的土路上走过来。

整个都江堰的板房学校，都将在暑假拆除，五万七千多板房学校的学生，都可以搬进新校舍。为了准备搬家，全都江堰的学生这个月开始全都取消休息日，他们将在 5 月提前放假。所以，周六的时候，孩子们仍旧正常上课。

女孩子们叽叽喳喳议论着一个耍帅的男生，一半兴奋，一半讥讽。这是典型的青春期女孩子。她们的笑声有一点夸张，好像为了让别人听到；过了几分钟，几个男孩子走过来了，我几乎能猜出来，她们议论的是谁。他真是一个出色的少年，端正的脸上微微笑着——他知道女孩子们议论的就是自己。他知道她们那样笑，也是为了他。

这是青春时人人做过的小游戏——生命如花盛放，令人又喜又怕，好不知所措啊。

经过他们身边时，能闻到在学校一天的少年身体散发出来的特殊气味——和陈太阳小时候身上的气味一样。微臭的，是他们旺盛的汗腺散发出来的；清新的，是他们年轻的肌肤和呼吸。

这样的青春岁月，本来也是平常而不朽的。但衬托在惨烈地震之前，让人只觉得太美好，太宝贵，太值得护卫与珍惜。

表面上看，生活正安然继续。

我在都江堰，许多次听说余震发生时的故事。大地一摇晃，人们就以惊人的敏捷逃离房屋。人站得远远的，张张脸都是煞白的，个个都默不作声地看着嘎然作响的房子。在这个处于地震带上的地方，噩梦会在一瞬间重现眼前。

有个美丽的女生，岔开双腿，站在同学自行车后轮两边的踏杠上，她们在灰绿色的油菜田中间轻快地掠过，好像马戏里的小飞人一般。

是这些擦肩而过的少年，让我明白了劫后余生的复杂含义。

田野深处，出现了一个不大的板房校区，还是与聚源小学合并在一起的。教室开着门，透出灯光。每条走廊上都静悄悄的，初三各班都还在上课，准备中考。

偶尔能听到有班级在集体朗读，在读英文单词。我仔细倾听。但由于这里离新校舍的工地太近，工地上的声音，让我听不清楚他们到底在读什么。

他们在读"elephant"吗？那是陈太阳去年教过的单词，希望她的学生们都还记得。

弯弯延伸的土路扬着灰尘,两边都是一排排的白色板房,非常整齐。

我们分成四人一组,先去五个高二年级的班级上课。

班上没有坐满,三十几个学生。我们进去之前他们都在复习古文,我瞥见他们的语文书和我初中时候一样,密密麻麻好多注解,我想他们一定在准备烦人的期末考试。

见到我们进去,同学们热烈鼓掌。但是等到需要互动做英语游戏时,只有寥寥无几的人举手回答。

大多数同学就直直地看着我们,不笑,也没有反应。

我们不敢多逼问,只得厚着脸皮自说自话,自己在讲台上跳来跳去。想想,只要能换得他们的笑脸,自己做小丑也没有关系。年龄大一些的学生显然懂得多,感情也比小一些的孩子要复杂,所以,这次地震带给这些大孩子的阴影更大,一时半会儿无法抹去的。

想让他们快乐起来,正常地生活下去,不是件容易的事。因为想让他们忘记过去,是不可能的,也是不对的。

工地的声音真的很大,敲击声、马达声、装卸声、水泥搅拌机里甩动石子的撞击声交织在一起。正在修建的楼房,就是新的聚源中学。上海援建聚源中学新址的队伍承诺说,这个建筑按照抗八级地震的标准建造,希望它十足的坚固,将来能成为整个聚源镇的公共避难所。

新聚源中学的教室里将安装上海正在实施的中小学教室灯光亮化工程所用的灯管，这样的灯光不闪动、不刺眼，书写时无右手带来的阴影。

还将安装多媒体讲台。

升降式课桌椅，以适应发育时期的同学身体的高矮不均。

闭路电视终端。

部分教室配备多媒体投影仪和电脑。

专科教室有物理实验室、化学实验室、生物实验室、音乐教室、美术教室、外语语音室、计算机房、劳技室。

配备学校闭路电视系统。

配备中心机房。

配备校门安防系统。

配备全部现代化厨房设备。

据我所知，这还不是最终确定下来的所有清单。

聚源中学将是一所与上海配备得最好的学校相比，只会更好，不会更差的新学校。9月1日，它会与都江堰的23所新学校一起开放使用，58145个在板房学校学习的学生，将在23所坚固的新学校里继续学业。

学校教学楼倒塌后，社会曾一致向这里的孩子们承诺，他们将获得比从前更好的学校。这个诺言虽然还被施工防护网密密地罩着，但终于是快要实现了。

我站在围栏外面，看着静悄悄的板房，和它后面还未封顶的新楼房。那是我所见到过的,最让人安慰的工地。在路上遇见的那个男人,特别吩咐我去看看新房子。"那才是一板一眼盖房子的样子。"他评价说。

我看见离栅栏最近的教室里贴着的半幅水彩画,一幅壁报的报头。看样子,这是预备班的教室,壁报还留着小学生的稚气。

水彩画里,鲜艳的太阳照耀着新教学大楼,彩色小人拉着手,被画成了蜘蛛侠玩具的样子。热烈的颜色,让我想起"神采奕奕"这个词来。

到过四川的人,才会知道艳阳的珍贵。这里多雨多雾多阴天,一旦出太阳,四川的狗都不认识,直对着太阳乱叫。这就是"蜀犬吠日"的来历。

新的教学大楼还没有顶,但是有很厚的墙,看上去更像一座童话书插图中的城堡。

彩色的蜘蛛侠到处都能买到。那是一种用软橡胶做成的小人,不论你如何拉扯它们,揉搓它们,只要一放手,它们就会立即恢复原样。

知道这里发生过什么的人,才能理解它的每一笔,都很珍贵。

校门口也有一条土路,土路两边,也开着黄色和白色的野花。

几个早到的家长倚在车边,等待孩子放学。这已是寻常校门前的景象。

对幸存下来的孩子们和他们的父母,这个工地无时无刻不在发出的噪声,大概竟是对他们留有梦魇的内心最有力的安慰——

这栋为他们建造的坚固的房子正在冉冉长大，聚源中学的惨剧大概不会在他们身上重演了。

其实，这也是对陈太阳最好的安慰。她知道让那里的孩子们忘记过去是不可能的，也是不对的。但是，我们仍能找到安慰和鼓励他们的方式：

有时，是一个在6月闷热的板房里，晃动身体扮演大象的女孩。

有时，是一栋精心建造和配置的，四川乡村最坚固的中学教学楼。

6. 2008：凌薇与降建新

提问：

描述一下你从小到大的家庭生活与学校生活，你的个性，让陌生人能了解你。

凌薇：

我的性格比较外向，乐观向上。

有些矛盾，喜欢新鲜事物。但习惯了，又不喜欢改变，很多事情都看得比较简单。

我出生在公务员家庭，衣食无忧，爱好跳舞，从小学开始就是舞蹈队的。相对于其他人来说，我的校园生活比较丰富多彩。我有很多出彩的机会，但也容易遭到嫉妒，最头疼的就是处理纷繁复杂的人际关系。

虽然有些贪玩，但从小到大，学习成绩不会让父母操很多心。

我的父亲是上海知青，年轻的时候吃过很多苦，插队到苏北农村，后来又去唐山当兵，最后转业到了江苏。正由于父亲有年轻时的经历，所以从小他就培养我独立生活的能力和乐观的心态。

我们家的教育比较民主。我的事情大多数都是自己做主，一般遇到事情，我都会和父母商量，他们提出参考性的意见，但决定权在孩子。父母说，只有我才能对我自己的人生负责。

对我的教育主要是由爸爸负责，妈妈主管我的生活，但是遇到事情也会发表意见。

降建新：

我从小生活在山西农村，直到上大学时才来到上海。

我对农村有着深厚的感情。我保持着中国农民的朴实、善良和勤劳。我为人直爽，善于和别人沟通，比较容易适应新的环境，同时也有很多的缺点和不足。

从小到大，我的学习生活和家庭生活环境都很宽松。从我开始读书，到初中的最后一年，可以说学习成绩一般，调皮、爱动，很贪玩。

初中三年级，我父亲患肾病综合征。这件事对我的影响很大。在这之前，我觉得读书不读书无所谓，有吃有喝就可以了。但从父亲生病以后，家里的经济状况变得很差。母亲每天要下地干活、照顾父亲，还要为医药费四处奔波。我当时的想法很简单，就是要帮助父母，不让他们再我为操心。这时我想到要改变自己的命运。我知道唯一的办法就是读书，从那以后，我开始发奋努力，用一切可以利用的时间学习。

凌薇与降建新向我微笑。都江堰的阳光湿润明亮，柔和地在他们年轻的脸上闪烁。

凌薇苗条、欢快，是个大大咧咧的女孩，或许也有些任性。因为她从小受到宠爱，又有很大的自由。裸露的额头晒得黝黑，看上去就像四川女孩。她甚至也像四川当地的女孩一样，一笑，露出两颗特别结实的大门牙。她是学国际法的研究生，就要毕业了。**2008 年 7 月**，受团中央委派，来都江堰志愿服务一年。

降建新戴了一副黑框的近视眼镜，身体敦实。他看上去更像是那种聪明过人的乡村少年，一路读书，全靠自己的刻苦与天资，为自己建立起一份新生活。从上大学那天起，他就开始养活自己，一路摔打过来，并不容易，所以他看上去比凌薇随和，但也比她扎实有力。

"他才是我们这一代人中的异数！他不是独生子女，有个妹妹。"凌薇拍了拍他的手臂，说。

他是同济医学院学急救的研究生，也是团中央派来志愿服务一年的志愿者。

他们在志愿者培训的时候相识，两个多月后恋爱。

我见到他们时，已是第二年的 4 月，他们即将结束一年的志愿服务。

他们刚刚去拍了一百多张婚纱照，凌薇将其中一张做了自己电脑的桌面：

从岷江流来的湍急清澈的绿水边，凌薇穿着白色婚纱，将长发盘成了一个漂亮的发髻，插着洁白的小花，降建新穿了一件粉红色的短袖衬衣，他们靠在一起，欢笑。

安澜索桥是都江堰有名的夫妻桥呀，全国五大古桥之一——凌薇告诉我。

"已准备结婚了吗？"我问。

凌薇说："还没有完全决定。拍这组婚纱照，主要是想好好纪念我们在这个城市相爱。要是我们真结婚了，用在都江堰拍好的结婚照，比以后回上海去拍，有意义多了。"

这是离堆公园的桃花林。

这是安澜索桥上古老的吊索。

这是四川本地特有的老庭院，回廊里有褐色的美人靠。

这是正在志愿服务中的恋人，他们脸上有种与日常生活中的恋人不同的表情——携手同心去追逐心中理想的硬朗。那是一种同志爱人的神情，与如今大多数恋人在婚纱照上追求的心醉神迷不一样。

都江堰本地的婚纱影楼，按照自己设计的模式为他们拍照。照片里的景色都是这古老城市中最美好的地方，他们在白墙、黑瓦、褐色花窗的庭院里弹琴，在吊桥上结同心，在花间漫步，躺在一大片绿草地上。

要是不知道，怎么也想不到，今年春天出现在都江堰市区里大片大片的绿草地，是地震时倒塌的建筑旧址。清除废墟后，来不及造房子，又不想在这个著名的世界遗产地留有大片荒地，政府就建了草地。

降建新手里拿着一柄让人想起唐伯虎的折扇；凌薇的粉红色碎花撑骨长裙，则让人想起欧洲宫廷电影里的贵妇们。

他们看上去很像都江堰的青年情侣，在丰足的小康生活中安适地营造自己的生活。

这些也都是都江堰流行的婚纱照里，已程式化的道具。

这些照片不会让人想到，它们是在一年前刚刚发生过大地震的重灾区拍摄的。

这场地震造成都江堰三千多人死亡，其中三分之一是在学校的青少年。这城里有超过百分之八十的房屋被毁坏，其中许多房屋都已无法加固使用，必须拆除。

如果说，大灾后的社会需要"口红"，活跃在今年都江堰的婚纱影楼，就是当地人心中最美好的"口红"。凌薇和降建新一公布拍婚纱照的打算，他们各自办公室的同事，当地的朋友，包括同来的志愿者们，都积极提供消息。最后，他们确定了一家叫群丽的影楼。

照片中的一切都十全十美。

这些照片中，唯一可见的地震痕迹，大概就是他们脸上与众不同的表情。这是志愿者在服务中，脸上总会不由自主出现的那种表情：热忱，勇敢，时刻准备一跃而起。

翻看这一百多张带有符号意义的照片，我赞同凌薇和降建新的决定。即使他们并不能十分确定是否会真的结婚，也应该在这里以婚纱照的形式，纪念他们的爱情，以及这个爱情发生地。不论将来回到上海会发生什么，这些都值得永生纪念。

"我们相识、相爱，都发生在一个特殊的时期、一个特殊的地点，这是非正常生活中的爱情。在这里，我们有相同的信念、相同的生活、相同的朋友，我们很合适。但我们还需要知道，当我们回到上海，我们就会回到完全不同的圈子里去，不同的生活、不同的朋友，我们背景中不同之处就会占多。我们想再看半年，看我们在日常生活中是否也能保持现在完美的沟通。"

凌薇说着，突然安静下来，表现出她沉着的一面。

"降建新也是这么想的吗？"我问。

她微笑：

"他比我想得全面，也更乐观。我比较冲动，他会将我灵光一现的东西，最终落实为真。"

降建新也轻轻笑了一下。

"我们在去拍这组照片前，就已经详细讨论过，这组照片的纪念意义大于实用价值。但如果我们经过半年准备，决定结婚，那结婚照也就是它了。

"回到日常生活中，我们肯定还要有一个互相适应的过程，不会像现在，住在板房宿舍里这样简单。但是，我们有很好的思想基础和感情基础，我们从没在物质上要求对方如何如何，所以我对未来很乐观——我们应该能商量着、讨论着，解决遇到的问题。"

"一个是独生子女，另一个是非独生子女，这会成为问题吗？"我问。

他们都否认。

他们都一样喜欢与人沟通，没有交往上的问题。他们也都是本着帮助别人的目的来做志愿者，在理想上非常接近。

凌薇认为降建新比自己节省和勤劳。节省是因为家境，勤劳是因为父母来不及照顾自己，这两点大概是非独生子女的好处。降建新认为凌薇很善于与别人沟通，遇事常能站在对方立场上考虑问题，并不像大家指责独生子女的那样自我中心。他们从相处中感觉到，两个人能相爱，关键是气质相投，价值观接近，所谓志同道合，跟有没有与兄弟姐妹一起长大的童年无关。社会上猜测的普遍差异，在他们的关系中并不那么明显。

我跟他们去幸福家园——这一年，他们安身的灾民安置点。

那是个下午，在 **101** 路公共汽车上，刚才还阳光灿烂，眼看着天就阴下来。

天色稠重，成团的小黑虫在街道上方飞舞，赶都赶不开。

太奇怪了！凌薇嘟囔着。

降建新说起他同事说的地震那天的情形。他在市政府信息办的同事说，地震发生的那一刻，天光突变，暗无天日。

后来才知道，就在那时又发生了一次小震。我们正在颠簸的车上，在讲他们来四川之前的事。正是这些经历，引领他们最终来到都江堰，住进幸福家园。

5月17日，凌薇和一个朋友乘飞机到重庆，打算去灾区帮忙。从机场到长途汽车站，置身于一片拖着长调的四川话中，凌薇才开始计划自己的下一个目的地。此时，正好看到一辆前往石邡的长途汽车就要发车。她在新闻中了解到，石邡受灾也很严重，那里的学校也塌了。于是，她和朋友挤上那辆长途汽车，到了石邡。

5月19日哀悼日，凌薇来到石邡城外的大山脚下，那里有过一次大塌方，将一个村子埋了。在山路上，她听到防空警报的声音远远传来，哀悼仪式开始。她站下，默哀，闻到空气中弥漫的酸腐尸臭。

她就想去挖人。

凌薇出生在一个幸福的家庭中。长大以后，她一直渴望能为某种崇高的理想吃苦，渴望对社会有所奉献。凌薇的父母一直担心她会一走万里，去援藏。她父亲一直说，因为她的生活太安定，太顺利。

石邡城里，满大街都是全国各地来的志愿者。大家到志愿者接待处登记，等待任务。男生大多数被分配去搬运救灾物资，女生会被分配去医院门口搀扶病人，或者在有重要救灾车辆将要通过时，去路边指挥交通，保证道路上已开辟的救灾快速通道畅通。

凌薇明白任何工作都能尽一份力，但她觉得这些微小的工作，抵不过志愿者们对当地资源的消耗。所以，她很快就回上海了。这是她的第一次志愿者经历。

5月19日，正在杨浦区疾控中心实习的降建新参加了哀悼仪式。他一直想，自己应该去灾区的，自己是急救科的实习医生。

但很快，他就发现了志愿者的无序状态，甚至他认为整个救灾系统都是手忙脚乱的。所以他决定原地等待机会。如果帮不了忙，至少他也没添乱。他觉得这是最理智的选择。

很快，四川的伤员要转移来上海，招募医科学生当志愿者。他马上报名。他被招募去接病人，抬担架。

早上4点就起床，准备到学校集合。6点半出发去机场，然后，就一整天在停机坪上等飞机。

报告说第一班飞机8点就到，可一直等到中午才到。

刚刚开始抬第一架飞机送来的病人，就得到消息，下一班飞机已在途中，他们必须在半小时里把病人转移完，保证下一班飞机的病人能迅速转移。

一天下来，一点不怕累的降建新，也累得手脚都软了。但他高兴自己能帮上小忙。虽然他觉得要是给他舞台，他能做得更多。

他小时候曾想做一个成功的商人，挣许多钱，有能力帮助别人。也很喜欢他少年时代在山西省当省委书记的胡富国，因为他为造山西的第一条高速公路做了很多实事。在电视里看到他讲话，降建新又想，要是自己有能力，也要做实实在在的事。他出生在贫寒的农民家庭，渴望自己也有能力帮助别人。与凌薇不一样，他不是因为发现自己太幸福，而是因为他尝到过生活的艰辛，了解普通百姓在困境中的无助，才渴望自己能实实在在帮上别人。

降建新虽然离开农村了，但并未忘记弱者的需求，反哺与护卫他们的愿望，有时随着他在社会立足能力的增强而变得更强烈。他觉得自己不能扔下他们不管。

后来，他又争取到做随队医生的机会，护送伤员回到四川。

这也是他第一次做志愿者。

入夏，团中央招募研究生志愿服务团，到四川各地志愿服务一年。这是凌薇和降建新第二次进四川。

他们这次如愿以偿。

幸福家园里，整齐排列着一排排白板蓝框的板房。

我们路过一个小超市，里面有卖矿泉水、方便面、瓜子、草纸以及香烟，都是最基本的商品。接着是一个小菜市场，屋檐下用大铁钩吊着新鲜猪肉，笼里关着棕色的老母鸡，还有一些新鲜蔬菜，莴笋、娃娃菜、小青菜和西红柿。凌薇说她总是去一个更大的菜场买菜，那里品种更多些。

接着，又路过新苗舞蹈培训学校。

再路过一个爱心公共洗衣站，是一家洗衣机厂家赠送给安置点的。

还有华南师大开设的一个心理疏导站。不知为什么，这个地方让我想起了一座小教堂。凌薇告诉我说，去年夏天，这里常有人来，心理咨询师们也常去邻居家里。直到后来，人心渐渐安定，他们才离开。

闻到一股冷却了的洗发水气味，混杂在潮湿的下水道气味中。那是安置点的集体浴室散发出来的。集体浴室每天晚上六点至九点开放，一共有五个热水龙头，所以，总是要排队。

凌薇和降建新不住地与人打招呼，就像回到自己的家。凌薇和降建新都改口说四川话，也说得一板一眼的。

在一处相对宽敞的水泥空地上，那里有一张已经破旧了的乒乓球桌，男孩子们在排队打乒乓球。在他们身后，越过板房区的蓝色围栏，能看到不远处正在外装修的新楼房。那就是第一批将要竣工的灾后安置房。板房里的人将要陆续搬进新房子去的。

在一处更宽敞些的水泥空地上，还有两个篮球架，男孩子们在微雨中打球。从那里望出去，能看到另一片正在建造中的楼房，橘黄色的塔吊在半空中缓缓移动。那也是灾后安置房。

这时，降建新的手机响了。有个高中生来与他确认，是否今天下午在图书室还有辅导，他有功课上的问题要解决。降建新在他们几个志愿者捐建的图书室里，每星期定期开家园学堂，为安置点里的中小学生答疑。

每次答疑时间，并没有主题。随便学生们问什么，他就给解答什么。降建新对中小学生各科的课本始终了如指掌，因为他从上大学至今，一直靠给中学生做家教养活自己。后来，能自己付学费；再后来，甚至能为自己配备电脑和数码相机，能旅行。

有时，他也告诉他们一些自己小时候的事。告诉他们外面的世界很大。都江堰紧挨着道教的发祥地青城山，市民的文化深受清静无为的影响。降建新想告诉与他小时候一样贪玩的孩子们，如果将来想有能力帮助别人，承担社会责任，就得学好本领。

他也告诉他们自己的理想。他虽是农家子弟，但不光想要帮助农民。他也想与其他人一样承担社会责任。这是他的自尊心，也是他的责任心。

凌薇觉得降建新最打动自己的地方，是他对弱者的责任感。

降建新觉得凌薇最动人的地方，是她将自己断然置于俗世之外的纯洁与无私。

我们经过一个以大小不等的花盆组成的椭圆形小花坛，拐进一排屋檐下挂着小红灯笼的板房胡同里。天开始下雨，我们到了。

一个四五岁大小的小姑娘欢快地跑来。凌薇叫了她一声，那小姑娘却将头一埋，跑开了。凌薇"唉"了声，说，这双胞胎真是难认，认错了，倒打击了小孩的自尊心。

这个小姑娘的哥哥，才上小学，便死于地震。

小姑娘的父母和姨妈一家，就门对门地住在志愿者宿舍的对面。他们都很照顾这些志愿者，自家做了好吃的，一定送来一份给他们尝鲜。

凌薇与降建新都很享受这样的邻里生活。

板房里很昏暗，空气很潮湿，床单凉飕飕的，室内一片爆豆般的响亮雨声。

"下大雨了？"我问。

其实只是小雨。只是，薄薄的彩钢屋顶放大了雨点的声音。

凌薇点给我看接缝处透出的光亮——那里在冬天时会灌风进来。早晨醒来，脸上冰凉。

我想起降建新脖子上一块块发红的湿疹，他的身体不能适应这里的潮湿。

没有桌子，也没有柜子，甚至没有椅子，什物大多靠墙放在地上，我们则都直接坐在床上。志愿者的宿舍比其他邻居家的陈设更简陋些，别人家里，多少有些从已成危房的家中抢救出来的家具，一张沙发，或者一套大柜。即使是这样，凌薇他们周末还在这里开过二十多个志愿者参加的饺子宴，举办过一次志愿者的生日聚会，招待过特地来探营的父母大人。

"看，我们还有花呢。"凌薇特地点给我看。地上放着一只大口瓶，里面插了一把鲜花。

凌薇和降建新异口同声说，这里的条件比他们想象的要好。他们以为自己这一年得睡地铺。

和安置点里所有的居民一样，当天气渐凉，安置点的浴室装上了热水器，可以洗到热水澡时，他们都高兴极了。

凌薇笑嘻嘻地说："我的适应性很好。天一热，板房里就会很闷热。刚刚来的时候，我们还在帐篷里待过，那里更闷热。早晨九、十点钟后，板房内的温度有五十摄氏度，基本就不能在里面待了。可我发现，即使这么热，我还是能在里面睡着。"

"作为一个志愿者，就是要融入当地的生活。只有融入当地，才能更好地服务于所在地。正是抱着这样的想法，加上从小培养的较强的适应能力，所以我在情感上并没有很大的落差。"

"我不怕，我过得很好。"她眼睛亮晶晶的，为自己骄傲。

降建新则感到，这里的生活就像他少年时代在家乡的生活。生活不像上海那么方便和富裕，但过得去。邻居之间感情真挚、患难与共，不像上海人相处那样小心翼翼、规则鲜明，作为外乡人，他们得到了邻居更多的照顾。

"尽管生活有困难，但是我们不是来享受的，有基本的生活设施就可以。我们宿舍没有电视机也没有网络，但仍可以很愉快地生活。"

是的，他们由衷喜爱板房生活。这里更让他们感受到，自己是一个志愿者。

提问:

如何理解志愿者的良好愿景和浪漫情怀,与实际生活中面对的琐碎艰难之间的感情落差?

凌薇:

刚来的时候是有很多憧憬,特别是对于工作。有了上次并不成功的经验,我以为这次有了组织安排,能多干些事。也许会很忙很苦,但更值得憧憬。我一直觉得自己的人生太顺利,需要一些磨炼,更需要为国家做点事情。

我被分配到都江堰市委统战部,做信息文字方面的工作,有生以来总是学生,这是我第一份工作。这份工作虽然简单,但也需要我很快地适应,并投入其中。来了以后我们自发去了很多受灾严重的乡镇调研,看到了很多,学到了很多,也在自己的工作岗位上得到了磨炼。

在偶尔感觉失落的时候,我们也会做一些事情来充实在都江堰的生活。我们开设了华炜学堂,给华炜安置点的小孩上课;办了家园图书馆,给社区的人提供了精神食粮,自己空的时候也可以去里面看看书;举办了"激扬青春,助你成长"的巡讲活动,给高中生讲述我们的校园生活,激发他们好好学习的斗志。我们开拓了自己的志愿服务范围。

降建新：

　　志愿者到服务地参加志愿者服务时都是满怀激情的，准备好全力以赴。但是我们往往面对的实际工作和想象差别巨大。我们只能从最基本的事情做起来，而且做的都是很杂的事情，这要求我们有一个良好的心态，能接受，并认真做好工作。

　　我一直说，我们来灾区参加志愿者服务，就是尽自己最大的努力，为灾后重建贡献自己的那一份努力，承担自己的那一份社会责任。而同样的，我们在这样的一个过程中也在不断成长，不管是生活、精神还是其他方面的能力都得到了锻炼和提高。

　　我被安排在市政府办公室信息科工作，主要负责都江堰市各乡镇以及部门信息的收集、筛选和编写工作，和办公室其他同事共同完成上报信息的收集、编写、上报以及一个内部刊物的出版。刚来都江堰时工作任务比较重，人员也比较少，基本上没有节假日。现在工作已经基本走上正轨，我才能用休息天去给安置点的学生们上课。我第一次在基层的政府部门当公务员，能接触社会最基本的元素，这让我更加了解社会现实，在以后的工作中更能够摆正自己的位置。

　　凌薇与降建新遇到的最大问题，不是生活的艰苦，而是工作。他们觉得自己还是没能使上劲。

　　凌薇是学国际法的研究生，被分配去统战部写信息。降建新是学外科急救的研究生，在同济医学院读书时加修了一年德语，被分配去市政府信息科写信息。他们这支高学历的志愿服务队遇到杀鸡用牛刀的境况，他们中还有一位同学，是中医内科的研究生，被分配去民政局的婚姻登记处，为结婚证盖图章。

这才是他们感情上的落差。

这促使他们开始思考志愿服务的无序状态。凌薇与降建新开始了对志愿者工作的漫长讨论。发生在板房里的爱情，对他们来说，并非是共患难，而是共同的志向与困惑，是彼此互相勉励、共同探索。他们实在有太多共同有兴趣的话题要讨论。这样的讨论，太容易发酵出心心相印的感情。

他们觉得，志愿者这个词代表的利他主义价值观，在2008年，已被全社会认同，被大多数青年追随。但中国社会还没来得及建立完整的志愿者制度，保护志愿者服务社会的热情，帮助他们实现志愿服务的价值。

他们决定要写一篇关于志愿服务组织方面的论文，来总结这一年无数次的讨论，这是他们两个人的"问道都江堰"。

首先，在招募志愿者、建立志愿服务队时，就能针对当地的需要，派遣的目的性清晰明确，让志愿者本身的专业能发挥最大的作用。组建服务队时，还要考虑到组员之间专业的互补性，让一支队伍出去，能联合作战。

在志愿服务之前，有一个切合当地实际情况的、具有实用价值的培训。不光是这个总体的培训，还可以让服务队的队员之间彼此培训，这样志愿者能更专业化。唯一不需要过多教育的，在他们看来，就是对利他价值观的教育，和鼓励。没有激情的人，不会来志愿服务。但没有准备的人，做不好志愿服务。

接着，就是要让志愿者最大限度地提供他的服务。

凌薇一直想在这次服务结束后，再跟随一个经验丰富的海外志愿者机构做一年志愿服务，比如说跟英国海外志愿服务团去非洲服务，这样，她就能学到别人管理志愿者的经验，知道我们到底缺在哪里，应该怎么做。

"也许，我将来会做这种志愿者的组织工作。"凌薇说。从小凌薇就想当律师，为什么这么想，她已经忘记了。现在，帮助中国志愿服务成熟，帮助志愿者实现服务社会的心愿，已是最吸引凌薇的工作。

回上海后，她就面临毕业，同时也面临出嫁。一个学生眼看要走上社会，一个女孩就要为人妻子，这是女孩子人生中最重要的转折时刻。每个女孩在这时候，都会更频繁地回首自己的青春梦想，也会第一次感受到时间的紧迫。抱着一些模糊的对未来的恐惧，每个人都会在这时抓紧为自己圆梦。而跟英国海外志愿服务团去做一次长期的志愿服务，就是凌薇结婚前必须先完成的梦想。

"现在，我的理想是做个好医生，用自己的专业知识去帮助那些需要帮助的人。同时尽自己的努力去服务社会，承担自己的社会责任。"降建新说。他来自贫困的农村，比凌薇更了解金钱的作用，所以他曾想当一个成功的商人。现在，他知道自己更希望以自己的医术和志愿奉献的精神，承担更多社会责任，做比捐款更有价值的事。他确定自己能做到这一点。

凌薇和降建新合力抬着一箱新募集到的书，去家园图书室。雨已经停了，空气里多了些清新的水汽。

才一年不到，即使是彩钢与塑料的材质，板房的墙角处还是长出薄薄一层鲜绿的青苔，这里的气候很是潮湿。他们学会了吃辣，习惯了菜里无所不在的花椒。降建新说，有时自己的嘴被麻得完全感觉不到了。有时他的胃非常怀念面粉的香。而凌薇则倔强地说，自己能适应，只要不嚼到花椒，她就能对付任何麻辣。"我喜欢吃串串香。"

我们经过一条狭窄的夹弄，看到仅仅一米宽的空地里长着一棵小树。小树被种在一只长满青苔的花盆里。那棵肯定见不到太阳的小树不仅活了，而且满枝都是新绿的细碎树叶，还长得笔直。

一排排狭窄的走道上，或者向外敞开房门的板房里，总能看到大人们在打麻将。麻将桌前，个个腰杆笔直。甚至有一桌，放在刚停雨的屋檐下，只有三个人，桌上的方城筑成一个三角形，可那两个蓝衣老人，加上一个圆脸的老太太也照打不误。麻将桌的四个角上，大多安放着四只泡满茶叶的玻璃杯，竹叶青在茶水中垂直漂浮，铁观音肥厚的绿叶层层堆积，都是当地新鲜的好茶。凌薇说，这是安置点最典型的风景。

她现在对麻将有了新的认识，她觉得这东西虽然有点颓废，但也有点伟大。

去年夏天，她所在的统战部接待过一个台湾来的团组。台湾人警告他们，一定要小心。当年，台湾大地震过后半年，台湾各地出现过一波自杀潮。因为半年过后，大难已定，应激的亢奋过去了，痛定思痛，许多人才意识到，自己真是受不了这样的打击。

半年过去了，可预警的自杀潮并未在都江堰出现，只是安置点里的麻将声夜以继日，此起彼伏。

这四川人特有的坚强和幽默，蕴含在麻将里的智慧，令凌薇深为钦佩。

他们都说，四川人给他们精神上的教育并不少。

我们来到他们办的家园图书室。图书室的门正开着。

书架是从各处募捐来的，书都来自上海。有华东师大和上海工程技术大学寄来的书，也有一师附小寄来的。还有一些个人，偶尔了解到这个图书室，自己寄过来的。墙上安了一块黑板，这是降建新上课的地方。

他们正担心。

都江堰的中小学 5 月提前放假，这时会有不少住在幸福家园的孩子来利用图书室。这时也是做讲座、开答疑班的好时间。但他们的服务期在 6 月就结束。下一批志愿者要到 7 月底才能到。他们希望这个图书室和这种保持与孩子沟通的答疑班都能保持下去，却不知道能移交给谁。即使图书室能移交给当地的社工组织，降建新也希望，答疑班能由下一任志愿者接任。

"这不光是辅导一下功课，更重要的，应该是还能给孩子们带来外面的许多新信息，能开另一扇窗。"降建新说，"我们也许不能改变他们，但我们能鼓励他们。"

有没有机会了解到另一种生活、另一个世界，对都江堰的孩子非常重要。而外来的志愿者正能做到这一点。

志愿服务并不止是在一个岗位上工作，更可以是在一种利他的服务理念下，寻找与创造最有意义与价值的服务机会的生活态度。这就是所谓时刻准备。

这是凌薇与降建新通过自己的实践，认识到的志愿服务精神。

"你们也成长了。"我说。他们看问题的角度，已经不再是象牙塔里的学生。在一个基层政府部门工作的经验，使他们变得沉稳实干，现在他们不光有服务社会的热情，也有了在公务员岗位上磨炼出来的，对社会的理解力。

对社会的了解，鼓励了他们服务社会并改良社会的热情。他们并不想从这些经验中获得任何实际利益，但他们也并不因为自己的无所求而同时放弃社会责任。

这就是志愿者的精神，在全世界各地都是一股社会清流的根本原因吧。

最初，当他们困惑，曾靠查"志愿者"这个词的拉丁词源来解惑。现在，他们已经能够从自己的切身经验中体会到，什么是志愿者，怎样是志愿服务。

好像期末考试，在即将完成一年服务时，他们一直在检查自己的所得，好像一起复习功课。幸福家园的板房区，过道像棋盘一样整齐与狭窄，他们在那里走来走去，热烈地讨论。

要是看到有人随手扔的垃圾，他们也会随手捡起来，拿着，等遇到垃圾桶时扔进去。

要是捡到空饮料瓶子，他们也会为同事的小孩留起来。那是个非常幸运的孩子，地震时他被埋在废墟中十三个小时。班上的半数同学都被压死了，活下来的同学里只有四个孩子没受伤，他是四分之一。被挖出来时，他一见天日，就举起右手叫："妈妈，我在这里。"都江堰来了许多志愿者，他们留下许多空饮料罐。学校关闭了，这孩子就去收集空饮料罐，为自己换零用钱。

4月，他们已形成了两篇论文的提纲：

一篇是关于中国志愿者的现状和完善志愿者制度和组织的思考，另一篇是灾区重建中，农民土地流转过程中的法律保护和社会保障。这一篇本是凌薇与降建新利用工作之余，自发去都江堰各乡镇做的调研。都江堰地区是这一项关系到农民生活的重大新政策的试点地区，他们将形成一篇社会学方面的论文。凌薇还用这些素材，完成她的法学硕士论文。

这一年，是很好的磨炼，很好的社会实践课，很好的成人礼。我对他们笑。

他们已不是只有一团热情的单纯学生了。

他们点头同意,很自豪。

按照凌薇的话来说——花一年的时间做一件一生有益的事情,这份精神财富会伴随我们终身。

按照降建新的话来说——这一年使我们更成熟,但没有变得世故。

7. 突破

有人说，2008 年是中国的志愿者元年。这一年，志愿者是中国最响亮的称呼。

"也是最时尚的身份。"季凌芸补充说，"因为它是高尚的社会行为。"

她 1982 年出生在上海的一个普通的工人家庭。为了寻找一种积极向上的生活，她从华东政法学院毕业后，没有按部就班地进入律师行工作，而是选择去政府机关，当了一名公务员。一年后，她进入团市委志愿者工作部工作。

那是 2006 年。

志愿者工作部还有一块牌子，属于中国青年志愿者协会。他们是两块牌子，一套工作班子。这个部门的工作宗旨，主要对全市内志愿者活动进行宏观决策和实施指导，制订志愿服务的相关政策，把握政治方向和活动导向，为各类活动搭建平台。

全国各地的团委都有这个部门，受团中央领导。所以，季凌芸的职业培训，是去北京做的。

"刚接手时，我只知道这个工作，是与不以物质利益为目的、自愿为社会服务的志愿者打交道,其他都不大了解。"季凌芸说。

她去志愿者工作部的意愿很简单,她认为,这是她想要的积极向上的生活。

小时候,做一名教师曾是她的理想。后来,是高考的分数决定了她去哪个大学,学习什么。当年,读法律是个很热门的专业。她的考分很好,就去读了法律。直到她大学实习,去了律师行,她才发现自己不喜欢这个职业——不喜欢它要职业化地面对生活的阴暗面。

季凌芸供职的,是半官方的志愿者管理部门,也是中国目前最大的志愿组织。它被研究中国志愿者队伍现状的社会学家们称为"志愿者的中国特色"——成熟的西方志愿者组织,是完全自发与自制的非政府组织,不需要政府管理和指导。这也是世界各地志愿者名称的总词源,voluntas 的本意——意愿,独立的意愿,发自内心的意愿,无关物质的意愿。而中国的青年志愿者们,大多在组织和规范下,按照自己的意愿,从事志愿服务。

季凌芸给我看他们的青年志愿者工作宣传讲稿:

这是在借鉴国外经验以及吸收中华传统文化精华的基础上,顺应我国改革开放与社会发展的新形势而出现的新事物。在一定程度上摆脱了由于过分看重商品交往而造成的人的需要的单向性,实现个人利益与他人利益、集体利益的良性互动。

这是很正式的公文表达。

就是季凌芸说到她的工作，也有个适应的过程：

"我刚刚工作时，以为这份工作就像公务员的工作一样，完成交办的工作就可以了。但根本不是这样的，我们是项目负责制，接手一个项目，就意味着要从头到尾，一个人完成。我开始因为不习惯这种工作，压力很大。"

她发现这个工作的两重性，它既不像一份政府部门的行政工作，也不像一份非政府机构的社会工作。

这就是中国特色——指证尚不充分，但生机勃勃、异常活跃，一切正在形成和变化中。青年志愿者的工作也是这样。

最初，志愿者们上街做社会服务时，都打一面红旗，旗上写着志愿者的大字。到了服务点，将红旗一插，开始干活。

季凌芸最开始的工作，是将志愿者这个利他主义的概念，在青少年中传播开去，成为一种健康的时尚，人人都以做志愿者为时代潮流，以追逐它为乐事。

这是个奇特的说法——难不成志愿服务他人，可以与林肯公园乐队的歌曲和匡威球鞋一样流行吗？

"难道不可以吗？它就是可以成为青少年的精神时尚。"季凌芸说。

"每到 3 月 5 日学雷锋纪念日和 12 月 5 日世界志愿者日，我们都会发动大家做大型的志愿服务。"季凌芸说。

"学雷锋和志愿者有什么不同呢?"我问她,"是不是团委号召学雷锋,全心全意为人民服务,而志愿者协会号召友爱、奉献、互助、进步?"

"它们提倡的是同一种精神,不过,志愿者更有新鲜感,现在大家更容易接受。所以,我们的工作方针,是把志愿者的概念当作一种时尚来宣传。"年轻的季凌芸,是我采访的人里面最能准确使用官方语言的人。"雷锋精神与志愿者精神,在我们的宣传上,是相辅相成的。"

通过团组织多年来已非常健全的网络,这种宣传一直普及到每个区,每个学区,每个学校,每个医院和工厂的团支部。所以,他们有许多集体注册的志愿者,以团委或者团支部为单位。

"你不觉得志愿者,如果能完全自发,更能体现独立个体的向善意志吗?"我问她。

"以后等条件成熟了,大概会有更多的单兵志愿者出现。在这个群体还没真正具备组织能力和行动能力的时候,有一级组织帮助,大概更好些。"她说,"其实,这种模糊的身份,对我们大家都不好。但这是中国转型时期的现状,我们得慢慢发展,慢慢成熟。"

招募注册志愿者,建立青年志愿者网站,表彰优秀志愿者,这是季凌芸的基本工作。他们推动的理念,是有专长的青年,应在有能力、有时间的时候,自愿为社会奉献,不求回报地帮助别人。

如果她为一个项目招募志愿者,她会在面试时注意识别出那些目的纯正的人,并选择他们。

"什么叫不纯正呢?"我问她。

"来我们这里做志愿者,说是不求回报、自愿奉献,但多少还是会对个人有好处。比如志愿服务回来后,单位总是比较重视,给个人荣誉的机会也总是多些。这样做志愿服务,有时也会成为开拓个人前途的一种途径。这些回报的好处,我们其实也乐意看到。但如果有人把它当成目的,这种人就不纯正。"季凌芸回答。

这本是自发的志愿者不会做的事。

季凌芸曾招募过一个眼科医生去云南志愿服务。

这个低年资医生在那里的医院里,为许多白内障患者做了复明手术。手术都很成功,他自己也因此积累了丰富的临床经验。这个医生完成志愿服务后,回到上海的医院。因为他的经验丰富,所以很快超过同期的其他医生。第二期季凌芸又需要志愿医生去云南服务时,那家医院的其他低年资医生也来报名了。

季凌芸没有让后面报名的这个医生通过面试。她认为这个医生把自己能获得手术机会的目的,放在志愿为他人服务之上了。

"志愿服务有时需要比平时多一些奉献精神。要是将个人目的放在首位,需要他做比我们约定的多一些工作时,他就会权衡利益。所以,面试时,第一就要尽量筛除这种人。"她说。

季凌芸的工作一直很忙,父母心疼独生女,说,一个小姑娘,应该过安逸的生活,不要这么忙。但她快乐。

要是接手做一个派遣志愿者的项目,从招募到培训,到联系住处，尽量按照志愿者的个性安排合适的工作。各种大小事情，都要一个人做下来，没有上下班时间。但她还是快乐。

因为她说，自己的工作是与好人打交道，做有益于社会的事。她还想起自己放弃的律师位置，将这两份工作做比较："它却是总离不开坏人坏事。"

她做的第一个项目，是招募志愿者援助中国西部地区。她对报名的志愿者一一面试，选定，为他们做短期培训。

在志愿者服务期间，她需要与他们保持经常的联系，帮助他们解决突发的问题。

当志愿者们完成服务归来，她去机场迎接他们。

她与那批志愿者们就这样成了朋友。

"我对志愿者的认识，更多来自我招募的那些志愿者。可以说，他们教育了我。"她说。

"我们成了朋友。有时在一起喝茶吃饭。说的话题，七兜八转，还是会回到志愿服务上来。从他们那里，我了解到志愿服务的快乐。

"还有他们的困惑与苦恼。

"有时，商人们认为志愿者就是不要钱的劳动力。他们不明白志愿者只能为社会提供公益服务，不提供商业服务。有时，人们以为志愿者不该拿交通补贴，因为是义务劳动。他们不明白志愿服务也应该有基本的福利支持。志愿服务，也是建立在理性奉献的基础上的。

"我的那帮朋友,都是自己先做业余的志愿者,后来,慢慢就去做专职的志愿者组织工作,或者与志愿服务相关的工作。比如,有一个朋友就去一家国际品牌公司的公关部,专门做支持志愿服务的工作。"

她不觉得这样会使商业上的包装介入太深。她想,有过志愿服务的人,最应该去做这样的管理工作,这样才能做得周到,能避免商业的侵蚀。

"你觉得,现在这个阶段,最应该为志愿者做什么?"我问她。

"为保护他们立法。"季凌芸说。所以,季凌芸参加了立法保护志愿者权利的工作。2009年,这项议案被正式提交到上海市人大,进入立法前最后的听证和审核程序。"就要成功了。我们有了志愿者保护条例,整个志愿者活动才算有点走上正轨。"她还真不愧是法律专业出身。

"还有。"季凌芸补充说,"要宣传做一个理性的志愿者,先能照顾好自己,才去帮助别人。不要让应该被帮助的人反过来照顾志愿者。"她指的,大概就是赤手空拳跑去四川的志愿者们。

"我们选择志愿者,总是想选到去那里就能帮上忙的人。5月16日,我们派了一支医疗志愿者服务队过去,事先想到,他们大概需要在野外生存,5月14日组队后,马上就请组织经常户外旅行的人来教授野外生存经验。要不,会给当地添麻烦的。"

5月19日全国哀悼日那天,季凌芸的一个女性朋友打电话给她,想让她帮着找一个志愿服务的机会,去四川。她的朋友也是个独生女，而且平时并未热心公益活动。

那天的三分钟默哀仪式，激发了很多人去帮四川做些什么的念头。

季凌芸尽量委婉地给这位朋友泼了盆冷水。她问："你能干什么？你会干什么？"

她很直率，把人问得愣住了。

她劝这位朋友："你还是好好立足本职工作，做点实在的贡献吧。"

季凌芸一点也不浪漫。

可季凌芸辩解说："志愿服务是实事，也负有责任，不是抒情这么简单的事。"

在她看来，独一代这次的表现的确出人意料，的确有力地证明了这一代人心中有服务社会的热情。但是，理智和准备都不足。他们应该让自己尽快成熟起来，为自己能志愿服务，做好精神上和技能上的准备。

季凌芸的工作经历，大概就是中国志愿者元年的一种注释。

"你一定要好好记工作日记。"我对季凌芸建议，"将来中国的志愿者队伍成熟了，你的日记就是最初的历史细节。"

季凌芸笑着摇头："没有这么伟大，我只是一个转型期的团市委工作人员。一切尽力而为。"

8. 小白菜的笑容

明 亮 的 云

2010 年 5 月的清晨 7 点钟，上海世博会洪山路出入口。

空气清新，天上阳光明亮，白云好像沉重的棉花包，或者年轻人心中的梦想一样，具体可见地在蓝天里堆积如山。洪山路出入口是个开阔的广场，没什么高房子，站在那里，真会觉得蓝天如被。入口处的广场上方，那像帐篷般有一个个突起尖顶的白色遮阳棚，看上去都比别处来得小了些。

多年来，上海人习惯于头顶上的天永远蒙着一层薄雾，偶尔在林立高楼之间摆渡的云朵，永远像溃散的冰块一样不清不爽，不成样子。然而，在这一年春夏之交，满城的人突然惊奇地发现，自己竟是站在蓝天白云下。为了上海世博会顺利召开，年初开始，江浙一带就陆续关闭污染严重的小工厂，上海也早早叫停了大部分建筑工地。夏季来临，海风劲吹，陆地尘埃落定，这下，云朵渐渐从天长日久的混沌中挣脱出来，大朵大朵地在天空中随风驰骋。由于大海提供给它们充沛的水汽，2010 年上海的云朵总是很大、很厚，在阳光照射下显现出变化丰富的光影。有时，它们被风拉出各种形状，遍布天空，有时，又堆积在半空中几乎摇摇欲坠。上海的天空因此而充满戏剧性。

突如其来的蓝天和形状奇异的云朵，甚至改变了城市的面貌。它们使城市舒朗，使高楼变矮小，使总是落满尘土的玻璃幕墙大楼如银幕般反映出天空本真的面貌，而不再是拥挤的人群和广告牌。有时，镶着阳光金边的白云突然出现在丁字路口的尽头，那大朵的白云越过高楼林立的天际线，缓缓而过，它甚至使整个街区都有了点诗意。

上海报纸的副刊文章里，或是本地人发表的民间摄影作品里，都表现出对那些白云的惊奇与感动。上海交通电台的主持人，甚至在直播路况时提醒开车的人不要看了白云，忘了看红绿灯。

这是让人难以忘记的，2010年的上海天空。

苏秀红是浦东周浦人，小时候就喜欢看天空。她家处在长江入海口，那里有视野辽阔的河滩。但是她说，世博会洪山路出入口那宽广的广场，才是望白云的好地方。特别是清晨，面对中国馆而立，看阳光洒在清晨的白云上，通红的中国馆变得朝气蓬勃、新鲜明亮。那才是最漂亮。

中国馆志愿者运营组的苏秀红，清晨常常在那里迎接前往中国馆服务的学生志愿者进入园区。这是整整九个月时间里，她私心里最乐意做的事。

早晨7点多，洪山路出入口已经人声鼎沸，游客们选择在这里等待入园，大多数是因为这里离中国馆最近，一开闸，他们就会向中国馆飞奔而去，争取占个好位置。

苏秀红看学生们鱼贯从校车上跳下来，很快就集合成一支长长的队伍。他们统一穿着浅绿和白色的志愿者制服，在那肥大的针织制服里，学生们显得格外年轻和苗条，他们身上充满苏秀红羡慕和向往的兴致勃勃与满不在乎。阳光在他们因为微笑而露出的结实牙齿上闪闪发光。

这是苏秀红最愉快的一刻。见到那些朝气蓬勃的学生，她就能千真万确地感受到，新的一天开始了。

她想跟学生们在一起，这是吸引她来做志愿者的一个理由。她从大学电机系毕业已有十二年，经历过感情的剧烈波折，又经历创业的种种风波，后来，结婚生子，她和丈夫创办的公司运转正常了，生活上了路，最初的颠簸渐渐平稳下来。她能将更多的时间留给自己，在家陪伴幼小的孩子。她上午种花，下午养鱼，晚上相夫教子。苏秀红觉得自己的心也安静下来，再安静下来，好像睡着的鱼那样在水底一动不动。

小孩子渐渐长大起来，学钢琴了。晚上苏秀红带孩子上琴课回来，她的孩子也像她小时候一样喜欢看天空，在她身后说，啊，第一颗星星出来了。

现世安稳，岁月静好，这样形容年轻女子的平凡生活，算是妥当。2009年，苏秀红三十四岁。

她在网上看到一则世博会招募长期志愿者的通告，苏秀红心里一动。她脑海里浮现出许多年轻人的身影，成群结队的年轻学生。她想，要是去做长期志愿者的话，大概能因此接触到许多年轻人吧。

她就这样报了名，如愿当上了志愿者。苏秀红常感到自己是幸运的。

中国馆志愿者运营小组有三个人，三个人轮班。轮值的那天，从早上7点到园区门口带志愿者进门，到晚上中国馆闭馆，送走志愿者的校车，写完运营组的交班工作日志，离开时总是要晚上10点了。这份时间表对一直过清闲日子的苏秀红来说，并不容易对付，她一直觉得很吃力。巡岗时，总觉得自己走不动，后来甚至生了场病，但她还是喜欢清早去大门口接学生进来的那个时刻。

"那么清新，那么高兴，那么有希望呣。"苏秀红的家乡早已城市化了，但她还保留着一点周浦人温和稚气的浦东口音。

我并不了解她小时候是怎样的女孩。因为是独生女，她如何被父亲溺爱和保护。因为是独生女，她如何从小就懂得要好好争取进步，好给父母争脸。母亲当年因为还想生一个孩子，被工厂辞退，这事又是如何在她幼小的心里形成压力，和对母亲的怜悯。在我见到苏秀红时，她已三十五岁了。这时她已是个身体敏感，温和无争的年轻女人。在她的柔和与安适中，似乎有什么东西默默潜伏在深处，那东西大睁着眼睛，但一动不动，就像一条睡着的鱼。我想象她在自己家的花园里忙着四季花木的情形，总觉得自己看到的是一个安适的主妇，花木和阳光衬托着一张恬淡平和的、白净的脸。

所以，当她说自己在工作中最愉快的时刻，就是看学生们整队，自己将志愿者的胸卡一一递给那些脸上睡意未消，眼睛里却已光芒四射的大孩子。我想起她所说的话，她说自己应召长期志愿者，是为了寻找生活的一种改变。"大一点的变化。"她说，"是精神上的，纯真的，只想服务他人，付出自己的时间和精力。"

赵怡在巡岗中

在 2010 年上海世博会上，最热门的场馆是中国馆。中国馆的核心，是四十九米层的百米大厅。这大厅里，屏幕占了整整一面墙。屏幕上展出的是会移动、有声音，而且分出昼夜的千年古画《清明上河图》。这北宋皇帝宋徽宗收藏过，又被末代皇帝溥仪私藏出宫的《清明上河图》，在屏幕上被放大了几十倍，有一百米长。

在这画里，一千多个的宋朝男女老幼或走着，或坐着，或说着笑着，或做着买卖、洗着脸……细细看去，有女人在窗前弹着无声的琵琶，叫人想起传说中的苏小小。有男人在街巷里叫卖包子，那遥远细小的声音也能让人想起《水浒》中的武大郎。

画上的城池里那上千盏灯笼和油灯，在早晨暗下去，到黄昏又亮起来，闪闪烁烁。上百匹驴、马、骡子和牛羊或走或卧，公鸡在清晨打鸣，老鸦黄昏时在树梢里争巢，看家狗在木头门楣里吠。满城纵横的路上，走着几十辆车和轿子，木轮车吱吱扭扭，轿夫唱着酸词野曲。沿城而过的河上行着几十条各种木船。白天时，汴河上的大船过不去虹桥，那里乱作一团。夜晚，只有一个男人，挑着一担圆圆白白的馒头慢慢走下桥来，走进桥下的酒肆。

夜风摇动着布幌子，那是 12 世纪清明时节的一阵晚风，那是 12 世纪在汴京城中卖包子的小生意人，他们却突然显身在 21 世纪光线黝黯的大厅里。

前来参观中国馆的人，一出电梯，突然看见汴京城外的树林中渐渐升起一团薄雾，接着，又看见了茅舍、木桥、流水和扁舟，两个脚夫相跟着，赶着五匹驮炭的毛驴，沉静而轻快地向城里去。一个平和恬静的老中国，活生生地出现在幽暗处，泛出微光。

人们忍不住吃了一惊。转过头去，方才发现那画卷长长地铺过去，直至大厅尽头。人们被那气势镇住。仰头呆立的一刻，眼看着那《清明上河图》渐渐暗下来，虹桥边上呐喊喧哗不止的船夫，和那条卡在桥洞里的大木船都隐入暮色。却见得桥下茅屋顶下的灯笼渐渐亮起，一团黄澄澄的烛火照见一桌子男人手臂翻飞，正在划拳。

还没将夜里那些亮灯的地方一一看仔细，光线就转亮了。河岸上再次热闹起来，有好几艘船泊在水里，一条靠码头的船正在卸货，男人们正把麻包扛下船，船舱里有人正在翻舱，这时，能听到船舱里传出古代的搬运号子。

人们一边目不暇接，一边摸出照相机来，不论怎样，先拍几张照片再说。

这是一个壮观的俯视，栩栩如生出现在人们眼前的遥远中国，总是在参观者心中激起时空交错、恍然如梦的奇异感受。因此，在四十九米层参观的人群总是勉强移动到大厅的前五分之一处，就会停下脚来，人们希望能看得更仔细，也必须消化一下心中的震动。

这里就变得非常拥挤。这里设有几个志愿者的岗位，都是吃重的岗位，他们必须不停地疏导人群停止照相摄像，加快移动。即使佩戴着小型扩音器，由于不停地说话，并用手势引导人群移动，这些志愿者很快就会嗓子嘶哑、手臂酸痛。可这也是志愿者们最喜爱的岗位，因为这里有许多事可以做，令人有成就感。

我就是在这里遇到赵怡的。当时人流如织，比肩接踵，几十只数码照相机或者手机的内置闪光灯正此起彼伏地闪着白光，超过一打的各地方言同时冲击着听觉，她好像汪洋里的一条船，从人流中漂浮而来。

她正在巡岗。

她手里握着一些金嗓子喉宝，准备发给嗓子嘶哑的年轻志愿者。由于世博志愿者都统一穿白绿色的志愿者制服参加志愿服务，人们开始称他们为"小白菜"。

赵怡笑着说，她得照顾好自己片的这几十棵"菜"。赵怡也是中国馆的长期管理岗位志愿者，属于志愿者运营组，是苏秀红的同事。小白菜志愿服务的对象是游客，她们的志愿服务对象则是小白菜们。至今，我都还记得第一次见到赵怡时，她脸上欢愉而宁静的笑容。那是志愿者的标准笑容，自豪、开朗，以及随时准备帮助他人的热忱。在与许多志愿者交谈过以后，我渐渐忘记了他们的面容，却清晰地记得那种从不同的面容上凝聚起来、令我难忘的真挚笑容。

她与每个岗位上的小白菜都会交谈一小会儿，她看上去非常沉着，甚至非常自在。在拥挤的《清明上河图》前，她吩咐一个正在执勤的男生注意保护好自己，如果参观者不听劝阻，不肯移动，也不要接触参观者的身体，避免纠纷。

那个岗位是当时运营组拿出的第一个岗位设置方案时就定下来的岗位。这第一份岗位预案，是运营组集体讨论出来的。运营小组除了赵怡、苏秀红，还有傅远穆。她们三个都是家里的独生女儿，年龄也相当，都没管理经验。她们3月进驻中国馆，预备建立志愿者岗位时，这里还是一个大工地，要戴好安全帽才能进来。

"3月一进入中国馆，马上就要为4月的试运行做准备。志愿者的岗点安排就成了我们三个人面临的首要难题，我们既要和物业管理人员的岗点相结合，又要考虑到志愿者工作的特殊性。"赵怡这样回顾她们的经历，"实在是很难，可以说是无从下手。我们马上就要面临接待大批游客的试运行，可我们没有任何前例可以借鉴，也没法向中国馆的工作人员求助，因为他们也在摸索中。大家只能不断地开会、讨论、修改方案，神经异常紧张，压力也很大。那段时间，大家整体情绪都很低落，对今后的工作也无信心，有的人甚至在试运行前就退出了。幸好我们三个人还都坚持下来。"

当时她们便确定这里应该有志愿者疏导人群的岗位，现在证明，她们当初的判断是正确的。后来，背熟图纸，划分岗点，整天戴上安全帽，在未完全竣工的工地上实地踩岗，就是她们每日的常规工作。试运行的整整三天，赵怡都是在岗点间的不停巡岗中度过的。从四十九米层走到休息室，一共十二层楼，一天走四遍。

"累吗？"我问赵怡。她说根本就没觉得，因为太忙乱了，没人能安心坐下来。这三天里，她们运营组根据志愿者在岗位上的实际工作情况，按照物业的岗位变动不停地调整岗位安排，确保正式运营后，各岗位在岗点位置和岗位人数上都能够合理。也确保每个岗位上的志愿者都能按时吃上饭，能休息一下，还能保持干劲。

有了这个基础，运营小组再把原先草拟的志愿者各岗位工作要求具体化、准确化，让每个志愿者在上岗前，就知道自己的工作职责。

同时，赵怡整理出第一份针对各个志愿者岗位突发事件的应急预案，保证志愿者能顺利和平稳地完成工作。"其实整个世博会期间，我们一直在总结和完善我们的岗位设置和各种预案，从来没停过。巡岗就是一次次不断检验，寻找改进的可能。我们一直在改进，一直到10月，我们还在修改各种岗位和预案。"赵怡说。她的心情，已经从最初的焦虑，慢慢转化为沉稳和骄傲。渐渐地她知道，不论发生什么事，总是能找到解决方案的。这还是她第一次如此自信，第一次如此信赖她所在的这个集体。

现在，这里已是世博会最令人难忘的展厅，志愿者以在这里服务为荣，参观者以亲眼见到《清明上河图》为荣。这里也是世博会最拥挤的部位，但从未发生过意外。这是运营组的骄傲。赵怡十分喜欢巡岗，她喜欢看到一切都运转有序，喜欢来到每个岗位问候一下志愿者，看是否可以提供帮助。她尤其享受纯真的学生志愿者们的守护者这一身份，自己已准备好全力支持着他们的工作。自己不光能服务他人，还能守护志愿者的梦想，对赵怡来说，这是一种奇异的，发自内心的满足，她梦寐以求。

她也喜欢就走在熙熙攘攘的参观人群中，感受周遭游客进入中国馆参观的兴奋心情。有时她也出去，在盛夏的艳阳下，当看到来自世界各种奇怪角落的人们在各个广场上日日不停地唱着歌、跳着舞，演奏他们祖辈流传下来的古老音乐，赵怡总觉得自己也许在做梦。

其实她一直无法摆脱犹如梦中的不真实感。所以，她常常在轮到自己休息时跑来上班，或者在园区里闲逛。她常常喜欢随身带着一台小摄像机，拍摄周围的一切。我见到她时，正是盛夏，世博会到达高峰，游客挤满烈日炎炎的园区，而她已经开始忧虑世博会结束的时刻到来，所以有时拍着拍着，泪水就落下来。这时赵怡也会去巡岗。巡岗带给她一种真实感，特别是她开始为小白菜们解决岗位上的具体问题时。

日后我才知道，她内心的幻梦感和不舍，是那天我在她巡岗途中见到她时，她欢快的脸上那斑驳阴影的来源。

内心的需求

赵怡原是中学的化学老师。世博会招募长期志愿者，她便一心想去。还在等待招募通知，暑假来了，她就去学校辞职，害怕学校排了她下学期的课，等招募通知来了，会走不开。她是小康人家的独生女，漂亮温顺，古怪精灵。从小学开始，考什么大学，找什么工作，都听凭父母做主。但她一直渴望自己的人生与众不同,所以,她到喜马拉雅山脉去旅行,学习茶艺,弹琵琶,读佛经,这些是赵怡尝试做的事。有时她乖巧,有时她叛逆,有时她无所畏惧,有时她又多愁善感。她就是我熟悉的那种在宠爱中长大的女孩,有点任性。这次她料想父母不会同意她将一份安稳的好工作辞了,辞职时根本就瞒着父母。

她的校长开始也不同意。校长对她说:"你不是就是想过一过当志愿者的瘾头吗,我们学校支持你呀,学校可以派遣你去做两个星期志愿者的呀,做完了,你回来接着当老师就是了。"校长答应她,马上就帮她到区教育学院去报名。

但赵怡不愿意。"因为我想参与的是全程的志愿经历,而不是仅仅类似走过场般的几次而已,所以我必须留出足够多的时间。工作可以再找,但这份经历可能是独一无二的。这次,我无论如何都要抓住这个千载难逢的机会,来实现自己一直以来的梦想。"

赵怡的梦想,是此生一定要经历至少一次有较长时间跨度和深度的志愿服务。

"也有人说像我这样的 **80** 后,独生子女,大部分人衣食无忧,所以很自我,很随性。可能这种说法部分属实。因为不缺物质,所以精神上的需求有时会占到第一位,所以志愿者都集中在我们这些人身上了。但其实我认为很多人都是有这份心去参与志愿者活动的,可是毕竟要服务九个月,而且要放弃工作,这对于很多年纪长于我们的,有家庭要负担,有子女要抚养,有老人要赡养的人来说是很难做到的。我们肩上承担的责任少,可以轻松地去选择自己想做的事。所以,我要在成为母亲前,赶快做这件事。"

赵怡结婚离开家时，母亲告诫她的丈夫，不要总由着她的小性子。在母亲眼里，她不过是有些小小好奇的规矩孩子。结婚后，她仍过着安稳的日子，心中继续埋藏着小小的，但持久的波动与渴望。直到这一年，她将要三十岁，准备要一个孩子。

决定要孩子，是一个年轻女人甘心前往承担人生责任的象征，这是她一生中，比决定与某人结婚更加重大的事件。在平凡人生里，这也许就是最大的转折了。我理解在这个时刻当事人心中的忐忑，和行将束手就擒的不甘心。这时候，心中总是难以平静。

赵怡说：“我不是不喜欢当老师，其实我还特别喜欢当班主任，当班主任能接触到学生的思想。比起教化学，我其实更喜欢在思想上帮助学生。但是，我自己也是从学校到学校，没多少阅历，不比学生懂得多，我并不能在思想上指导我的学生。我其实是想，自己现在到社会上去，多经历一些，多锻炼，多学习，然后再回学校去，当个合格的班主任。在辞职前，我已经发现自己没有什么物质上的欲望，但是在精神上有需要。”

赵怡希望在有家累之前，先满足自己的精神需求。这种需求，是有能力服务他人的快乐。但这又不是简单地服务他人，赵怡要求的时间长度和服务的深度，是因为她也想要探索自己的内心，是否那里还有一种比偶尔做一件好事，获得心灵安慰之外，更大的自我期待。她想借此探索自己心里那些隐藏着的心愿，和她人生的新可能。

赵怡知道自己拥有不多不少的福分，过着循规蹈矩的生活。她接受，却不满足。所以一旦决定，赵怡便感觉到自己心中那志在必得的决心。它是那么强烈,又自然而然,就像一朵花必会迎来怒放的一天。

辞职时,赵怡只是在世博官网上注册报名了志愿者,正式录取工作并没有开始。等待招募的几个月里,赵怡临时找了家广告公司工作,一边安慰自己等待的焦灼,一边冲淡自己无业的忐忑。

11月,平淡的一天,她突然接到世博会长期管理岗位志愿者的面试通知。"可一直到面试的前一刻,我还在犹豫要不要去。"赵怡心里七上八下,觉得自己并没什么过人之处,恐怕担当不了她梦想的重任。她突然害怕自己做砸了。"你想想,全市有两百多万志愿者的岗位,只有十万人能进入园区工作。而我报名的长期志愿者岗位只招两百多人。我实在是没有那份底气去和别人竞争。然而,最终我不仅得到了这个岗位,并且服务地点还在中国馆。这是世博会最荣耀的岗位了,从未想到自己能到那里服务。那时我才知道,原来很多事,只要你有勇气去尝试,只要你有勇气放弃现在拥有的安定和舒适,前方就会有惊喜。得知我被录取了,我马上辞去第二份工作。"

"你理解吗,一种心里面的需求。"赵怡迅疾地看了我一眼,那眼神好像受惊的鸟一样。她从不是自命不凡、高谈阔论的文艺青年,让她这样谈论内心的需求,其实并不轻松。

内心需求的复杂性

"我也不知道自己怎么会那么激动啊。"苏秀红埋了埋头,飞快地看了我一眼，说起她那天在志愿者休息室里突来的发怒。她那个眼神，让我想起了赵怡，好像受惊的鸟一样的眼神。

那事发生在 10 月。世博会已接近尾声，在中国馆服务了九个月的长期志愿者们，开始陆续整理自己的东西拿回家。在一起工作了整整九个月后，不论是自己准备离开，还是看到同事整理东西准备离开，苏秀红心里都会毛躁起来。

那天，苏秀红整理东西时，想要把自己的世博志愿者证书一起拿回家，就去休息室的柜子里找证书。这时，她在一叠证书中看到了不少奖状，她不知道为奖励志愿者设立了这么多名目的奖项。这时，她发现自己的许多同事都有奖状，有人有好几张，可奖状里面没有一张是给她的，她只有两张志愿者的证书。

她听见自己耳朵里"轰"地响了一声。

这时她才理解为什么主管特意过来对她说："秀红，你是不需要奖状去找工作，申请学校什么的呀，你不缺啊。"好像是羡慕她，又像是安慰她。那时她还应着说，是的，自己不需要。

等苏秀红对我提起，那件事已经过去好久了。她困惑地笑着，似乎仍不知道如何解释自己才清楚。

她说，她的那些同事真的都是工作努力的，他们应该得到奖励，这些不是她发怒的原因。不过，她又觉得，他们来做志愿服务，不应该有其他目的，哪怕不是为了物质利益，是为个人将来的发展谋求某种便利，谋求社会的某种价值认可，也不可取，也不纯粹。

她说，社会上的大多数人其实都不相信志愿者真能做到无私。她家小区里的人，都不信国家不给钱，还会有人自己贴了钱去服务。她的朋友相信也许志愿者真的没有得到经济上的好处，但国家一定会给别的好处，比如安排个好工作呀，或者升个更好的位置呀。他们知道她是真的什么都不要，但是别人肯定都有自己的目的和需要，所以，她就显得很傻，至少是很搞不清状况。她家里的人说，出去看看也好。他们的意思是，让她自己去碰碰壁，就知道社会上到底是什么样子的了。他们总跟她说，社会上的人不是她在家里想象的那样单纯。

她说，她一直在对他们解释，志愿者真的求奉献，大家都不是冲着名利去的。

她说，说起来，只有她女儿和她女儿班上的小孩子们支持她。她去接孩子，她女儿的同学们都过来看她，看某人的妈妈是志愿者，他们觉得很羡慕，也有点佩服的。她还在想，等她女儿长大了，做志愿者了，这个社会上就会有许多人能理解志愿服务他人的含义了。至少她女儿能理解，因为她已经去做过了。

"我就是受不了在志愿服务里夹杂私人目的。"苏秀红非常在意志愿服务的纯粹性，所以，她一直都不愿意利用自己的志愿者证件，去参观世博会的其他场馆。她也总是在值班巡岗时，一遍遍叮嘱贪玩的小白菜们，在休息时去其他场馆参观，务必要脱下白菜服，不使用志愿者吊牌。因为志愿者是来做志愿服务的，不是来园区玩的。所以，她生病了，她孩子病了，她都设法坚持做完九个月的服务，她觉得自己既然答应了，就不能半途退出，要坚持。

这时候，从不着急的苏秀红生气了。她说，这种烦躁不快，却又不知如何排遣的恼意，已经在心里很久了。

在世博会后期，社会上对小白菜们的喜爱和关注越来越强烈，他们似乎成了志愿者的代言人，在世博会服务的长期志愿者们感到的不满足也越来越大，似乎他们的奉献被遮蔽了。于是，志愿者部开始加强他们的物质保障，饭贴增加了，还发了牛奶票。在苏秀红看来，似乎这是某种补偿。志愿者们有时的确希望得到更多的关心和关注，苏秀红也是那些希望得到更多关心的志愿者中的一个。但苏秀红觉得，自己要的不是食堂更好的食物、更多的饮料，她本不是为喝牛奶才来做志愿服务的。

"那么你还要什么呢？"有人问过她，当时还真把她问住了。

这时，那堆写了许多人名字，独独没有自己名字的荣誉证书，让苏秀红发现自己心里的幻灭。

继而，她发现自己也希望被授予荣誉证书，肯定自己这九个月来的努力。她发现要是自己没发到牛奶，肯定没有一点关系，但如果得不到赞扬，心中就非常难过，自己似乎也很需要精神鼓励来安慰。

可她后悔自己这样发牢骚，倒好像自己心里在盼着什么好处似的。她赌气似的摆摆手，"哼"了一声，说，反正就是觉得委屈呗。

"小白菜那时总是说，自己服务后，游客能说声谢谢，就是最大的满足。你其实也是一样的啊。"我对仍旧困惑着的苏秀红说。志愿者付出了，希望得到精神上的满足。这种满足感，有时是感觉到自己是个不光有爱心，而且能奉献的好人，自己能肯定自己，有时就是荣誉证书所激起的，被社会肯定的那种荣誉感吧。

志愿者的确不需要物质鼓励，但如果他的精神需求被忽视，就会觉得很受伤。

也许精神需求者有更加细腻、更加需要精心保护的心灵。相对物质追求者心灵的坚硬耐磨，精神追求者的心灵由于精美，也是脆弱的吧。

"不过，一个志愿者还是应该以服务他人的内心满足为自己的满足，不应该追求别人的赞扬和荣誉，这样才纯粹呀。"苏秀红说。

"我并不满足于领导来慰问、发纪念章这些东西，不在乎更多的物质保障，我也常常问自己，那么，你是要大家都来夸奖你吗？那么你就是要赢得荣誉吧。志愿者的精神需求，有时也是很复杂的。"苏秀红还在为此困惑与苦恼。

我猜想，这大概是许多出于精神需求来做志愿服务的人，会面临的内心冲突。对志愿者来说，是否志愿服务他人，已不是一个问题，但服务他人后，如何对待回报，才是一个敏感、微妙又重要的问题。苏秀红将自己埋入咖啡馆绿色的沙发之中，好像埋入她内心轻轻翻腾的疑问里。日子继续向前而去，世博会上的蓝色海宝已经在风吹日晒中渐渐褪色，她也回到了正常的生活中，但苏秀红在内心，一直无法为自己在一叠志愿者荣誉证书前的恼怒释怀。其实她一直在思索怎样能成为一个成熟的志愿者。作为母亲，她希望自己的女儿长大后，能在一个没有问号的环境里志愿服务他人。她认定那才是一个更好的，令她向往的，也愿意为之努力的社会。

苏秀红对讲社会责任很害羞，她尽量选择一些平实的词来表达自己，"我女儿将来也要做志愿者呀，所以我现在就要开始做起来，到她长大，这么多年下来，整个社会就会比较成熟，大家也就习惯了这件事。"

傅远穆的世博会

远穆不笑的时候，看上去很机灵，当她笑起来，就会变得格外喜气洋洋。她是个笑起来很爽利的人。

她来做志愿者，不是想要改变自己的生活、增加生活的阅历，也没有像赵怡那么强烈的依赖，她就是想要参与世博会。"因为我家就只与世博会园区隔条马路，从世博会定下地点，拆迁旧房子，到建造世博会园区，一点一滴，都在我眼皮底下发生。它对我来说，就好像我家街坊。"

远穆与父母一起住在浦东，在浦西上班，她天天开车路过卢浦大桥，天天都能看到世博会园区的工地。"开始还有传说，我家的那个小区也要动迁。我家是因为新天地改造动迁到浦东的，如果因为世博会再动迁，我家的动迁史，也可以算是一部上海发展史咧。"远穆说。所以，上海世博会还没挖第一块土，就已经与她的生活息息相关。

她上班时，在桥上看到吊车竖起来了，地上挖出一个个大坑了。她下班回家，听到载重卡车"隆隆"驶过街道，打桩机发出"咚咚"的响声。直到有一天，看到灰蒙蒙的工地上出现了一个四方的大盒子，等到开过大桥了，远穆才反应过来，那应该就是在世博会的宣传图片里看到过的通红的中国馆。"开始的时候，世博会园区一直没什么动静，后来，突然日夜赶工，那片空地上的房子，好像动画片里那样，飞快地就长了出来。"远穆说，"那时候看着天天都有新变化的地方，心里真的有点像过节一样兴奋。"

远穆因此想，这么难得的机会，就在自己家马路对面，一定要去把世博会看个够。报名当长期志愿者的时候，能经常出入世博园，能多看场馆，也是她的一个动力。

远穆的工作是承包制的，正好5月以后就是淡季，所以她能勉强做到公私兼顾。当时，她也做了需要辞职的打算，她的爸爸对她拍了胸脯："大不了爸爸养你九个月。"她是独生女，从小她想做什么，只要父母能支持，一定就这样全力支持。这次她做志愿者，全家都觉得光荣，连春节吃团圆饭，姨婆和舅妈都特地布菜给她，慰劳她做了光荣的志愿者。

远穆轮休的时候，就跑进园区来参观展馆。她喜欢意大利馆那面吊了满墙漂亮衣饰的墙壁，也喜欢用竹子装饰起来的、幽暗凉爽的越南馆。和许多年轻女孩一样，她也喜欢吃土耳其馆卖的冰激凌，它那么柔软香甜，充满了中东古老却神秘的味道。那款冰激凌，她推荐给不少朋友。有个朋友告诉远穆，那卖冰激凌的土耳其人"调戏"了她半天，才将冰激凌给了她。远穆大笑地向我指出，因为她是个漂亮女孩，所以那土耳其人才舍不得马上给她冰激凌。

"好玩啊。"远穆说。

远穆很喜欢世博会。她说:"真的,要是你能静下心来仔细看,其实每个国家馆都有自己的美,都有打动人的力量。你看着那些国家馆,就会爱上这个丰富多彩的世界。"

远穆心满意足。

世博会的时候,跨过世博会园区的卢浦大桥上总是塞车。特别是晚上,一上大桥,就能看到两边园区的璀璨霓虹,大家都不由要变道去最边上的车道,让自己看得清楚些。远穆在过桥时,也常常忍不住多看一眼世博园区,即使每天都看到它们。世博会闭幕了,她上了大桥,还是忍不住往下看,看到的都是场馆拆除时的大吊车,和装满废弃建筑材料的载重卡车。"你有没有看到德国馆已经变成了平地,瑞士馆只剩下支架,荷兰馆也已经没了。"当我说世博园还算整齐,没变得不认识,远穆马上纠正我,在她看来,那里已不成样子了。"还有中国台湾馆,原来孔明灯不停上升的那个 LED 大屏幕,几乎是最早就被拆掉了的。"

我听到有人说上海世博会不过是给没机会出国的中国人开洋荤的,其实没什么意思。我将这话学给远穆听,远穆听罢,客客气气一笑,说:"那么就请他们不要来看呀,省得我们这里人挤人。每天不是还有外国人来看,他们还不是也出国,来开中国荤。"

看到远穆绵里藏针的笑容,我想起赵怡和苏秀红,她们也都不喜欢听到有人说世博会的风凉话。她们客客气气地不争辩,但满脸都是不同意。

"看着它一点点建起来,又看着它一点点被拆掉,心里不好受。"远穆说,"所以特别为自己参与过它,感到值得很。"

远穆学到了协调

4月20日，世博会第一次试运营，那天的游客量是十万到二十万人。那天正是远穆值班。

那是非常繁忙的一天，清晨**6**点**45**分，上海理工大学的一百五十四人就已经到达洪山路出入口。

8点钟志愿者正式上岗，分配到了运营小组安排好的岗位上。远穆检查了他们每个人的装束，特别是四十九米层的志愿者，每个人都必须装容整齐，不能戴帽子，不能穿短袖或者挽起袖子，露出手臂，背包必须斜挎。唯一不需要说的，就是微笑作答。因为学生们渴望服务，他们一直都在微笑。被他们的笑容最先打动的人就是远穆，她喜欢这些小朋友发自内心的温暖笑容。

在岗位上刚刚安顿好志愿者们，游客已经蜂拥而入。远穆第一次看到大厅里、走廊里和电梯里都挤满了人，她的耳朵里也灌满了喧哗声、讲解声和音乐声。转了一大圈，刚回到休息室，还没坐定，主管就来问她，岗位上的情况还稳定吗？她想了想，的确不能肯定。于是她说："那么我去巡一次岗吧。"远穆从地下一层的办公室走出来，一层层走上去，一直走到四十九米层，那是十二层楼。

四十九米层的学生们一直在离入口不远的地方疏导滞留在那里照相的游客，那个岗位上的人嗓子都哑了。有个学生又好气又好笑地告诉她，有个男人叫他："喂，服务员！"那人以为穿统一制服的，非服务员莫属。她安慰他说，因为这个人不知道你是志愿者，以后他会习惯的。另一个学生正在帮人推轮椅，那家人却将轮椅和老人交给志愿者，自己忙着参观去了。远穆告诉学生，志愿者在这里的服务是协助维持秩序，不是别人要你做什么，你就得做什么。

四十一米层的岗位不足，那里的小火车站口，需要更多志愿者照顾和分流从小火车上下来的游客。推起小火车上的拉杆是个力气活，矮小的女生不容易对付，远穆看到换岗下来休息的男生自动去支援小火车站的工作了，她觉得这里应该要增加岗位。

巡岗下来不久，到了吃饭时间，远穆又上去看学生们是否都下来吃饭了。游客太多，学生们分散走下来吃饭时，常常就被人中途拦下，寻求帮助，导致不能按时吃饭。但学生们不愿意因为要吃饭而拒绝回答游客的问题。远穆想，她应该让学生们整队上下，这样才能保证他们吃饭和休息的时间，也能保证他们下一岗的换岗时间。

那天大家都很焦虑，远穆只要一坐下来，心里就有无数的不放心浮上来。就急着去看一看。即使她坐定下来，她的主管也不能安心，会问她无数问题，比如学生们都吃上饭了没有，有没有身体不舒服的，有没有与游客发生冲突。她和远穆同年出生，也是第一次做这个工作。看到她这样，远穆只能笑，"我上去看看，回来告诉你。"

晚上闭馆时，远穆发现自己巡了四次岗，几乎没坐定过，那两条腿几乎不是自己的了。

晚上 7 点，试运营结束，白菜们也都精疲力竭地下来了，但每个人都兴奋得很，个个都拼命喝水。不少人的嗓子都叫哑了，可挡不住他们仍旧叽叽喳喳说个不停。

就在白菜们准备整队回校时，远穆突然接到通知，要她马上集合所有白菜，火速赶往南广场。

"那天试运营，有些游客拿到了中国馆的预约券，却等到已经闭馆了才到达。他们想进来参观，但中国馆已经结束。不甘心，所以他们聚集在南广场的入口处不肯走。后来，人越集越多，好像有打算冲进来的意思。管理人员怕武警出面制止，面子上不好看，所以就要志愿者上去疏导人群。"远穆说。

"我带学生们到了南广场，工作人员要我们做人墙，先挡一挡人群，他们再回馆里协调，重新开放中国馆，放这批人进去参观。我们一百多个志愿者要手挽手，先把人群挡在外面。那天我很生气的，我们那些小孩子怎么能干这么危险的事呀。我就拼命跟白菜们说：'你们不要与人冲突，要是有身体接触了，你们就往后面撤，不要冲突。'小孩子们却一直安慰我说：'不要紧，我们能坚持。'志愿者真的都是赤胆忠心的，但志愿服务真的也要保护好自己。志愿者的利益和安全真的也是不能无视的。"远穆说。

二十分钟后，中国馆再次开放，引导人群有序进入中国馆后，志愿者才安全撤退。远穆送学生们上车离开时，已是深夜。

她说起那个晚上，至今还是后怕。

"试运行第一天晚上，志愿者被全体紧急召集到南广场，去应对群情激昂的参观者，是我九个月的工作中印象最深刻的事情。

小白菜们手拉手，临时充当'人肉栏杆'，让成堆聚集的人群可以按顺序排队，也在队伍尾部切断了想要不断加入的参观者。我不能忘记，当我不断从队伍的最前跑到最后，嘱咐学生们如果觉得情况不妙就撤。但是结果是，小白菜们把手拉得更紧了。这个时候，我真觉得我们的小白菜很好，真的是无私奉献的那种好，是那种为了让世博会办得更顺畅，可以不在乎休息时间，甚至可以不顾个人安危的那种好。"

从那天以后，远穆就特别明确自己的责任是要保护好志愿者。她巡岗时候看到一个女孩在小火车上客处服务，嗓子已经叫哑了，还一遍遍地提醒游客乘坐小火车的注意事项，她就去为他们争取原本只给工作人员配发的扩音器。看到四十九米层的学生在轮休的半小时里，来不及到地下一层的志愿者休息室休息，她就去协调，能让他们与楼上工作人员合用一间休息室。看到有学生生病也不肯休息，她在工作日志上提醒大家要在每班白菜上岗前，就劝阻生病的学生及时换岗休息。小白菜们常常只怕没机会服务。有时遇到工作人员偷懒，工作人员就会引导游客到小白菜的岗位上去。远穆巡岗时发现了，就告诉小白菜们，下次邀请工作人员与他们一起工作。如果还不行，就引导观众到讲解员那里去，"要不然，我们白菜的压力也太大了！"

"你是受刺激了。"我对远穆说。

她点头，"这也是我这次学到的重要一点。我是管理岗位的志愿者，所以保护好志愿者的权益，做好服务，也能拒绝，这才是管理志愿者的服务。"

远穆觉得自己做管理岗位的志愿者最大的收获,就是学到了如何协调。"通过这九个月,我知道有很多事情不是光凭热情就能办好,需要有技巧,需要协调,当然还有很多事情是你想做、想改变,却无能为力的。这时候要学会妥协,容忍缺点,保护热情,争取最好的结果。"

精 神 成 长

"九个月像做梦一样就过去了。"赵怡这样形容她在中国馆度过的九个月。只要来到世博会,就像走进了一个大派对,每个人都兴致勃勃、顾此失彼、汗流浃背,到处都是歌声和音乐声、排队等待进馆参观的人流、强烈的阳光、海宝,还有笑容满面的小白菜们。到晚上,就是漫天闪烁的霓虹,将夜色映得发红,人们在广场上吃冰激凌,看歌舞表演,微笑合影。每次将要走进中国馆的门禁,赵怡取出自己的志愿者身份牌,在别人羡慕和爱护的眼光里走进门去,都会由衷地庆幸自己迎来了生命中的一次高潮。

第一次带学生出国夏令营时,赵怡不知道自己有能力照顾好、组织好学生。当带着学生们满载而归时,她曾以为那就是自己平凡生命中的最高峰了。如今她在世博会的园区里满心欢快地走着,看着,才发现,自己生命里还有一个高峰。

赵怡在那九个月里最喜欢做的事,是早晨中国馆开馆之前,她去做第一次巡岗。她最喜欢的路线,是那条叫"童心畅想"的长廊。长廊一面挂满了孩子们的画,五彩斑斓,包括他们对世界的期待,另一面是正对世博会园区的玻璃幕墙。走在长廊上,能看见阳光照耀的大片世博会园区、白色的巨塔、波光烨烨的黄浦江、世博轴前闪闪发光射向天空的喷泉。走廊上的各个岗点上,满面笑容、已准备好服务的小白菜们都已经就位。他们端正地站在岗位上,像最新鲜的蔬菜,散发着清香。周围的世界在此刻充满友善和希望,令赵怡感觉幸福。

她有时也会想,自己的幸福感其实还是来源于周围人对自己的一种肯定。在那九个月中,不论是来自内心,还是从周围人的说话语气或表情中,都能感觉到自己在做一件很荣耀的事。对平凡的人来说,即使做志愿者或义工,很多时候,也不只是纯粹的奉献,大家都喜欢听周围人的赞美,来获取一种自我满足感,来肯定自己是一个好人,全然摆脱现实生活的乏味和压力。这九个月没有工资,只有微薄的饭贴和车贴,但由此带来的超越物质的纯净,让她更加乐意加班,乐意多做事。她四周总是围绕着带病坚持上岗的学生志愿者们,从国外赶来志愿服务的退休华人工程师,和来自各行各业,即使再苦再累也会满面笑容的其他志愿者。

这是赵怡生命中的另一个高潮。她时常庆幸自己竟能有如此的好运气,能在自己生长的城市到达一个前所未有的高峰时为它锦上添花,她不只为自己的生存而活,也为自己的精神而活。

赵怡知道自己周围会有许多人不会理解她的想法,也不会相信她心中如此单纯和强烈的快乐,她感到人们猜测她心里已经打好了小算盘,有自己的利益上的得失。人们也猜测长期志愿者一定得到了国家的某种补偿或某种实在的好处。她对此并不十分生气，只是惊奇自己渐渐有了主见，竟然没被别人的想法和猜测干扰和左右。

这是她一生中对自己的精神世界最为关注的时期，九个月里，赵怡一直在认识自己，也在检讨自己，感受自己内心的成长。有趣的是，赵怡作为一个个人的内心成长，是与对志愿者的理解、对自己处境的思考联系在一起的。

"整个世博会期间，外部对于志愿者的评价其实是从一个极端走到另一个极端。初始，由于志愿者刚刚上岗，谁也没有经验，对游客提出的问题，回答都不是很精准。游客也把对到处都需要排队的世博会产生的怨气都投射到小白菜身上，转而对他们的工作极度失望和不满，甚至从语言谩骂衍变到肢体侵犯。

"随着志愿者对自己服务质量的努力提高，和园区管理的不断改进，媒体对志愿者不断进行正面的报道，志愿者渐渐得到大家的认可，渐渐又被推向一个无私无畏的高度。其实这也是偏离志愿者本位的。

"其实，不可能所有的志愿者都有毫无保留的助人心理，每个人来当志愿者，都有不同的目的。对于大部分的志愿者来说，我们做的只是出自内心意愿的事，我们要的也只是一份用金钱换不到的人生经历，没有很高尚很伟大，只是普通却又实在。"

她以为，自己做志愿服务的动机，不能排除普通人的以此希望得到的社会肯定和自己内心肯定，她将此称为"虚荣心"。赵怡的意思，大概是它更接近一个人想要满足自己内心成为一个对大家有用的人的自我期许,这与获得公众赞扬带来的愉快密不可分。

"是这样的啊。"我努力理解着赵怡的话。她很准确,很公平,也很苛刻。我很熟悉这种内心的检点和审判,这是较真地沉湎于精神的知识分子通常的内心活动,当发现总是自称平凡人的赵怡一直也在这样审查着、思想着,而且可能更加纯净,我受到了震动。

"我这个志愿者一点也不伟大。"赵怡微微一笑,抿着嘴唇,埋了埋头,似乎有些惭愧,又似乎怕人误解。

"所以你才会忠实于自己的内心需求。"我说。其实,她内心的自省与纠结,比她说的"伟大"更打动我。大概一切都更关乎内心的需求,这才是志愿者吧。他们那令我不能忘记的笑颜,大概就是因为发源于此,才是其他人的笑颜无法伪装的吧。当我日后见到被指派的志愿者后,才发现自己在世博园里见到过的笑容,原来有种无法伪装的光明。

我为赵怡感到庆幸。我庆幸她在人生转折点上,幸运地做过九个月的志愿者。这经历不光是金钱买不到的,也不光是完成了自己的心愿,这经历一定会在精神上支持她的成长,使她的内心强大而温柔,而且保持洁净。每个人都有自己精神成长的时刻,我为赵怡庆幸,她是这样成长的。

运营结束了

10月31日,上海世博会闭园。将近午夜时,我看见成群结队的小白菜们还在园区里徜徉,那些穿着宽大浅绿色志愿者制服的年轻人,举着事先就做好的"求拥抱""求合影"的纸牌,一群群地走进阴影里,又鱼贯出现在灯光下,恋恋不舍。学生们在大门口排成一排,唱着歌,对三三两两离园的游客集体挥手告别。

他们灯影里的笑脸非常开朗和顽强,露出结实的门牙,摩拳擦掌,仍旧热力四射。我总是吃惊这些来做志愿服务的孩子如何才能做到这一点。他们唯一的愿望,就是游客能欣赏他们的服务,能也对他们微笑;他们唯一的期待,就是游客们愉快地接受服务后,也会对他们说声谢谢。这些心愿,还是赵怡当时在中国馆的小白菜中帮我收集到的答案。那些孩子叫什么,来自哪所大学,我都已经不记得了。记得我曾问过赵怡,那些孩子如何能都这样坚强地微笑着,赵怡说,因为他们自愿来服务他人。

我看见不相识的游客停下脚步来与小白菜们拥抱告别。

我想到赵怡,此刻她一定还在中国馆,等待送走她照顾的最后"一棵菜"。这些天,她常常从志愿者入园的闸口一进园子,一边往中国馆走,一边流着泪,直到要进办公室,才擦干净脸。她常常这样把同事们也惹哭了。我不知道她此刻会哭,还是会忍住。

"10月31日,按原定计划,所有长期岗位志愿者都要去园区里的宝钢大舞台集合,参加志愿者大联欢。那天,我们中国馆十一名长期志愿者都早早到齐了,准备参加晚上的活动。可当在中国馆地下的休息室等待出发时,我却无论如何都不愿离开,因为这是我们在这里工作九个月中的最后一个晚上,我哪里也不想去。最后，我提议说，我们不去参加志愿者部的活动了，我们就在中国馆待到晚上闭园，因为这里才是我们实实在在工作过的地方，我们对它的感情远超过其他。没想到得到大家一致认同。于是我们都留了下来。就在这里见证了中国馆从犹如一片建筑工地，到亮灯开馆，从每日的正常运营，到结束灭灯。我们在这里的工作也画上了永远的句号。"赵怡这样写下了在那个晚上的经历。

那天夜里，我站在日本产业馆的阴影里，吃最后一锅油炸出锅的日本式红薯条。我并不饿，只是因为路过日本产业馆时，听到小食铺里的职员吆喝说，最后一锅炸红薯条出锅了，被"最后"一词打动，就忍不住去买来一份。

以后，如果再来这里，也不再能吃到如此热气腾腾的日本风味的炸红薯条了吧。

原先永远人声鼎沸、灯火通明的场馆开始一一熄灭它们的灯光，原先人山人海、响彻各地方言的道路上和商店里，现在都显得格外空旷，那些总是挤满乘客的世博公车，第一次像一只只蜕皮的蚕宝宝那样，在车站上一动不动。

我整个食道都充满了红薯甜味的时候，远穆告别了同伴，离开中国馆，回家。

"本来我们这些长期岗位的志愿者都不怎么穿白菜服，最后一天，我们大家都穿好白菜服来上班，说好我们这十一个人凑齐了，要好好在中国馆里照相留念。说起来，我们这十一个人，虽然一起在中国馆工作了九个月，但因为总是轮岗，所以很难凑到一起。这是最后一天,以后我们就要各奔东西了。"这是远穆的最后一天。

这九个月里,远穆每两个星期就接来一批新的志愿者,送走一批旧的志愿者,她一遍遍看着服务结束的志愿者们依依不舍地抹着眼泪走了,新的志愿者满脸欢喜地来了。她还记得,第一次她送走复旦大学的志愿者时,那些小白菜整整齐齐穿着白菜服,起立,整队,在休息室里唱复旦校歌,一边唱一边流泪的情形。那时她自己也差点要哭,后来就习惯了。但是,她没来得及想,自己也有离开中国馆的这一天。长期志愿者的位置,常常送别人,可自己留下来继续工作的经历,让远穆有个错觉,总以为时间还很长。

最后这一夜,她和同伴们痛痛快快地照了不少合影。

直到闭园。

"高兴吗?"我问远穆。

"高兴的。"她笑得爽朗。

她离开中国馆回家,走的就是平时离开的那条路。直到那时,她还没觉得心里有太大的异样,她甚至还有些终于圆满完成心愿的成就感。

从中国馆走到省区市馆,远穆突然看到福建馆那里围了不少工人,工人们正在把福建馆前面那条船里的东西搬出来。

远穆觉得自己好像看到过这情形。然后,她反应过来,那是她3月进驻中国馆时,看到过的情形。她那时看着福建馆如何一点点从一片混沌的工地成形,看着他们怎么把那条船装上,在这最后一夜,她居然又看着它被拆了下来。

装卸声遥远而熟悉,那是原先远穆戴着安全帽进出时听到过的,那时这里还是个大工地。乐观的远穆在那时只理解装卸声的一层含义,就是一切都在成形,那是一种生机。

"心里很难过。"远穆说。

"像失恋的那种?"我问她。

远穆断然说:"不是。是完全彻底地失去,一去不复返。"

夜里 11 点钟,世博会的工作人员陆续离园。最后一批在世博园区服务的小白菜们仍旧守候在各个出口,做最后一次"晚安世博"活动。这是九个月后,小白菜们新发起的活动。本来,晚上 9 点多,各个场馆关门后,小白菜们就集合回校了。后来,小白菜们想要在园区的各个出口送别离园的游客,他们在世博园的六个出口处排成两队,边唱歌,边挥手,边高声说再见,最后为游客服务。大家也会齐声报告出口处的交通站点,最后为游客指一次路。

学生们各显其能,喜欢唱歌跳舞的白菜们,一边唱歌一边跳舞。学广告专业的白菜们,大声推广自己学校的服务如何出色,如何物超所值。工科的白菜们发明了一种便携的纸牌,上面不光写着"七号线出门左拐,八号线出门右拐",写着"祝你晚安""祝你好梦",写着"交大白菜,花开不败",还用 LED 灯做了灯光效果。9 月以后,当场馆关灯,广场上演出结束,园区的出口就是最热闹的地方,歌声笑声此起彼伏,小孩子们追着小白菜们不肯离开。

在夜风里，我远远地，就能听见小白菜们的歌声："如果喜欢白菜你就拍拍手……"然后，我听到有人大声地鼓掌。

最后一夜，在园区里听到这样的歌声依稀传来，好像心里突然动了一下。那是不舍。

那时，我不知道苏秀红正从洪山路出口处回家。

那个出入口，是世博园最开阔的一个出入口，也是她最熟悉的一个出入口。灯光将那里照得如同白昼，但原先充满蛇行队伍的入口，现在撒了遍地灯光和白色栏杆纵横的阴影，没有一个人。夜风吹动遮阳棚里的白色电风扇叶子板，一些电扇兀自转动起来。

这里再也不会挤满参观者了。如赵怡所说，派对已经结束了。

苏秀红想起许多事，她在某个春天的清晨，在这里迎接过第一批来中国馆服务的小白菜们，看他们从大巴士上一个接一个跳下来，兴高采烈地东张西望。她想起天上那些奔腾而过的白云，她想起自己在网上应征世博会长期志愿者时兴奋的心情，那时她似乎不相信志愿者部能选中自己，因为自己没有大学英语六级证书。面试官问她能为世博会做什么，她说："我有时间，愿意奉献。"她想起自己带着纯真的愿望，第一次走进世博园时的心情，好像开始了新的人生。

她回过头去看了一眼中国馆，这个出入口正对着中国馆。在夜色中，中国馆不像清晨时那么鲜亮。她心中涌出一种亲切的暖意，这就是她工作了九个月的地方。她从来没觉得中国馆如何雄伟，她总是觉得它亲切，它是属于她的。

路过小白菜们的队伍,苏秀红听到他们像往常一样唱着歌,指着路,说着"拜拜",但她听到他们说"欢迎你来参观2010年上海世博会,你辛苦啦"时,里面少了一句"欢迎下次再来"。

接着,她看见小白菜们手里的纸牌多了一种:"交大白菜难说再见。"苏秀红意识到,这是最后一天了。

"那时候,我才想到,这真的是最后一天了,明天就没有白菜,也没有游客了。"苏秀红说,"我的心突然就空了。"

这天夜里,中国馆志愿者运营小组的三个年轻女子,赵怡、苏秀红和傅远穆难得一起离开世博园回家。她们是在九个月前的最后一次长期志愿者培训中认识的,如今在夜色里告别。

中国馆志愿者的运营也就此结束。

失　　落

从那天后,赵怡就不再答应与我见面,她躲着我。

我猜到她会很失落,但不知道她在此后的几个月都不能提起世博会,也不能看关于世博会的任何报道。她把家里凡是与世博会有关的东西统统收到一只纸箱子里,塞到床底下去了。

我也曾经历过这样沮丧和失落的时刻,能体会她的感情。于是,我想我应该等待她慢慢修复自己,这个过程就像等待伤口愈合那样,时间是最好的药。所以,我们时不时通个短短一行字的电邮,约定,又取消了好几次见面的时间。这个过程漫长,就好像失恋一样惆怅。断断续续地,我知道她去了云南旅行,找了工作,发起了好几次中国馆志愿者们的聚会。

后来,我又知道远穆感觉不能在家里待着,这样心情会越来越沮丧,所以她不光回去上了班——她曾很喜欢自己工作的氛围,与同事相处愉快——她还很快换了一个工作,从以前单纯做审计的业务,到开始做管理。苏秀红也开始回她家的公司上班去了,她开始辅助丈夫做公司的业务转型。她突然决定要养一条大狗。

我猜想她们三个人都正在努力回到日常生活中去。

但赵怡是她们三个人中最困难的一个。过了几个月,我们才见面。一见面,她就说,自己刚刚能开口与人谈论世博会,但是,还是不敢看关于它的作品。

在一封电邮里,赵怡这样写下了她的心情。

对我们普通人来说,工作上所谓的成就感其实很多还是来源于周围人对自己的一种肯定。在那九个月中,不论是来自自己的内心,还是从周围人的说话语气或表情中,都能感觉到自己是在做一件很荣耀的事,其实也可以说是一种虚荣心。

世博结束了,我们的价值突然就变为了零,周围人的眼光也从艳羡变成了冷眼旁观。所以我找工作的心情特别急切,也似乎总感觉无论如何也找不到自己中意的,就是因为想快点重新找回那种工作中的价值感,可是,无论怎样的工作,其实也不能与志愿服务时毫不计较、只求奉献的工作相比。

明知这种心态不可取，也不能做这样的比较，但还是抑制不了。所以，也无法抵抗那种失落。

我想这次世博会给我留下的财富不仅仅是完成了自己一个梦想，还有"如何修炼自己的内心世界"。就是现在，我要如何摆脱这种失落的心情，让自己能平安地回到日常生活中去。

对我这样的凡夫俗子，即使做志愿者，很多也不是很纯粹的完全奉献者，大家都喜欢听周围人的赞美，来获取一种自我满足感。一旦活动结束，远离了周围人的关注，自己就会变得恐慌。

所以经过了现在的失落和恐慌，从内心上来讲，我想自己又在成长。让自己学着一切还是从自己内心出发，脚踏实地地做事，不论周围是喧嚣还是沉寂，不论以后碰到何种困难，都要让内心保持单纯。其实我们的成长过程，也就是让内心逐渐强大起来，不骄不躁地处理生活中的各种事。所以，对现在的我来说，一个"派对"结束了，我就努力做好我现在的工作，多看书多学习，安心等待下一个"派对"的到来。

我们讨论了下一次米兰世博会的事，讨论了到米兰世博会中国馆做志愿者的可能性。赵怡说，即使那时她不能被派往米兰做中国馆的志愿者，她也一定设法前去参观。

苏秀红的小结

结束志愿服务后，苏秀红开始细细回忆自己经历过的一切。

五个月后，她写了一个做世博会志愿者的自我小结。

"世博会结束五个月，时间让很多关于世博会的激烈印象渐渐淡去，隐于心中。但是，现在自己在思考的时候会想，可能最开始参与世博会也是我在为一成不变的生活寻找转折点，或者是尝试一件自己从未做过的事情，或者也可以说在我的潜意识里有一些真正的思想是：作为独生子女的我，从小被寄予的希望太多，受到的呵护太多，习惯了自我、独立，而志愿者的奉献合作这样一种和以往的人生有太多不同的形态吸引了我。世博会志愿者这个事，一开始，我就是怀着一颗单纯的心去参与的，以为就是奉献自己的时间和精力。我还能记起自己如何填报名资料，如何去均瑶大厦面试，还有第一次上培训课等很多细节，甚至还能回忆起培训时，我们看到过的一个日本爱知世博会的志愿者培训的视频材料，我一直觉得那对我很有帮助。好像每一次我的心情都很激动，期盼能顺利进入下一个环节。其实我开始时并不很清楚长期管理岗位志愿者的工作内容，自己想象着大概就是很多活动中看到的咨询和引导工作吧，真是幼稚。"

苏秀红现在认为，自己这九个月的经历，已经不光是个人的难忘经历，应该还能帮助到志愿者的组织者如何完善自己的管理工作。这是她应该给予的贡献。

对短期服务的志愿者做岗前培训，接车，熟悉国家馆地形，岗位踩点，实训，上岗，还有关于证件、吃饭、休息、着装、纪律等一些很琐碎的工作，类似公司的行政后勤工作，这些就是我们运营组的日常工作。但是正是因为接触了很多志愿者的日常生活，就有了一些对志愿者运营管理方面的体会。

简单想到的几点是：

一，志愿者的前期培训工作是很重要很必需的。虽然这次世博志愿者组织方也花了很大力气去做这个事情，但是真的开始实际工作后，发现培训的内容理论的偏多，没有实质的可操作性。开始进入中国馆，看到了一个大工地，其他工作人员都没日没夜地忙着，我们却对即将开始的志愿者工作没有头绪，大家都觉得要做工作计划又无从下手，那个时候是整个志愿者工作过程中最茫然、焦虑的时间段，有力使不上的那种感觉。我觉得这种状况应该到我们这批为止，以后的管理岗位的志愿者应该在我们的基础上很快掠过这个阶段。

我们的培训组在试运营工作和经过一段时间的摸索后，做了一些培训课件，那是很有用的。每次新志愿者过来，都会花比较多的时间特别来培训，那都是在岗位上会切实用到的东西。我印象一直很深的，就是那盘爱知世博会志愿者的视频，我希望我们上海世博会以后，也能有这样一个培训的视频留下来，以后大型活动的志愿者培训肯定能用得上，最好不要浪费了我们摸索了很久才建立起来的培训经验。

二，志愿者的组织归属其实应该是很明确的，我们有志愿者部，但我们的工作又是要到另一个组织里去开展志愿者工作。我们自己刚到园区也花了较长时间去认识这一点，还会有一些工作范围和工作方式上的争论。这个其实在后来的工作中也会造成一些困难。我们花了许多时间磨合，自己也逐渐提高认识。我希望能好好总结我们的经验教训，以后的志愿者工作就能在我们工作的基础上提高了。

三，志愿者的工作性质到底是什么范畴，是很多人不了解的。在世博会期间，我看到了很多人认为"志愿者就是我想让你做什么你就一定要做"这种情况，以致小白菜也包括我们都碰到过：某些工作人员、参展商会随意指派志愿者帮他们做一些事情，游客会提出一些超越志愿者能力之外的要求。大多数这种情况下我们会为了保持志愿者的形象而不得不去做脱离自己工作范畴的事情，可能大家甚至志愿者本身都会觉得志愿者就是来无私奉献的，所以这样做是应该的，但是志愿者在做这些事情的时候首先是脱离了自己的工作岗位，其次是承担了一定的风险和责任，所以志愿者权益维护，甚至志愿者对自己角色的明确，是挺迫切的事。

我们这一批长期管理岗位的志愿者，应该说是从一张白纸开始，渐渐在志愿者运营管理工作上积累了很多很好的经验。我们不应该就这样散开，还要发挥好这些经验，去为整个志愿者体系的完善做点事情。我想是今后我们这一批人都愿意做，也很必要去做的事。

有关世博会很多人和事的印记，终会被时间冲淡。曾经的激情、向往、犹豫、退缩、坚持，这些不会只是回忆，而是会在今后的生活有一个延续。世博会的志愿者历程让我坚信人间的真善美，找到对生活对自己的信心，满怀感激地继续我自己的生活。

2011年3月5日：白菜归来

这又是一个春天，又是一个清晨，又是在洪山路世博园区出入口，那里又聚集着上百个穿着白菜服的志愿者。偌大的广场上空无一人，绿色的制服在早春的阳光里非常显眼。那群人里面就有赵怡、苏秀红和傅远穆。当她们换上白菜服后，似乎她们的身体骤然变小，笑容也骤然变得纯真。一年过去了，她们看上去却更像将要毕业的大学生。

2010年的这一天，她们三个人从这里走进世博会园区，开始了作为志愿者的第一天服务。2011年的这一天，她们又回到世博会园区，又经过中国馆旁边的省区市联合馆，又看到已经拆得空荡荡的福建馆，又来到中国馆的志愿者休息室。这天，两百多个世博会长期志愿者参加了白菜归来的活动。这一天，他们要在此应征为大型赛会的骨干志愿者，上海的骨干志愿者人才库就此建立。

早春的世博园，此刻已是个洒满阳光的寂寞的大园子了。见到过从春天到秋天，园子里浩浩荡荡散发出蒸汽火车般不绝声响的人群以后，见到过各个场馆的出入口前如货物般堆积的等候者蛇形长阵以后，听到过各个广场此起彼伏伴随着非洲鼓，或者雷鬼乐节奏的歌声和鼓掌声以后，听到过在超大客流的那几天，园子上空巡视的直升机盘旋不去时发出的突突声以后，才能知道，这个园子如今呈现出来的寂寞。

那是梦境一般的寂寞。到处都是长驱直入的阳光,国展路上一辆公交车也没有,南广场上一个游客也没有,瑞士馆正在拆除,墙上那些红色的小东西已经没有了,德国馆已经拆完了,现在是堆满建筑垃圾的一大块空地。站在那里,我突然想到这里曾是我参观的第一个场馆。在一间展厅里,我和我的孩子玩过一个声波游戏,我们跟着机器发出的音乐一起高唱贝九的合唱曲,我们的声音便在显示屏上变成了流动的曲线。歌曲古老,我忘了歌词,太阳也许根本就背不出那歌词,我们一路啦啦啦地唱过去,到了最后一句,都会唱了:"啦啦啦啦,人们团结成兄弟。"唱完歌出来,站在德国馆的阳台上,突然看见春天江边的白色迷雾中,对面的英国馆蒲公英般地、柔和地浮现在迷雾之中,那是一个伸出六万根透明亚力克管子的种子圣殿,它黝黯的内部好像传说中的挪亚方舟底舱,每粒种子,都在光的衬托下宁静而安详地等待着。我们去参观种子圣殿时,是溽热的夏天黄昏,我们被铺天盖地的种子震慑,在它们天成的精美前流连不去。有谁大声说话,或者起劲地用闪光灯照相,都被我们用眼睛狠狠地瞪。

现在,英国馆已拆除干净,它现在是一块洒满阳光的空地。

看着早晨阳光里一无所有的空地,赵怡脸上的阴影浮现在我面前。

难怪赵怡说,她今天并不想来,可又忍不住要来。

清晨在地铁车厢里,她默默吃着手中的粢饭团的样子,在英国馆的空地里,像一棵被风吹开的蒲公英一样,飘浮着。

路过园子的时候,我看到路边的树,我以为已经死去的树,在枝头上爆出了褐色的萌芽，原来它们还都活着，而且都萌芽了。我突然想到，等到苏秀红的女儿长大，如果她再来这里做志愿者，这些树一定都已成长为结结实实的大树了。

赵怡、苏秀红和傅远穆那天都报了名。看赵怡签上了自己的名字，她的字方方正正的，倒像是个男孩子写的。然后，她将纸递给身边的苏秀红。

苏秀红留下自己的联系方式，她的字让我想起在运营组的工作日志上，她写下的那些改进工作的建议，还有对没能坚持岗位的志愿者的批评。苏秀红登记完后，她身边的傅远穆将表格接了过去。

傅远穆最初是因为想要参与世博会，才来应征志愿者的。如今她希望自己能有更多机会做志愿者。但是她不想再做长期的志愿者了，她说，如果时间太长，后来会有很艰难的感情平复的过程。

这次，我为她们拍了合影，记录这个新的开始。

我说："一二三，笑！"于是，我又见到了那在绿白两色的制服衬托下，我曾经非常熟悉的、无与伦比的真挚笑容。她们这三个人，虽然个性如此不同，长相如此不同，各自的生活也不同，但她们都笑得如此动人，因为这是志愿者才会有的笑容。

9. 吴志雄的多巴胺

低年资医生

吴志雄出生于 1978 年,是上海最早的独一代,长着一张娃娃脸。

他通常是平静温和的,不像外科医生那样说话响亮,干脆利落。我去医院找吴志雄医生,他的同事点头说:"啊,就是那个不太响的低年资医生。"

与他谈话,慢慢地才能体会到,他的确是个外科医生,说话简短、明了,而且仔细,虽然他的声音很轻。

周一早晨,华东医院门诊大楼一楼的门庭里挤满了等电梯的人。放眼一望,全是苦恼的脸,有些是因为病,另一些是因为急。没有要紧的原因,人们不会走进医院来。冬末初春的季节,健康的人早早就穿上春装,身上的气味也随之清新起来。而生病的人尚不敢换季,穿了一冬的衣服,散发出隔宿的沮丧沉郁的气息。

门庭里的人群沉默,但都有些焦虑。

这是个令一个早晨都不能轻松的门庭。

电梯终于下来了,但开电梯的女孩出来挡住往里走的人:

"我先要去接抢救的病人。"

她分开人群,让一辆手术室运病人用的铁床进去。黯淡的电梯灯下,那张铁床散发出令人紧张的消毒水气味。

这种气味,幼年时的吴志雄最不喜欢。他和大多数男孩子一样怕打针,医院的气味就意味着打针。然后,他心里那当个医生的心愿又一点点地在生根发芽。这就是一个孩子的命运。

电梯太忙,等待的人越来越多,门庭里的空气中,各种浊重的病气与消毒水的气味混合在一起,难以让人放心呼吸。

一个高大松软的女人站不住,几乎靠在陪她来看病的人身上,好像一块正在融化的冰。

她忍不住发出呻吟。

这种大医院,求医者来自全国各地,所以,总是比一般小医院显得更混乱。

吴志雄就在这样的环境下工作。

他在上海老城厢长大,住在福佑路上的一处石库门房子里。原先一家人住的房子,他小时候住了七户人家。

虽然个人空间有限,但邻里之间的互助和亲热给他留下热闹和温情的童年记忆。他记得自己家包馄饨后,煮出来的第一锅,总要分给邻舍一些尝鲜。他也常吃到别人家的新鲜食物。

还有，自己被父亲责打时，邻居会及时过来劝解。邻里间很知道劝解的火候，让父亲教训过孩子之后，给父亲收场的台阶，孩子也不至于会被打坏。自己父母也常去别人家劝解。也都是先在家里听着，孩子哭，大人呵斥，到火候差不多了，开门出去。

当时虽然孩子们都是独生子，因为院子里的孩子都在一起玩，邻里的关系也很紧密，所以，他的童年并不孤独。他小时候也与人打架，但打架似乎更像是男孩子间的一种亢奋的游戏，打得轰轰烈烈，但心里都知道，到动真格的了，一定会有人出来拉架的。

那里的生活，有种运转灵活的游戏规则。

上海老城厢是个奇妙的地方。

一百六十年前，上海开埠，第一批在上海落脚的英国人走进老城厢。其中一个传教士记录了他的历险：那里物品极其丰富，新鲜与便宜。人们极有礼貌，对外来者保留着适度的好奇，但不会用目光骚扰他们。

晚上，英国人留在一所房子里吃饭，他们打开从英国带去的威士忌酒，请中国男人品尝。那些在屋外观看的中国男人礼貌地尝过后，虽然对这种液体深感困惑，但支付的银子远远超过了一整瓶威士忌的价格。传教士就此判断，这里的人们一定有着极高的文明水平。

不久，英国船长差人到老城厢贴了一张告示，告示上说，四海之内皆兄弟，中国人不得因为我们长得不同，而歧视我们。

一百多年中，上海的重心从老城厢的湖心亭茶楼和城隍庙，转移到英租界的外滩和法租界的淮海路，但老城厢始终是上海最具中国特色的一处古老地方。

那里窄巷纵横，人口拥挤，当年空气中终日散发着一种淡淡的燃烧气味，因为那里的大多数人家在他小时候还用煤球炉做饭。

老城厢中，最重要的园林是豫园。里面的点春堂，当年是小刀会起事之处。

不远处是湖心亭茶楼，过去民间有纠纷，都会去那里吃讲茶，这个传统一直保留到茶楼成为旅游者云集之处。

即使是在外国侨民就是上海"皇帝"的20世纪20年代，侨民们也不敢独自到老城厢来，他们管这里叫"NANTAO"。这里有种能压抑住他们的飞扬或跋扈的中国江湖气息，粗野又神秘。

吴志雄就在那里出生，并长大成人。

他的父亲在黄浦江畔的港区工作，是个喜爱文艺、喜爱沪剧和书法的人，有时在家里引吭高歌。

六岁时，他因为经历奶奶得癌症去世的事，而萌发了当医生的想法。

十八岁时报考医学院，他的理想是"悬壶济世"——来自《后汉书》中费长房的故事。至于是从哪里听到这个故事并记在心中，吴志雄已经忘了。

三十一岁这一年，他已从四川救灾归来。我在华东医院手术室里见到他。

早上 9 点半，第一台手术即将开始。医生们都陆续来到走廊上，他们大多数人保持着沉默，正收拢身心，准备工作。医生们每天都差不多要在手术间里工作到下午，如果有急诊，就会连着加班下去。如果要值班，就会连续工作到第二天下午。

开始我没认出他来，直到他对我点头致意。

他换了一身灰蓝色的手术服，露出两条极干净的手臂，干练、灵活、专注。

从六岁的时候奶奶去世时一个小孩子模糊不清的想法，到如今理想实现，站在手术室门口。我看到又一个孩子实现了自己的理想。与他们父母一代人最不同的是，他们中能实现自己幼年理想的比例大大增加了。他们的人生，比起父辈来平缓得多，机会也多。

他低声说："好，我进去了。"

那天正好是吴志雄值班，他下午 3 点出手术室，回楼下病房写术后病人的病历和医嘱。

接着，给另一个术后病人换药。

请第二天要手术的病人和病人家属来做术前谈话。

晚上 6 点，看急诊病人，再进手术间协助一个手术。

回到病房后，处理监护室里的术后病人心律失常。

再看一个急诊病人。

直到 10 点 15 分。

5月18日　入川　晴

凌晨4点回到医院集合，只睡了一小时，不过并不很困，可能是紧张的关系。医务处已经根据我们提供的清单为我们打包了医疗器械和必需品。我共有大小三箱。

中午12点15分飞机降落在成都双流机场，这里非常忙碌，不时有飞机起降。接我们的车，共三辆，各不相同，我坐的车上贴着"贵州赈灾志愿车辆"，另两辆是长途客车，估计也是志愿车辆。很感谢他们。

看着街边掠过的建筑，眼眶不禁湿润。我想说，四川，我来了，我终于来了，你要挺住，我不怕苦不怕累不怕危险，我会尽我所能。

我们在成都航天大厦宾馆下榻，全国去的医生护士都住在那里。

我没有打开行李，这样能在需要时立即出发，我已经做好了一切准备。

在四川的第一夜，今夜可能有余震。

"爸爸妈妈当时怎么说？"我问吴志雄。

他到底是家中独子。

"地震一发生，我就在医院报名去灾区了，父母都知道。我们都很明白，这时候医生就应该赶快去救人。

"我爸就叫我注意安全。

"我妈叫我尽量多救两个。妈妈还说，要是灾区需要做饭的人，她也可以跟去做饭，她退休前在食堂工作，很能做饭。

"其实当时时间很紧张。下午 4 点，我们科宋主任告诉我卫生部正在紧急组织由 ICU（重症加强护理病房）、肾内科和疾控防疫医生组成的第二批上海医疗队，他准备去。我赶快找俞卓伟院长，要求加入队伍，奔赴前线，俞院长同意了。我收了线，就赶到医院参加筹备。到深夜回家，马上准备自己的东西，再到医院集合。

"从我家到医院，路上还要一小时，没什么时间说话。"

吴志雄说。

家中的老人，剩下外婆一个人。吴志雄走的时候，大家都没告诉她。从四川回来，吴志雄去看外婆。外婆十分骄傲，叫他"抗震英雄"。

吴志雄的小时候，20 世纪 80 年代。

那时上海老城厢的父母，对顽皮的小男孩仍以棍棒教育为主。即使他这种乖孩子，少先队大队长，常陪喜欢沪剧的父亲去公园参加票友会，也免不了被父亲棍棒教训，直到初中。说到在父亲呵斥声中的童年，他就笑了。

他笑起来，笑容里还留着些男孩子的狡黠。

父母教训老城厢男孩子的工具，最标准的是竹尺，接下来的，便五花八门：拖鞋、皮带、搓衣板。父母们的要求很高，功课不好一定是要挨打的，考试得了五十九分都不会有活路。男孩子们从家里偷吃了太多"乐口福"（一种麦乳精）、和邻居孩子打了架，也都该打。

男孩子们很怕，觉察自己确有生命之虞时也会逃跑，但长幼有序的规矩是守的，绝不会还手，心中也不怨恨。这些人长大后，回想起小时候的皮肉之苦，倒异口同声地说，父母那是为自己好。老城厢长大的男孩子们对父母还是膺服。

初中时，吴志雄突然发现，父亲不打他了，开始讲道理。

父亲告诉他，自己小时候，要是在外面和人打了架，谁对谁错先不论，回家一定要挨父母一顿打。吴家的规矩是：在外面淘气，不管你对你错，都是你的错。

多年后，吴志雄说起这条家规，一点也不蔑视。他说，自己如今为人处事先克制自己、友善待人的基本准则，实际上是从父亲和祖父教训孩子的准则里得来的，非常草根与实在，而且有一股古朴的英雄气。

吴家老小都知道，即使是家中独子，国家用得上，这时也应该不说二话，志愿去四川。

5月19日　赴德阳　晴

昨夜余震，稍有震感。今天是全国哀悼日的第一天，举国降半旗。

我们刚登上大巴，指针指向14点28分，路上行人纷纷驻足。我们在车内默哀，喇叭鸣响，声音此起彼伏。约莫三分钟后，一切归于平静，我们出发。

一个多小时后，我们到达德阳一所临时医院。因为救治的需要，几天前将这所废弃房屋改建为临时医院，现收治地震伤员六十余人，还有伤员不断转运过来，医生六人，护士十二人。供电供水正常，食品和饮用水均依靠捐赠，三餐由当地志愿者提供。

放下行李，我们立即换上工作服，听取院长介绍医院情况，随即查房。病人主要以骨科和普外科疾病为主，一部分已经在当地医院实施了手术，另一部分仅在获救时做了简单的清创包扎即转移过来。查房后我们立即对分管床位和值班进行了安排，还针对部分病人病情做了讨论。

在我们到来之前，这里的医生连续工作，没有回过家。

下午，吴志雄听见所有的汽车都在同一刻鸣响喇叭。所有的人都停下脚步。戴帽子的人脱下帽子，向四川致哀。他说，很久没看到我们中国人心这么齐了。

上一次，他听到致哀的汽笛声，是邓小平过世的时候。那时他还小，他的学校在南码头附近，在教室里听见整条黄浦江上的轮船，都鸣响了汽笛。

那次是为一个人，一个伟人。

这次是为更多的人，为平民。

默哀的三分钟里，吴志雄为人心的凝聚而感动。

他只想马上去救人。

赶快到医院，放下行李，换衣服，洗手，上手术台，分秒必争。不管吃多少苦都可以承受。

5月20日　转移　阴有雨

今天凌晨0点,从电视和指挥部获知地震灾区可能再次发生6~7级余震。

这所临时医院年久失修,余震时有倒塌危险。

危急时刻,我们必须先撤离病人。与彭院长沟通,取得一致意见。我们马上在院门口空旷地上布置床垫,随即参与病人转移。腿脚不便的背下来,腰椎骨折的用担架,孤寡伤员均有我们医生陪护安抚。整个过程紧张而有序。

药品、病历等物资跟着转移下来,然后我们分组为他们重新编号和查房,没有人在转移途中再次受伤。所有的医生都留下看护病人,查看病情,直到凌晨4点多,才陆续挤在一个简陋的大帐篷中休息。

早上7点准时早查房。给撕脱伤的病人和皮下脓肿的病人分别做了清创和引流,还有若干的换药和拆线。因为抢救时处理匆忙,这些伤员出现继发感染的很多,在处理局部伤口的同时,我们也指导他们正确应用抗生素。这里的医疗条件有限,基本医疗物品紧缺,只能因陋就简。

还有伤员在不停地转来,我们都一一妥善安置。

晚上接到通知,明天我和其他三名ICU医生将被紧急调往四川省人民医院支援。

余震还没有来,天开始下起小雨。

转移这一夜,吴志雄从楼里背出三个病人。这是他同事告诉

我的。

他自己倒是点着照片上一个正努力搬运床垫的男人告诉我："这是个《解放日报》的记者，他也来帮我们搬家。"

那人平时一定少有锻炼，看上去面色疲倦而紧张，紧紧抓住床垫，好像随时都会昏过去。

外科医生们都有能吃苦耐劳的身体，他们从来就干的是体力活。

虽然艰苦简陋，但吴志雄觉得，那里有医生平日难以想象的优越工作环境。

当人们将获救的伤员送到医院，送到医生手上，他们的眼睛里那种信赖和安慰，让医生充分认识到自己的责任。他说，自己在四川从未遇到过不信任，这是医生能不顾一切地工作和救人的精神动力。医生们都知道，手中这些幸存者，是被消防员和士兵们如何艰难地从废墟中营救出来，知道人们是如何热切地期盼他们能因此活下来。医生他们知道这些送到自己手里的，都是特别珍贵的生命，他们无论如何也要保住它们。医生这个职业的激情，被激发出来。

各科的医生都在医院值班，如果需要，五分钟内，骨科、血液科、急诊科、外科以及神经科的大夫一定都能会齐到病人床前，绝不耽误。几乎天天查房结束后，医生们都会召集会诊和病情讨论。各科医生都会从自己的经验和专业出发，很快就能汇总出一个相对全面的诊疗方案。在四川救灾现场的医院里，各科医生的配合是空前的。如果有需要，要一个全国的会诊也可迅速实现。全国各地的医生们呈现出他们最无私的一面：一切为了病人。

血库里有充足的新鲜全血。外科医生在平时的抢救中，从未有过这种优越的条件：只要病人需要，医生即可迅速从血库申领到无限度使用的全血。鲜血的确成功挽救了许多外伤病人的生命。

医患之间产生了共同战斗的感情。病人们不怕疼，不怕截肢，不计较医生前一天的治疗计划未能奏效，病人们有极强的生存意志，他们誓与医生共同创造生命奇迹。当吴志雄为日后的外科病例讨论留图片资料时，没有病人拒绝。他们向他无保留地袒露出他们伤痕累累的残躯，丑陋的伤疤，少年们露出刚刚发育成熟，就已经伤残不堪的裸体，甚至，他们还在剧烈的疼痛和高烧中。

日后在上海，吴志雄回忆起这些，依然留恋，和感激。

对这个年轻的外科医生来说，这是他职业生涯中一个光辉四射的高峰时刻。哀鸿遍野时，他领受到了医生的职业魅力，并再次确定这个职业的高尚性。这种高尚，在他十八岁选择理想时曾激励他。后来，当医生成为他的职业，那光芒曾经黯淡，成为日常生活的一部分。此刻，在四川，它又被擦亮，它又闪闪发光。

它再次成为他生命中重要的路标。

这个时刻，对这时的吴志雄，是重要的收获。

5月22日　进驻　多云

正式进入省人民医院外科 ICU。

这里的地震伤员病情很重,十二个病人,六人需要呼吸机辅助通气,五人需要血滤治疗。我分管四张床位。

3床,女,聚源中学学生,右下肢已截肢,但残端肿胀,右前臂因为筋膜间隔综合征已经切开两处减压,左手尺骨脱位,挤压综合征,少尿,需 CRRT(连续肾脏替代疗法)治疗。

4床,女,四肢多处骨折,已手术复位,气管切开留置套管,间断需呼吸机支持。

9床,女,脑挫裂伤,肺挫裂伤,呼吸困难,挤压综合征,少尿,需 CRRT 治疗。

10床,男,昨日行开颅切除右颞叶血肿,肺挫裂伤,术后口插管接呼吸机辅助通气。

这里的工作在支援的专家组的指导下紧张有序地开展,对每一个病人都制订了详细的治疗方案。我很快熟悉病人病情和工作环境,开始紧张工作,已经忘了时间。

3床小女孩是这里年纪最小,但病情最重的一个,她说:"我不能死,我要活着,爸爸妈妈还在等着我回家,我还要和同学们一起上课呢!"换药时她忍受着剧烈的疼痛,不哼一声,只是紧紧咬住被子。对于她,我应该给予更多的关心。

3床的小女孩,还不到十五岁,是农民的孩子,叫李露。

地震最初几分钟，她被砸伤了脚趾。教室也没倒。李露所在的班级很大，有七十个学生。他们班的成绩很好，语文常是全年级第一名，李露为自己在这个班里学习感到荣幸。

她旁边有个女生拼命叫痛，她帮那个女生搬开压在身上的瓦砾。

这时，教学楼整个垮了下去，她们全被埋了起来。

黑暗中，李露身边的女生渐渐没了声音。李露的右手右脚都被压住了，她还用左手帮那个女生清理身上的石块。那时，她甚至不知道自己的左手也已经尺骨脱位，应该无法活动了。她只想，那个女生是睡着了。

开始时，黑暗废墟中充满了各种声音：同学们的叫痛声，互相鼓励时的歌声，绝望时的哭声。后来，四周静了下来。李露只听到自己的呼吸声。她很喜欢写作文，她形容自己这时的呼吸声："是生命的声音，和时间溜走的声音。"

她不能理解为什么会发生这样的事。

过了一天，5月13日，李露昏昏欲睡，突然听到一个声音问："有人吗？"李露说，这是她听到过的，世界上最动听的声音。

爸爸、妈妈和舅舅，将她从废墟中救出。

大人们都是徒手挖的，挖得指甲盖都脱落了。

大人们带着一张白布单，做好了她已经死了的准备。

大人们抱着李露且哭且笑，悲喜交集："你还活着！"

李露的右半身被压得血肉模糊，她对大人们说："我当然要活着，我还要挣很多钱，准备去加拿大留学呢。"这是她被挖出来后，说的第一句话。

她被送到成都的医院，右腿即被截肢。

吴志雄接管她的床位时，医生们还试图保住她的右手。她的右臂肿胀得非常厉害，两侧被切开二十厘米大的解压口，肌肉和皮下脂肪都翻在外面，里面不停地渗出血水。

吴志雄知道，这女孩是聚源中学初中部很少的几个幸存者之一。

那座整体垮塌下来的教学楼，是这场地震中最惨烈的现场。那里废墟堆成了山，操场上放着一排排从废墟中拣出来的书包，震撼了整个世界。

李露生命垂危，但她每天都会对医生和护士念一遍：
"我不能死，我要活着。爸爸妈妈还在等着我回家。"

吴志雄每天去向李露的父母通报病情，他们就住在监护室外面的走廊里，与女儿隔着一层玻璃。李露的父亲在地震发生时，先跑去工地上找妻子，他对正在学校读书的女儿很放心。但是，在妻子的工地上，他才听说聚源中学的教学楼五层的楼房，竟然全垮了。

每天，吴志雄都想对这个已心力交瘁的父亲保证，我们一定拼命救李露。虽然他每天都说医生能说的话：我们一定会尽全力。

5月23日　值班　阴

今天是我第一个值班日，有很多事情要处理，还要接收新病人。

3床小女孩病情还是很危重，在发烧，右前臂创面渗血很多，今天给她输血和换用抗生素。抽空要整理一下她的病历，明天进行她的病例讨论。

还有个小男孩病情和3床差不多，也需要特别关注。

这里很忙碌，我一直在病人的床旁，我希望及时发现每个病人的病情变化，不要贻误诊断和治疗。有点累，但这是我应该做到的。

吴志雄就这样认识了周仁贵，另一个聚源中学初中部的学生，另一个幸存者。这孩子曾经一米八高，曾经顽皮。因为他一直以为时间很多，路很长。

地震发生时，纵波刚传导到地面，他就感觉到了。

他的教室在三楼，他站起来就叫："地震了！"老师令他坐下，说这是小地震，没有关系。

老师话音未落，大楼就开始左右摇晃，发出"嘎吱"声。

周仁贵站起来就往外跑。跑到教室门口，教室里的柱子就倒下来，他身后的同学被劈面压死。

前排的小男生吓呆了。这个小男生因为矮小懦弱，平日里常被别的男生开玩笑，包括周仁贵。这时周仁贵想，这个人跑得慢，肯定会被压死。所以，他一把将小男生从座位上揪起来，拉到楼梯口，双手举起他来，对准楼下的花坛扔下去。周仁贵知道花坛里是泥，软和，摔不坏他。

在走廊里，周仁贵遇见平时要好的其他三个男孩。他们是少年时代的好兄弟四人组。

教室中间突然裂开一个大黑洞，不少同学一瞬间就落进洞里。老师冲到大洞口，拼命拉住同学。

这四个男孩转身回去救老师。

刚进教室，另一根梁又劈面倒下来，一个男孩被压死在他们身边。他只比周仁贵多跨出去半步。

再走向老师，教室地面上的黑洞忽然扩大，另外两个男孩直落下去。

老师只拽住了周仁贵。

周仁贵的身体已经滑进洞里，就靠与老师双臂缠绕，彼此死死拉着。

老师长得比周仁贵单薄，眼看支持不住，老师也会被带下去。周仁贵对老师喊："让我去。"

老师不肯松手，老师满脸都是泪。

周仁贵松开手，让自己落入黑洞。他在昏迷前的最后一个念头是，哎呀，没帮到老师。

他醒来时，发现自己落在好兄弟身边，双腿都被重物压住。

他的好兄弟告诉他，自己挖了一个小洞，相信这个小洞已与外面连通了，因为能闻到新鲜空气。他吩咐周仁贵用这个小洞呼救。

渐渐地，他不说话了。

四人组里的其他三个男孩，至此，都离开了周仁贵。

一天多以后，果然因为这个小洞，周仁贵的父亲和武警战士找到了他。

周仁贵被挖出的时候，已经没有了呼吸。所以，从初中部的废墟中抬出时，他父亲没将他送到幸存伤员的那一侧操场，而是送往另一侧停放尸体的操场。

李露在作文里曾写到过那里："操场边上，有几棵很好看的大树。学生们上完体育课，都愿意到操场上去玩。"

地震后，那里是停放死去的初中生的地方，停满了尸体，地上流满了血水。周仁贵就躺在那里。

下雨了。

温家宝总理冒雨到聚源中学察看。他用一只扩音器发表讲话。

周仁贵说，雨水滴在脸上，温总理说话的声音很大，所以，他醒了过来。

双腿剧痛。

他立刻被转送到成都。

雨中，他的三个好兄弟的父母哭着为他送行。他说："我是你们的儿子。我来为你们养老送终。"

吴志雄与周仁贵很快熟悉起来。周仁贵有着不符合他年龄的成熟和达观，他显得很亢奋，每天都要与人摆龙门阵。在吴志雄看来，这是另一种并不正常的心理应激反应。

周仁贵叫他"雄哥"。换药时，周仁贵很痛，痛得高呼："雄哥，痛死啦！"

吴志雄唯唯应着，仍旧细细为他清除创口上的腐肉，一遍遍用双氧水清洗，不肯加快速度。

吴志雄从小很怕打针。一到医院里，他一定主动与看病的医生商量："能够吃药，就不要打针，好哇？"更小的时候，他一闻到医院的消毒水气味，就哭了。

他怕疼，也知道换药和清创有多痛。己所不欲，勿施于人。

但他更要恪尽职守。他现在是个医生，工作时要排除一切杂念，包括妇人之仁。

换完药，周仁贵和吴志雄，一个躺在床上，一个站在床边，都一头大汗。

5月24日　抢救　阴

今晨7点30分，3床小女孩因为呼吸微弱，血压下降，做了紧急气管插管。同时她发热不退，右前臂创面不断渗血，凝血功能出现障碍。

ICU、骨科、肾内科共同病例讨论，我们认为失血和感染都来源于右前臂，靠输血和抗感染效果有限，有截肢指征，否则脓毒血症和失血性休克会夺走她的生命。骨科提出，小女孩的右前臂已经失去感觉和运动功能，无保留意义。我们很不愿意看到年轻的女孩在失去一条腿之后再失去一只手，但为了她的生命，我们不得不做出截肢的决定。经过准备，小女孩立即被推进手术室做了右上肢截肢手术。

她回到病房并没有脱离危险，呼吸微弱，需要呼吸机维持，因为凝血功能障碍，伤口还在不断渗血，我们按照病情不停地止血和输血，抗感染和血滤治疗也在继续。感谢那些捋袖献血的人们，你们的鲜血，重新点燃了小女孩生的希望。

今天小男孩也再次做了右大腿清创术。他的左腿已经截肢，右大腿也因为筋膜间隔综合征而切开减压多日，但还是有部分肌肉坏死，不得不再次清创。

两个孩子在得知要再次手术后都表现得很冷静，他们都经历过手术，知道手术后将面对的麻醉反应和疼痛。但他们很勇敢，说一定配合我们的治疗，这让我很感动，让我体会到什么叫顽强地活下去。

这是令吴志雄一辈子难忘的一天。

后来，我才知道，那也是令当时在场的医生们都难忘的一天。医生们分别来自北京、四川、吉林、上海和广州。李露病危的这一天，各科医生，七八个人，都没离开过她的病床。

我看到医生们日后陆续写下的记录，拼贴出人民医院ICU病房里惊心动魄的二十四小时。

上海医生清晨发现李露病情转危。

上海、吉林、四川和北京的医生查房后共同病例讨论，决定手术。

四川医生与父母谈话，当时有两个方案：一是马上截肢，确保生命；二是再努力一次，看是否能保留残肢，但风险很大。

父母选择保住孩子的生命。

吴志雄告诉李露会诊后截去右臂的决定。当时李露已非常虚弱，只点了点头。

危重的李露马上被送进手术室。

此时，她突然抬起脸，向吉林的骨科医生哀求："别把我的胳膊拿走。"

吉林和上海的医生潸然泪下。沉着的人，伸手默默抚摸女孩子的头发。矛盾万分的人则说："要是可以，叔叔愿意把自己的手给你。"这本不是外科医生该对病人说的话，但忍不住。

命运对一个小姑娘如此残酷，却通过医生的手来实现。

上海第六人民医院的骨科医生为李露截去了手臂。

这十四岁的农家孩子，从此没有了右手和右脚。

下午5点，李露回到监护室。截肢后，病情仍旧没有改善。

大出血。

最新鲜的全血不间断地输入李露体内，又从她手臂的截肢处渗出。两寸厚的纱布，一小时后就被鲜血渗透，要马上更换。那天，李露身上的血等于全换了一遍。

入夜，李露的身体似乎崩溃了，血止不住。她随时可能死去，一度连心跳都停了。

四川医生去告知李露父母，孩子出血太多，这次也许真救不过来了。

母亲说，这个孩子太懂事，知道家里没什么钱，到现在，还未穿过超过五十块钱的衣服。

父亲说，能上聚源中学的，都是当地的好学生，所以一个班才会招七十名学生。李露是个好学生，志向也大。

这样的好孩子，不舍得她去死。

父母要求见最后一面。

但医生们都还站在李露床前守着，随时调整药物。没人就此放弃。

治疗台上堆满了用过的血袋——全血，和分离过的血浆。为救回这孩子，已不计代价。

医生们还从未为一个病人用过这么多血。来自不同城市的医生们，在各自写下的记录里都提到，自己不能放弃一个聚源中学的初中生。

凌晨，李露的血压本来是靠药物维持的，现在开始有了自主的上升，过快的心跳开始平缓，似乎有了转机。

医生们仍未散去。

吴志雄靠着什么地方就睡着了。似梦似醒之间，他感到病房里气氛陡然紧张起来，医生们的白大褂急速地晃动。是李露，她不行了。吴志雄一惊，醒过来。

"马上跑过去看，心跳得厉害。抢救程序像一本翻开的书一样，在我面前一一翻过。只要没到最后一分钟，我就要再抢救。

"李露还处在昏迷中，但她活着。"

吴志雄回忆起那一夜，深深记得看到李露还活着时，心里涌出的高兴。

"在我学医时，我觉得自己工作的高尚之处，在于拯救世上最珍贵的东西——生命。然后，我成为医生，天天与病痛的生命打交道。人们说，医生的心是冷静的。的确是这样，见得多了，会慢慢意识到医生的局限性，所谓无力回天。

"我觉得自己成为医生，学习到理性的同时，整个人也冷了下来。

"那一夜，我温习了当初学医时对生命的激情。与当初在校园里不同的是，这次我亲眼看到生命的伟大和顽强，看到它的珍贵。"

吴志雄很严肃地打量我，看我是否真的理解他的重要收获。从怀抱理想的医科生，到上海大医院里日日忙碌的低年资医生，他在此证明了，那股激情还完好地保存在自己心中。这个证明，是顽强搏斗的李露献给自己床位医生的礼物。

那天，吴志雄连续工作了四十个小时。虽然疲劳、紧张，心中却如少年时代那样踊跃和清新，那样肯定与信赖，并为自己感到高兴。

他能感受到，原先怀疑自己已经丧失了的那些宝贵的职业虔诚，不光在复苏，而且更强大。

5月25日　坚持　阴

3床小女孩的渗血已经止住，呼吸明显好转，已经脱机了，体温逐渐接近正常，血滤治疗还在进行。她只是在我耳边轻轻说，我很痛。我告诉她，我们会给她止痛，她会很快好起来的，要坚强。她点点头。她或许不知道，在昨天她昏迷的时候，我们都没有走。

小男孩还在忍受着换药的剧痛，但他很乐观，他说只要能保住他的右腿，再痛他也能坚持。

5月26日　病情　阴

早上查房，我认真听着几位专家的分析，记录下各个要点，一一落实。我是这里年纪最小的队员，在专业知识和临床经验方面不及各位专家，我以勤补拙，在工作中多总结思考，多向专家请教，这对我是一个难得的机会。

3床小女孩比昨天更精神一点了，没有发烧，各项指标都在好转，肾功能还没有恢复，还需要血滤治疗。

小男孩的病情在恶化，高烧持续不退，创面有大量的渗血渗液，已经联合应用抗生素，并且输血。我们全力争取保住他的右腿，但情况似乎不容乐观。

最终，李露和周仁贵都活了下来。

艳阳8月，他们被邀请到北京去做康复治疗。

当初在聚源中学同学时，他们彼此并不认识。在成都的省人民医院外科重症监护室住院时，也不认识。他们在北京认识了。

在北京，他们几个拍了不少合影。虽然坐在轮椅上，但他们仍旧摆出少年中流行的小妖精姿势，快乐地照了相。

照片里的李露和周仁贵，都长大了。尤其是李露，如果不看她的右面身体，她的左肢非常修长，是个美丽的大姑娘。是在这时的照片里，才能看出，原来李露长了一张圆圆的脸。

李露和周仁贵，他们的头发是那么乌黑发亮，面颊那么红润，年轻的生命显得如此新鲜。

与吴志雄至今仍保留着的病危中的照片相比，不得不让人赞叹生命的顽强和美。那时，李露眼神飘忽，好像风中之微明的烛火，她正在大失血。周仁贵黑发直立，嘴唇晦暗，他也正在大失血。他们看着镜头，他们试图微笑，但他们好像是阴影，其实不会笑。

如今他们的笑容非常结实，有少年那种勇往直前的力量，还有劫后余生的沉着与坚定，以及不能抹去的淡淡忧伤。他们两个人少年时代最好的朋友，都丧生在教室中。这样的经历，使他们的笑容比别的孩子更多了令人肃然的分量。

这是比生命还要珍贵的笑容，凝聚了所有人的希望和祈愿。

吴志雄小时候，石库门房子里有个花园，花园里有个池塘。

他在园子里养过不少小动物，乌龟、小鸭子、蚕宝宝、小蝌蚪、小鱼，还有小猫和小狗。它们都不必关在笼子里，可以到处走来走去。

小时候，他喜欢它们，最好它们永远都活着。

它们死了，吴志雄会为它们在花园里做一座墓，安葬它们。

"那些小坟墓，应该现在还在原处。"吴志雄说。

有些人，对生命的美有特别强烈的认识，和特别强烈的爱惜。这些人中，会诞生一些医生。一些好医生。我想，吴志雄应该是这些人中的一个。

"他们两个都活着。"吴志雄告诉我的时候，微微一笑。

5月27日 值班 阴

今天值班，工作依然有序、忙碌。

上午小男孩告诉我，他昨天做了个梦，梦见了很多死去的同学，鼓励他不要放弃，要听医生的话。他说："我要坚强地活下去，即使再截肢也不怕。"他的高烧不退，创面渗血，右下肢已经失去了感觉和活动功能。我们不得不再次面对截肢与否的痛苦选择。

经过讨论，我们决定再给他最后一次清创的机会。他被推进手术室后不久，即得知其右大腿肌肉坏死严重，只能高位截肢。他回到病房时，已经结束了右髋关节离断术，也就是说，以后右侧将无法安装假肢。

晚上当我走到3床小女孩身边的时候，她问我，能否拉着我的手睡觉,我点点头。她握着我的手,她的手上还挂着一个小娃娃,她说这个娃娃一直陪着她,见到娃娃就好像见到了她的爸妈。她不时地睁开眼,确认我在她身边,才又睡去。可怜而坚强的孩子。

吴志雄读医科时,在瑞金医院实习。那是他第一次走进外科病房。

第一次被病人尊称为医生。

第一次了解到外科医生是非常辛苦的职业,每天都很忙碌,上了手术,就基本上无法保证午饭的时间,下班更不知何时。所以外科医生到了老年,不少都患有下肢静脉曲张,因为站的时间很长;还有颈椎病,因为做手术基本上都低着头。

第一次发现这个职业有巨大的魅力:看到病容从出院病人的脸上退去,那外人看来再普通不过的脸上,出现了医生最先能感受到的真实笑容。

吴志雄每次说到自己的实习,都会提起第一个带他查房的唐教授。唐教授在触及病人身体前,一定将自己双手捂热;在用听诊器前,一定将它先握在手心里暖一会才用。

唐教授的习惯来自他的带教老师傅培彬。在放到病人身上去之前,先捂暖听诊器,这是傅医生的学生们自觉遵守的传统。一代代的实习医生,走进外科病房,第一课就是先握住自己的听诊器。

吴志雄还在读小学,刚刚有一个模糊的理想时,傅医生已去世了,是唐教授将这个传统教给他。

当时唐教授也已垂垂老矣,外科医生们都叫他"唐爷爷"。

傅医生是瑞金医院最大牌的外科医生,在医术领域可以说一言九鼎。傅医生要是看见病人需要照顾,也会抽出时间来为病人洗脚。"他是位了不起的医生。"吴志雄说。

现在,傅医生是医院草坪上竖立的唯一一尊青铜像。

我说:"你一定想要成为傅医生那样的良医。"

吴志雄说:"我差得远,也许做不到。"

他的眼睛突然黯淡了。从学校出来,生活渐渐教会他一些东西:不是你想做就能做到,不是你能做,就能做到。理想的实现,有时需要一个对的时间,一个对的地点,和一个对的人。吴志雄有时感到,离自己的理想,不是越来越近,而是越来越远了。他不光想做个医生,还想做一个良医。

二十三岁的实习,教给吴志雄什么是医生:医者,非仁爱之士,不可托也;非聪明理达,不可任也;非廉洁淳良,不可信也……贯微达幽,不失细小,如此乃谓良医。这就是瑞金医院的医生们传统的修身之道,也是吴志雄自己的理想。

"也许我永远也做不到,但我还是把这理想埋在心里。"

那天,拉着李露的手,直到她睡着。吴志雄为自己能这么做,有机会这么做,感到非常安慰。

5月29日　转院　阴

8床小男孩右下肢残端仍有很多渗血，今天两次换药，加压包扎。因为截肢时肌肉横断面积很大，出血难免。小男孩很坚强，一直忍受着剧烈的残端疼痛，没有哼一声，只是精神差了许多。

"你的日记越写越短了。"我对吴志雄说。

他从小学开始写日记，直到大学。毕业后，渐渐停了下来。来到四川后，又恢复记日记的习惯，而且每天都差不多坚持下来了。

似乎，他的精神状态回到了学生时代，他每天都有话要对自己说。

不过，越写越短。

他点了点头。他太累了。从病房回来，总是在午夜到凌晨两点之间。精神上的压力也在加大：当时，卫生部对救灾医生的要求是，保证地震幸存者的零死亡率。

其实，5月29日，对他来说，是另一个令他一辈子难忘的一天。

那天中午，他在病房里巡查，病人们都睡午觉了，监护室里很安静。

李露睡着了，非常瘦弱，但病情平稳下来。

周仁贵也好像睡着了,但脸色白得有些奇怪——那是一张正在大出血的脸。

吴志雄过去轻轻翻开他盖着的被子。

他的整个下身都浸泡在截肢处渗出的鲜血里——大出血了。

急救。

急救的程序再次像一本书一样,在吴志雄的眼前一页页翻过去。

不敢再为他手术,怕他的身体经不起再一次手术、再一次麻醉。只能用物理的方法,用厚厚的纱布硬堵住出血口,在重压的状态下,自然止血。

于是,再次清创,用双氧水消毒,然后加压包扎。

"很疼。真的会很疼。整个过程都很疼,但是是救他的唯一办法。"吴志雄低头解释说,"他疼得浑身发抖,我能感觉到的。"

吴志雄一直守着周仁贵,不敢走开。

果然,才两个小时,加压包扎过的伤口处又渗出鲜血。他马上打开再包扎,重新再做一遍。

"这样做,需要多粗的神经才做得到?"我问。

"其实当时什么也没想,只想怎么做。"吴志雄说。

不能让有血的纱布贴在创口上,鲜血是细菌最好的培养剂,大面积开放的伤口很快就会感染。

不能让创口再大量渗血,这样会像几天前的李露一样。

第二遍，血止住了。

那天，吴志雄一直在周仁贵床边，守到午夜，直到确认血真的止住了。

雄哥。周仁贵这样叫吴志雄。

周仁贵认为，自己这条命不光是武警战士救的，是爸爸救的，也是雄哥救的。

午夜后回到宿舍，洗澡，吃点东西，吴志雄的确没多少精力写日记了。

日后想起来，他格外珍惜那些忙碌的日日夜夜。睁开眼睛就赶去病房，精疲力竭后回到宿舍的日子，充实、清澈，很容易发现它的意义。

而且，也发现自己存在的意义，自己工作的意义，生命的意义。它们简单明了，自然有力，就像他少年时代感受到的一样。甚至比那时更有力，因为他感受到了自己的力量。

也许这些精神上的收获，都是吴志雄本来想写到日记里的。

说到自己小时候，吴志雄说，他很喜欢赖宁的日记。

赖宁是一个小学生，为扑山火而丧生。他是20世纪80年代末的少年英雄。

20世纪80年代末，上海的小学生们，几乎人手一本印有赖宁肖像的《赖宁日记》。

"我还记得那本书。"吴志雄用手比画了一下,他记得赖宁在日记也写到与同学打架。

其他就不记得了。

"是的。是小开本的。"我说,"是我们编辑部编的,我看的初校样。那是1988年。实际上,这本书的名字是'赖宁作文日记选'。"我眼前浮现出赖宁温和,甚至可以说是悲悯的模样。还有他的多思,他对自然的爱,爱小动物、爱探险,以及他出人意料的强烈道德感。

他瘦小的少年身影,烛照当年浮躁动荡的岁月。

20世纪80年代末,整个社会正在动荡中向经济社会转型,让一部分人先富起来,人们唯恐自己被时代再次抛弃。而这个住在遥远大山中的小男孩,热忱地追求道德的自我完善。

"小时候,觉得赖宁真好。"吴志雄说,然后又补充,"现在我仍觉得他很好。"

"可小小一个孩子,怎么能救得了那么大的火,太危险了。"我说。

"人的潜能是无限的,不试试,怎么就知道自己做不到。"吴志雄不同意我说的话。"林浩不是也跑回到教学楼里去,救出同学来,他比赖宁当时还小。"他辩解道。

"现在还有周仁贵,我的病人,他也回去救老师。"

我不敢往下再说,要是提到后来一直有人怀疑赖宁日记的真实性，吴志雄一定会生气吧。这种猜测污辱了他童年时的清平世界。

我也记得，二十多岁的我，一字字看初校样时的感动和遗憾。这是个像托尔斯泰笔下的列文那样，追求道德完善的孩子。比列文更具有悲剧性的，是他好像就只是为献身而生。

我们并未伪造日记。

是现在的人不相信会有这样一个孩子。

20 世纪 50 年代的雷锋与 20 世纪 80 年代的赖宁，是吴志雄少年时代的学习榜样。

说到那样的小时候，吴志雄说，那时真是单纯。

5 月 30 日　礼物　阴

今天在 3 床小女孩的床前，我们停留了较长时间，我们都不舍得。她今天要转院了，下午 3 点的飞机。

中午趁休息时间我赶紧出门，想为两个小孩买份节日礼物。还有两天就是儿童节了。给小女孩的是一条卡通毛毯，她也许很快就用得到。给小男孩的是一支钢笔，希望他用自己的双手继续顽强地生活下去。回来时小女孩已经出发，她父亲代为接受了我的礼物。走进病房，小男孩正在睡觉，没有吵醒他，将礼物轻轻地放在他的床头。

傍晚有人采访我，让我谈一下这些天的见闻和感受。我回想这些天看到的点点滴滴，说，在这里，我感受到生命的渺小，地震瞬间吞噬数万生灵。也感到生命的顽强，幸存的重伤员一直在勇敢地与死神抗争。

"周仁贵可喜欢你的笔？"我问。

"他说喜欢。"吴志雄说。

吴志雄从未对那两个孩子说起过他的担心。

他并未忘记这两个孩子，都是在他面前失去了手和脚。

他知道，他们愈后还会有许多难以克服的困难，他们的命运比其他人艰难。

他关心他们的生命，也关心他们将来的幸福。

这就是他一直保持与周仁贵联系的原因。他希望在这个孩子愈后面临日常生活中的困难时，自己仍在他周围。

"他会遇到什么困难？"我问。可以想见的，是身体的不方便。

"一切困难，都会先从身体的不方便开始。"他说。

"也许他不能很顺利地站起来。这意味着，他不能自己上厕所。如果要父母帮他上厕所，他一定会觉得自己给别人的麻烦太多，心里会内疚。因此，他能做的，就是减少上厕所的次数。要减少上厕所的次数，唯一能做的，就是少喝水。这是以牺牲自己的生活质量为代价的。

"日常生活中的确都是小事，但小事带来的心理创伤是积累的，每天都由这些不能自主的小事来提醒你，你是别人的负担，然后，会因为这样的负面情绪累积而爆发，你觉得自己很讨厌。有些病人因此而轻生。"

吴志雄因此想当周仁贵的好兄弟，他想继续照看周仁贵的精神。

回到上海后，吴志雄参加了急救挤压伤的学术讨论，他用的病例，主要就是李露和周仁贵。医生们在一起讨论挤压伤的最佳截肢时间。

会上讨论了美国军医在伊拉克战场上的经验。美军在伊拉克的死亡率很低，这是因为军医常常在第一时间就截肢，以求保住生命。

吴志雄说，要是放在从前，大概自己也会同意美国军医的理论。但因为有了李露和周仁贵，如今他认为，还是应该给伤肢至少一次机会。这个机会，对一个人的余生意义重大。

吴志雄从未提及，但我想，大概，从周仁贵的右腿被截肢时起，他心中就藏着某种失败感吧。医生这职业，可以说，与艺术家一样，是难以满足的职业。对自己的不满总如影相随，内心追求的完美却总是难以达成。

周仁贵平时仍非常开朗与乐观，但他也常躲在被子里哭。他不知道自己失去了两条腿，将来如何照顾父母。

还有他的那三个好兄弟的父母。

我在吴志雄年轻的脸上,能看到不甘心。

我想,他在心中角力。

5月31日　都江堰　阴

今天病人的情况都比较稳定,有些病人已经在慢慢好转。

小男孩右下肢的渗出少了,体温也接近正常了,急性肾衰仍然存在,继续着血滤治疗。

下午趁着空闲,完成病房里的工作后,科里安排我们去参观都江堰的受灾情况。首先来到的是聚源中学,小男孩和小女孩均是该校的幸存学生。

中学的大门已经残破,曾经的主体教学楼现在已是一片废墟,只残留了中间的一排楼梯。现场正在清理,场面很震撼。

教学楼正面空旷的操场上,孤立着几个篮球架。曾经在篮下挥汗的少年,如今已不知去往何处。操场旁的围墙全部倒塌,砖石散落一地。

回到成都没有休息,换上工作服立即回病房继续工作。

"看到废墟,你想了什么?"我问吴志雄。

"我想,交到我手里的事,我一定要做好,要保证不会出差错。"吴志雄说。

"可想过,要像鲁迅那样,弃医从文,拯救社会?"

"不,我只做好交到我手里的、实实在在的事。不过我保证,我一定会对我做的事负责。"

"那，还是悬壶济世吗？"

"是的。"

然后，吴志雄轻轻一笑："我的作文不好呀，总给老师骂。"这时，小男孩狡黠的表情又在他眉眼间闪了一下。

6月3日　小便　晴

小男孩一晚上有了两百毫升小便，让我们感到欣喜，他的肾功能开始恢复了。虽然他右下肢残端的伤口还需处理，但至少他的病情已经逐渐好转。

明天又有一批队员回沪，我希望不要那么快轮到我。

6月4日　感染　晴

小男孩看上去没有昨天精神了，体温和白细胞也在升高，似乎感染在发展，我们认为感染源可能来自右下肢残端血肿，需要调整抗生素。他尿量不多，还需要血滤治疗。

6月6日　休整　阴有雨

虽说今天是休整，但我们队员还是都早早地来到病房，为了完成最后一次早查房。交班后，队长代表上海医疗队向外科ICU的医务人员表达了感谢和不舍，气氛像是今天的天气。

今天的查房很仔细，每个床位都逗留了更长的时间，每位队员都提出了自己的观点和治疗方案。

小男孩的右下肢残端渗血很严重，精神也大不如前，骨科会诊后决定立即行清创术。在我们结束查房后他又一次进入了手术室，术中发现右腿残端臀大肌内动脉出血，做了纱布填塞加压缝合，三日后再行手术。希望这孩子能尽快好起来。

早晨，周仁贵的右腿残端再次大出血，脸色点点滴滴地变白，床上又积满了血水。

再次清洗，加压包扎，输血。

这次，为赶上输血速度，医生用自己的腋窝为血袋先加温。

止血药和分离过的血小板输进去，并不见效。

再行清创术。

吴志雄在四川参加的最后一次查房：决定再次为周仁贵清创。

他离开病房时，周仁贵还在手术中。

吴志雄不能放心周仁贵。

他曾想过，要是能在四川工作一年，他就能跟踪周仁贵的病情，能做更多事。

这孩子的右下肢截得很高，将不能安装假肢。

与李露一样，周仁贵也多次经历了创口动脉出血，他也是靠志愿者的鲜血挽救了生命。

只要有一点气力，他就在病房里与人大摆龙门阵。他一直在与幸存的同学商量，要为遇难的同学在学校建纪念碑，碑上要有所有遇难同学的照片。他说自己将来可以做与电脑相关的工作，因为这工作坐着就能干。

只要有一点力气，他一定会对人微笑，用力地微笑。

吴志雄认为，周仁贵这完美的乐观，是为了麻痹自己，也是人在生命危险的时刻，心理上的应激反应。他还在心理休克期，直面自己的危急时刻，还没到来。或者，周仁贵正拼命阻止它的来临。它实际上比失去生命更可怕。

他的精神状态越完美，吴志雄就越担心。

吴志雄知道周仁贵心理上承受的打击，是我们不能想象的巨大和深重。

吴志雄只觉得自己在四川的时间太有限，自己能做的，也太有限。

在周仁贵远未度过危险期的时候离开，令吴志雄不能释然，他总觉得自己不应该还没能将周仁贵送到安全处，就抽身离开。吴志雄不放心将周仁贵交到别人手里，别人到底还需要时间熟悉他，而自己已是"雄哥"。

在熟悉的病房中，与病人们和四川的同事们告别，彼此患难之交，不知道什么时候才能再见面。这让他心情不好。

6月7日　回沪　小雨

上午很早起床，准时在楼下集合，登上前往成都双流机场的大巴。天下着小雨，窗外的成都笼罩在一片朦胧之中，我努力记住每一个掠过的画面，我想我会再来的。一定要来看看灾区的重建，一定要来看看这里的朋友。

随着飞机升空后城市迅速变小变远，我对家的期盼和对这里的不舍交织在一起，不能平静。

"你回家了，有凯旋的感觉吗？"我问。

"没有。"吴志雄摇摇头，"只有不舍得。"

美因茨大学医学博士

2013 年阳光灿烂的 **7** 月。

周日下午，火车路过莱茵河上的铁桥时，能看见河畔的沙滩酒吧里坐满了晒太阳的人。河岸的高坡上古老的葡萄园里，三三两两走着徒步的人，有时他们停下来，似乎在品尝架上的葡萄。这一带是德国古老的葡萄酒产地，"雷司令"（特指盛产于德国的一种葡萄，主要用来生产葡萄酒）就诞生在这个河谷里。河边的自行车道上有人骑车路过，龙头上竖着一面小旗子。这条河岸是德国人热爱的远足地，这就是在莱茵河畔的美因茨。离这里不远就是巴登巴登了。周日下午，那个富裕古老、有许多温泉的小城寂静无声，在完美的阳光里，几乎一尘不染的街道醺醺欲睡。美因茨也差不多。

在美因茨好像木偶戏布景一样小巧的火车站里，我遇见迎面走来的吴志雄。汶川地震后，我们已经有五年没见面了，甚至也没联系。

我看了他一眼，这个娃娃脸的高大年轻男人，中国人。

他也看了我一眼。

我们分明是认识的，却擦肩而过也不敢认，在美因茨这样的小地方呀。

走到火车站的面包店门口，闻到一股裸麦面包的香味。我回过头去，他也正疑惑地回头看着我，不穿华东医院的手术服，他更像个大学生了。

实际上，他已经是个博士在读生了。**2010** 年他得到国家留学基金委（CSC）的支持，公派在美因茨大学医学院留学，正在读心脏医学博士。

他高高兴兴地取消了搭火车去法兰克福逛百货商店的计划，留下来跟我一起过了一个下午。

我们不光喝了本地的雷司令酒，还去一家古老的德国馆子，吃了一只爆盐猪手。与其他地方不同，这地方做的猪手是油炸过的。他完美地用刀叉破开那只很大的猪手，剔干净骨头上的肉，将肉皮切得方方正正的，简直让我惊叹。

然而，他微微一笑："你忘记我的本行是个外科医生啦？"

在美因茨大学医学院，他做的是心脏基础研究。用英语读博士，这对他并不太难，他在上海第二医科大学（现上海交通大学医学院）读书，就是用英文读的医学。在没有一家地道中国餐馆的地道德国小城住上三年，对他也不太难，他从小吃面包和牛奶长大，对奶制品一点不排斥。知道他口味的同事只对他说："你这下住到了地道的德国小城，那里中餐馆也许是越南人开的，可有本地的几十种地道的德国面包、几十种地道的欧洲奶酪、几十种各种口味的肉肠,你算是老鼠落到米缸里去了。"

吴志雄说起在德国的日常生活,是平静自然的,没有上一代中国去德国的留学生那种内在的紧张,甚至他比在上海时更悠闲了。

你有经济上的压力吗?我问他。我想起自己1992年在慕尼黑的时候,去超市买东西,一边看马克的价钱,一边心算,将它换算成人民币,每每在心里惊呼:"这么贵!"

"没有啊。"他摇摇头。他刚到德国时,去超市买东西,一边看欧元的价钱,一边心算,将它换算成人民币,每每在心里惊呼:"这么便宜!"一大罐牛奶,人民币大概六块钱。一大罐酸奶,大概五块多钱。真是便宜呀,还质量保证。

是的,不错,时代真是不同了。

那你有精神上的压力吗?我问他。我的朋友们,都是我们那个时代最好的学生,20世纪80年代,在吴志雄还在读小学的时候,他们就已经前赴后继地出来留学。当时是大风起兮易水寒,他们拖着大号箱子离开,不混出人样来,就不能回国了。那是个一定要让一片叶子生根发芽,长成一棵树的时代。我自己就是受不了这样的压力,或者说吃不了那个苦,那个苦真的太苦。而且是不能让外人同情的、独自的苦。

"也没有啊。"他摇摇头,"在德国专心读书蛮开心的。"

吴志雄在美因茨大学的实验室里做了一些实验,在上海读书的时候反而没机会动手。"上海重读书,美因茨可以动手。"他是在德国结结实实地补上了实验室这部分。"我自己最喜欢的一个实验,是一个关于高血压孕妇,在怀孕期间服用一种药物,可以在遗传上减轻胎儿日后遗传母亲的高血压的实验。通过做实验,我们发现如果在胎儿期得到母体的药物干涉,胎儿将来的高血压和心血管疾病风险都会降低,如果坚持几代人,这种遗传就会得到改变了。"他说起这个实验,眼睛又开始发光。这代人也许生活在更和平、更有希望也更富裕的时代,他们脸上的稚气脱得慢,比如吴志雄,一旦说到自己得意的事,眼睛就开始发光了。我想起几年前,他说起"悬壶济世"那个词的时候。

所谓专心读书,就是心里从没想过要在德国留下来,成为一个德国医生。

"我知道要回上海的,我的生活在那里。"吴志雄伸出一双手,一只高,一只低。他比比那个抬得高的,"这是德国,真的很规范了,我们实验室里的仪器真好用。但是它就在这里停着,岁月静好的意思。"然后,他又比比那个抬得低的,"这是中国,一切都在起步,都在发展,奋力拼搏的意思。"他抬起那只手,向上伸去,"那时候,上海真的在好起来。我愿意在上海,太太平平、理所当然地过日子。还有,我是独子,我有父母要照顾,还有一个新婚的妻子,一个新家。"

"可是,有谁不愿意好好专心读书呢。"我说,"只是你生在一个好时候,幸运。"

吴志雄点点头,他就想定定心心做个中国好医生。他没看到前面有什么要阻挡他实现这个志向。

"那么，生活在地道的德国小城，而不是柏林那样文化多元的都市，会有文化上的孤独感吗？"我问。

"这个要看情况的。"吴志雄说。他和实验室的同事相处得不错，下了班，一起去吃饭、喝酒、聊天，过得不错。天好的时候也一起去郊游。环绕着美因茨的，都是上好的葡萄园，新葡萄酒酿出来的时候，他也跟朋友们结伴去酒庄喝酒。在实验室里，他慢慢学会了喝咖啡，德国式的喝法，不加糖，不加奶。但他最喜欢的，还是要加奶。

生活本身是友善的。

有时一起在玩着，突然德国人听到一支歌，就开始合唱起来，可他不会唱，就在一边听着，跟他们乐。礼拜天的时候，上午不能约朋友出去，因为他们也许要上教堂，可他不信天主教。

"就是这样的交往。美因茨很安静，有时候一个人待着也很好。"吴志雄说，"文化上融合得多好谈不上，但是也不冲突，就是不同而已。就跟上海的朋友是一样的，谈得来就在一起玩，又不需要时时都保持一致。"

是的，我这代20世纪80年代大学生，心中高耸的文化孤独感，在他心里，不再是需要努力征服的高峰了。

时代到底是不一样了。

武汉金银潭医院的ICU医生

七年后的春天，2020年。

华东医院的院子里，我偶然见到大红的抗疫英雄榜上有张熟悉的娃娃脸，那是吴志雄。

再找到他，他已经是美因茨大学医学博士，已经结婚生子，已经是个有副高级职称的资深ICU医生了。与当年报名参加上海医疗队去汶川一样，新冠病毒肺炎疫情在武汉爆发的第一时间，他报名参加支援武汉的上海医疗队，是第一批进驻收治重症病人的金银潭医院的上海医生。

他还是那张娃娃脸，笑眯眯的，不过这次，他称自己也是武汉金银潭医院的ICU医生。我问他这次可记了日记，他说记得太简单，实在没时间，也没写出啥高大上的思想。

1月24日

今天除夕，很不巧老婆上中班，晚上12点下班后，还要睡在医院，明天接着上日班。下午去医院看看老婆，顺便回科里看看。

晚上6点，回到爸妈家吃年夜饭。6点半接到医务处朱华处长的电话，上海第一批医疗队三小时后出发，让我马上准备。

匆匆吃了点，和爸妈道别，和Yoyo道别，Yoyo问我去哪里，我说去武汉。

回家简单整理了行李，大约9点，医院的车接到我去虹桥机场，朱华处长和护理部程云主任都来送行，她们说另一辆车在去接陈贞的路上，我们俩代表华东医院出征。

邵建华书记和党办童立处长已经在机场等候，还有其他医院很多的送行领导。不久宋晓华主任也来送行。我向邵书记递交了手写的入党申请书。整个机场只有我们一个航班，大约接近0点登机，东航班组向我们致谢，飞往武汉。

凌晨2点到达武汉，整个机场也只有我们一架飞机。在停机坪登上大巴，到达武汉卓尔万豪酒店，下车后立即远远地看到"武汉金银潭医院"的灯光，此时才知道我们要对口这家医院。等待托运行李到齐后，洗漱睡觉。

下午开了第一次会议，做了分组和动员。我是第五组的组长。

1月26日晚上，在临时改成ICU病房的金银潭医院北三病区，吴志雄值了第一个夜班。没有负压病房，怕交叉感染，所以病房里不能开暖气，又开着窗，非常冷。

病房里的病人病情都很重，大多数都靠呼吸机支持，情况比他想象的要严重。他感到压力了。他组里的医生来自各个医院，目睹如此状况，纷纷退却。一位是血液科医生，从未在ICU工作过。另一位是肾脏科医生，从未进过传染病房，更别提是面对如此的烈性传染病。请辞的医生是理智的，可吴志雄发现，第五组就剩下自己一个人了。所幸及时调整了重症病房的医护队伍，他成了金银潭医院北三组的组长。

晚上8点多，病区里有个病人睡不着觉，想要一粒安眠药。这时，他才发现自己竟然没有使用医院的电脑系统的权限。在武汉的第一份医嘱是手写的，这也是整个上海医疗队开出的第一份医嘱：一粒安定。

但是那天并不安定。没过几个小时,就遇到第一个病人死亡。晚上 11 点时,病人心跳很快,然后骤停,推肾上腺素、做心外按压,心跳始终没有恢复,后来自主呼吸也停了。午夜时停止抢救。吴志雄回到医生办公室,写出第一份死亡证明。

凌晨 2 点后,就有新病人送进来,病人已经昏迷,血氧饱和度只有百分之四十。他忙碌了一晚。

但那时吴志雄还不知道,这就是金银潭 ICU 的节奏,此后差不多每天都是这样的,以至于他开始不在意几月几号了。他匆匆记的日记里,日期也开始模糊不清。

一个病人去世,病床刚空出来,马上就会有新病人送进来。在病房里,只见到源源不断地送病人进来,对医生是极大的心理压力,同时也是对身体极限的挑战。

对吴志雄来说,他承担着更大的压力。

"在汶川时,我只需要管好自己分管的床位就行了。这次在武汉,我得参与制订第五组所有床位病人的治疗方案,责任更大了。"

"我们五组有十张床,我每天都参加查房。病人大多数病情很重,上了呼吸机。很快,我们就发现这次不像是 SARS(重症急性呼吸综合征),用 SARS 时的治疗方案不够,但新的经验还没能形成治疗方案,那种束手无策是很无力的。"吴志雄说,"我以为自己学到了更多本领,这次能真的多帮到武汉。可在病房里,马上发现对这个病毒的认识远远不够。但病人和他们的家属,把所有的希望都寄托在我们身上。和我一个组的医生们,也依靠我。

每次床位医生不乐观的病人,我都说我们要尽力治,但是不知道怎么治。"

在汶川地震时,救援的医生本人是安全的,只是辛苦。但在武汉,自身感染也是悬在头顶的利剑。武汉本地的医生护士,在早期防护做得不够,已不少人被感染。

"我还是在2001年大学实习的时候进过肝炎传染病房,跟这次没法比。开始时,我们没有医院感染科医生帮助,步步都要自己小心。

"早期防护设备根本不够用,即使我们ICU也拿不到。我穿过一种黄色的防护服,是防粉尘的工业用隔离服,非常闷,非常笨重。里面的棉毛衫一直湿透。但是一般舍不得出来换干内衣,因为出来一次,就得多用一套防护用具,要节约。"

直到有一天。

那天,他下午吃了午饭就进病房,准备给一个病人做ECMO(体外膜肺氧合,主要用于对重症心肺功能衰竭患者提供持续的体外呼吸与循环,以维持患者生命。),做了六个多小时,病人情况很不好,做得很艰难。在黄色的防护服和三层橡胶手套里,他觉得自己就要窒息了。那天轮到他值夜班,晚上6点上班。他本希望自己能撑住,将一套防护设备用到第二天早晨出夜班。但是那天他撑不住,觉得自己就要虚脱了。他知道,要是倒在隔离病房里太危险,所以他出来了一下。

换了干内衣后,又进病房去看那个病人,"病人的血氧饱和度上来了,我心里还是很欣慰。"吴志雄在自己的日记里简单记了这一笔。"早上看 13 床 ECMO 病人的胸片，发现比之前好转，感觉有希望，随即听到对讲机里的护士说 13 床血压测不出，血气代酸很严重，立即补液，去甲加量，加上肾上腺素，很担心这个病人。"

即使这样拼命，这个病人还是死去了。

每天都有病人死去，他天天提心吊胆。"从汶川那时候，我就是 ICU 医生，治疗的都是重症病人，但并不是每个进 ICU 的病人都会死，至少有一些是通过医生的努力可以挽回。这次病人的病情却进展得非常快，医生对病理也不太了解，我们做了很多我们能做的、该做的、能够想到的事情，但是一点都不见效，拉不住病人。心里真的很挫败。我们用的药，做的治疗，无创啊，插管啊，怎么完全没效果呢？那时候就很疑惑。有一次跟其他医疗队交流，原来他们也一样，我相信那时候，每个 ICU 医生心里都有很多很多问号。"

这些问号都是他心头的重压。

我见到吴志雄出 ICU 时的一张自拍像，他的脸都被层层叠叠的口罩边缘、护目镜边缘和头罩勒肿了。他浮肿的娃娃脸上，医生职业的静气镇压着心中的困惑与不甘心。开始时，他还想用问答的形式写 ICU 的新冠病毒治疗指南，及时总结经验教训，形成医疗小组之间的医生共识。但很快，他就在病房里疲于奔命，无法完成这件事了。

他开始每天吃医院营养科给的蛋白粉来支持自己的体力了，

在日记里,他勉励自己"要适应"。

2月14日

和汪伟、阮正上一起值夜班。晚上8点接班后,我就忙着帮第一组的18床做肺复张,直到9点多才坐下。

整理病人资料。

12点多,病房里的护士通过对讲机告诉我12床心跳为0了,我赶紧进去抢救,无效后宣告死亡。因为12床是从精神病医院转来,除了姓名没有其他信息,填死亡证明和通知殡仪馆费了些周折。

弄到一半,里面的护士说13床心跳停了,再抢救加后事。

过了一个多小时后,凌晨3点,18床又不行了。

一夜三个口插管病人死亡,忙到6点多。

8点交班后,回酒店简单吃点早饭就睡。15点起来肚子饿,吃了重庆小面。

之前小牛订的鲜花,错过老婆的上班时间,改送回家,老婆终于收到鲜花啦,"山川异域,日月同天。岂曰无衣,与子同袍。"

中午睡觉,错过交通台直播,里面有我预录的给老婆的祝福,不过后来主持人吴老师给了我链接。

"这怕是你失去病人最多的一夜了吧。"我说。吴志雄说起这一夜的时候,脸上变得晦暗。这让我想起,他从前说起在成都病房里的工作时,脸上从没有这么难过。

"唉。"吴志雄回答说,"觉得对不起那些病人。"

每天上午查房,他总是把自己所管的病人一个个仔细看一遍,尽量跟他们聊聊天。他知道这些病人需要更多的心理安慰。独自在病房住着,家里人不能来探望,只是看着身边的病友一个个突然离世,这种打击是很大的。所以他跟病人都熟悉了。

他说起一个病人。一个六十多岁的女病人,本来情况一直稳定。那个女病人天天都跟女儿一家视频,担心外孙女的衣食住行。

"她帮忙女儿带孩子,就像我妈妈和我丈母娘一样。所以,我觉得跟她很亲。我一直安慰她,再等等,她一定能回去接着带小姑娘的。我也是这么跟她女儿说的。我每天都跟她女儿谈一下病情。按照她当时的情况,我真的觉得自己有信心治好她。可是,有天发现她不视频,改电话了。后来,电话也不打了。紧接着,情况急转直下,只有两天,就去世了。"

吴志雄沉下脸来,好像徐徐关上的一扇门。

"我觉得自己对他们家食言了。我说能治好她的。我打电话告诉她女儿时,觉得自己好难说出口。"

"这是在武汉你最难忘的病人吗?"我问他。当年听他说汶川地震抢救经历时,我也问过他这个问题。

"是啊,可这次是不成功的例子。"他说。

这又是一个病情急转,怎么努力也拉不住的病人。

"后来她女儿同意把遗体捐献给我们,所以,她是我们在武汉解剖的第二例病例。那时候才发现,她有多器官栓塞。我已经给病人用了抗阻塞的药物,怕用多了会造成病人出血,所以一直不敢用大剂量。这个病人最终死于肺栓塞。从这以后，我们开始用两倍大的药量了。后来国家督导组来检查，我汇报了这例死亡讨论，附解剖报告。郑队长汇报三十一例死亡病人的系统性分析。"

吴志雄说，他永远不会忘记这个女病人跟女儿视频时那活泼的样子。而我想起来的，是他从前说起他母亲时的笑容。那还是他从四川救灾回来以后。我问他，他报名去四川，父母担心吗？他笑着说："我妈很支持的，她还问医疗队要不要人跟去烧饭。她是在食堂里做的，她能烧饭。"想必，他妈妈也是个活泼的女人。

而吴志雄，真是一个还带着孩子气的好医生。不知道为什么，我总能在他身上找到一种温柔顽皮的孩子气，也许是独生子到底是被爱得更多点，爱让人保持着一股孩子不设防的气息。也许是因为我老了，看到的尽是别人的年轻。

"可你日记里一个字也没提到她。"我说。

吴志雄垂下重重的眼帘，然后说："都在心里，不用记。"

还有一个病人，吴志雄也放不下。那是一位从养老院来的老人，八十八岁了，有些痴呆。他3月头上来，是吴志雄小组里最重的病人了。吴志雄尝试着为他插了管，结果很好，他肺部的情况慢慢改善了。

到3月17日，各地医疗队开始分批撤离，可吴志雄不想走，他想等八十八岁的老人情况再稳定些，可以脱机拔管了再走。这是他的病人，他想跟到最后有个结果。

"那么老的人了。"我说，"社会达尔文主义者也许会放弃治疗他。"

"我是医生，来到我面前的就是病人，我不评价谁应该治，谁不应该。"吴志雄说，"后来，在隔离期间，我们这些医生天天跟国外的 ICU 医生连线，讨论救治的经验得失以及进行医生共识讨论。佛罗伦萨的医生和巴黎的医生都问过我们，不得已时，我们如何选择谁应该救。其实，我们的选择是，谁送进 ICU 来了就救谁，按时间次序。对我的老病人，我也是这个态度。他就是一条生命，没有其他标准。在心里，我也希望自己能创造一个例子，把这么重病的老人拉回来。那么以后，对年轻病人就能容易多了。"

他还为老病人组织了一次全院专家会诊，大家都为后续治疗提了建议。

吴志雄没能等到老病人拔管脱机，就随队回上海了。

"听说他没能活下来。"吴志雄轻轻说，"征服这个病毒不容易，绝不是方舱医院那样跳跳广场舞就能好起来的。"

2月25日

下午帮汪伟搬家，党员们全部搬去全季酒店。昨晚我也申请了，但没批准。

晚上又通知我去开党支部大会，晚上 9 点，我们五位积极分子被批准火线入党，跟着郑队长做了宣誓，我代表五位预备党员做了发言。

心情非常激动！多年的愿望终于实现了。

总怕自己做得不够好。

结束后回到万豪酒店约 10 点,马上赶去医院上夜班。

"你想要入党很多年了吗?"我问。

"在四川救灾的时候,我就想入党了。那时候,遇到危险、困难,都说:'共产党员跟我来。'党员们就先上了。那时候我也想一起去,我就说我是 ICU 医生,用得着我,我也先上。从四川回来,我就写了申请书,也去党校学习过了,可是很快我就去德国上学,这事就拖下来了。这次要去武汉了,我们主任提醒我说,可以再写一份申请书,我就赶紧着写了。"吴志雄说。

"党员为啥要搬家呢?"我问。

"刚到武汉时,我们都住在万豪,两人一间,去金银潭医院,步行十分钟的距离。后来为了预防病毒传播,医院感染管理科医生要求一人一间,但这时医院附近的酒店都住满了,队里在同一个区里找到了全季酒店,住宿条件相对万豪差一点,到医院乘车要半小时,队长提议所有党员吃苦在前,搬到全季去,差不多六十几名党员搬过去,正好实现一人一间的要求。"吴志雄说。

"那为啥不同意你也搬去呢?"我问。

"我听说,怕让我也去全季了,其他入党积极分子有想法,因为大家都很积极报名要搬去全季。工作很繁重,大家都需要情绪稳定。"吴志雄说,"不过遇到困难有人迎面而上,总是很酷的。"

3 月 30 日

早上去医院收集资料,下午开欢送会。有我们女队员合唱《相亲相爱一家人》，郑队长放了一个MV（音乐短片），被里面的镜头触动，想到很多病人没有熬过来，忍不住落泪，被罗梓晗偷拍了。

吴志雄第一眼看到金银潭医院，是在大年初一的凌晨。漆黑寒冷的夜色里，医院的名字用通红的霓虹灯框起来，有种走进《生化危机》游戏里的诡异感。

后来，他夜色里见到通红的大字，总觉得惨烈。

再后来，有一天，他在日记里记录了鸟叫。这是他到武汉这么多天后，第一次留意到小鸟，他想，应该是春天快来了。

等方舱医院建成了，送来ICU的病人少了，他才拍摄了一张樱花盛开下的金银潭医院。在蓝天下的医院，看上去很强大坚固。"马上就好了。"看到这张照片，我想起他安慰病人时常用的话。

可他还不想离开。他希望自己能在武汉守到武汉解禁，看到人们出来以后，疫情没有反复，他才能放心。"我们都走了，武汉再有事，他们怎么办？"

他走的时候，老人肺部的情况好转，但发生了继发细菌感染，体温在慢慢升高。他希望能陪老人扛过这一关。

离开武汉时，能出街的市民都来相送，有人从车里跑出来，对他们作揖，交通警满含眼泪向他们敬礼。回到上海，人们等在郊县的街口向他们欢呼，可他没有英雄凯旋的感觉。

清明节早晨，他站在隔离点的阳台上参加了全国的默哀。他记起来，上一个全国哀悼日的时候，他正在去德阳的路上。

然后，他回房间去整理了武汉的照片。在一张别人给他的照片上，他看到自己隔离服的肩膀上，护士帮他多写了一行字：Yoyo dad。是的，在武汉的金银潭，他不光是ICU的大雄医生，也是一个小女孩的爹。

"中午吃过饭，老婆特地坐了三十一公里的车来看我，带来了和Yoyo一起画的卡片，还有保暖内衣和金水宝。她不能上楼，只能隔着阳台和我说话，像罗密欧与朱丽叶一样。"这天的日记里，他这样写道。

4月2日

下午3点中欧连线，晚上7点专家共识讨论。隔离期间忙着开会，充实！

视频会议时，有法国和意大利的医生都提出了ICU床位不够的问题，意大利选择"年轻人优先"，这个选择基于预期寿命（或社会价值？），能感受到这也是他们的无奈。这种不公平是显而易见的，意味着当某个人没有利用价值（或者价值已经贡献完了），社会就抛弃他了。一个很经典的观点，火车前方两条轨道上分别站一个人和五个人，为了五个人，可以牺牲一个人，看似很合理。但是，如果这一个人是年轻科学家，而另五个人是退休普通工人呢，又该如何取舍。所以，没有正确答案，没有分配正义。

我无法批评意大利的医生做得不对，因为这个问题对于谁都很难回答，最好的方式就是避免这个问题。因为就算按照时间顺序收入ICU，对于没有入住的病人来说，也是不公平的。

在医疗挤兑面前，任何的哲学思辨都是无解的。我能理解武汉初期，能理解意大利，也希望和自己内心和解。那时的我们，都处在非常大的思想压力和工作压力之下，如果没有宏观的调控，以医生一己之力，病人是看不完的。同样，如果没有政府和社会各界的支持（包括医疗设备、防护用品、生活补给、后勤保障，也包括精神鼓励），像我这样的普通医生，很难说能打完全场（而不被击倒）。

对于我个人而言，无论男女老少，生命都有被救治的价值，八十八岁的老人于我而言一样要尽全力抢救。我对每个病人观察得越细致，就能从治疗他们中获得越多的经验和教训，可以用于下一个病人。对于这个陌生的疾病，前期的经验是尤为重要的。八十八岁老先生在3月初收入我们ICU，新冠病毒肺炎，老龄器官功能退化，多种基础疾病……可能潜意识里，这个病例对于我像是一场考试，难度系数很高的考试，我希望交出满意的答卷，检验我之前的工作。如果老先生能治愈出院，我想我也是会骄傲的，同时我会把我的经验分享出去，希望更多的病人能获益。

这次视频会议，没有德国医生参加，所以蛮难预见德国医生会不会提出"ICU先收治年轻人"。不过以我对德国的了解，大概率他们不会这么选择，默克尔在政府声明中也说过，老人们建立了德国的繁荣，他们就是德国。

其一，德国是一个对弱者非常友好的社会，这些弱者包括老人、孩童、妇女、残疾人、难民，还包括动物（宠物和野生动物）。这些友好的措施体现在各个方面，社会公共设施、社会福利和医疗福利，人们普遍存在的同情心。这个现象也许和他们的民族特性有关，也许和他们的二战伤痛有关，也许和他们的宗教有关，但归根结底，在德国生活的各个方面都能体会到他们对于弱者的关爱。所以很难想象德国的医生会做出"年轻人优先"的选择。况且，"社会达尔文主义"的选择德国人在二战时就经历过，我和德国同事很少能聊二战的话题，因为这是他们的伤痛，我不愿意揭开疤。所以相信他们会避免用"存在价值"去判断一个人，毕竟生命都是很珍贵的。

其二，德国尚未出现医疗挤兑。德国的医疗水平自不必说，许多医疗设备的生产商也是德国企业（呼吸机、ECMO、监护设备等）。而且由于德国人的严谨，他们很早就做了针对新冠病毒的预案。在我学习的 Mainz（美因茨），3月份已经根据预案改造病房大楼，并且细致到根据不同的病人数调整病房结构。如今的德国也在避免出现这种先救谁的伦理问题，他们希望通过细致的预案、及时的设备补给来实现。

在这次新冠疫情面前，德国用医疗储备尽量避免回答这个"先救谁"的问题，也尽量避免用"社会价值"做取舍。在德国学习期间，除了他们严谨的治学作风，还影响我的是，关爱弱者，尊重个人自由，尊重个人隐私。

4 月 26 日

虽然我们医院目前尚未收治新冠病毒感染病人，但鉴于全球仍然处在新型冠状病毒（COVID-19）的疫情中，我认为有必要做好感控预案，不仅是应对这次的疫情，也为未来可能发生的传染病提供应对参考。

全院范围：协助院感科草拟
- 发热门诊及病房内发现疑似病例的诊治流程。
- 发热门诊及病房内发现确诊病例的诊治流程。
- 全院空调设备和空气净化设备的消毒和使用流程。
- 收治疑似和确诊病人的病房使用流程。
- 病人体液（痰、血、尿、粪）的处理。
- 确诊病人外出检查（如 CT、MRI）的陪送和消毒流程。
- 疑似和确诊病人死亡的处理流程。
- 医务人员的分级防护措施。
- 医务人员离开医院或隔离的流程。
- 防护用品后勤保障。
- 生活废物及医疗废物的处理。

ICU 范围：协助院感科草拟
- ICU 的分区（清洁区、半污染区、污染区）和通道设置（医务人员通道、病人通道）。
- ICU 应急治疗小组的确定。

- ICU 备用医疗器械和耗材。
- ICU 新风系统的消毒和使用。
- 重症病人的基础治疗方案。
- 医务人员的分级防护措施。
- 重症病人外出检查（如 CT、MRI）的陪送和消毒流程。
- 生活废物及医疗废物的处理。

5月2日

从学医，到汶川，到德国，到现在的转变

当初促使我决定学医是因为奶奶的去世，想学好本事，救治很多像奶奶那样的病人，避免生离死别。但是当时对于"悬壶济世"，更多地停留在一个框架的想象，或者说是一个美好的愿望，毕竟那时候我的医学知识匮乏得吓人，还很怕打针。那时觉得更为实际的想法，是以后可以照护到家人和亲戚。

在医学院时，面对如海啸般的知识量，曾怀疑过自己的梦想是否还能到达彼岸。什么生理学、病理学、病理生理学、组织胚胎学，都是以前闻所未闻的学科。进了医院，还要面对另一波海啸，内科学、外科学、妇产科学、儿科学、传染病学、皮肤病学等等等等。因为我们是英文七年制，很多课程要求用英语教学、英语考试，那些专业名词和拉丁名词，难度可想而知。在这个过程中，真切感受到学海无涯，回头无岸。

进入见习和实习阶段，开始感受到医学的魅力，不同的病例都是一本本活生生的教科书，枯燥的知识逐渐转化为临床经验。

带教老师告诉我们，病人就是我们最好的老师，同时，我也耳濡目染了带教老师们对病人的人文关怀。在医院的学习和之后的工作，让我对"悬壶济世"有了具体的认识——这不是一个虚无缥缈的口号，而是要落实到一个一个的病人身上，感同身受，治愈他们的疾病，或缓解他们的病痛，常常去安慰。

我经治的病人有富贵有窘迫，有高知有市井，有老外，还有犯人。我在前辈们身上学到，不能因为他们身份的不同而厚此薄彼，在我面前的都是我的病人，都要一视同仁，同时我也能感受到大部分病人对我的信任（对医生的信任）。看着他们被治愈会有一种成就感，具体到机制也许是脑内大量的多巴胺分泌，也许正是这种被需要的感觉，支撑我继续前进的。我一直觉得，做医生不能以赚钱为目的，因为如果这样，在做一些选择时，是会出现偏差的，也许这些偏差会致命。而且医生冗长的成长过程，也在潜移默化地筛选，毕竟同样的付出在其他领域能得到更好的收入。很高兴我的英文七年制的同学们，绝大部分都还在医生的岗位上耕耘，少数几个转业的同学，也不是因为收入的原因。

2008年那时，ICU还属于医院里的一个不起眼的小科室，大多数的ICU还附属于其他学科，如普外科、麻醉科、神经外科等。甚至我国还没有重症医学这个学科。我在医院的生存现状属于"看你挺有发展前途的，怎么留在这个小科室里"，潜台词——要钱没钱，要发展没发展。汶川地震后，首先被需要的是骨科，因为很多人被救出后需要紧急手术截肢或清创。接着，发现越来越多的病人出现肾衰、失血性休克、继发感染，所以第二批需要肾内科和 ICU 的医生。肾内科管血透，ICU 医生管生命维持和感染控制。同时还需要感控专家深入灾区做防控工作。当时接到通知的第一感觉，就是终于"英雄有用武之地"了。在当时的大环境下，我有机会为灾区人民做点贡献，是很高兴的。但当时真没有当英雄的感觉，就是觉得别人捐钱捐物，我捐人。

到了那里的 ICU，在全国各地的专家面前，每天都能感受到自己的知识储备得不够，每天都能从专家的身上学到很多，比如丰富的学识、事必躬亲、急病人之所急。我在救治病人的同时，也从病人身上学到很多，比如坚强，也知道了，很多病人，为了生的希望都在咬牙坚持。回到上海，才反应过来，这好像就是"悬壶济世"，不为功名，一心只为病人。用现在的话说，我感觉自己成了一个对社会有用的人，成就感更大，多巴胺分泌更多了。同时，也感受到自己和专家前辈的巨大差距，这是促使我以后不断学习的动力，也是促使我去德国留学的初衷。这时候的我，知道学海无涯，也不想回头了。

对德国医学一直很有好感，也一直充满好奇，所以感觉德国的留学时光过得很快。对德国印象最深刻的是他们的严谨和包容。在学术领域，他们包容不同意见，学校的周会上，我们这些博士生，也可以就某个学术问题撑我们的"大老板"（我们系主任），这被称为质疑精神。当某个方案通过，所有人对这个方案又是不折不扣地执行。他们严谨到，据说在家都是用刻度杯喝水的。还有，就是德国人对弱者的关爱，对隐私的保护。社会各个方面都在为弱者提供便利，让弱者可以有尊严地生活。如果艾滋病病人和他的朋友一起相约去献血，血站会保密，每人会有一份问卷，如果勾选了"是 HIV 感染者"，血站会如常采血，但会在后面的过程中丢弃，而不是拒绝献血。德国人的严谨和同情心，在我们看来也许吃力不讨好，但在德国人看来，这是理所应当的事，这种理所应当，造就了他们的现代医学。

汶川地震之后，重症医学在中国很快地发展起来，我很有幸成为其中的亲历者。之后的各种社会公共事件，都能看到重症医学医护人员的身影。当然，那些都是社会伤痛的记忆，这次武汉疫情也不例外。

这次冲在第一线的，只能是医护人员，而且，这次医护人员存在被感染的风险。这次的报名，也没有当英雄的感觉，只是觉得，武汉的医生撑不下去了，武汉的病人撑不下去了，得赶紧去"救火"，这是责无旁贷的事情。与四川不同的是，这次我相比十年前，专业知识更丰富些，而且我存在侥幸心理，按照病毒的传播方式，我做好防护，应该不会被感染。如果真的不幸被感染到，那也没办法，我就同时扮演病人和医生的角色了，这个我没对家人说。而且，我也对这个未知的疾病存在非常强烈的好奇心。

曾记得有个故事，说是一战以后英国的贵族人数锐减，因为当时贵族教育是要他们冲锋在前，贵族们践行了他们的承诺。我不是贵族，我也要践行我的医学生誓言，这么多年的医学教育、我的理想，都不是让我在这个时候退缩的。不过当时没想那么多，条件反射式地就报名了。可能有些人会说我傻，送死，幼稚，理想化，不顾念家人，也许是吧，要么是一种使命感，要么这就是大爱，我也说不清，就觉得我应该去。

2020年这个春天鲜花照常盛开。

带着Yoyo去公园看花，吴志雄突然从紧张压抑的金银潭医院医生的身份里解脱出来，却又没回到现实生活中，他有了时间审视自己。

与参与汶川救援的时候不同的是，他现在已经是一个资深的ICU医生了。他也更明白了自己，遇到一切急需ICU医生的危难之时，他都会在第一时间挺身而出。这好像是一种内在的动力决定的。那内在的动力从想要学好本事，悬壶济世的少年时代已经出现，它推动了他的成长，推动他成了一个越是艰险越向前的ICU医生。

这种动力，应该是医生的英雄理想。战场上的英雄是杀敌无数，英勇捐躯，而病床前的英雄则是跟死神抢生命。当山河无恙，医生就是一份体面的职业；而当沧海横流时，医生就是救死扶伤的白衣战士。

他是想，自己一辈子都当救死扶伤的白衣战士。

我感到幸运的是，我偶然认识了一个独生子，然后，我目睹了他成为一个上海的好医生。

第三部

2016年—2020年…

独生子女的时代解码者

前　言

中国独生子女生育政策简史

1. 1974年,北京、上海、天津作为试点城市,开始提倡"一个家庭生一个孩子"的计划生育政策。

2. 1978年3月,第五届全国人民代表大会第一次会议通过的《中华人民共和国宪法》第五十三条规定"国家提倡和推行计划生育",计划生育第一次以法律形式载入我国宪法。

3. 1982年9月,党的十二大把实行计划生育确定为基本国策。

4. 1982年12月,第五届全国人民代表大会第五次会议通过的《中华人民共和国宪法》第二十五条规定,"国家推行计划生育,使人口的增长同经济和社会发展计划相适应"。第四十九条又规定,"夫妻双方有实行计划生育的义务"。

5. 2001年底,《中华人民共和国人口与计划生育法》通过,

2002年施行。由于20世纪80年代出生的第一批独生子女已经到达适婚年龄，在许多地区，特别是经济较发达的城市，计划生育政策有一定程度的放松。符合特殊情况者，由夫妻双方共同申请，经计划生育行政部门审批，可按人口计划及间隔期规定安排再生育一个子女，其中就包括独生子与独生女结婚的情况。至此，我国生育政策调整为"双独二孩"。

6. 2013年11月12日，党的十八届三中全会通过《中共中央关于全面深化改革若干重大问题的决定》，启动实施一方是独生子女的夫妇可生育两个孩子的政策。"单独二孩"政策逐渐落地实施。

7. 2015年12月，第十二届全国人大常委会第十八次会议审议通过《中华人民共和国人口与计划生育法》修正案草案。修订后的《中华人民共和国人口与计划生育法》第十八条第一款规定："国家提倡一对夫妻生育两个子女。""全面二孩"于2016

年1月1日起正式施行。

8.《中共中央 国务院关于优化生育政策促进人口长期均衡发展的决定》2021年7月20日公布，就"实施一对夫妻可以生育三个子女政策，并取消社会抚养费等制约措施、清理和废止相关处罚规定，配套实施积极生育支持措施"提出要求。

第 一 章
1995 年，推想

1995 年，在采访和写作时，我为故事里的许多东西所困扰，那是些我感到里面含有某种意义的东西，可是它们像是深水里的鱼一样，突然跃出水面，然后，又突然不见了。为了抓住它们，我访问了四个学者，他们对中国将要进入独生子女社会很关注，他们自己的孩子就是独生子女。

我们是坐在安静的书桌前，像一次普通的坐而论道，可感觉上，好像是站在高高的河岸上，看河水滔滔而去。

1. 关于独生子女：陈丹燕与上海青少年问题研究所所长苏颂兴的讨论

在我三年的采访和准备中，开始时的确总是发现这一代孩子和我们小时候不同的地方。更多的自我意识，有时我们会把它称为自私；更深的内心世界，有时我们觉得他们不那么健康；更敏感的感情，有时我们会担心这样的孩子怎么面对将来的世界。开始我从这些东西很快就想到从前看过的一个报告文学《中国的小皇帝》，想到从那以后，大家都在担心这样的孩子将来怎么承担起中国的将来。

直到有一天，我采访了一个从小失去了父亲的独生女，她和不识字的母亲一起生活到十六岁，她和母亲在一起吃了许多苦，母亲为了她一直没再嫁，直到她离开妈妈，回到父亲出生的城市生活。母亲自己一个人留在了她的家乡，这个和母亲相依为命的女孩子帮助母亲建立了自己的新家。而她一个人又住在从前父亲住过的那个楼。父亲在她的记忆里没有一点点印象，她是看着父亲遗留下来的日记和照片开始认识自己的父亲的。那些安静的、父亲老家的夜里，看着父亲的字，在心里还是感觉着自己对父亲的骨肉之爱。说着这些的时候，女孩子年轻清澈的眼睛里闪出了泪光。她说，她从心里觉得，自己这个独生女，从来就不是小皇帝。她的心里因为是只有一个孩子，而充满了责任感和对父母的爱，那种因为你只有他们，他们也只有你一个人而产生的爱。

那一天的采访，我想也许我们对这些孩子有一个持久而巨大的误会，也许他们从来就不像我们想象的那样专横冷酷，也许我们这一代人是在有兄弟姐妹的家庭里长大起来的，我们的童年经验不能使我们理解他们这些独生孩子，更也许我们的童年经历使我们对他们，在心里有一种优越感，于是我们从自己的角度出发，很容易就指责他们，我们对待他们，忘记了"设身处地"这个词。

"独生子女"是不是一种不能避免的病？

我采访了上海社会科学院青少年问题研究所所长苏颂兴，他是研究独生子女问题的专家，曾在英国的独生子女研究所进修。他要回答这个问题。

苏颂兴所长说，独生子女研究是个跨世纪的课题，它形成于 19 世纪末 20 世纪初，又将以新的发展迎接下个世纪的到来。

独生子女在不同的国家里，从一开始都是被当作"问题儿童"来研究的。

以发表青年研究奠基之作《青春期》而成为近代世界青年问题研究泰斗的美国著名心理学家霍尔（G. Stanley Hall），曾经提出令人震惊的观点：独生子女本身就是一种病。

霍尔对独生子女的认识来自他和学生所进行的"特殊儿童和例外儿童"研究。当时，霍尔指导学生博汉农（Z. W. Bohannon）做这项研究。他们积累了一千多个特殊儿童和例外儿童的资料，发现独生子女在其中占有相当大的比例，并且发现独生子女中又有三分之二的人存在缺乏社交能力的弱点。博汉农锲而不舍地把独生子女从特殊儿童中分离出来，进行了单独的研究。可以说，独生子女从被学者注意的那一刻起，就同他（她）们存在的问题联系在一起。

博汉农运用心理学知识，对三百八十一名独生子女进行测试，结果证实：独生子女具有特异性，他们早熟、娇生，还有"假想的伙伴"。博汉农把这些结论写进论文《家庭中的独生子女》，发表于1898年。据现有的资料分析，这是世界上有关独生子女研究的第一篇公开发表的论文。

德国开始注意并且研究独生子女问题，起源于医学的临床实践。其代表人物为小儿科医师奈特（E. Neter）。他的同事每天要诊治一些儿童的心理或生理疾病，发现就医者有许多是独生子女。奈特说："如果我们试着来描绘一下独生子女的'患病模式'，或者从统计上加以证实的话，这就和我们医生的经验相吻合：独生子女确实比多子女家庭的孩子更经常地患病。"另一位儿科医生库博（Koeppe）也同样强调独生子女的常见病——他（她）们的"眼光显得恍惚不定"。其实，健康的独生子女不找医生，而找医生的往往会有这样那样的问题，就因为这一缘故，所以在医生眼里独生子女更容易被视为"问题儿童"。奈特归纳了自己的临床经验，在1906年出版了世界上第一本有关独生子女研究的专著——《独生子女及其教育》。该书不仅指出了博汉农所发现的独生子女特异性，而且对它产生的原因做了系统分析。该书在国内外产生很大的反响，到 1914 年已出第五版。

随着研究的深入，西方学术界形成共识：独生子女的特异性并不存在。

20 世纪 20 年代后期，美国学者芬顿（N. Fenton）出版《独生子女》一书，第一次从方法、内容和结果全方位地批判了过去的观点，否定了独生子女存在的特异性。接着，有许多学者如胡克（H. F. Hookor）、伍斯特（D. A. Worcester）、吉尔福特 (D. A. Guilford) 等人的研究结果，都与芬顿一致。学术界越来越多的学者对独生子女持肯定的态度。之后，有关独生子女问题的争论虽然略有起伏，但学术界的基本认识是：独生子女与非独生子女没有本质差异。1986 年，美国心理学家福尔博（T. Falbo）综述了 1925 年—1984 年发表在西方心理学、教育学杂志上的二百多篇文章，用一种新的统计学方法对其中可进行再次分析的一百一十五篇文章作处理，把独生与非独生子女做比较，包括事业成就、社会适应、个性特点（领袖才能、自我控制、成熟性、合作性）、智力发展、社交能力、亲子关系六个方面，发现没有大的差别。独生子女作为一种社会现象，总有其共性的东西存在。因此西方学者经过近百年研究得出的结论，有助于我们从独生子女消极现象的背后去寻找本质性的规律，从而消除人们普遍存在的模糊认识或偏见。

西方独生子女的研究结论值得借鉴，但应该认清结论产生的不同背景，作具体的分析。

我国对独生子女问题的研究充其量不过十多年的历史，学习借鉴可以使我们的研究少走弯路,缩短学术差距;尤其学习借鉴西方对独生子女长期的追踪研究成果,使我们对刚刚进入青年期的中国第一代独生子女的未来发展,也能进行较为科学的预测。

然而,西方独生子女现象的成因有着复杂的社会根源,我们在借鉴时不能把它与我国的独生子女现象作简单的类比。

西方独生子女数量激增有三次高潮。

第一次是 **19 世纪末 20 世纪初**,随着经济发展和生活的改善,人们为追求安逸的生活享受而减少子女的生育,独生子女生活在双亲关爱的环境中。

第二次是 **20 世纪 20 年代—40 年代**,西方世界发生经济危机,大萧条的结果使得一个家庭无力赡养更多的人口,独生子女得不到父母应有的照顾。

第三次是 **20 世纪 60 年代—70 年代**,先进的现代避孕技术、因急剧增长的婚姻不稳定状况而涌现的大量单亲家庭,造成了新的独生子女现象,独生子女从小就必须生活自理、自立,甚至要扮演"配偶"的角色。

于是,同样的独生子女现象,因为不同的家庭生活条件和环境,最终带来不同的问题。

众所周知,我国的独生子女现象是为解决"人口爆炸"问题而出现的。在中国特殊的传统文化背景下,独生子女几乎受到每一个家庭的过度的保护和爱护,这是西方任何国家所无法比拟的。因此,我们在认同独生子女与非独生子女没有本质差异的时候,也不得不看到中国独生子女在成长过程中因父母的溺爱而形成的不同于西方独生子女的某些弱点。如果把中西独生子女现象作简单的类比，就有可能使我们陷入认识上的误区。

独生子女和非独生子女，生活在同一环境里，到底有多大的差别？

苏颂兴所长提供了最新的、历时三年多、有七千人接受调查的专题调查结论，实施的调查专题是"走进青年期的上海独生子女与非独生子女的比较研究"。

这次调查的内容包括基本情况、生活需要、人格特征、社会参与、社会交往、职业选择和适应、经济与消费、家庭生活、恋爱婚姻等九个方面，涉及二百七十二项调查指标，对当代青年的现状进行了全面的比较分析。从而得出了基本结论：共同进入青年期的独生子女和非独生子女之间有所差异，但不存在本质上的不同。

中国的第一代独生子女开始进入青年期，我们的追踪研究发现，他们和非独生子女相比不存在本质的差异。

北京、天津、上海作为计划生育的试点城市，早在1974年就提倡"一个家庭生一个孩子"。那时的孩子现在都已经是二十二三岁的青年人了。据报道：1995年进入大学的新生超过60%是独生子女，比1994年多了三倍以上；1995年上海适龄参军的青年有50%是独生子女，这个比例还将逐年提高。总之，第一代独生子女开始面临继续升学、劳动就业、恋爱婚姻、社会交往等一系列社会适应的新任务。但是，由于其早期成长过程中形成的某些弱点，人们对他们的社会适应存有疑虑。

进入青年期的独生子女现状究竟如何？为了回答这个问题，我们最近实施了《走进青年期的上海独生子女与非独生子女的比较研究》课题。这项研究采用问卷调查的方法进行。

我们在上海共发放问卷1040份，发放对象主要为18岁至29岁的青年（因研究需要，调查中还抽取了少量15岁至17岁青少年的样本），其性别、年龄及文化程度三项指标的抽样比例，依据的是1990年全国人口普查中的上海统计资料。

在实际回收的916份有效问卷中：男性453人，占49.45%；女性463人，占50.55%；独生子女434人，占47.28%；非独生子女482人，占52.72%。

调查数据统计分频数统计和相关分析两个层次进行。其中选取"独生子女与非独生子女"作为主要项目，算出这一项目与其他271个调查指标的交互频数与百分数，并在此基础上做双向表的卡方检验分析。我们最终发现76%的指标在统计学上并不呈现显著性意义，从而得出基本结论：进入青年期的独生子女与非独生子女之间有所差异，但不存在具有本质差异的特异性。

独生子女成为一代"新青年"，他们对中国社会的未来发展产生了积极的效应。

独生子女与非独生子女相比，差异所表现的积极方面，构成了青年独生子女的主流。

第一，独生子女的实际文化程度及对提高文化程度的需求明显高于非独生子女。

第二，独生子女较之于非独生子女更注重实现个人的价值及发挥个人的才干。

第三，独生子女对"创造性"的自我评价明显优于非独生子女。

上述调查结果所体现的青年独生子女的主流告诉我们，研究、认识当代青年离不开独生子女这样一个大的背景，从而应充分认识独生子女及其家庭对造就一代新人和社会发展所产生的积极效应。其积极效应表现在：

首先，有利于提高国民文化素质和实现个体全面发展。众所周知，我国人口的文化素质状况不容乐观。据第四次全国人口普查数据显示，全国文盲有1.8亿，青年占36.1%；另据1995年全国1%人口抽样调查，全国人口平均接受文化教育程度为6.74年，仅处于小学毕业的文化水平。实行独生子女政策之后，一般家庭都增加了对子女智力培养的投入，父母"望子成龙"的愿望越来越强烈，就连独生子女本人也希望能够获得较高层次的学历，这一切无疑有利于整个民族文化水平的提高。

其次，有利于推进社会民主和塑造现代人格。在传统家庭的权威背后，往往蕴含着不平等。然而随着独生子女家庭的出现，父母对孩子特别的爱在一定程度上淡化了权威的色彩，家庭中间出现了比以往更多的民主和平等。父子关系演绎成父子加朋友关系。独生子女的民主平等观念增强了，在他们成人后，这种观念将对整个社会民主平等程度的提高产生重大的影响。另一方面，有些独生子女在家庭中处于"自我中心"的地位，这固然是养成其某些消极行为的因素,但同时也大大增强了他们的"自我意识",造就他们崇尚自我、注重自我、善于表现自我的鲜明的人格特征。这种人格特征是对传统价值和实践活动的具有历史性意义的批判,是一种难能可贵的主体意识的觉醒,因而预示着人的现代化过程中所必须具备的现代人格的出现。

再者,有利于重建民族精神和培养当代青少年求实创新的作风。两千多年停滞不前的封建社会给勤劳勇敢的中华民族留下了因循守旧的深刻烙印。在传统家庭和社会,人们对下一代的基本要求就是"老实听话"和"安分守己"。虽然这里含有的社会化过程所必须遵循的规范和要求有其合理的方面,但是毕竟也消磨了年轻人的思维棱角和锋芒,使他们变成"小绵羊"或"驯服工具"。改革开放以来,我们正在破除各种陈腐观念和陈规陋习,正在重建一种开拓创新的民族精神奔向现代化。四个现代化建设本身就是一项伟大的创造性工程,呼唤中华民族创新精神的发扬光大。独生子女家庭的出现为重建民族创新精神注入了新的活力。

独生子女与非独生子女之间差异所表现的消极方面,是其早年成长过程中某些弱点的反映,应引起社会足够的重视。

这些矛盾和问题主要表现在三个方面:

一、独生子女的社会交往问题

这次调查的结果显示,独生子女在社会交往的欲望、交往的范围、交往的频率等方面,与非独生子女相比没有什么大的差异。有区别的是交往的心态、交往的对象。

我们向被调查者询问:在社会交往中"害怕被孤立"是否符

合您个人的实际情况。结果，回答"非常符合"的独生子女高达11.42%，而非独生子女仅占7.81%；反过来，回答"不太符合"的独生子女为5.83%，而非独生子女为8.94%。这说明青年独生子女在社会交往过程中较多地担心不被别人接纳，不能融入社交圈子。

二、独生子女的职业适应问题

据这次调查，独生子女与非独生子女相比，在职业适应问题上也有不足之处。比如工作中遇到矛盾时，处理方法过于简单。我们设问："您对自己从事的职业不称心、不满意时，通常会倾向哪一种做法？"表示"跳槽"的独生子女为23.48%，非独生子女为22.44%，前者要高出1.04个百分点；而表示"既然干上这一行，就应该爱上这一行"的独生子女为8.56%，非独生子女为14.14%，后者要比前者高出5.58个百分点。独生子女在对合理的人才流动显示自信的同时，也表现出了浮躁情绪和缺乏"忍耐"性。

三、独生子女的消费问题

我们发现消费观念在独生子女与非独生子女之间有较明显的差异。独生子女赞成"量入为出、节约开支"的占19.74%，而赞同这一观点的非独生子女则占到25.93%；独生子女赞同"能挣会花"的占14.14%，高于非独生子女（13.08%）。这说明独生子女对于传统消费观念的偏离要大一些。至于消费结构，我们调查了青年每月日常生活中最大的开支项目，结果在总体上，青年仍以衣食消费为主（占67.90%），但是精神消费亦明显占优（买书报占 14.07%，朋友聚会占 8.82%，看电影及收藏等占 2.69%，娱乐、社交等占 2.26%）。但是在分层分析后，我们又发现独生子女的平时衣食花费比非独生子女低 6% 左右，而追求名牌穿着则要高出一倍。这说明青年独生子女存在一定程度的高消费现象。

2. 关于时代：陈丹燕与华东理工大学文化研究所副所长曹锦清副教授的讨论

中国历史会怎样接纳这一代人？

一，独生子女的社会伴随着中国社会的巨变一起走来：这个国家，从计划经济走向市场经济，而人口政策则从自由繁殖走向计划生育。

根据恩格斯的说法，人类的生产分为两类：一类是物质生活资料的生产，一类是人类自身的生产即生育。中国自党的十一届三中全会以来，物质生活资料的生产逐渐地由计划转向市场，这一经济基础的巨大变革所引发出来的社会的、政治的以及观念形态的冲击正日益被人们感受到。与物质生活资料生产的变革过程相反，中国人口自身的生产却由各个家庭的分散独立决策转向国家各级计划生育机关的统一的行政控制。这一生育制度的巨大变革所引发出来的家庭的、伦理的、社会的以及观念形态诸方面的冲击也日益被人们感受到。

关涉到一个社会生存与发展的两重生产在同一历史阶段，并由统一的政权与法令的推行下，沿着两个截然不同的方向运行而引发出来的巨大而深刻的变化，被人们感受到了，这是一回事。

人们如何理解它，并按照这一理解去指导自身的行为，以便适应这一历史变化，那是全然不同的另一回事。将计划生育列为国策，规定一对夫妇只生一胎，并通过行政的、法律的宣传手段，严格地推行到一切育龄夫妇家庭中去，由此将生产出全新的一代——独生子女一代，一个全新的社会——独生子女社会。虽然中国的人口控制宣传起始于 20 世纪五六十年代，但"一对夫妇只生育一个孩子"的计划生育国策正式启动于 20 世纪 80 年代。因而中国独生子女的前沿正跨入高中与大学，行将步入社会。在乡村社会情况虽不尽如此，但在中国城市社会中，这是一个基本的事实，一个其影响与后果还未展开的事实。

但另一方面，没有人可以从历史的因袭中逃开去：这一代独生子女并不是从中国历史的阴影里解放出来的一代人，他们的一生也笼罩在过去时代投下的阴影里，只不过表现在另一种生活方式里。而他们童年的经历，也许还要影响到他们自己的下一代。

有时时代从社会上消失了，可并没有真正从人的生活里消失。

也许有时我们看独生子女的一代，忘记了时代在他们身上也会留下与我们不同的痕迹。

从来，我们都感到了时代的巨变，我们度过的时代，现在回头看去，遥远得像几个世纪之外的事。现在的孩子，和我们那时太不一样了，所有的人都在这么说。现在读书好就有好前程，所有人都知道，每个孩子都孜孜以求。从前的人失去的东西是大把大把数的，而现在孩子得到的东西也是大把大把来数的。

所有的人都觉得这些年，真的要用"沧海桑田"才能形容。

二，独生子女社会是比五四运动更剧烈、更彻底的，对中国封建传统的冲击——对父权的冲击。

这是在曹老师的书房里得出来的结论。

他的书房在安静的大学区里，木头书架从地上一直顶到天花板，他的书在木头书架上一本本的，只露出书脊。他是一个因为长时间对理论问题思索而生活简单平板的人，可是说到理论问题时，他的眼睛会突然炯炯发光，变得锐不可当。

从独生子女社会的社会巨变开始，我们说到了现代中国社会对传统中国的冲击。从市区到他所在的大学，有一条地铁线，地铁里常常可以看到带着孩子到曹老师家附近的游乐园玩的小家庭。我们说到在那时常常可以看到的家庭琐事：一个孩子要吃东西。没有买的时候，他吵着要，可买来了以后，他吃了一口，发现不合他的口味，就说不吃了，把东西塞给妈妈。妈妈也尝了一口，说："真的不好吃。"然后随手把它递给爸爸。爸爸总是最后把那个东西吃完的人。

曹老师说："看，这就是现在的中国核心家庭的基本关系：孩子第一，女人第二，父亲第三。"

在古代中国，两种生产职能都由家庭来承担。家庭成为中国社会最普遍、最基本也最重要的社会组织，在家庭组织之上矗立着中央集权的国家政治组织。维持古代社会秩序的道德规范——三纲（君为臣纲、父为子纲、夫为妻纲）——有两纲直接产生于家庭组织之内，有一纲从家庭伦理引入国家政治伦理。随着物质生活资料的社会化而促使妇女大量进入社会化大生产领域，随着男女平等观念与法律的引入，中国家庭内部的夫妇平等已成为现实，或基本接近现实。由"一对夫妇只生育一个孩子"的计划生育政策而大量产生的独生子女家庭，更从根本上改变了家庭内部的三组基本关系，即上代之间、下代之间与上下两代之间的关系，兄弟姐妹的关系以及由此而发生的亲属网络关系被彻底地消除了，独生子女，因其是独生子女而成为三人家庭的核心。传统的父权不是被取消，而是被父母们自动地放弃了。随着家庭结构与内部关系的变化，中国古代传统的核心伦理似乎失去了它最后的生存基础。这样建立在家庭血缘关系基础之上的社会伦理关系也将失去它的深厚基础。

三，不得不走向个人主义的孩子。

在许多年前，我接触第一个独生孩子的时候，那孩子在采访中说了一句话，使我很吃惊。她说："世界上我最爱的东西是我的生命，要是没有生命，什么别的东西对我来说都不存在了。"这是我这一代人做梦也没有想到的话。

以后的采访中、来信中，你可以看到他们这些孩子对自己的心情点点滴滴细致的关心，分分毫毫的体会，嘈嘈切切的表达，然后你会发现，他们原来真的是非常关注自己的一代人，这和他们的父母对他们分分秒秒的在意分不开，和他们从小就在全家福里理所当然坐在中间位置的经历分不开。有许多次，我问被采访者："世界上什么是你最重要的事情呢？"孩子们年轻芬芳的脸上，常常以一种理所当然的随意说："当然是我的生命。"

他们是一代从小就以自己为中心的人。

连本性最为温良的孩子,也会把手伸向他最喜欢的那一碟菜,把它拿到自己面前来。这不是有意识的自私,要是桌上有人说:"我也要吃。"他会马上说:"好,你也来吃。"这是因为他知道自己想吃的东西,总是会放在自己的眼前的。

不过,除了这些,他们还以为个人的要求和感情是重要的,是应该被尊重的,他们不能也不愿意压抑自己的感情,不喜欢别人说什么他们就是什么,这就接近了独立意识。

他们是否真的是一代个人主义的孩子?

在看到这些现象以后,有时我想,是否会在这些个人主义的独生孩子身上,开始出现在平等的基础上合作生存的新一代?契约关系将要代替人情关系,新的人际关系是否将要在相处的痛苦中诞生?

在说到中国孩子和家庭的旧有人际关系的时候,曹锦清老师曾用"在家靠父母,出门靠朋友"来概括。中国传统中,把中国家庭的长幼关系推及社会,把"父为子纲"推及为"君为臣纲",皇帝像父亲一样权威,他养家活口、说话算话、威风严厉。人民就像孩子,服从、幼稚、依附。而人民之间的关系,是"四海之内的兄弟",大哥带领着别的孩子,保护他们并统治他们,人与人之间的关系,是用人情连接起来的关系。

所以说,中国社会从来是一个人情的社会。

而独生孩子,从来没有"大哥"的概念。每个孩子的童年经验里,都是与父母的相处和独自的陪伴,所以许多孩子在进入学校,独生子女相处的开始,在人际关系上有许多困难。几乎所有的孩子都曾抱怨过他们找不到朋友,那种知心朋友。一点点的碰撞,对他们被爱滋润得敏感而细腻的心来说,就是重击。他们从小被父母让惯了,所以每个人都以为别人会像父母和自己玩象棋那样让两个子。

大多数人为这一代个人主义者的独生孩子担着心:他们怎么能和别人相处呢?他们像是一些冬天的刺猬,彼此远离的时候他们觉得寂寞,可是走近了他们就会刺痛对方。

在人情关系消失以后,他们是否会遇事不可避免地先想到自己的利益、自己的感情、自己的要求,这些我们以为非常个人主义的特点,将要迫使他们走向用契约来约束双方的合作关系?

行将由独生子女们组成的社会将依靠什么原则与方法协调他们之间的关系,才能建立起适合他们的社会秩序?

这是否意味着以家庭血缘关系为基础的传统道德将彻底退出独生子女社会?

这是否意味着这代没有兄弟姐妹的新一代将通过社会契约来规定他们之间的各种合作关系?

这是否意味着民主与法制建设将割断传统人情主义与专制主义的长久纠葛而步入较为健康发展的轨道?

曹老师说,在此 **1995** 年的书房里,我们只能提出问题,而问题的答案要由独生子女一代人自己去提供。

"等他们长大,自己会思考的。"

3. 关于女生：陈丹燕与上海社会科学院的妇女问题专家陈惠芬的讨论

独生的女孩子是 **20** 世纪 **70** 年代被解放了的精灵。

1995 年，我去上海一所重点中学采访一个全国理科重点班，那是国家教育委员会为了发现和培养下个世纪的国家各学科顶尖人才，在全国高中学生中层层考试招收来的天才学生。那个班上的男孩子，很佩服自己班上的女生，她们的功课常常比男生要好。"她们可真的厉害。"男孩子们由衷地赞叹着。

男生和女生的差距，越来越小了。

从一生下来，父母就不再因为是女孩子而不把自己的希望放在女孩子的身上，不是这样。而要是这样，父母满心的希望就没有地方放了。女孩子也必须背上父母的希望向前走。

从小，女孩子和男孩子一样被提前开发智力。在男孩子摔疼了，妈妈劝着热泪盈眶的孩子说"你是男孩子，不可以哭"的时候，女孩子也许正在舞蹈学校里苦苦地扳直自己的腿。她们干得一点也不比男孩子少。没有人因为是女孩子，就对她放松要求。

而事实是，女孩子从小开始，好像就比男孩子出色。在小学里选班长的时候，要不是老师特别注意的话，也许选上的全是清一色的能干女孩子，学习好，人缘好，能管事，动手能力强，点子也多。

中国的独生子女政策不期然地给了中国女孩子一个空前广阔的天地，使几千年来中国封建传统对女子的轻视和压制在望女成凤的社会风气下，被迫节节败退。也许中国的家长还没有意识到他们的独生女获得了怎样的机会。然而她们的确获得了更大的自由。这自由在于：要是她们资质平平的话，父母不会给她们像独生子一样大的压力，父母常常会安慰自己说，女孩子只要将来找到一个好丈夫也就可以了。而要是发现她们的天分，父母一定会不遗余力地培养她们成才，让她们也光耀门楣。她们比同龄的男孩子更进退自由，没有负担。

这将给中国妇女的将来带来怎样的前景？我采访了上海社会科学院的妇女问题专家陈惠芬。

她说："独生子女政策的实行从根本上说是源于我国的人口状况，但它在不期然中对女性素质的提高和进一步解放起到了促进作用。"据调查考证，现在的独生子女中，无论是幼儿园阶段还是大学阶段，女孩子的成长发展都普遍较男孩全面和优秀。究其原因，可能和独生子女政策的实行不无关系。不妨设想，在一个传统的多子女家庭里，由于物质条件的原因，也由于意识观念的作用，女孩与男孩在成长的过程中对资源的享用是不尽相同的，女孩所能获得的自我发展的机会也总是要低于男孩。如果一个女孩是长女，那么便往往要负担起帮助父母做家务、照顾弟妹的责任，她的成长在时间的拥有上甚至都是劣于男孩的。而现在独生子女政策的实行，不仅使家庭的资源变得集中，而且培养的对象也变得无可选择了。今天，无论男孩还是女孩，都是家庭唯一可选择的和珍贵的了。从这个意义上说，独生子女的政策正不啻是女性的再一次"解放"，它以"法"的形式改变了以往似乎纯是家庭内部事务的重男轻女的状况。平等的资源享用和受教育权利的真正获得，使女孩子们的心智体力得到了极好的开发培养。同时，因为面对的是女孩，社会和家庭对于女孩"传统"的训练仍未有放弃，这或许就是女孩在自理和审美等方面的能力都普遍高于男孩的原因，今日女孩在德、智、体、美、劳诸方面的全面发展，表现得更为优秀，正是一个顺理成章、合乎逻辑的结果。

这一状况的出现，毫无疑问地将对我国女性素质的构成和提高产生极大的影响，从而对女性解放起到更大的推进作用。虽然我国女性至今为止所获得的最大的社会解放和权利是政权由上而下给予的，但女性要获得彻底的解放，自身素质的提高是不可或缺和无可替代的。历史上我国女性生活、意识的大幅度推进，莫不是出现在女性自我素质的提高之后。如果没有现代历史上的开女学，没有20世纪70年代末高考制度恢复后女大学生的大量涌现，就不会出现妇女解放运动和近年女性意识的突飞猛进。而新时代独生子女中女孩更为全面和优秀的发展，则使我们看到了女性解放的新的曙光，其中极有可能涌动起新一轮意识觉醒的浪潮。但我们依然未有可能对女性解放持简单乐观的态度，一个简单的事实是，一些优秀出色的女孩子到了社会以后充任的往往是助手、配角的角色，如女秘书、女助理、公关小姐等，成为新的女性社会化角色。说到底，女性的解放不仅和自我素养、才能有关，更和女性在社会结构中所处的地位、位置有关。

另一个不能令我们就此持简单乐观态度的方面在于：如果是独生子女政策的实行使女孩获得了较好的发展，那么却在一定程度上"弱化"了男孩。在一个多子女的家庭中，男孩虽更受看重，但也可能有其他的男孩与之"分庭抗礼"，他在受到看重的同时也易于受到爱护弟妹的教育。但现在，因为是"唯一的男孩"，便"三千宠爱在一身"而受到更多的溺爱。由于历史的原因，我国男性的素质历来较为薄弱，现在则因另一方面而更弱化了。这种状况的形成不仅于男性本身的成长不利，而且也使女性的生活受到了潜在影响。在未来的时日中，为数不少的女性或许将因此寻找不到能与之匹配的同样优秀的男性，即使是在"两性的战争"（如果依然存在的话）中，女性遭遇的也极有可能只是一座空空的、没有"敌手"的城池。这或许不是杞人忧天，从当今现实中越是优秀的女性越是择偶难已不难看出端倪，而成长中的女孩甚至已无意识地预感了这一未来。据调查说，有大约一半的女孩描绘的未来生活图景中，有父母有子女，却没有丈夫。问："怎么不见丈夫？"道："丈夫是可遇不可求的。"这究竟是女性生活的幸还是不幸呢？世界由两性组成，世界也只有两性的共同配合和谐才能完整，而两性的平等——无论是社会地位上的还是个体心智、人格、精神方面的平等与相近，则是两性和谐的基础和前提，这当是没有疑义的。

4. 关于一代新人：陈丹燕与上海大学文学院史学博士朱学勤的讨论

他们真的新吗？

有许多次，在召开学生座谈会的时候，我都问一个同样的问题："你们认为自己是有希望的一代人吗？"

每次，刚刚还在为自己的独生孩子生活抱怨的同学们，马上就坚定地说："我们当然是有希望的一代人。"他们说，他们受到了与长辈相比更好的教育，遇到了一个机会非常之多的时代。这个时代很和平，经济的发展给人的生活提供了机会，而这个时代又没有发展得像欧洲那样，一切都已经被填满了，让年轻人没有用武之地。许多东西都在飞快地增长，它们带来了许多机会，许多长辈连想都没有想到过的理想，在他们的生活中都是可以实现的。就是这两点，他们只要自己努力，就可以做成大事。

对未来的许多担心，他们说，那都是我们将来可以克服的。比如我们不会做家务，到了我们一定要做的时候，我们可以马上就学会。比如我们不懂得照顾自己，可那些到国外留学的孩子，也并不是都在家里学好了怎么照顾自己才去的，可他们也没有真的就在举目无亲的外国饿死，他们也都习惯了，学会了，成长了。

"那担心是多余的吗?"我问。

"它们是有道理的,也是可以很快改变的。"一个高三的男孩子说,"这并不是什么学不会的东西,不是吗?"

"那你们将变成什么样子呢?"我问。

他们说,他们并不知道会怎样,可他们不会差。他们会有好的工作,好的收入,好的经验,在大学毕业以后的十年里,他们将要到达工作的高峰,以自己出色的工作赢得社会的肯定和尊敬。还会在自己工作和专业的领域里,做出尽量杰出的贡献,推动历史的发展。

然后,他们就要去实现自己对自己生活追求的理想,也许它是和自己的社会角色冲突的,比如,他们开始要按照自己的心愿随意地生活,不再追名逐利。

他们许多人都提到了一个理想,真正的梦想:他们的房子,是一个在森林边上的木屋子,但里面非常现代化,可以安静地在大自然中生活,可家里的传真、电视和电话与整个社会密切地联系着。

在他们的心目中,等他们长大以后,那时候的中国,已经发展得像在现在的科学幻想电影里看到的样子。

"没有人知道我们将变得多么好。"我想起一次采访中一个女孩子对我说的话。她说,这不是她发明出来的,是她偶然在报纸上看到一个高中生说的。她说,她一直记着这句话。他们这代人是心里充满了对父母的爱的孩子,对他们的长辈,对他们的国家,心怀宽容和体谅;他们是最努力学习向上的一代孩子,那么繁重的功课他们每个人都做出了他们能做的最大的努力；他们是一代对将来充满了希望和理想的孩子；他们是一代空前世界化了的孩子，他们知道的东西之多，是从来没有过的；在他们期望自己的出色工作中，中国顺利进入21世纪。

那么，他们真的就是自己想象中的，社会想象中的，父母期待中的那一代新人吗？

朱学勤却不这么肯定：他以为这么复杂的问题，并不能根据这些现象，就做出时代将要因为独生子女而巨变的判断。

他说："判断下一代成年以后的行为走向，还应对他们这一代精神发育期所处的社会氛围有一个大致的判断。"自20世纪80年代末开始，我们这个社会的精神状况究竟如何，每一个人每一天出门都呼吸得到。改革经历了十几年，经济确实在发展，城市外观确实在改变。我今年到美国，第一站是夏威夷，当时的感觉是"软着陆"，就交通、道路、别墅群、假日海滩这些外在的城市面貌而言，感觉与我国沿海发达城市差不多，并无多少突然降落异国他乡的陌生感。但是，这仅仅是表面一层的对比。20世纪30年代中国沿海地区的现代化留给人们的也是这一感觉，当时有洞见的来华欧美学者曾经说中国的改变，仅仅是面包外部的一层皮。面包里面是什么呢？

最令人担心的，是经历了一次又一次的失望、希望、再失望、再希望，最终在整个社会成员之间弥漫开来的精神冷漠症。比如，关于下一代的"个人主义"，下一代的"契约关系"，我乐于承认他们有些地方比我们更早摆脱了人身依附、集体制约，但是，除此之外，还要充分估计精神冷漠症的成分。现在，在我们这块土地上成长起来的精神植物，包括"个人主义""契约关系"，似乎都具有外来文化的后现代表面特征，掰开来闻闻，恐怕都有外来符号不能表达的其他成分。

在这种情况下，我实在难以对年轻一代将来的状况持乐观态度。现在，最流行的字眼是"代沟"，似乎持批评态度的人一发言，就已经与下一代有了"代沟"。其实，即使有"代沟"这回事，也不是指生理年龄，而是指经历的重大事件。在谈论两代人问题时，我既反对"本代自恋症"，也反对现在尤其要反对的"逐代阿谀症"，即每一代都向下一代许愿说"你们是最幸福的一代、最有希望的一代"。

人类有过无数代了，几乎每一代刚伸出头颅在窗口张望时，上一辈人中的一些人总乐意做出乐观的估计，"他们总比我们强"。可是，当历史学家来检点社会发展曲线时，值得羡慕的"下一代"寥寥无几。这个问题其实很简单，以常识判断即可明白。想想我们自己，当我们处于十岁至二十岁时，不也是每天都被告知"你们是早晨八九点钟的太阳，世界是我们的，更是你们的"。经历过这一代成长历程的人现在大多在四十岁以上，我们在回首青少年时代时，还有多少人能自豪地说我确实是最幸福的一代，最有作为的一代？

如果还愿意汲取我们自己一代人的教训，对下一代持一个爱护的态度，那么，比较负责任的态度就不是阿谀他们，而是告诉真相，使他们警惕：他们生长的社会氛围是有问题的；相比历史上曾经有过的几次健康年代,他们碰巧遭逢的这一次,并不令人羡慕。

在 1995 年,这是个特殊的声音。

第 二 章
2020 年：与时代和解

2018 年，我从《文汇报》上读到复旦大学的人口与发展政策研究中心发布的关于 80 后独生子女生活方式的跟踪调查报告，因此找到了中心里负责"复旦大学长三角社会变迁"(Fudan Yangtze River Delta Social Transformation Survey，简称 FYRST) 调查项目的团队。当时中心的负责人是复旦大学文科资深教授彭希哲。他向我介绍了一位年轻的教授。他说，也许我会对这个年轻人更有兴趣。这个年轻人本身就是独生子，他也是这个 80 后调查团队里的核心成员，他就是我从前期待过的，那个长大了的独生子女，研究自己这一代人，为自己这一代人发声。

那天，这个在我的想象和期待中住了很久的人，突然就站在我面前：这个高大的、自信地微笑着的、声音洪亮的人口学教授，就是胡湛。

尔后，胡湛又为我介绍了他提到的两位一起做这个课题的同事，他们也都是 20 世纪 80 年代出生的独生子女。他们在创始成员渐渐退出一线工作时，渐渐成为这个长期调查项目的核心成员。他们是复旦大学心理学系的系主任陈斌斌和系副主任高隽。

1. 2018 年至 2020 年，与复旦大学人口与发展政策研究中心教授胡湛的讨论：关于独生子女对自己这一代人与自己所处时代的理解

（1）1981 年到 2020 年，这四十年的中国，处在开放与强大起来的历史阶段，中国迅速成为仍保有大量贫困人口的世界第二大经济体。这四十年的世界，正处在第二次世界大战以后的和平年代，经济高速发展，科技有长足的进步，全球化给世界带来了互相包容、共同发展的梦想。这四十年里的中国人，处在家庭结构随着独生子女人口政策的实施剧烈变化的时期，一代独生子女史无前例地诞生并成长，成为令世界好奇的一代新人。作为一个研究中国人口问题的大学教授，你怎么评价这一代人呢？

我不太确定"独生子女一代人"的范围有多大，我恐怕只能在一定程度上，以"第一代独生子女"的身份谈谈想法。

"第一代独生子女"在很大意义上即是俗称的"80 后"。

事实上，每一代人都会因人口学特征、重大历史事件或者社会经济环境的巨变而被赋予不同的"标签"。例如西方把一战期间成年的一代人称为"迷失的一代"，把二战后出生的一代人称

为"婴儿潮一代"或"X世代"等。从这个意义上讲,"独生子女一代"似乎也没什么特别。

美国也曾提出过"Y世代"的概念,主要指1980年—1995年出生的人,从年龄上大致可以对标于中国第一代独生子女或"80后一代"。"Y世代"被认为是最后一个有冷战记忆的世代,他们生活在全球化时代,并正好处于科技高度迭代发展期。他们不像"X世代"一样,"为工作而活",而是"为生活才工作"。猛地看来,似乎与80后第一代独生子女有很大的同质感,但"Y世代"是在一个连续性很强的社会发展路径中产生的特定群体,与中国第一代独生子女所遭遇的以冲突和重构为底色的社会背景截然不同。第一代独生子女的特殊性不仅因为他们是独生子女政策推行后所出生的第一代人,也是改革开放后成长起来的第一代人,亲历了中国四十年的高速发展和社会巨变,并和国家一起被揉进全球化兴起兴盛及至今天又回潮的全过程。

我觉得泛化来讲,在大的时代变迁的裹挟下,第一代独生女群体最大的特征是非常多元的矛盾性。

第一代独生子女出生的年代,就像是封闭多年之后的房间猛地一开门,刚冲进来一股新鲜空气。新的思想开始弥漫,但旧的思想也很顽固,理想主义和现实主义经常打架,很多领域甚至还在争论"走哪条路"的问题。社会中弥漫着不少混乱和矛盾,却又涌动着无穷的活力和崭新的秩序。

不同于上一代所经历过的物质贫乏和精神压抑,也不同于后来者对于发展成果的全面体验,以80后为主的第一代独生子女的"过程性"很强。他们是在新旧两个世界的碰撞和磨合中成长的。

作为改革开放的同龄人,我们在新与旧、传统与现代、先进与落后这些对立的概念中,以及东方与西方、自我与集体、物质与精神甚至道德与利益之间无休止的比较中,80后尽管开始有了选择,却没有一套成熟的方法论或者范式可以使用。因为80后(尤其是80初)的童年和少年时代是中国社会转型最激烈的时期,规则不停改写,价值不断重构,整个社会处于"失范"状态。许多情况对于80后的父母一代也都是崭新的命题。

作为第一代独生子女,他们又没有兄弟姐妹可以共享成长经验,很多人要么不停"试错"而使得成长成本激增,要么诉诸公共文化,即随波逐流。当然,这种磨砺也产生了第一代独生子女的另一个特性,就是惯于思辨和权衡。

"惯于"并不等于"善于"。由于社会的整体性失范,这种缺乏指导的思辨和权衡使得第一代独生子女的矛盾性泛化了,加上物质条件的限制,纠结大于洒脱,理想主义囿于成本而常常和现实打架,这些冲突确实带来很多长期存在的张力。

反观60后和70后,他们大多经历过物质和精神的相对贫瘠,在青年或者青少年时期才遭遇改革开放和全球化的浪潮,基本价值观和世界观初步成型,在初期的全面对外开放中,整个社会主流呈现出向西方学习的氛围,这使60后和70后一代中的多数人对西方社会和文化的仰慕是明显的。但有意思的在于,中国的长期快速发展高度压缩了社会变迁进程,三四十年间已经开始有了剧情反转,越来越多的老外开始认可乃至羡慕我们,这也使有些人有了不适应。必须说明的是，60后和70后相对而言是收割改革开放之后经济红利最普遍的群体。

随着中国在全球化的进程中不断获益，尤其进入新世纪后，以80后为主的第一代独生子女开始批量进入青年和青春期，他们成了中国第一代真正普遍接触到世界多元文化的一代，以及第一批全面与互联网产生黏性的一代。

在这样的背景下，他们的辩证性和反思性使其具有了较大的包容性，并开始尝试用自己摸索掌握的方法论或范式，回过头来调节，乃至调和成长过程中遇到的矛盾性。不少真正感受过西方文化的第一代独生子女，叛逆和反思之后又回过去找寻传统了。

有观点曾经认为，80后是最难从父母那里继承到有效人生经验和稳定价值观的一代人，但等到这些独生子女逐渐步入不惑之后，这一群体却较多体现了"回归"。这些观点可能是简单套用了西方"婴儿潮"一代的研究经验，存在一定程度的臆测，因为美国"婴儿潮"一代和他们父母的关系主要表现为"断裂"，而中国第一代独生子女和父母的代际却是连接不断的，这两代人的代际互动模式不是在缓慢的社会变革中各自发展，而是在急速的社会转型过程中，经历了短时间剧烈调整，虽有突变但没有断掉。与此同时，尽管新型的家庭或代际矛盾正在不断呈现，但这是社会发展多元化的一种具体表现，况且独生子女政策在导致"家庭少子化"的同时，也使独生子女家庭在"不得已"的情境下增加了代际黏性，这在第一代独生子女结婚买房和抚育下一代的过程中有充分体现。

从复旦大学的调查数据来看，80后一代人尽管呈现出诸多矛盾和纠结，但更显眼的则是婚姻模式的相对传统和较强的工作稳定性，以及对家庭和对父母养老的责任感，与他们在少时被称为"小皇帝"和"小太阳"，稍大些被批评"叛逆"和"自我"，工作后又被诟病为"月光族"和"啃老族"等形象，形成了较大反差，在一些方面反而与其父辈趋于相类。

这其实从一个侧面说明，社会总是传承有序的。任何一代人的成长过程都有其特殊性，但不要高估这种特殊性所产生的影响，随之步入成熟期和平台期，每一代人都会根据其现实需求而在规范性和特殊性之间寻求均衡。80后的矛盾性和辩证性使其在发展过程中一直有寻求自我认同的冲动，当认同形成或者冲动消解后，第一代独生子女其实已经与自己和时代和解了。他们的成长和发展过程深刻记录了这个社会在一段特殊时期的变迁轨迹，他们被那个伟大却有诸多无奈的时代所塑造，现在又在参与塑造一个新的时代。

（2）对2020年"新冠"疫情以后的世界和中国，似乎全球化已经落幕，新时代已经被病毒推到面前，也许猝不及防，但新时代已经以雷霆万钧之势而来。对此你有怎样的预感？时已至此，独生子女渐渐长大成人，对此你说过一句很好的话："他们被那个伟大却有诸多无奈的时代所塑造，现在又在参与塑造一个新的时代。"那么，这个新时代有怎样的面目呢？

就像我之前说过的一样,也许不用高估一个群体的特殊性所产生的影响或者如何被影响,因为作为人口结构中的一环,任何群体总是在规范性和特殊性之间不断寻求均衡。独生子女所面临的未来,也是所有人面临的未来。

"新冠"疫情以后,从具有相对广泛共识的角度来看,全球态势的一个底色可能是保护主义的回潮和"逆全球化"进一步抬头,全球化作为时代发展主要推力之一的历史可能要暂缓乃至休眠。

第一代独生子女不仅是中国改革开放的同龄人,其实也是全球化兴起兴盛的同龄人。全球化是一个很大的命题,我们现在这个时代的底色,在很长时期内是被全球化所涂抹的。

广义的全球化是指人与人之间、国家与国家之间的相互关联程度不断提升的进程,互联网兴起之后更是推波助澜。

全球化的核心是经济全球化,20世纪80年代开始被欧美国家为主加速推进。当时欧美这样做的一个很大原因,是他们对自己的国家实力、企业实力、文化魅力以及经济社会体制抱有极大信心。一个不争的事实是,几乎所有国家都从全球化中受益,只不过不同国家的贡献不同、节奏不同以及受益方式和程度也不同罢了。当然正是由于这些差异,所以在不同时点上,不同国家对全球化的态度一直有波动。全球化使技术创新的红利期越来越短,尤其不少发达国家还开始部分去工业化了,这些国家自然就开始对全球化有抵制的声音。

现在,尽管有贸易保护主义和逆全球化抬头,但未来全球化还是会推进的，只不过风格会变化、步伐会放慢，尤其是主导力量可能会从美国独大变成多元引领。

　　无论过去、现在还是未来，全球化对中国肯定是利大于弊。IMF（国际货币基金组织）等机构一直认为新型亚洲市场在全球化中所获得的收益远远超过其他市场，因此一些观点认为中国从全球化中受益最大，并提议因此对中国施压。先不论这种观点的对错，问题在于即便如此，中国恰恰也是全球化最大的贡献者之一，而且贡献与收益是不成正比的。不仅如此，中国以及相当一部分亚洲国家也是所有发展中地区中最勤奋的国家。人们经常在谈中国的"人口红利"，并担忧中国红利的流失殆尽，但事实上，不少国家在具有极有利的人口年龄结构的时候，却没有像中国一样收获所谓的"人口红利"，一个关键，就在于中国文化中长期存在"勤劳"的土壤。我们的上一代辛勤工作所收获的"人口红利"从某种意义上讲也是一种"勤劳红利"，这种价值观念和行为模式并没有断，同时以80后为主的第一代独生子女，由于教育和就业的时间阶梯问题，而在收获改革开放之后的经济红利方面远远不如60后和70后，既有传承而自己又底子不厚，80后总的看来还是比较勤劳的。只要一代人依然勤劳，依然想努力赚钱，社会经济发展就不会出现大问题。

　　对于独生子女群体来讲，未来尽管会面临少子化及老龄化等趋势所形成的家庭和社会压力，有些问题的技术解决难度很大，但还不至于颠覆大的格局。真正的结构性问题可能在于，独生子女中的后来者（例如90后和00后），其父辈已有较好的资本积累,他们的价值观念与就业模式目前看来似乎已与前几代人形成了结构性转变,随着"佛系青年""丧系青年"以及"宅系青年"的涌现,我们万一没有"勤劳红利"之后怎么办?

当然了,这些也许是杞人忧天。社会的演进有其自有的智能性和自组织性,历史长河中每每有对未来的忧心忡忡,事后都被证明是自寻烦恼。

中国人和中华文明带有很奇怪的韧性,在漫长的历史中,中国在绝大多数时期都保持着疆土和文化的相对统一,这里面是有内核支撑的。我是比较相信"国运"的,纵观整部世界史,你会发现所有强极一时的国家的发展历程中都有太多的偶然。看看中国这四十年的表现,改革开放之后,我们天时地利人和占尽,尽管现在的外部环境不那么好了,但这是全球性的现象,而且与很多国家相比,我们因改革开放红利而积累了海量可自由配置的资源,并正处于近现代以来国家组织整合能力最强的时期。

造物主似乎在冥冥中给了中国一个难得的机会,在新的世界性衰退面前,西方发展模式和治理模式普遍受挫,反衬出中国的坚挺。历史的天平第一次相对平等地把西方和现代中国所代表的价值与制度等要素通通放到了天平两端。

曾几何时这是不大敢想的,哪怕我们明面上曾用数不清的排比句来歌颂自己的优越性,私底下总是透出一丝心虚。因为作为曾经学习和羡慕的对象,我们对于西方世界直至今天仍然保持着"学生心态",我们习惯于去学习、去模仿和去追赶。但忽然有一天,一些西方人开始告诉你,我没什么可以教你的了,我倒想学你点什么。我觉得这一代年轻人可能要做好准备如何迎接世界的目光了，首当其冲的就是独生子女一代，目前看来我们还很不习惯，有时候表现得"不足"，有时候又"过"了，两派群体还经常相互干架。我想，只有真正学会正视我们自己的成就和不足，不要妄自菲薄，也不要盲目自大，才有可能平视整个世界。

就像我前面说的，很多80后已经与自己和时代和解了，他们也逐渐接近舞台中央，底下主要看90后和00后的了，他们比80后要更洒脱。

他们可能有更多风险，毕竟今天的世界开始不像以前那样活力四射了。但也可能有更多机遇，毕竟人工智能时代都到来了。

未来到底如何，其实我觉得不是特别重要。所有时代都有两面性，就像狄更斯在《双城记》所说："这是最好的时代，也是最坏的时代；这是智慧的时代，也是愚昧的时代；这是信仰的时期，也是怀疑的时期；这是光明的季节，也是黑暗的季节；这是希望之春，也是失望之冬；我们无所不有，又似乎一无所有；我们都在奔向天堂，却也奔向相反的地方。"我很喜欢这段话。

2. 胡湛的故事

2018年夏季的闷热下午，对我来说，是别有深意的。

那个下午，当我实现了1996年写作《独生子女宣言》时的愿望，在时隔二十二年后，与一个1980年出生的独生子——如今独生子女发展状况调查项目的负责人面对面坐下，与他探讨20世纪80年代上海出生的中国第一代独生子女到底成长为怎样的人。如今他们已是当之无愧的中国社会主体了。

胡老师是一个非常爽朗的人，高大英俊，从计算机专业转行，研究人口学和社会政策，是复旦大学一位教养良好的年轻教授。

听着他响亮的声音，二十多年前曾在我对面坐着的那些瘦小白皙的少年，穿着蓝色圆领汗衫的少年的脸浮现在我面前。那脸上带着对自身的困惑，面对我的问题的紧张聆听，一缕缕被头皮分泌的旺盛油脂粘在一起的黑发，还是20世纪80年代少年传统的式样。这样的少年如今真是长大了，气势如虹。胡老师脸上有种非常肯定的神情，似乎准备好了去解决任何问题，也准备好了合作和倾听，一种班长才会有的神情。他让我依稀想起当年采访过的品学兼优的少年，一种学生领袖的气质，是班上特别受班主任倚重的那一个。

如今，他是这个复旦大学 80 后调查项目的负责人。2006 年—2007 年前后，复旦大学的彭希哲教授和他的团队开始酝酿针对 80 后的研究，2009 年，以 80 后独生子女为主要研究对象的"复旦大学长三角社会变迁"（FYRST, Fudan Yangtze River Delta Social Transformation Survey）调查项目正式启动。2010 年，胡老师博士毕业，入职复旦大学后，即参加了这个研究项目。2012 年—2013 年，他参加完成了聚焦于上海地区 80 后独生子女家庭的基线调查。2016 年，在相继完成基线调查和一次跟踪调查之后，这个研究项目被创始团队正式移交到以 80 后教授为主组成的年轻团队手中，这些年轻的研究者开始了对自己这一代人的乐此不疲地探索与剖析。胡老师就是这个年轻团队的领袖。

胡老师受过良好的教育，专业包括了计算机科学、心理学、人口学和公共管理，曾获得国家留学基金，前往德国马克斯普朗克人类发展研究所接受博士训练，目前是复旦大学社会发展与公共政策学院的教授。我认识他的时候，他已获得过教育部和上海市的一系列科研奖励或荣誉称号，是一位事业发展良好的年轻学者了。

这仪表堂堂的胡老师，让我回想起 1996 年我写下《独生子女宣言》最后一段话时的情形。因此，想起了我当时用的那台拼装的台式电脑。作为一个用英雄牌英文手动打字机出身的人，我喜欢那个可以打出"啪嗒啪嗒"声响的键盘。我少年时代弹奏手风琴的训练，给我带来了灵活的手指，而且我享受在老式键盘上迅速打字发出的声响。那时我"啪嗒啪嗒"地打出自己的愿景:"我希望将来的某一天,中国的独生子女长大成人,成为社会学家、心理学家以及历史学家,他们能理性地发出自己的声音,说出自己的心声。那时,我还能找到他们中的佼佼者,听到他们如何表达他们自己这一代人。"当时,我们认为他们会是中国空前绝后的一代人。这个"空前绝后"的词,来自当时对基本国策的阅读:提倡一对夫妇生育一个子女。

1996年,我自己的孩子还在上音乐小学。八岁的小孩,天天与她琴谱上缓慢而均衡的巴赫练习曲艰苦斗争。由于压力巨大,她一上小学就得了胃病,长成一个瘦弱而倔强的小姑娘。我就是在她日日不停歇的练习曲中,畅想了一小会与他们在将来的相逢。那时候,在指法换位的一小节——她一定会弹错的地方,每每到此,巴赫练习曲好像叹了口气般的,此处又错了。

这个愿景非常遥远。然而,我甚至从未指望过的遥远将来,竟然完好无缺地在2018年的初夏降临了。

独生子的进取心

那天,胡湛诉说了他的故事:

我1980年出生,小时候在开封长大。

我妈妈是大学老师,研究无线电和计算机。按照我小学老师的说法,我不算是标准意义上的好学生,大概意思可能是说虽然学习成绩不错但并不听话吧。类似的评价曾伴随我很久,例如中学时被批评无组织无纪律,大学时被定义为小自由主义。现在回想起来,尽管我的性格可能要负主要责任,但应该也与我自幼得到了充分的自由、尊重和鼓励而成长起来有一定关联。我妈妈一直用平等讨论的方式与我交流,我从小就习惯与她无休止地讨论和争论,艺术与科技,自然与历史,人生与学业,世界观以及价值观,我猜我今天得以驰骋讲坛的嘴皮子恐怕大多出于此。我妈妈出身于知识分子世家,家中到我这里算是第四代在高校工作,她和我外婆都是佛教徒,她也是中国较早的一批电子和计算机专家。我父亲是出生于20世纪40年代末尾的部队高干子弟,虽然我四岁时出于对打仗游戏的热爱就亲临过高射炮的检演现场,但我并不特别喜欢他那边的部队大院氛围,似乎我从一开始就更倾心于母亲这边的知识分子调调,清高平等,追求自由。但无论如何,这样的父母毕竟让我从小便有了辽阔的视野。

1998年我上大学了。孩子随自己父母的专业非常普遍,所以,本科和硕士,我学的也都是计算机相关专业。就在那几年,我父母本来准备平静地分手,但我父亲体检突然被怀疑患肝癌,转去北京301医院治疗,回来后又服了几年药,母亲因此推迟了离婚的事,转而负担起照顾父亲与我的责任。当然,事后这只是虚惊一场。但这一等,直到我已经在读博士了,他们才真正分手。临别时我父亲发给我母亲的短信是:"你是世界上最好的女人,但终于到了不得不说再见的时候。"从那时起,我就似有所悟,但直到现在我亲自从事家庭研究多年后才确信,婚姻是人的第二次投胎,其中没有对错,只有立场与机缘。

尽管我是独生子女,但我上学早,和我一起长大甚至同学的还有很多70末的非独生子女,因此我对多子女家庭的情况并不陌生。由于过去居住模式和社区管理模式乃至单位制所致,邻里家庭之间的互动中存有大量模糊边界,个人和家庭的普遍"个体化"进程尚未启动,远没有现在小家庭的"私密性"和"隔离感"。那种后来人们所说的独生子女的疏离与孤独,是我后来回过头去看时,通过对比和代入而隐约体会的,小时候并没有明确的感受。

当然,这也可能跟我的家庭,尤其是我的母亲,对养育所持有的、在现在看来超越当时普遍认知的理解,以及她所营造的家庭氛围有关。现在回想自己的成长,我没怎么产生过作为独生子女的困扰,也没太多受到所谓的父母分开对孩子造成的伤害,我可以平静接受它们,积极地生活,甚至快乐地生活,我不自闭,相信自己也相信未来。独生子女的孤独感,以及20世纪80年代中国从计划经济向市场经济的转型过程中,社会巨变带来的家庭动荡,在我的生活中都经历了,但并没有对我造成什么特别大的冲击。

现在我自己有了一个女儿,她暂时也是一个独生女。有时我和我的孩子在一起,会突然扪心自问:我能做到像母亲对待我那样对待女儿吗?我能让自己的孩子以后从心里尊敬与欣赏吗?我不敢肯定。有句话叫"不养儿不知父母恩",也许正是我自己也为人父母了,才开始体会到自己母亲当年曾迸发出怎样的光芒。我有时还扪心自问:如果我处在母亲那样的时代背景中,我能像她那样保持一个知识分子的敏感与执着，工作、家庭两不误吗？我目前也不敢肯定。

传承的纽带

"所以，你的妈妈仍旧是你的榜样。"我心里有点感动。我想起自己心中一直都怀疑的独生子女父母在精神上，对独生孩子们的引导性。我们是多子女家庭中长大的孩子，我们是计划经济的社会背景下长大的孩子，我们怎么能在精神上引导自己在独生子女孤单的家庭里长大的孩子，怎么能体会他们独自玩耍时感受到的世界，怎么能真正了解全球化的社会如何立足，如何契约，如何有尊严地生存。我一直在惊叹我们与我们孩子的巨大不同，也一向以为这些独生孩子们长大成人，我们就像他们经过的台阶一样，他们经过我们，永远地向前而去了。

原来这两代人在精神上的联系并未如火箭升天时那样，一节节地永远分离。

原来独生子女的这一代人并未在精神构建上也空前绝后，横空出世。中国的代际基本价值观的传承，即使是在独生子女时代，在社会剧烈变动的时代，也未能阻隔与中断。

"不光是我个人。"胡老师说，"我觉得80后一代的多数人，尤其是85前的这一批，更多的是与上一代在基本价值观上的认同，我们的调查数据可以清晰描述这个现象。"

从四次调查来看，上海80后的总体受教育水平较高，基本都已进入职场，大多成家立业并育有子女，他们正逐渐成为社会的中流砥柱。但与此同时，作为承上启下的一代人，他们出生于提供"从摇篮到坟墓"式福利的"单位制"时代末尾，成长于中国发展最迅速、活力最旺盛的年代，他们身上也体现了诸多矛盾和纠结，他们既传统又开放、既分化又统一、既焦虑又乐观，在他们身上可以看到社会变迁的深刻烙印。

一方面，80后淋漓尽致地表现出"传统"的一面，却又同时彰显了理想与现实、传统与现代之间的张力。他们所体现的对家庭的责任感、对父母养老的责任感、对自身努力的强调等等，可以说是"三观"非常正的一代人。即便是在婚前同居已经比较普遍的情况下，80后同居后的成婚率非常高，其婚配模式也在不少方面仍遵循传统的"门当户对""男长女幼"等特征，体现了谨慎的一面。上海80后换工作的频率也远没有人们想象中高，三成人在进入职场后没换过工作，三分之一的人只换过一次到两次，也就是说超过六成的80后在踏上职场后非常安于稳定。这与他们在少年期时常被人诟病为"小皇帝"和"小公主"，在青春期被批评"叛逆""自我""特立独行"，进入职场后被指责"月光""啃老"等所谓的"斑斑劣迹"，形成了较大反差。越来越多的80后尽管仍保存着心中的"小火苗"，其身上却或多或少开始体现某种回归，回归传统，安于稳定的生活，某些方面与他们父辈越来越像。

有三种可能性可以解释这种"回归",但到底哪一种起着主要作用,还需要进一步的跟踪和观察。

第一种可能性即80后骨子里可能就是传统的,这是他们的50后父母给他们打下的烙印,只是在社会剧烈变迁的过程中他们比父辈更充分表现出了青春叛逆的一面,而随着他们成家立业、开始承担越来越多的责任,他们选择了回归。

第二种可能性是当80后带着理想和叛逆进入社会后碰壁了,甚至可能反复碰壁,他们不得不被现实拉回来、不得不按照传统社会的套路出牌,尝试遵循父辈的行为规范和模式来重新适应。

第三种可能性意味着80后根本就不是特例,只不过时代环境的特殊性凸显了这一代的发展问题。俗话说"人不轻狂枉少年",年少的人有渴望叛逆、渴望特立独行的倾向,但可能过了某个年龄段或是成熟之后自然就会回归传统、回归稳定。现在人们也总爱议论"90后"和"00后"的问题,也许时过境迁,人们会发现每一代人大抵如此。而若从另一视角来看,这一现象可能体现的是社会话语权的变迁,80后在过去曾经被标签化乃至污名化是因为当时社会的话语权主要还掌握在"50后"甚至"40后"手中,这大致上是80后的父辈及以上,他们对作为子女辈的80后有较强的教导和规范的冲动,现在随着越来越多80后站到了舞台中央,有了话语权,他们释放声音的通道已越来越多,这当然跟网络的发展也有很大关系。

另一方面,80后内部已经开始加剧分化。截至FYRST第三次调查完成的2017年初,1980年生人为36岁—37岁,1989年生人为 27 岁—28 岁，这一年龄组已全面进入职场。随着 80 后进入职场的深度不断加强，个体之间的差异乃至分化势必产生，并逐渐拉大。以收入为例，在 2012 年—2013 年，上海 80 后群体年收入前 10% 和 1% 的门槛分别是 12 万和 30 万；在 2014 年—2015 年，这个数字变为 15 万和 30.6 万；但到了 2016 年—2017 年，这个数字达到了 20 万和 50 万。与此同时，上海 80 后 2016 年—2017 年的年收入中位数为 7.8 万元，其收入中位数与平均数的差距在逐年拉大，80 后的收入分化趋于扩大。可以预期，在未来几年中，这一情况将更加明显。如果再考虑到个体禀赋、家庭背景等方面的微观差异，即便两个 80 后的收入差不多，但他们的发展前景可能完全不同，其分化的可能性会更大。

"我也说一点我们这个 80 后研究项目的传承吧。"胡老师说。

复旦大学"80 后调查"（FYRST 调查）最早是由彭希哲教授为主发起并联合了一大批国内外知名人口学家和社会学家合作以付诸实现的，例如加州大学尔湾分校的王丰教授（也是复旦大学的客座教授）、北卡罗来纳州立大学的蔡泳教授、普林斯顿大学的谢宇教授（当时在密西根大学）、布朗大学的钱震超教授（当时在俄亥俄州立大学）、马里兰大学的陈绯念教授、香港科技大学的吴晓刚教授等。酝酿期很长，2009 年正式启动后，2010 年完成了问卷设计，并开始设计抽样框和开展社区调查，最终确定了采用密西根大学的调查设计，使用 SES（社会分层）抽样和 CAPI（计算机辅助面访）入户调查的方案，并于 2012 年—2013 年启动了基线调查，到 2018 年—2019 年已经完成第四次调查了（暨第三次跟踪调查）。出于人口学家的敏感性，这些发起者认为 80 后独生子女是新中国成立以来独具乃至最具特色的一代人，其父母是经历了改革开放前若干风雨的一代人，他们自己则是改革开放后计划生育政策下出生的第一代独生子女，也是改革开放后社会变迁的见证者和亲历者。他们目前正处在人生的转折阶段，且多数上有老下有小，分析其变化可以从一个侧面记录并反映当代中国社会的变迁轨迹，而这一段时期的社会变迁又恰恰是空前剧烈的。

2016 年（当年将启动第三次调查暨第二次跟踪调查），彭希哲教授及其创始团队认为 FYRST 调查已经初入正轨，应当由 80 后自己继续运作，这才交到了我和我的团队手中，初创团队则以学术委员会的形式继续参与一些宏观上的指导。

交接之后，新的年轻团队已完成了两次跟踪调查（2016 年—2017 年和 2018 年—2019 年）。我们现在的核心成员有四位本身也是独生子女，你也有机会认识他们的。他们每个人都有自己的故事，我们也都有对这项工作的共识。

经过这么些年的运营与开发，目前 FYRST 调查项目已发展成为复旦大学投资最大、历时最长的社会科学研究工程之一。不同于基于全国性样本的长趋势跟踪调查或者专注于截面数据收集的综合性调查，FYRST 调查是以特定区域的特定人群为主体的跟踪性调查，这有利于追踪社会长期变化并回应具体社会现象或特定社会问题的因果机制,除了80后群体本身的特殊性外,调查所聚焦的长三角地区是中国社会工业化、后工业化、城市化、全球化水平最高,社会变迁最为迅速和深刻,发展模式最为丰富的地区,对其长期深度研究具有明确的国际比较研究特色和优势。目前,FYRST调查已覆盖三千户家庭(其中核心样本群为一千五百户)和八十多个社区,主题包括家庭、婚姻、就业、迁移、住房、生育、子女教育、父母养老等,为深入了解这一代人及其所处社区的全方位变迁提供了数据支撑。由于主题的特殊性,FYRST调查还取得较大的社会影响及反响,直接推动了80后研究的兴起,并对若干公共政策决策提供了数据支撑。例如FYRST关于80后生育行为和意愿的分析结果,以及80后夫妇需要父母帮带孩子、生育二孩压力大等问题,都形成了相关决策咨询成果,正在逐步推动政府出台政策及措施为80后减负。

我是从2010年开始参与FYRST调查的,当时进复旦后参加的第一个会议就是关于FYRST调查方案的论证,我在会上还负责管理录音笔,倏忽十年已过。从事这项研究,一是记录,不光是记录自己,也是在记录历史,而且我以为这是一段一定会在未来中被不断提及的历史。80后一代人是中国当代最为特殊的群体之一,这种特殊性主要在于其所伴生的两项突破传统经验限制的社会格局变迁:计划生育政策的实施和改革开放的推进,这使得80后一方面成为中国历史上第一代以独生子女为主的人口队列,另一方面则反映和印证了改革开放的全过程。前者为后者的顺利推行创造了空前优异的人口条件,即所谓的"人口红利",

后者则又反过来载着前者随时代洪流一路狂奔。两者相辅相成，互构而共生。其历史意义，若干年后回首，势必更浓重于今日。

二是好奇，80后第一代独生子女现在到底怎么样了。第一代独生子女成长的过程伴随着一个个标签，"小皇帝""自私""以自我为中心""没有责任心""叛逆"等，不一而足。很多80后独生子女是带着群体性自卑长大的，长期的污名化让他们自己也觉得自己可能是有哪里不大对劲。但自从人们发现2008年汶川地震后最早徒步进入灾区的志愿者是80后开始，对80后的盛赞又莫名其妙地开始了，80后自己也似乎一夜间就懂得了自我欣赏。那这到底是80后在不断变化着，或是只不过反映出话语权的代际变迁，或是其他？80后独生子女的真正面貌到底是什么？我们想真正地为80后和独生子女正名。

三是反思，第一代独生子女，尤其是城市独生子女，出生于刚刚改革开放的中国，他们曾经那么的相似，是什么使他们在今天如此不同。

四是对自己的交代。了解他们，我才能更了解自己，更了解最初熏陶和打磨我的那个时代与今天的我之间的关系。对自己的好奇也是我从事这项研究的内在动力。

"你提到了为独生子女正名的冲动。"我说，当我们谈到汶川地震中的独生子女志愿者，那时候我的孩子在上大学，暑假回家，第一件事就是准备去汶川志愿服务。那个弹巴赫练习曲总是出错的女孩，跟同学们去了秘鲁志愿服务，当然也要去汶川。那时候，独生子女那双孤独的小手，推动了中国进入志愿者元年，从此为国家志愿服务，成为中国社会最崇高的公益。

"你有没有注意到，有些独生子女参与志愿服务的目的之一就是为了表达自己不是'小皇帝'？"胡老师问，"那年，独生子女被高频率地提到，第一次以如此积极的形象，出现在人们面前。"

"所以，你觉得你们从来不是'小皇帝'。"我问，"'小皇帝'的含义，是自我中心，唯我独尊，没有责任心。"

"大多数人不是吧。其实老实讲也没有条件去搞那么多'小皇帝'出来，这种说法在很大程度上体现了当时社会和家庭对第一代独生子女的不知所措以及由此而产生的特别关注。"胡老师说，"现在的 80 后也许是对父母最努力负责的一代，也是对子女的回馈期待最低的一代。"

特别值得关注的是 80 后与其原生家庭仍存在强联结，而且这种联结是全方位的。在 2012 年—2013 年的基线调查中，我们就发现很多 80 后夫妇需要父母来帮忙带孩子，后续的跟踪调查中我们特别关注了到底有多少 80 后家庭在子女照顾中需要子女的（外）祖父母的参与。2016 年—2017 年的数据表明上海超过 91% 的 80 后已育家庭，孩子在上学前需要老人帮忙来带，其中七成家庭每天都需要老人来帮忙，这都是非常高的比例。不仅如此，80 后跟其父母之间的其他服务互助和经济往来也比较频繁。80 后经常会给父母一些现金支持或礼物，用以回报父母长久以来对自己和自己的小家庭的付出；在那些与父母分开居住的80后中，有将近40%的人几乎每天通过电话、短信、微信、视频等方式，与父母保持紧密沟通和联络。

必须承认，传统中国家庭的养老资源往往依赖于生育资源而转化，在独生子女社会这一模式必然无法持续。但这并不仅仅是因为子女少造成的，也与现代社会保障制度的演进以及个人和社会的"个体化"进程有密切关系。

由于独生子女家庭的大量涌现，不少人断言中国家庭功能及其凝聚力已普遍磨损而致使家庭养老功能丧失，却对家庭网络在新历史时期的新表现形式视而不见。中国的家庭变迁远比西方更为复杂，并呈现更为多元的模式和路径。中国当代家庭功能的完成正呈现网络化特征，也有学者使用"家庭网""网络家庭""亲属圈家庭"和"核心家庭网络化"等概念对此概括。中国的家庭尽管在变小，却并不一定意味着"核心化"，充其量只是一种形式上的核心化，而其功能的完成一直有其亲属网络（主要是亲子网络）的参与。

从FYRST调查数据来看，上海80后在照顾父母这一问题上也表现出高度的尽责性，近半数的80后认为照顾父母应主要由自己承担，仅有10%的被访者认为照顾父母的责任应主要交托给政府、社区或老人自己。但与此同时，80后对于自己的养老预期却又表现出高度的独立性，仅有2%的被访者认为能通过多生孩子为老年生活提供保障，绝大多数人通过购房、理财、储蓄等方式为养老提前做准备；同时仅有2%的被访者打算未来在子女家养老，绝大多数希望在自己家或养老院度过晚年。"养儿防老"的观念在80后这代人中正在逐渐褪色。

"那么，胡老师，你会如何照顾你的母亲呢？"我问。

我母亲是我见过的独立性最强的人之一，很长时间里我都习惯性地默认她无所不能，一路都是她照顾别人，哪里轮得到别人照顾她。有两件事的出现，让我脑海中开始偶尔呈现这个问题。2011年我的外婆去世了，这对我的母亲打击很大，有好几年无法自拔。到2014年正好我母亲六十岁，生日的时候她告诉我，她拟好了一份遗嘱，必要时请我取阅，主要内容涉及两部分，一是对财物的处置，二是七十五岁之后若因大病而无法自主决定治疗方案时，她要求自动放弃大手术以及所有可能影响未来生活质量的治疗方案。第二件事就是最近两三年，我还和以前一样喜与母亲争论，有时甚至会争得面红耳赤，我觉得这是从小到大的惯例了，有一次母亲却忽然对我说："儿子，我觉得你以后对我的态度要变一下了，你正在变得越来越强大，而妈妈在变弱，你该开始学着换一种柔软的方式对待我了。"这两件事让我第一次意识到我的母亲竟然也会老！她总有一天会不能再照顾我，而我得准备照顾她了。当然，我并没有设计过方案，因为我知道计划赶不上变化。我的原则只有一个，她觉得舒服就好。当然可能我不一定是80后独生子女的典型代表，但我还是觉得我这一代相当一部分人并没有前人的包袱，即把孝顺当表演。另外，也许正是因为没有兄弟姐妹，又经历了时代撞击，不少第一代独生子女其实是对父母有一种特殊的同情和体谅的，但多数人还不习惯或者不善于表达感情。

对1995年推想的回应

独生子女社会是比五四运动更大更彻底的对封建传统的冲击？对父权的冲击？

独生子女社会对传统社会模式肯定是有大冲击，但有没有五四运动那么大，无法直接比较。两者机制和逻辑不同。人口系统是一切社会结构的基础，其变动必然撼动整个社会的运行机制，这是独生子女社会形成冲击的逻辑；五四运动的冲击则是历史演进过程中的涌现效应，政治和文化方面的逻辑解读更佳。但需要说明的是，当计划生育政策推行了三十年后，整个社会的结构、制度安排以及资源配置已经适应了低生育率或者说独生子女，这是巨大的结构性变迁，因此目前单独调整生育政策对于提高生育率自然杯水车薪，人们"能生"却"不敢生"和"不想生"，从这一意义上讲，对于一个有生育传统的古国，独生子女社会确实"颠覆"了社会。

另外，独生子女涌现确实对父权有冲击，但不是主要动因。与此同时，父权在改革开放后的几十年中看似摇摇欲坠却依然坚韧，有解构也有重建。这就不是独生子女制度可解读的了。

独生子女是不是一种病？独生子女和非独生子女生活在同一环境下到底有多大差别？

独生子女是政策的产物，是家庭在政策压力之下没有选择的选择，如果说这是病，那就是"社会"有病。关于独生和非独生子女的差别，这方面已经有很多研究了，目前基本倾向认为独生子女没有特异性，独生子女和非独生子女不存在本质差异。这个结论是没有太大问题的。

"世界上最宝贵的是我的生命"是否说明独生子女以自己为中心？这是一代个人主义的孩子？

对此不认同。一方面说明社会价值的变迁，不能简单归于独生子女；另一方面也说明，家家只有一个孩子使得孩子价值（VOC）变高了，家长和社会都加强了对孩子的安全教育。此外也说明独生子女是在比较公平开放的环境中成长的，比较坦诚，小孩子恐怕还不能清楚认知国家和民族 利益这些宏大概念的含义。这其实又会回到之前谈到对第一代独生子女的污名化问题。你想想看，中国是一个有生育传统的古国，多子多孙、人丁兴旺这些家庭理想是存在于我们的文化基因之中的。忽然，人们发现，越来越多的家庭只能有一个孩子了，这是远远超出当时人们的经验和认知的事情，这会让人恐慌的。人们就想当然地觉得底下这一代人肯定要出问题，因为跟我们太不一样了，一家才一个孩子，肯定溺爱，什么好吃好玩都是他（她）一个人的，肯定不懂得分享，结果就是自我中心和自私等等。这样臆想式的推演常常上演，并凭空不断地生产污名化的标签。不仅如此，人们在长期观察中还会选择性地关注那些能印证这些标签的现象（甚至是特例、孤例和偶发事件）。持有"世界上最宝贵的是我的生命"的人就一定是自我中心的吗？不尽然吧。而且换句话说，生命难道不是世界上最宝贵的吗？尊重生命和敬畏生命没有错啊。没有生命拿什么去捍卫和保护那些宝贵的东西？要知道，"世间万苦人最苦"，"艰难地活"远远比"容易地死"更消耗勇气与体力。

独生子女社会要用怎样的法则相处？人情社会走向契约社会？"逐代阿谀症"？

虽然不能简单认为契约社会一定比人情社会更先进，但现代社会对契约精神的需求无疑是不断增长的，这也是中国现代化进程中亟须的。中国传统的人情社会尽管带来了高效率的一面，并孕育出一些温情的文化和伦理传统，却也携带大量负面资产。

此外，具体到 80 后独生子女身上，"逐代阿谀症"的体现只是一面，更强大的一面是长期的污名化，例如"小皇帝""自私""冷漠"等。两者交相出现，其出现逻辑在当时有典型的功利性。事实上，"本代自恋症"往往和"逐代阿谀症"成对，"本代自恋症"所隐含的心理需求大多，会以对下一代的"污名化"

作为其满足渠道之一。但同时当需要给自己也给下一代信心和希望时,人们又习惯不假求证地告诉下一代"你们最幸福"以及"未来多么美好",这是人性使然,也是社会工具理性使然。

独生子女社会最热门的职业之一是心理诊所的心理医生?

心理学以及心理医生之类的专业和职业确实是随着80后的成长过程逐步进入人们的视野,它们的兴起过程与80后的成长过程是同步的。心理学以及心理医生是80后面临选择专业和职业的时候出现的新兴专业和新兴职业,从求新、好奇等角度可能会成为热门的职业。就类似于现在00后的热门职业选择之一是网络直播当"网红"一样,都带有时代的痕迹。这些并不是独生子女社会的后果,而主要是时代变迁的结果,包括整个社会也学会了正视心理咨询。而过去则往往将心理咨询与精神有问题联系在一起,甚至有教科书还把同性恋都当成心理疾病,今天看来岂不是很可笑。另外,现代社会竞争的激烈和压力的骤增,再加上心理咨询服务的易获得性,使得心理咨询需求激增也是不争的事实。

独生女孩是否面临无法找丈夫的局面?

至2050年左右,适婚人群中的男性可能比女性多1500万—2200万,因此从宏观上讲是男性比女性更不容易走入婚姻。中国的婚配模式在性别分布上有两个典型的特征，一是一直追崇"男长女幼"模式，通过FYRST调查我们发现上海80后中依然盛行这一模式；另一则是"男强女弱"，即通俗所说"A男配B女、B男配C女"，剩下的"A女"和"C男"是较难婚配的，而"A女"恰恰多是高学历高收入的城市女性，拥有话语权，这才因此建构出"剩女"这一伪命题。从FYRST调查来看，这一模式在城市中正在式微。

此外，在现代社会中，婚姻到底是不是一项人生的必然选择亦正在经受推敲。当前阶段的独生女孩，很多不是无法找，而是不想找、不愿找。她们不愿降低自己的生活品质和感情标准来勉强自己进入一段消耗大于营养的关系。有些独生女孩会说，我追求的是"两情相悦"而不是"精准扶贫"。尤其是经过了某些特定的年龄阶段之后，独生女会摆脱一些社会束缚与社会规训，她们会过得更加随性而舒适，体会到年龄越大也可以使人越自由。

第一代独生子女究竟是怎样一群人？

80后是承上启下的一代，他们出生于提供"从摇篮到坟墓"式福利的"单位制"时代末尾，成长于中国发展最迅速、活力最旺盛的年代，他们依然秉承传统的信念，却又充斥着分化与背离；他们的理想与现实之间总有矛盾，却又在寻求着统一。这一方面来自改革开放带来的新旧交替，另一方面则出于代与代之间的承上启下。我的母亲曾向我评价道，她们那一代人由于特殊的时代背景大多是"志大才疏",而我们这一代则多是"才大志疏"。以一管可窥豹,我觉得有一定道理。但又如何呢?要知道,每一代人都注定是过客,80后也一样。

3. FYRST 调查项目成员陈斌斌的故事

独生子的孤独

我 1983 年出生于上海金山的一个小镇。作为独生子，每年的寒暑假，我都会感觉到有一些孤独。这种感受在我读小学的时候尤为明显。

那时候，我父母工作的乡办企业面临转型，其实就是倒闭。原先妈妈那家厂是为上海的电视机厂加工零部件的，20 世纪 90 年代中期的时候，生产就不行了。我父母先后经历了下岗。先是母亲，后来父亲也被买断工龄，离开了工厂。这大概是我第一次意识到社会的变化，家庭的压力，和父母面临的困境。我最初了解到这些，也是通过在家里父母讨论去向的只言片语，其实一个小孩能听懂的也是有限。母亲先下岗，她和同处境的工友常常聚集在我家商量对策，看看是否可以为自己争取好一些的权益。

然后就轮到了父亲。

我虽然不能明白到底发生了什么，但家庭气氛的压抑，父母的担忧和茫然我能体会到。对他们来说，压力很大。一方面，他们希望尽快找到工作，能够维持家庭生计，另一方面，我也感受到父母把我看作唯一的希望，他们希望在自己有限的能力范围内，给到我最好的。所以，我那个时候有"穷人的孩子早当家"的感受，知道父母为了我非常不容易，他们拼命在外打工，自己尽量不再给父母添任何麻烦。这种为家里分忧的心情深深埋藏在我心里。那时候，我意识到自己能做好的，就是好好学习。从那时起，我开始很自觉地努力学习，我开始获得了优秀的成绩，成了好学生。这是我在那种压力下，为自己找到的最好的方向。我带着强烈的不安全感，找到了安全的感受，在学习中我得到了乐趣和正面的激励。这个激励就是，如果我拼命努力，我能得到自己的将来。也许我的将来，也是我父母的将来。

这种拼命努力来换取自己的将来的信念，也是来自父母的榜样。我母亲下岗后，家里开了一家小小的杂货店，卖各种生活小用品，零卖黄酒和酱油、康师傅方便面以及固本牌洗衣皂，成打出售零散草纸之类的，无一不全，都是小镇普通人家最普通的生活用品。除了这个小店，母亲还经常出去摆地摊，我记得她经常去镇上小学门口摆地摊，等放学的小孩来买些小玩具或者文具之类的。我至今都记得她出去摆摊时的样子，她把所有的货物都装在一个原来装电视机的大纸板箱里，用麻绳把这个大纸箱绑在自行车上。相比母亲的身体和她的自行车，那个大箱子大得不成比例。母亲匆匆出去了，常常中午的时候还要匆匆回来照顾我们吃午饭。我在长身体，爷爷和我们住在一起，她还需要照顾家庭。寒暑假的时候，我可以在家里帮忙看店，父亲就去金山长途汽车站骑三轮车，接运从车站到家里的客人，挣几块车钱。当然这是私下的营运，所以他常常被驱赶。我一直担心父母，常常要求父亲不要在酷暑的中午在外做生意。每次我请求父亲不要在大太阳下去车站，他都安慰我说，车站那里有树荫，他保证正午的时候躲在树荫下，不接生意。但是我还是非常担心他们，我记得，自己常常在窗前看着门前的路，等待父母回家。有时他们回来得很晚，爷爷已经早早上床了，那时的孤独感，真的太大了。

那时我挺羡慕大伯家两个孩子，即堂哥和堂姐，他们可以在不打扰父母的情况下，在情感上相互支持。

我只有一个人，我最明确的想法，就是不要打扰父母，他们已经竭尽全力了。

而且实际上我也没有朋友。

在我记忆里，常常没有在放学后与同学玩的机会。由于家住的地方离上学的地方比较远，但又不想花钱坐公交车，所以每当放学，我就早早地走路回家了。

儿时同伴只有邻居家的孩子，但由于长大以后分散在不同的学校里，课业任务不同，也常常不能见面。慢慢地，这些儿时的友谊也变得不可依赖。

我的童年常常自己一个人度过。尤其是寒暑假，除了完成寒暑假作业、阅读之外，最大的乐趣可能就是那些小玩具了，一些小的士兵玩具，我可以每天来一场两军厮杀。这是爸爸妈妈在节日给我的礼物，是欧洲沙盘军队的五厘米左右的塑料小人。

另外，少了父母的陪伴，我也常常缺乏安全感。尤其是爸爸妈妈每天在外边做一些小的生意，晚上回来很晚时，我就特别担心，总是透过窗户看着远处的马路，期待爸爸妈妈赶紧骑着自行车回家。这种等待时的焦虑感，常常是童年期的我在晚上最记忆深刻的经历。

所以，当我学了心理学，回想起自己的童年，也会分析自己目前的性格和心理。童年期缺乏同伴，所以，在我的性格方面，就相对来说比较内向、害羞。这种状态一直到大学也是如此，在与同伴交流时总是紧张、缺乏自信，害怕被拒绝。从心理依恋理论来说，我属于那种焦虑型依恋，不属于安全型依恋。其实，我的童年经历是我选择心理学作为自己专业的一大动力，我想要了解自己，对人在心灵世界里发生的一切甚为好奇，说起来，这也是一个孤独感深刻的独生子经验带来的专业选择吧。最初选择心理学专业是感兴趣于心理咨询，通过心理咨询期望能更了解自身。未来也希望能成为一名心理咨询师，着重想从事儿童心理方面的工作。

我独立做的第一个课题，就是对害羞孩子的心理研究，那个课题的题目为"城市社交退缩儿童的家庭成因及其对策研究"。主要结果：亲子依恋关系是儿童成长最重要的家庭环境之一，它具有直接促进或抑制儿童健康发展的作用。如果父母与儿童建立不安全的依恋关系，那么就会使得这种不安全感内化并延伸到父母之外的其他社会关系，使得不安全感的儿童难以顺利地与他人交往，而有可能出现包括社交退缩在内的诸多社交障碍问题。其实选择这个课题恰恰是对自己童年经历的无可忘怀带来的。

在陈老师身上，至今还是能看到他少年时代的影子。他少年时代应该就是那种豆芽菜少年，细长白皙，敏感静默，学习良好，完全没有攻击性，却很容易受伤。说起小时候的成长史，他对孤独的描述指向了一个典型的独生子女独处的场景——"在窗边等待"。这是一个与外界隔绝的，独自一人、无人相伴也无人倾诉的时刻。我回想起来，在我的访问中，许多少年都不约而同地描述过这样的情形——安静之中，内心满怀担忧。回想我自己的少年时代，父母的形象总是很强大，在我面前阻隔了外部世界的喧嚣，使得我很少有机会这样同情他们、担心他们，勉励自己要支持他们和帮助他们。我回忆起了从前采访独生子女时，心里油然而生的同情，相比他们自幼在心里对父母的承担，多子女家庭的孩子，我们，似乎要自由多了。而他们，自小就在心里承担着不可能完成的任务。

"你很爱你母亲。"我对陈老师说。

"是的。我尊敬她努力生活的品质。我从父母身上学到了勤劳、淳朴的品质，我希望自己面对生活的变故也能有他们那样的勇敢和朴素。我幸运的是，父母从小给了我这样的身教，而不是言传，可能更有说服力。他们尽管工作辛苦、生活不易，但是始终默默付出，从未抱怨命运，也不投机取巧。家里有了小店以后，虽然父母如此辛苦，但家庭总算保全下来，安顿下来。他们很知足。他们一直爱护和支持我，我记得小时候母亲常常劝告我，不要这样拼命读书。'出去玩玩。'她反而常常劝告我。在家庭经济不算特别好的情况下，在我追求更高水平学术深造时，他们从来都是义无反顾地支持。"

"在基本价值观上，你是非常认同父母的。"我第二次得出这个结论。在胡老师那里，我已经得到了充满尊敬的肯定的回答，在陈老师这里，我也得到了完全肯定的回答。

胡老师和陈老师，生长在不同的家庭，个性也不同，但是，他们对母亲经历人生困境时的作为，却有发自内心的尊重与爱戴，这令我想起我自己的长辈们。对自己母亲的敬重与爱戴，似乎代代相传。我想起油画家颜文梁，在他九十岁去世时，他家的玻璃柜里，仍保存着他母亲给他的最后一只苹果，作为对母亲的敬意与纪念——那只1930年代的苹果，已经腐朽成灰了。

原来在人的基本价值观上，即使是看上去与上一辈截然不同的独生子女，对代际传承与爱也没有问题。

"真没想到。"我说，"我的孩子也许不同。"

"不不，"坐在对面的陈老师微笑着摇摇手，"也许她嘴上不说，但她心里一定非常尊敬父母，了解父母在一个大动荡时代生存下来的不易和坚韧。"

"而且，她也一定想要报答你们的养育之恩。"陈老师接着说。他仍旧是一个带着点害羞的、内心柔软的人，也许他现在已经接受了自己的柔软和敏感，以一个心理学家对个性的理解与支持，他如今是个富有同情心和善解人意的年轻人。

这是真的。我的孩子曾向她的伙伴提及，自己远在中国的父母只有自己一个孩子，所以，现在在父母还未衰老时，她会努力工作，追求自己的事业，有一天父母需要自己了，她就需要长假，回来照料父母。记得我动手术时，我的孩子果真请假回来照顾我，她对我丈夫说的安排就是，由她来陪夜，因为她晚上本来就没有时差。实际上她想的是，父亲老了，应该休息。

我一直以为我幸运，我的孩子孝顺。但陈老师说，这是这一代人的担当，有他们的调查数据为证。

例如，我们的调查发现，43%的80后认为，老年人的照料应该主要由子女来承担，另外45%的80后认为需要政府、子女和老人共同来承担。当我们询问"假定一个老年人有配偶和成年子女，而且与子女关系融洽，您觉得怎样的生活安排对他最好"的问题时，30%的80后认为"与成年子女一起住"，另外，超过65%的80后认为"不与子女一起住，但子女最好住得不远"，只有2%的80后会认为"不与子女一起住，子女住在哪里无所谓"或者"住养老院"。当我们询问"假定一个老年人没有配偶但是有成年子女，而且与子女关系融洽，您觉得怎么样的生活安排对他最好"，超过一半（51.4%）的80后认为"与成年子女一起住"，另外有40%左右的80后认为"不与子女一起住，但子女最好住得不远"，只有6%左右的80后会认为"不与子女一起住，子女住在哪里无所谓"或者"住养老院"。

"但是这样的意愿，在如此繁忙的生活中，你觉得是有可能实现的吗？"我问陈老师。

我记得自己照顾父亲的过程，父亲渐渐病重的时候，我和我的两个哥哥差不多每天晚上都开一个电话会，安排探视、送饭、和医生们谈话，也彼此安慰，度过亲人渐渐离去的惶恐与悲哀。我的父亲在最后几天，表达的是他对我的担忧。他说他感觉幸福，因为最后他的孩子天天都来陪伴和照料。但他不知道我以后怎么度过这最后的一段日子，我只有一个孩子，我的孩子生活在千山万水之外。当我对陈老师说起父亲病床前的旧事，我自己能感受到，作为有能互相扶持的两个哥哥的人，不由自主地，对自己幸运的感受。同时还有对独生子女的下一代人的担心，以及作为一个独生孩子的母亲，对自己未来的害怕。我的父亲并未给我留下明确的遗言，我将他感觉幸福和担心的那一段话，视为他给我的遗言。

我看到对面的陈老师，年轻的脸上渐渐浮现的，类似平静的悲哀神色。这是一个渐渐向我们两代人走来的严峻的问题吧。这次作为父母，大概帮不了自己那孤独的孩子太多的忙了吧。

在独生子女生存调查项目中的重要发现

正如我从最初选择心理学作为专业的动机一样，参与这个项目，也是作为80后的自己想要了解我们这个群体的情况。因此，在这个项目中，我尤其关注的是父母养育目标和二孩养育方面的主题。我自己作为80后，又是一名独生子女，想看看跟我同龄的人，他们的生活状况是怎么样的。

80后一代成为父母后，他们对子女的期待既包含着传统观念所崇尚的品质，又有一些为应对现代高速发展、竞争激烈社会所必需的品质和能力。例如，我们发现80后父母仍然希望自己的孩子要孝顺、要勤奋，但是他们同时又希望自己培养的孩子能够有独立的能力，要有独立的主见，独立的思考。另外，我们还发现，父母的这种对孩子培养的期望还与自身的教育程度和孩子的性别是有关的。父母受的教育水平相对越低，那么越希望自己的儿子能够更孝顺，期望未来能够照料自己。另外，还发现这类父母也希望自己的儿子能够更加努力学习和工作，做一名善于助人的人，而这些品质或许都间接地促进孩子们未来孝敬父母的能力。

我个人在对20世纪80年代独生子女一代人调查后获得的整体认识是：平静。

除了上述来自80后的研究结果之外，我还有自己的一个"复旦大学二孩家庭"项目。该项目的一个新发现是，母亲是独生子女的，比起母亲不是独生子女的，当她们有了两个孩子时，两类孩子同胞间的手足之情是有差异的。独生子女母亲的两个孩子的同胞关系质量要差于非独生子女母亲的两个孩子，他们之间矛盾冲突更大。这似乎说明了，自己童年期没有亲兄弟姐妹经历的母亲，在应付两个孩子之间关系时，可能不那么有效、有胜任力。这也许是值得未来在亲职教育方面予以关注的。如何帮助过去三十年没有同胞经历的独生子女一代，未来成了二孩父母，甚至可能多孩父母之后，从容应对孩子们的同胞关系，是引起更多重视的家庭心理学课题。

随着我国人口政策的再调整，家庭结构也会发生巨大的变化。

我们会出现一孩家庭、二孩家庭、三孩家庭以及可能的多孩家庭。家庭结构的变化会导致一系列家庭互动动态性调整。例如，比起一孩家庭，两个孩子家庭势必导致父母遇到投入上如何平衡的问题，此时父母与孩子之间的关系以及孩子与孩子之间的关系就成为关注的问题。父母面对的问题，从过去"让孩子获得最好"的一孩时代，到"让每个孩子平等地获得最好"的多孩时代。此时，也许作为父母来说，不得不在养育模式和投入上发生巨大的改变和调整，甚至妥协。

另外，我们也可能预测，随着人口开放政策调整的深入，养育第一孩和养育第二孩变得不会那么有差异，大宝所享受的"小皇帝""小太阳"的待遇将逐渐消失。当夫妻婚后可能有更好的心理预期和准备，有决定生两个孩子或者多个孩子的心态，从一做父母开始，他们就不会像独生子女时代时那么投入于第一个孩子。也许，当下父母的极端的养育焦虑（不能输在起跑线上、一定要学区房、一定要给孩子报各种兴趣班），随着时间的推移也会有所改善。

但同时，我们可能会预期，父亲的参与度将会是一个两难情境。随着家庭子女规模的增加，家庭收入是一个重要的因素。从过去只要挣钱培养一个孩子转变成培养多个孩子的状况。我们自己现有的研究发现，多孩家庭不仅需要父亲物质投入，更需要父亲心理投入，尤其是支持和配合母亲养育，显得异常重要。所以，对于父亲来说，如何平衡家庭和工作，将是一个挑战。

最后，作为独生子女一代成为父母，在未来十年也许会遇到的最大的挑战可能是，养育两个孩子。由于缺乏童年经历，以及成长过程中也有许多以"儿童为中心"的经历，让他们出现一些养育二孩困难。他们也许有更大的养育压力。

陈老师发现的调查盲区

陈老师是一个细心的学者，但他几乎对二十四年前，前辈学者对今天独生子女社会做出的展望没有回应。

"为什么呢？"我很好奇。胡老师几乎不同意，因为他觉得那些展望带着明显的偏见。而陈老师他说自己更多地在关心这个独生子女社会带来的实际问题。

我们慢慢地谈着当年的展望，当年展望里一些焦虑的点，都在于面对独生子女社会后，中国也不得不面临着从传统的人情社会向独生子女能够接受的人际关系模式的转变。当年的预测，聚集在人际关系的古老模式也许会被契约化的相处所替代；当年的感受，是传统的社会即将崩溃，所谓"孤独的小手正在摇撼中国"。我还记得当年记录下这些展望时的情形，与如今的情形一样，我提出问题，请教授们回答。为了增强答案的准确性，教授们也都将他们的答案写在电邮里，与这一次的情形基本一样。

但是，关心的问题和研究的方向，真的不一样了。

这时候，两代人的角度也变得清晰可见。

陈老师突然发现，他们在人际关系的调查上，在涉及独生子女婚姻关系以后，就没有更多的设计。"对于人际关系模式的变化，似乎是我们的盲区。"他说。

这曾经是二十四年前,我们认为也许变化最为巨大、对传统的熟人社会模式冲击最大的改变,也是今天我很好奇的部分,但恰恰被这项 20 世纪 80 年代独生子女主导的对独生子女生存情况的调查忽略了。调查跟踪了独生子女与上一代及与下一代的关系,恰恰忽略了他们与同辈人在社会上相处的关系。他们有没有朋友,如何跟同事相处,作为如今中国社会中的主流人群,如何尽自己的社会责任。

盲区是怎么形成的呢?

陈老师说:"这部分似乎不那么好回答,因为这个最早的调查设计,我们这批青年学者并没有直接参与。我的猜测可能是,在最初设计这个调查时,可能考虑到大多数的 85 后们还在读大学或者刚踏入社会,所以,他们社会经历有限,因此,当初没有做着重考虑。但是,我们觉得这是非常重要的 80 后生活和交往经历,值得在后续的调查中进行。"

4. FYRST 调查项目成员高隽的故事

　　高老师在一个盛夏的下午，在门廊的暗处出现的时候，好像伦勃朗的画那样，她在一团幽暗中浮现出来的脸，白皙、年轻，但没有稚气。她已经过三十岁了，应该稚气脱尽，只是我心里浮动的总是 20 世纪 90 年代采访时遇见的那些女孩子的脸，所以对她的脸暗自吃了一惊。

　　高老师脸上有种格外严肃认真的表情，甚至可以说是严厉的神情。这样的表情让我想起年轻时代的陈惠芬，1997 年时上海重要的女性主义学者。陈惠芬当时也有一张严肃的面容。这样的脸，笑容有时像穿透乌云的强烈阳光那样，特别的灿烂和甜蜜，但总是在脸上一闪而过。当年的陈惠芬有种一往无前的勇气和锋利的气势，在女生们通常柔和的面容中总是非常醒目。现在的高老师也是这样。这是一张充满竞争力的女教授的脸。

　　她是北京大学的心理学博士，复旦大学心理学系副主任。她的研究方向是自我意识情绪、情绪调节、特定职业人群的共情能力和影响因素、伴侣心理咨询和催眠治疗的相关研究、社会政策的跨学科研究。2016 年加入 FYRST 调查小组，主要负责身心健康和人格模块。

1997年预测今天的独生子女社会时,大家谈到过,随着中国社会的转型,市场经济的发育,以自我为中心的行为方式的普遍化,心理咨询师会成为一门新兴而热门的职业。而高老师,正是一位可以接受咨询者的心理咨询师。

这个高老师,她会如何评价陈惠芬对独生女未来的判断呢?我感到好奇。看起来,她长成的模样,当真与当年我们对独生女的预测重叠了。就像曹锦清教授的独生女,当年第一批接受访问的女生,现在也成为拥有英国剑桥大学学位的社会学家。

一个独生女站在薄木板上

1997年时,女性问题的研究者,期待着重男轻女的传统性别观念能被独生子女家庭自然突破,从前一个家庭中对男孩子偏倚,现在不得不因为只有独生女,转而全心全意地照料和培养独生女。正如那句曾出现在城市与乡村各处的口号:生男生女都一样。世世代代的男孩偏好,到了独生子女的一代人中,不得不生男生女一个样了。

20世纪90年代那些接受访问的独生女们,已经表现出与同龄男生相当的生长力,甚至待人更柔和,处事更成熟,学习更努力,与人相处中更善解人意,与人合作中更有配合度,更注意细节,却也不缺少创造力,甚至连体育成绩都不输给班上的男生。这一代女孩子,真是让人期待。高老师应该就是那些优秀的女孩子中的一个,上体育课会穿宝蓝色的针织运动裤,侧边有三道白杠。

每周一升旗仪式上,她总是那个学生领袖。她们不再让人想起开放的花朵,而更容易让人想起春天新绿的竹子,笔直地、不可阻挡地向天空伸展。

"我自上学以来一直都是个好学生,也担任学校中的各类学生干部,直至高中通过竞选成了学生会主席。"高老师说,"少年时代,我在每个方面都努力追求卓越,当然也包括了体育。我在小学时开始打排球,是我们学校的排球女队的主攻,相当于少年运动员。我并没有受到父母很多学习上或者精神上的强迫,他们一直是信任我的,而且是支持我的,但这并不代表他们对我没有高期望。"

"我父母都是中学的语文教师,我想自己也有些语言上的天赋,所以我一直喜欢文字。高中时虽然我进了理科班,却去参加了复旦大学文科基地班的提前入学考试。我没有被复旦提前录取,但这对我来说最终成了机会,让我半年后有机会能选择北京大学的心理学作为自己的专业。如今,我语言上的天赋,一部分用在了英语上,经常在心理学专业会议和培训上做口译和同声传译。"

可我觉得,她身上有一种对人内心世界表达的热情。她说自己选择心理学,是对人的内心世界有兴趣,对探索和理解内心世界的复杂和幽暗有兴趣。

"你也许也可以做一个作家。"我说。

"早先有点个人时间时,我从未间断过写作。"高老师说。

"但是我更多的,是愿意了解人的内心世界,用自己的专业能力来帮助其他人改善他们的心理健康。其实,我从小就有一种对他人内心痛苦的感受力,这种感受力直接推动了我想要帮助他人的愿望。这是我想要学习心理学、做心理咨询师的基础。在我小学的时候,父母之间的关系渐渐出了问题,母亲也开始出现了心脏问题。现在想起来,应该有癔症的成分,但当时我们都不知道,只看到慌乱、急诊、母亲的衰弱。我当时能感受到母亲内心的痛苦和父亲内心的焦躁,这或许是被失望死死困在生活里的那种痛苦。有一次,母亲对我说,她也许要死了。"高老师的脸色突然变了,她停下来,看着我,脸上出现了一种孩子的痛苦神情,静默的,震惊的,却是顺从的。这是我第一次在她冷静严肃的脸上,看到她少年时心里不能化解的遗憾。"我觉得自己应该要救父母。"

可是,一个孩子,如何能够救得了一对爱情已经死去,却被生活困在一起的父母呢?

但一个独生孩子,又如何能不心怀这样的信念,死死保守着这样一个家庭的隐疾,而日日生活在这样痛苦的父母之中呢。

作为家中的独女,我的个人历史,在表面上是一个不断追求成功和卓越的过程,在内心则是一个不断寻找安全感和确定感的过程。

这种基本的不安全感,或可被理解为一种对世界之不确定性的觉察,对周围重要他人是否存在、是否安然、是否能留在自己身边的觉察。一部分是和我的个人历史有关的,包括出生、儿时和青春期时所经历的事故、疾病和父母的创伤性分离,另一部分则是和我父母两个家族在20世纪中所经历的创伤有关。

随着年龄的增长，我越发能够体验到这种带有一定强迫性质的动力，驱动着我在人际关系和工作领域中的诸多努力。我把这种动力称作"看护者情结"：在小时候要看护父母和家族对追求卓越的期待，看护父母之间的关系和情绪状态，这个需要看护的名单随着我年龄的增长变得越来越长，我所选择的临床心理学以及心理咨询与治疗这个专业也是这个动力的体现。作为"唯一的女儿"，要守护的东西太多，因而追求卓越就像是一种不断让自己装备升级的方式，一方面提升我的守护能力，一方面又在不断地增加我所体验到的压力感。就如我自己在和我的自我体验师最近一次谈话时所说的那样，我感觉自己始终站在一个单薄的木板上，如果我不努力地工作，不努力积累各种"资本"，想到肩上的如此多责任，就觉得这块木板会有破裂的风险。这并不是说在现实中就有这样必然的危险，或者说没有人能支持我，而是说，这是一种内心深刻的感受。

一个独生女怎样成为一个成熟的女性

"随着我年龄的增长，我作为女性的性别身份也和这份动力产生着复杂的互动，我自己把这种动力称之为'弯道变速'。在成长的过程中，我的同学和伙伴几乎都是独生子女，父母在追求成就方面并不会因为性别有太多不同（除了某些刻板印象之外），但一旦成年，女性和男性在两性关系上的角色分工就立刻显现出来。就我而言，这种'弯道变速'带来的冲击在我拿到副教授的教职之后变得越发明显,这个冲突的核心是我是否要成为母亲以及我是否能成为一个足够好的母亲。从精神动力学的视角来看,母亲和女儿的关系已经非常复杂了,远比母子的关系在内在动力结构上更为复杂。而中国独女和母亲的关系,放在仍然重男轻女的中国文化背景(这是文化的深层动力之一)中,对于原先就有性别创伤问题的母亲(这些母亲不在少数)而言,可能更容易出现这样一种僵局:是认同女性气质还是男性气质?是成为母亲心目中替代性的、比一般男人更出色的儿子(或是丈夫),还是成为能超越母亲的、有魅力的女性?一种解决问题的方式,是永远做一个'非男非女'的女儿,另一种解决问题的方式就是更决绝地离开家庭,获得独立。"高老师说的,应该也是她自己。

少年时代,妈妈几乎是完美的,而且是美丽的。但是,时光和家庭内部隐秘的痛苦对母亲的摧毁,让母亲渐渐褪色。所以,逃离母亲带来的压力,成为女孩成长的重要一步。

"在得知我被北京大学录取时,我妈妈非常不开心。我知道她怕自己更孤独了。但是我仍旧去了。是我爸爸陪我去北京报到的。爸爸陪了我一星期,帮我安顿下来。我原先以为自己一定会不适应,但事实上,爸爸离开后,我感觉到一种发自内心的自由。"高老师微笑了一下。

但是,高老师身上仍旧留着许多男孩子的样子,那是一个过分对自己的性别害羞的女孩的样子,但这并非来自父母对独生女抹杀性别的期待,而是来自独生女自己对于与母亲之间的关系的困惑。拐弯抹角的,一个资优独生女,表面上看去如此顺利自然地成长，却有着对自己性别认同危机般的暗涌与险滩。即使她很早就有了初恋，也在正常的年龄结婚，但她举手投足之间，仍旧能看到一种男孩子气，有时它来自天然的个人气质，有时，它却是来自一种对女性性别的回避。

"你看，母亲在走下坡路，她老了，不好看了，而女儿在成熟起来，不得不比幼时更美丽。独生女面临的选择并不轻松。"高老师选择的，是逐渐解下对家庭的这种强迫性付出的精神负担，"我不再试图拯救父母的关系了，但这花费了非常长的时间，直到今天仍没能完全放下。"

"甚至，"高老师说，"当我在内心层面渐渐退出父母的关系之后，让我作为女儿的角色不再凌驾于其他的身份认同之上，我便能深切地感觉到自己可以做一个好母亲了。"

说完这些个人生活中艰难的选择、坚持和信念，当高老师短暂地微笑一下的时候，好像被照亮了一样，我看到她被埋藏起来的孩子气，爽利的、争强好胜的、快乐的、害羞而真实的温柔之气，女性的气息。在高老师身上，我看到了一种 20 世纪 80 年代成长起来的独生子女身上的坦诚，以及在平实的世界观里未被泯灭的古典的诗意。他们的上一代人，也许也有这样的诗意，但极少有他们这样的坦诚和平实。看起来，他们是一代更为自信的人了。相比胡老师的乐观大方和陈老师的温和细腻，高老师的身上有着一种珍贵的温柔之气。

一个独生女对自己一代人的形象调查

FYRST 调查本身是以 1980 年—1989 年出生的一代人（简称 80 后）为跟踪主体的一项社会变迁调查。按照它的官方说明，这个调查旨在为中国改革开放后出生的这代人的个人行为与社会变化提供高质量的科学研究数据，也为跟踪中国社会变化、推动制定更好的公共政策提供科学依据。FYRST 目前已经进行了一次基线调查和三次跟踪调查，调查对象主要集中在上海地区，研究的主要内容包括家庭与婚姻、就业状况、迁移与住房、生育与子女教育、父母养老、身心健康、社会态度等各个方面。

从基线和第一次跟踪调查来看，当时的 FYRST 是比较典型的人口学和社会学调查，更侧重于客观变量，而非个体的主观内在体验。从第二和第三次追踪开始，我们的研究团队加入了更多心理学的元素，开始引入诸如人格、育儿态度和冲突体验这类心理学测量变量，但这部分的比重还并不足够，所以从这个意义上来看，还并不能够深刻地描述和解析独生子女一代的内心生活体验。日后 FYRST 会继续加大个人主观变量的测量，还会加入衍生的分主题的深度个人访谈，例如婚姻和性态度，这将是我们团队日后的一个工作重点。

独生子女一代是中国独特的生育政策的产物。我并不认为我们是病态的一代，但我们的确仍然是深受社会和家庭创伤影响的一代。生育在我看来是人类社会自然地代谢创伤的方式，而我们的父母一代不仅在成长过程中经历了多重创伤，而且也在生育方面被剥夺了这种自然代谢创伤的机会。我们这一代的特殊性在于，独生子女并不是一个家庭自然的选择，而是被要求的，是没有选择的选择。我对我个人的内心／外在生活，以及我同龄人的内心／外在生活的一种重要的理解角度，即从应对创伤，从创伤中幸存以及创伤后成长的概念来看待，这个视角仍然更多的是个体的、心理学的视角。

另一方面，在和更多的非心理学的同行，尤其是政策、人口学的同行合作的过程中，我越发看到社会变迁和政策对个体生命和家庭的影响力。中国社会的变迁十分迅速，这使得独生子女在我们的生命周期中不得不面临很大的挑战，这种挑战不同于我们的父辈和祖辈，不再是直接的生存VS死亡的挑战，而是更为慢性的、累积性的、未来指向的挑战，是对一代人的个体和家庭生命周期的一种重置。其中两个典型的代表议题便是育儿和养老，代表性的情绪体验就是焦虑，代表性的冲突就是围绕着个体化和家庭联结之间的冲突。

所以，一个解放了的独生女，是在重重压力下，不得不勇往直前。

"一代人是无法预测下一代人的，我们也无法预测我的下一代人。"临别时，高老师安慰我说。

5. 2020年，关于中国最终改变计划生育政策：胡湛教授的推想

2013年国家决定放开"单独二孩"，2015年放开了"全面二孩"，估计"十四五"期间会全面放开生育限制。

人口学界内部从很久以前就一直有关于如何放开生育政策的各种论争和博弈，学界还和政界就此有很多互动。在这个过程中，学界有很多重要的事件和时间节点，其中就包括三次不太为外界所知的、相对比较大的集体行为，即在2004年、2009年和2015年的三次研讨会，最早是顾宝昌教授和王丰教授等发起的，会议是在复旦大学开的，会上形成了集体建议，提交给了中央并引起了重视。尤其2015年第三次会议，彭珮云先生是全程参加的。

由于年龄的关系，我对前两次会议只能是"心向往之"，2015年参加了第三次会议。

当然，我们必须说，最终促成生育政策改革的落实，是全社会共同努力的结果，但人口学家们作为专业化和体制化的力量在其中发挥的作用和付出的努力是不可置疑的。尤其是由于公众对于生育政策及其衍生问题所累积的不满以及对于人口发展规律的专业隔阂，再加上个别研究者之间分歧的泛化乃至政治化，使得

不少人口学家在很长时间内是顶着误解在工作的。

我觉得，放开生育限制的大势已趋成，没什么太大的问题，甚至有可能不久就会实现，未来更主要的问题要聚焦在如何形成"生育养育友好型"的社会环境。2015年决定放开二孩政策之后，并没有出现一些人臆测的"报复性反弹"，这是人口发展的惯性，生育率一旦下降其实很难回升，因为社会范式和大众行为模式为了适应"一孩化"而整体性变迁了，人们"能生"却"不敢生"或"不想生"了，这又是一个新的大课题。不仅如此，现有政策仍较多关注"多生"，却忽视了"善养"。如何提高已出生少年儿童健康素质和人力资本基础？如何改善几千万留守儿童、残疾儿童和贫困儿童的生存发展状况？这些议题同样影响深远。面对这些情况，老一辈的人口学家当然仍在努力，但越来越多的年轻学者（特别是独生子女一代）开始介入。我们团队做过不少研究，已经不仅是人口学了，心理学、经济学和管理学的80后学者也给出了很多回答，贡献了不少决策研究，有些还得到了国家领导人的回应。其中不少研究参考了我们复旦80后调查的数据，例如关于年轻人生育意愿和养育压力的资料就体现在内，这是我们最近在关注的工作之一。

坦白讲，对于计划生育政策这样一项影响深远的制度安排，"动"与"不动"本身就是很复杂的过程，即便决定动了，何时动以及怎么去动也都要承受很多拷问，动了之后如何"软着陆"并做好配套更是考验治理能力，因为这些都是要一字一字写进历史的。

这次听着胡湛教授对计划生育政策的推想，让我一一回想起来的，竟是1995年跟那些学者们讨论独生子女故事中的含义、做出推测的往事。二十五年前，那些学者也差不多就是胡教授现在的年龄吧。这次我们不是坐在安静的书桌前，而是去喝一杯好咖啡，一边谈话，再用微信和电邮补充。可1995年谈话时，那种站在高高的河岸上，看河水滔滔而去的感受，如今又强烈地浮现出来了，还是一模一样的迎风而立。

鸣　谢

感谢从1996年至今，所有接受过我采访的独生子女们。他们用自己的经历，给中国独生子女时代留下了最真实也最个体的时代痕迹。

感谢复旦大学人口与发展政策研究中心的彭希哲教授、胡湛教授，华东理工大学的曹锦清教授，以及上海社会科学院文学所的徐锦江研究员。他们给予我许多关于独生子女国策方面的分析和指导，让我能够把整个国家的政策脉络与我采访到的个体的故事联系起来，发现其中的意义。

感谢我的责任编辑。这本书慢慢积累了如此巨大的体量，感谢我的编辑付出了巨大的劳动，将这么厚一本书稿整理脉络、核对史实，终于让它呈现出清晰而丰厚的面貌。这么巨大的工程，如果没有编辑的细心帮助，我恐怕很难完成。

这本厚重的书的完成，取决于我周围的人、与我一起工作的人集体的努力。本书从1996年开始收集资料，到2021年终于完成，感谢所有人。

图书在版编目（CIP）数据

独一无二：诞生在中国独生子女时代 / 陈丹燕著. — 福州：福建少年儿童出版社：海峡书局，2022.2
　ISBN 978-7-5395-7328-1

Ⅰ.①独… Ⅱ.①陈… Ⅲ.①纪实文学—作品集—中国—当代 Ⅳ.① I25

中国版本图书馆 CIP 数据核字 (2020) 第 161310 号

DUYIWUER ——DANSHENG ZAI ZHONGGUO DUSHENGZINÜ SHIDAI

独一无二——诞生在中国独生子女时代

作者：陈丹燕
出版发行：福建少年儿童出版社　海峡书局
http://www.fjcp.com　e-mail: fcph@fjcp.com
社址：福州市东水路76号（邮编：350001）
经销：福建新华发行（集团）有限责任公司
印刷：福建新华联合印务集团有限公司
地址：福州市晋安区后屿路6号
开本：700毫米 × 1000毫米　1/16
字数：355千字
印张：33.5
版次：2022年2月第1版
印次：2022年2月第1次印刷
ISBN 978-7-5395-7328-1
定价：90.00元

如有印、装质量问题，影响阅读，请直接与承印厂联系调换。
联系电话：0591-83661824